Team I.A.T.F

Operation Protected

Tanja Hagen

ISBN: 9798677782220
Imprint: Independently published

Kontakt:
T. Hagen
Kiefernstr. 194
27249 Mellinghausen

iatf@tanjahagen.de
Autor: www.tanjahagen.de

Text Tanja Hagen

Cover von Cover Up by Bianca Wagner (www.cover-up-books.de)

Covermodels: J.T. Connor vom Delta Team Wuppertal SORT
www.airsoft-verzeichnis.de/index.php?status=team&teamnummer=006431
Foto: Jürgen Scholten
www.juergen-scholten.de/
aufgenommen in Belgien.

Lektorat: Claudia Perc
www.claudiaperc.de/

Korrektorat: Gudrun Media
www.media-korrektorat.com/

Widmung

Für alle Suchenden.

Namen und Handlungen sind alle fiktiv
und haben mit keinen realen Personen
oder Plätzen etwas gemeinsam.

Auf dem Rückweg aus dem Urlaub finden Wesley und Terence eine verletzte junge Frau am Straßenrand. Nachdem die beiden Soldaten sie in ein Krankenhaus gebracht haben, sind sie der Meinung, dass sie ihren Job erledigt haben. Das Krankenhaus meldet sich jedoch bei Wesley, als June spurlos aus ihrem Zimmer verschwindet und die Rechnungen offenbleiben. Er macht sich auf den Weg und findet sie ein zweites Mal. Kurzentschlossen, und ohne das Team zu informieren, nimmt er sie mit nach San Diego. Als June während eines kurzen Besuchs bei Roderick und Lyndsay deren Vater auf einem Bild wiedererkennt, wird klar, dass es eine grausame Verbindung zwischen den beiden Frauen gibt.

1.

»Wenn nun noch fünf Ampeln in San Diego rot sind, dann sind wir so zu spät, dass Eagle uns den Arsch aufreißt.« Terence sah ihn von der Seite aus seinen zweifarbigen Augen an.

»Sei froh, dass es nicht Harrison ist. Der würde uns wochenlang bluten lassen.« Wesley starrte aus dem Fenster von Terence' Dodge Charger, der mit über hundertdreißig über den Highway raste. Sie hatten sich drei freie Tage gegönnt und waren ins Barona Resort gefahren, wo sie die meiste Zeit dem Glücksspiel gefrönt hatten. Der letzte Abend hatte sich in die Länge gezogen. An der Bar hatten sie ein paar Frauen kennengelernt, mit denen sie einige Drinks getrunken hatten. Es war früher Morgen geworden, als sie betrunken in die Betten des Motels gefallen waren. Deshalb hatten sie am Morgen sehr lang gebraucht und sich viel zu spät auf den Heimweg gemacht. Jetzt dämmerte es bereits und sie mussten pünktlich zurück in der Base sein.

Plötzlich bremste Terence den Wagen hart ab und bog nach rechts auf eine aus Betonplatten bestehende Seitenstraße ab.

»Was hast du vor? Hier darfst du nur mit Genehmigung durch.« Wesley starrte seinen blonden Kollegen an, der in schallendes Gelächter ausbrach.

»Du willst mir was von irgendwelchen Regeln erzählen? Ausgerechnet du? Das ist ja, als würde ein Engel mir was von der Hölle berichten oder ein Fisch fliegen. Außerdem habe ich kein Schild gesehen.« Terence hatte das Tempo zwar verringert, aber für diese Straße war er trotzdem noch zu schnell.

»Dann ras wenigstens nicht so. Ich will nicht, dass du noch einen Wanderer umnietest.«

Die Wege hier waren als Rettungswege für die Klettergärten angelegt, die es an diversen Stellen der Steilwände gab. Wesley hatte das Schild, welches an einem Graben gelegen hatte, zwar gesehen, aber wer nicht darauf achtete, würde es durchaus übersehen. Also würde die Ausreden, dass sie kein Schild bemerkt hatten, womöglich Bestand haben. Die Gegend bot neben Strecken, die für ungeübte Kletterer geeignet waren einige, die nur von Profis genutzt wurden, da der Fels selbst im trockenen Zustand extrem glatt war. Wesley hatte vor Jahren eine Woche hier im Serra Trail verbracht und diese Fakten herausgefunden, nachdem er damit geprahlt hatte, dass er jede der Strecken schaffen würde. Aber der Climbers Loop hatte ihn eines Besseren belehrt. Zu diesem Zeitpunkt hatte er auch erfahren, dass die angelegten Straßen nur für Notfälle gedacht waren, wenn Höhenretter Menschen aus misslichen Lagen befreien oder Verletzte bergen mussten. Sollte man sie hier erwischen, würde die Abkürzung sie nicht nur teuer zu stehen kommen, sondern ihre Ankunft an der Base noch weiter verzögern. Und ganz sicher würde John dann erfahren, wo sie unterwegs gewesen waren und dass sie einmal mehr Regeln nicht eingehalten hatten. Es war vorprogrammierter Ärger.

Mürrisch starrte er aus dem Seitenfenster. Er konnte einige der Kletterwände sehen, die aus Felsansammlungen bestanden und die jetzt verwaist waren. Gedankenverloren folgte sein Blick der Leitplanke, die an ihnen vorbeizog. Gebüsch wechselte sich mit vertrocknetem Gras ab. Obwohl es bereits Herbst war, sah es immer noch aus, als wäre es Hochsommer, vieles war verdorrt und nicht, wie sonst im Herbst, dabei, sich auf den Winter einzustellen. Es war, wie die Jahre zuvor, zu trocken. Die Gefahr, dass aus Freizeitorten wie diesem ein flammendes Inferno wurde, bestand tagtäglich. Plötzlich meinte er einen Bruchteil einer Sekunde, etwas im braunen Gras gesehen zu haben, was dort nicht hingehörte. Sofort blickte er in den Spiegel und versuchte, die Stelle zu entdecken, die seine Aufmerksamkeit erregt hatte. Da war etwas.

»Halt an.« Er löste seinen Blick vom Spiegel und sah zu Terence.

»Was?« Verwundert musterte sein Kollege ihn für einen kurzen Moment und konzentrierte sich nicht mehr auf die schmale Straße vor ihm.

»Halt an verdammt!«, blaffte Wesley erneut und versuchte, den Punkt am Straßenrand wiederzufinden, den er gerade gesehen hatte, aber er war weg.

»Was? Musst du kotzen?« Immer noch verringerte Terence sein Tempo nicht.

»Sticks, halt an und fahr zurück verdammt, da liegt wer!«, brüllte Wesley seinen Teamkameraden nun an, der auf die Bremse stieg.

»Wie, da liegt wer? Sicher, dass es nicht nur irgendein Vieh ist?« Terence verlangsamte den Wagen weiter.

»Nein, bin ich nicht! Dreh um!« Wesley war sich tatsächlich, nicht sicher, was genau er da gesehen hatte, aber er war davon überzeugt, dass dort kein Tier lag. Wenn es allerdings eine Mülltüte war, würde Terence ihn ewig damit aufziehen.

»Dann kommen wir aber erst recht zu spät.«

»Alter, das ist mir sowas von egal, mach endlich.« Da er, was auch immer er gesehen hatte, nun nicht mehr im Spiegel sehen konnte, blickte er zu seinem Kollegen. Es war nur ein kurzer Blickwechsel, der jedoch dafür sorgte, dass Terence den Rückwärtsgang einlegte und mit Vollgas und den Blick über die Schulter gerichtet, die schmale Straße zurückfuhr. Wesley hielt einen Augenblick den Atem an, obwohl er den Fahrstil seines Kollegen kannte. Terence war für seine riskanten Manöver berüchtigt und Vollgas rückwärts war etwas, dass er bestimmt auch mit geschlossenen Augen fertigbrachte.

»Wo?« Nun musterte sein Kollege ihn.

»Keine Ahnung, fahr langsamer.« Verbissen starrte Wesley auf den Seitenstreifen. Wo war diese verdammte Stelle bloß? Es sah einfach alles gleich aus. Verdorrtes Gras und Gestrüpp, welches mal grün und mal braun war und überall gleich aussah. Je länger er aus dem Fenster sah, desto unsicherer wurde er, ob er nicht vielleicht doch nur ein Tier gesehen hatte. Ein verletzter Hirsch, der geflüchtet war? Nein, dafür war es nicht groß genug gewesen. Außerdem bezweifelte er, dass es hier Hirsche gab. Und für ein anderes, hier heimisches Wildtier, war es wiederum zu groß gewesen. Terence wurde langsamer und Wesley zweifelte immer mehr, dass das, was er gesehen hatte, noch da war. Vielleicht war es nur ein Schattenspiel der untergehenden Sonne gewesen und er hatte ihre Rückreise weiter verzögert.

»Alter, da ist nichts. Das Einzige, was ich gleich sehe, ist ein Typ, der echt Ärger bekommt.« Terence richtete seine Aufmerksamkeit in dem Moment auf ihn, in dem er es wiedersah. Ein helles Etwas, das sich nur minimal vom Farbton des Sandbodens absetzte.

»Da!« Er deutete auf die Stelle, die sie nun passierten. Terence riss den Kopf herum und stieß einen Fluch aus, ehe er den Wagen zum Stehen brachte. Noch während Terence pflichtbewusst den Warnblinker einschaltete, stieß Wesley die Tür auf. Da lag ein Mensch am Straßenrand. Er sprang über die Leitplanke und schlitterte den kleinen Abhang hinunter. Eine Frau lag zusammengekrümmt, nur mit einem BH und einem String bekleidet, im Graben.

»Fuck. Ich hol eine Decke. Lebt sie?« Terence stand noch oben an der Straße, als er ihm die Frage zurief. Wesley ließ mit hämmerndem Puls seine Finger an ihrem kühlen Hals entlanggleiten. Durchatmend schloss er einen Augenblick die Augen, während er unter seinen Fingern ein leichtes Pochen spürte.

»Ja. Bring mal das Medpack mit.« Er wollte die Frau nicht bewegen, ohne sich einen Überblick verschafft zu haben. Vielleicht hatte sie schwere Verletzungen, die er erst versorgen müsste. Wesley hob nur kurz den Blick, konnte Terence aber nicht sehen, wohl aber den geöffneten Kofferraum des Dodge. Trotz der einsetzenden Dämmerung reichte das Licht aus, um Unmengen an Schnitt- und Schürfwunden am Körper der Frau zu erkennen. Sie hatte die Augen geschlossen und reagierte auch nicht auf seine Berührungen. Ihre dunklen Haare waren völlig verfilzt und ihr Gesicht war, wie ihr Rücken, mit Kratzern und Hämatomen übersäht. Es war ein Bild des Grauens, das sich ihm an ihrem zierlichen Körper bot. Auch wenn er Wunden kannte, die im Kampf entstanden waren, schmerzte das, was er jetzt sah. Wer hatte sie so zugerichtet und warum trug sie fast nichts am Leib? Sein Magen zog sich krampfhaft zusammen. Zähneknirschend verdrängte er die Bilder, die sich in seine Erinnerungen schieben wollten.

»Krankenwagen?«

Während er darüber nachdachte, welche ihrer Wunden er nun versorgen sollte, sah er zu Terence auf, der seinen Blick grübelnd nach vorne richtete und schließlich sein Handy zückte. Eine Nummer wählte er allerdings nicht. Er starrte das Display an und warf ihm die Decke zu, die er aus dem Wagen mitgebracht hatte.

»Vergiss es, die brauchen sicher zwanzig Minuten, bis sie hier sind und mindestens nochmal solange bis zum nächsten Krankenhaus. Die können hier nicht mal eben wenden. Wir fahren sie.« Nun rutschte auch Terence zu ihm hinunter. »Bekommst du das hin?« Fragend legte sein Kollege den Kopf erst auf die Seite und griff dann kurz nach dem Handgelenk der Frau. »Die ist völlig unterkühlt.«

»Tolle Diagnose. Ich glaub der Rest ist viel schlimmer.« Wesley legte die Decke über die Frau und es gelang ihm, sie auf seinen Arm zu ziehen und aufzustehen. Sie war erstaunlich leicht und gab nicht mal einen Protestlaut von sich. Was, wenn sie nun auf den Weg ins Krankenhaus verstarb? Wer würde ihnen glauben, dass sie sie hier aufgelesen hatten? Ihm wurde klar, dass so oder so viele Fragen auf sie zukommen würden, von denen sie im Prinzip nur eine beantworten konnten. Aber selbst die Frage nach dem, wo sie sie gefunden hatten, war schwer. Wo genau waren sie hier eigentlich? Sie konnten schlecht sagen am dritten Baum auf der rechten Seite. Er warf einen Blick die Straße hinunter und dann in die Richtung einer Felswand. Aber selbst die Aussage, dass es in knapp einem Kilometer Entfernung einen Kletterpark gab, würde sicher nur für mehr Fragen sorgen. Schließlich gab es hier nicht nur einen, sondern mehr als zehn. Wenn die Polizei den Fall untersuchen würde, würde auch die Frage im Raum stehen, was sie hier getrieben hatten. Eine Frage, deren Antwort ihnen Ärger bringen würde, aber mehr nicht. Wenn auf dem Weg ins

Krankenhaus etwas schieflief, würde unter Umständen Mord im Raum stehen.

»Ey, was ist los?« Terence war bereits neben ihm aus dem Graben gestiegen und sah nun zu ihm herunter.

»Vielleicht sollten wir doch …«

»Was? Einen Krankenwagen und die Polizei rufen? Ey, bis die hier sind, dauert es ewig. Wir haben keine Zeit. Wir nehmen sie mit, geben sie im Krankenhaus ab, lassen unsere Kontaktdaten da und verschwinden wieder.« Terence gab ihm mit Gesten zu verstehen, dass er endlich aus dem Graben klettern sollte.

»Geben sie ab«, nuschelnd wiederholte er die Worte, während er vorsichtig, da der Boden unter seinen Füßen mit dem Gewicht der Frau noch rutschiger war, aus dem Graben stieg. »Das klingt, als wolltest du einen Hund im Tierheim abgeben.«

»Ist doch so. Casanova, ehrlich, ich hab keinen Bock auf Stress mit Eagle. Ich hab ihm eben schon eine Nachricht geschrieben und er glaubt uns nicht, dass wir eine Frau im Straßengraben gefunden haben.« Terence umrundete seinen grünen Charger und zog die Fahrertür auf.

»Dann schreib ihm, es ist ein Hund, vielleicht glaubt er das.« Wesley hatte damit gerechnet, dass Terence ihm wenigstens die Wagentür öffnen würde, damit er die Fremde ins Auto legen konnte, aber sein Kollege lehnte sich gegen den Wagen und sah ihn abwartend an, als er über die Leitplanke stieg.

Mit den Worten: »Dann geben wir sie ja doch nur ab«, verschwand Terence im Wageninneren, während es Wesley endlich gelang, die Tür zu öffnen. Umständlich legte er die Frau auf den Rücksitz und zwängte sich neben sie. Er bemerkte Terence' Blick auf die Uhr des Wagens. Ja, sie würden es nicht mehr rechtzeitig zur Base schaffen, aber das war zumindest ihm in diesem Augenblick egal. Ein Menschenleben stand über der Vereinbarung, wann sie wieder am Stützpunkt sein mussten. Gerade in Anbetracht dessen, dass es keinen wichtigen Grund gab, warum sie pünktlich zurück sein sollten. Es gab weder einen Einsatz noch eine Trainingsmission und selbst ein Briefing war nicht angesetzt. Wesley musterte das Gesicht der

Frau, die er auf Mitte zwanzig schätzte. Ihr Kopf lag auf seinem Schoss, ihr Rücken ruhte an der Rücklehne und ihre Beine hatte er so angewinkelt, dass er gerade noch genügend Platz zum Sitzen hatte. So konnte er ihren Zustand im Auge behalten und Terence konnte sich auf das Fahren konzentrieren.

Während sein Kollege den Wagen startete, zog Wesley sein Handy aus der Hemdtasche.

»Was hast du vor?« Terence drehte sich zu ihm um.

»Du sollst auf die Straße schauen. Ich ruf Eagle an«, erklärte er rügend seinem Kollegen, der den Wagen bereits beschleunigt hatte.

»Was willst du ihm sagen? Dass ich mich geirrt habe und es ein Hund ist, oder was?« Lachend behielt Terence die Straße im Auge.

»Halt doch einfach mal die Schnauze.« Wesley lauschte dem Freizeichen am anderen Ende und hatte seinen Blick vom Gesicht der Frau auf ihren Oberkörper gerichtet, wo er die Decke, mit der er sie zugedeckt hatte, zurechtzog.

»Thomsen.« Die Stimme am anderen Ende klang beschäftigt.

»Hey John. Ich bin´s. Ich wollte dir nur sagen …«

»Casanova, wie ich Sticks gerade schon gesagt habe: Seht zu, dass ihr eure Ärsche hierher bewegt, und zwar pünktlich. Nur weil ihr irgendwo Weiber aufgabelt und sie noch erst flachlegen müsst, braucht ihr nicht zu spät zu kommen. Mir ist …«

»Eagle, verflucht. Wir legen niemanden flach. Wir haben sie im Straßengraben gefunden. Wenn wir einen Krankenwagen und die Polizei verständigt hätten, würden wir noch länger brauchen. Wir konnten sie doch nicht da liegenlassen. Es tut mir leid, dass wir zu spät sind, aber das geht nun mal vor.« Völlig entrüstet wurde er mit jedem Wort lauter. Dass gerade ihm ein gewisser Ruf anhaftete, wusste er, aber dass man ihm deswegen nicht mehr glauben würde, war ihm neu. »Soll ich dir ein Bild von ihr schicken?«, setzte er vor Wut schäumend nach und ignorierte den Blick im Rückspiegel, den Terence ihm zuwarf.

»Das ist euer Ernst, oder?« Johns Stimme hatte sich verändert. Er klang so, als würde er ihnen nun doch glauben und als wäre er interessiert an dem, was vorgefallen war.

»Ja verflucht.« Kopfschüttelnd richtete Wesley kurz seine Aufmerksamkeit auf Terence.

»Okay, sie hatte keine Papiere bei sich?«

»Nein, nichts. Einen BH und ´nen String hat sie an. Sie hat Unmengen an Hämatomen, Schnittwunden und Kratzern. Sie sieht aus, als hätte sie mit einem Raubtier gekämpft«, fasste er das zusammen, was er bisher hatte sehen können.

»Okay, bringt sie in ein Krankenhaus und meldet euch, wenn ihr dort wieder losfahrt.« John beendete das Gespräch, ehe Wesley noch etwas erwidern konnte.

»Meinst du, die stellen uns im Krankenhaus eine Entschuldigung aus?«, murmelte er nachdenklich.

»Willst du mich verarschen?« Terence warf ihm einen Blick über die Schulter zu. »Schick ihm ein Foto und gut.«

»Als ob man mir nicht glauben kann.« Murrend schickte er ein Foto der jungen Frau an John, der nur wenige Sekunden später antwortete.

»Scheiße. Seht zu, dass ihr trotzdem pünktlich hier seid.«

Mit dieser Antwort hatte er gerechnet. Wenn sie es vom Krankenhaus aus noch rechtzeitig in die Base schaffen würden, würde ihnen eine Menge Ärger erspart bleiben.

»Wir sollen trotzdem pünktlich sein«, gab er weiter, was ihr Captain angeordnet hatte.

Terence stieß einen genervten Laut aus. »Warum musst du auch immer in den Straßengraben schauen.«

»Weil du so langsam unterwegs bist, dass es zum Grashalm zählen verleitet«, murrte Wesley. So hatte er sich das Ende seines Urlaubs nicht vorgestellt.

Dabei waren die freien Tage bis vor einigen Minuten perfekt gewesen, wenn man von dem Vollrausch gestern Abend absah. Als Terence ihm vorgeschlagen hatte, ins Barona Resort zu fahren, hatte er ihn im ersten Moment ausgelacht. Der Name klang bereits so, als würden sich dort nur ältere Herrschaften einfinden, die sich gegenseitig ihr Leid klagten und Golf spielten. Als er dann auch noch festgestellt hatte, dass das Resort mehr oder weniger im Nirgendwo lag, hatte er ablehnen wollen. Terence hatte ihm dann aber gesagt, dass zu der Hotelanlage ein Casino gehörte und es weit günstiger wäre, als wenn sie nach Vegas fahren würden. Und tatsächlich hatten sie viel Zeit im Casino verbracht. Außerdem hatte er dort die ein oder andere Frau kennengelernt, die er schnell um den Finger hatte wickeln können. So war es dazu gekommen, dass Terence an den Abenden oft alleine im Casino unterwegs gewesen war oder an der Bar gesessen hatte. Wesley löste seine Gedanken von den heißen Nächten mit Frauen, wie er sie liebte. Viele waren nur darauf aus gewesen, einmal mit einem Soldaten im Bett zu landen.

Inzwischen waren sie an einigen Stellen vorbeigekommen, an denen die Straße breiter war und es Parkbuchten für die zahlenden Touristen gab. Aber die Parkplätze waren verwaist. Die Sonne war verschwunden und man konnte nur noch die orangefarbenen Streifen am Himmel sehen, die auf das Ende des Tages hindeuteten. Prüfend musterte er die Frau, deren Haut langsam wärmer wurde. Er rechnete damit, dass sie in wenigen Minuten die Augen aufschlug. Nur wie würde sie reagieren, wenn sie feststellte, dass sie neben einem fremden Mann im Auto lag?

Als ihre Straße in eine größere mündete, entdeckte er ein Schild. Dieses Mal stand es gut leserlich an der Einfahrt und wies darauf hin, dass die Straße nur von Besuchern des Kletterparks genutzt werden sollte.

»Wir werden richtig Ärger bekommen«, murmelte er abwesend.

»Warum?« Terence warf ihm einen Blick über die Schulter zu.

»Wenn wir sagen, wo wir sie gefunden haben, wird man uns fragen, was wir hier gesucht haben.«

»Alter, nun hör doch mal auf. So kenn ich dich gar nicht. Du machst dir doch sonst auch nichts aus Vorschriften. Vor ein paar Monaten hätten dich irgendwelche Schilder sicher nicht aufgehalten. Du hättest den Kletterparcours wahrscheinlich auch noch ausgetestet.«

»Touché.« Wesley schnaubte und sah kurz das zufriedene Grinsen seines Kollegen. Terence lag mit seinen Worten so richtig, dass ihm klar wurde, wie sehr er sich verändert hatte. Er konnte allerdings nicht sagen, ob diese Änderung zum Positiven war oder nicht.

In Bagram hatte er sich nie um irgendwelche Schilder geschert, und schon gar nicht, wenn es Verbotsschilder gewesen waren. Er hielt sich an keine Regeln. Regeln funktionierten für ihn nicht. Das war eine Tatsache, die er schon in jungen Jahren festgestellt und so manches Mal schmerzhaft bezahlt hatte. Sein Vater hatte ihm von klein auf die Funktion und Sinnhaftigkeit von Regeln klarmachen wollen, war aber immer wieder gescheitert.

Wesley war sich sogar sicher, dass sein Vater Schuld daran hatte, dass er regelmäßig die Regeln brach. Als Kleinkind hatte es einen auf die Finger gegeben, wenn er sich nicht an die Regeln gehalten oder Aufgaben nicht erledigt hatte, die sein Vater oder seine Mutter aufgestellt hatten. Später hatte dann ein alter Ledergürtel die Hand ersetzt und viele Male tiefe Spuren auf seinen Rücken gezeichnet. Selbst vor einem Stahlrohr hatte sein Vater nicht haltgemacht.

Plötzlich meinte er, wieder den Schmerz zu spüren, der in solchen Momenten durch ihn hindurch gerast war. Glühend heiß hatte er sich von der Stelle, an der er getroffen worden war, durch seinen ganzen Körper verteilt. Manches Mal hatte er auch das Blut gespürt, welches aus den Wunden gequollen war. Er presste die Zähne aufeinander, als sich immer mehr Bilder aus seiner Kindheit einen Weg aus einer finsteren Ecke seiner Erinnerungen bahnten. Die Bilder wollten sich jedoch nicht so schnell wieder vertreiben lassen, wie sie gekommen waren. Der Anblick der Frau und ihrer Wunden sorgten dafür, dass sein Vater immer wieder vor seinen Augen auftauchte. Diesen Mann, von dem er sich schon vor langer Zeit losgesagt hatte, hätte er sicher irgendwann im Affekt getötet, wenn er nicht zur Navy gegangen wäre. Dabei war die Navy nur eine Flucht vor dem Jugendknast gewesen. Sein Anwalt – nein, es war ein vom Staat gestellter gewesen, selbst hätte er sich nie einen leisten können und seine Eltern hätten ihm sicher keinen bezahlt – hatte den Richter davon überzeugt, dass die Navy für ihn weit besser wäre als der Knast. Dort könnte man ihm beibringen, wie man sich in ein Team einbrachte und wie man sich unterordnete. Etwas, was

Wesley noch nie gekonnt hatte und selbst bei der Navy nur schwer gelernt hatte. Auch dort hatte es immer wieder Probleme gegeben. Seine Ausbilder waren an ihm verzweifelt und sein direkter Vorgesetzter hatte so oft beide Augen zugekniffen, dass er seinen Job mehrmals riskiert hatte. Er hatte Wesleys Potenzial gesehen und lange gehofft, dass er sich irgendwann den Regeln freiwillig anpassen würde. Irgendwann war er bei einem Auslandseinsatz in Afghanistan in Mike Lutrells Büro gelandet. In Bagram hatte es noch mehr Querulanten wie ihn gegeben, Mike hatte alle um sich gesammelt. Die ersten Monate waren wie immer gewesen. Ständig hatte er sich im Büro des Commanders einfinden müssen und immer wieder hatte dieser ihm die Regeln gepredigt, bis man ihn und das Rescue-Team auf einen Einsatz geschickt hatte, der sein Leben veränderte.

Sie hatten einen MRAP bergen müssen, der auf eine Mine aufgefahren und beschädigt worden war. Soweit war das keine Seltenheit, wohl aber, dass in der Nähe des Wagens gleich drei Soldaten umgekommen waren, weil sie nicht im Wagen hatten warten wollen. Weil ihre Kollegen in den anderen Fahrzeugen sie nicht gewarnt hatten und weil alles schiefgelaufen war, was schief laufen konnte. Irgendetwas an diesem Anblick hatte ihm klargemacht, dass es Regeln gab, an die man sich halten musste. Was nicht hieß, dass sein Spind immer aufgeräumt war, dass er seinen Vorgesetzten nicht doch widersprach, wenn es um belanglose Dinge ging. Aber zu diesem Zeitpunkt hatte er begonnen, sich in Bagram und im Team wohlzufühlen. Es waren Freundschaften entstanden, die dafür gesorgt hatten, dass er seinen Kollegen blind vertraute.

Eine Regung neben ihm ließ ihn aus seinen Gedanken auftauchen. Die Frau versuchte, sich zu strecken, was in der Enge des Wagens, so wie sie gerade lag, unmöglich war.

»Hey, alles okay, du bist in einem Auto und in Sicherheit«, erklärte er und bemerkte im Augenwinkel, wie Terence sich kurz zu ihm umdrehte.

»Wir sind gleich da«, war die knappe Erklärung seines Kollegen.

Die Frau schlug die Augen auf, blinzelte und prallte mit den Füßen gegen die Tür des Wagens, als sie panisch versuchte, sich aufzusetzen. Die Decke, die ihre Blöße verdeckt hatte, fiel in den Fußraum und sie stieß einen heiseren Laut aus.

»Alles okay, ich tue dir nichts.« Wesley hob die Hände und rutschte ein Stück zur Seite, um ihr durch sein Verhalten zu zeigen, dass er nichts Böses im Sinn hatte. Die brünette Frau schüttelte mit weitaufgerissenen Augen den Kopf und wollte nach dem Türgriff greifen.

»Halt.« Wesley packte ihr Handgelenk und wäre um ein Haar auf ihren Schoss gefallen. »Wir tun dir nichts, aber wenn du aus einem fahrenden Auto springst, kommt das nicht so gut.« Er hielt ihre Hände und bemerkte wie Terence das Tempo verringerte.

»Lass mich los!« Heiser fuhr sie ihn an.

»Wenn du noch ein paar Minuten hier sitzen bleibst gerne.« Mit seiner freien Hand angelte er nach der Wolldecke. »Hier. Ich lass dich los und du bleibst hier sitzen.« Es gelang ihm nicht, ihr in die Augen zu sehen. Ihr Blick wanderte ziellos umher und sie begann zu zittern. »Nimm die Decke. Ich tue dir wirklich nichts.« Er löste seinen Griff und atmete erleichtert durch, als sie die Decke entgegennahm und so zumindest einen kurzen Moment von der geplanten Flucht absah. Trotz seiner Befürchtung, dass sie einen weiteren Fluchtversuch plante, rutschte er wieder ein Stück zur Seite. Dass sie sich bei zu viel Nähe bedroht fühlte, war nicht zu übersehen. Auch so würde er noch schnell genug sein und sie daran hindern können, aus dem fahrenden Wagen zu springen. Selbst jetzt, wo Terence das Tempo verringert hatte, würde sie sich schwere Verletzungen zuziehen, sollte sie sich wirklich während der Fahrt aus dem Auto werfen.

»Wo …« Sie rang nach Luft und er hatte den Eindruck, dass sie sich das erste Mal bewusst umsah.

»Wir haben dich am Serra Trail gefunden und sind gleich am Fresinus Medical Care in Allied Gardens«, erklärte Terence vom Fahrersitz aus und bog nach links ab.

»Ich geh in kein Krankenhaus.« Ihre Stimme bebte und ihre Hand wanderte erneut zum Türgriff.

»Du sollst ja auch nicht dort bleiben. Aber vielleicht …« Wesley zögerte. Er wollte ihr keine Angst machen, indem er sie erneut berührte. Ihr stummes Kopfschütteln und die weit aufgerissenen Augen, als sie am Krankenhaus, das sie gerade erreichten, einen Krankenwagen sah, war ausreichend, um ihre Panik zu unterstreichen. »Was ist passiert?«

Terence parkte den Wagen und drehte sich zu ihnen um. Sein Augenmerk lag auf der Frau. Ihre Atmung wurde immer hektischer.

»Hey, es ist alles okay. Wir kommen mit rein. Dir tut keiner was, schau mal. Wir sind die Guten.« Terence zog seine Geldbörse hervor und hielt seinen Navyausweis so, dass sie ihn sehen konnte. Wesley bemerkte, dass sie den Ausweis lange prüfend ansah, ehe sie die Augen einen Moment schloss und durchatmete.

»Wenn du willst warten wir, bis alles geklärt ist«, bot er ihr an und erntete einen wütenden Blick von Terence, der kurz auf seine Uhr sah. Abwinkend, da ihm in diesem Moment egal war, dass sie womöglich weit später in San Diego ankommen würden, als sie gedacht hatten, wandte er sich wieder der Frau zu.

»Ich bin Wesley und das ist Terence.« Er deutete kurz auf seinen Kollegen, der knapp die Hand zu einem Gruß hob. »Wollen wir reingehen?« Nun deutete er über die Schulter zum Krankenhaus.

»Ich kann da doch so nicht rein.« Ihre Stimme war immer noch leise und zögernd. Wesley wurde bewusst, dass sie in diesem Moment nur nach einem Weg suchte, um nicht in das Gebäude zu gehen.

»Warte mal.« Er beugte sich nach hinten, wo er aufgrund der fehlenden Kofferraumabdeckung an seinen Rucksack gelangen konnte. Ein blaues Hemd und eine camouflagefarbene Hose hervorziehend rutschte er wieder auf den Sitz und bemerkte, dass der Blick der Frau auf seinem Oberarm lag. »Ich suche noch einen guten Tätowierer.« Erklärend reichte er ihr die Sachen. Wie er zu der Narbe gekommen war, wollte er ihr nicht erzählen, das gehörte nicht hierher und ging sie nichts an. Zaghaft nahm sie ihm die Kleidungsstücke ab. Das Hemd überziehend blieb ihre Aufmerksamkeit einen Moment auf ihren Beinen liegen.

Als Wesley bemerkte, wie Terence ihn ansah, warf er seinem Kollegen einen knappen Blick zu, der ausreichen sollte, um ihm klar zu machen, dass es nichts bringen würde, wenn sie die Frau nun hetzten. Sie würde das gerade gefasste Vertrauen sofort wieder verlieren. Er konnte ihren schmerzverzerrten Gesichtsausdruck nur schwer ertragen, als sie ihre Beine in die Hose schob. Terence stieg aus und öffnete die Tür. Ihr eine Hand reichend wollte er ihr helfen, aus dem Wagen zu steigen, doch erneut lehnte sie die Hilfe ab.

»Wie heißt du eigentlich?«

Als Wesley aus dem Wagen stieg, begann Terence ein Gespräch mit der Frau, die es zitternd schaffte, aus dem Auto zu steigen. Beobachtend, wie sie Terence' angebotene Hand ignorierte, umrundete er den Charger. Auch dass sie auf die Frage nach ihrem Namen nicht antwortete, beunruhigte ihn. Ihr musste etwas Schreckliches zugestoßen sein.

»Wir kommen mit.« Ihr knapp zunickend deutete er auf das Krankenhaus, wo gerade ein Krankenwagen aufbrach. Froh, dass sie nicht widersprach, ging er neben ihr her. Terence, der auf ihrer anderen Seite lief, richtete mehrfach seine Aufmerksamkeit auf ihn. Sein Blick verlangte nach einem Gespräch, welches Wesley aber erst führen wollte, wenn er sicher war, dass es ihr gut ging. Plötzlich krallten sich ihre Fingernägel in seinen Oberarm. So plötzlich, wie der Druck entstanden war, verschwand er wieder. Terence hatte sie bereits aufgefangen, als sie zusammenzubrechen drohte.

»Wenn ich den erwische.« Terence' tiefes Knurren, als er die Bewusstlose durch die Tür der Klinik trug, ignorierte Wesley und machte sich auf den Weg zu einem Tresen, an dem das Schild Anmeldung hing. In ihm kochte die Wut gegen den oder die auf, die sie so zugerichtet hatten.

»Wir brauchen dringend einen Arzt und eine Liege«, erklärte er der älteren dunkelhaarigen Dame, die von ihrer Arbeit mit fragendem Gesichtsausdruck aufsah. Er deutete zu Terence, der mit der Frau im Arm im Eingangsbereich stand.

»Ich komme.« Den Schreibtischstuhl nach hinten schiebend verschwand die Schwester in einem Raum. Er konnte hören, dass sie jemanden darum bat, sie zu vertreten. Dann öffnete sich eine Tür und keine zehn Sekunden später ging sie an ihm vorbei auf Terence zu.

»Mitkommen.« Befehlend sprach sie Terence an, der verwundert eine Augenbraue nach oben zog. Wesley hob nur verdutzt die Hände und musste sich beeilen, um mit der Schwester und Terence Schritt zu halten. Sie kamen durch mehrere Türen, ehe die Krankenschwester in einen Schockraum abbog, wo sie Terence mit einer knappen Geste zu verstehen gab, dass er die Frau auf die Liege legen sollte. Als Wesley den Raum betreten wollte, drehte sie sich zu ihm um und fuhr ihn an.

»Sie bleiben draußen.« Dann wandte sie sich Terence zu. »Ihre Freundin?«

Terence schüttelte den Kopf.

»Ihre Schwester?« Genervt begann sie, bei der jungen Frau Blutdruck zu messen, und zog ein Telefon aus ihrem Kittel.

»Auch nicht.«

»In welcher Verbindung stehen Sie dann zu ihr?«

»In gar keiner«, erklärte Wesley und machte einen Schritt in den Raum.

»Raus!«, herrschte die Schwester ihn an und begann zu telefonieren. Terence zog den Kopf ein und kam auf ihn zu.

»Ich glaube, wir können gehen.« Terence warf einen Blick über die Schulter und Wesley fand den Gedanken befremdlich, nun ohne jede Erklärung zu verschwinden. Nicht dass man sie später polizeilich suchen ließ, weil sie einfach gefahren waren.

»Wir sollten zumindest warten bis jemand fragt, was passiert ist.« Auf die Schwester konzentriert, die immer noch telefonierte und einen Arzt bestellte, sprach er seine Gedanken aus.

»Das wissen wir doch gar nicht«, murrte Terence und trat an ihm vorbei.

»Du weißt genau, was ich meine.« Wesley blieb an dem Türrahmen gelehnt stehen und ignorierte, dass Terence gehen wollte.

»Willst du nun echt hier warten, oder was?« Terence hatte sich ein Stück entfernt und war nun stehengeblieben.

»Ja.« Wesley sah seinen Kollegen nicht an, sondern nickte einfach, während er beobachtete, wie die Schwester sich um die Frau kümmerte.

Nur Sekunden später kam ein Mann in einem weißen Kittel über den Gang geeilt, nickte ihm kurz zu und verschwand im Schockraum. Dann kam die Krankenschwester mit einem genervten Kopfschütteln auf ihn zu und schloss die Tür vor seiner Nase.

»Bleiben?« Terence legte prüfend den Kopf auf die Seite.

»Ja.« Wesley sah den Flur entlang, allerdings gab es hier keine Stühle. Es war ein kahler weißer Gang mit Edelstahlhandläufen an den Wänden und einem Bodenbelag, der ebenso steril wirkte wie der Rest.

»Ich such mal einen Kaffeeautomaten und komm dann wieder.«

Er konnte in Terence Stimme zwar leichten Unmut hören, war sich aber sicher, dass sein Kollege ihm diese Entscheidung nicht übelnehmen würde.

2.

»Können wir jetzt?« Terence musterte ihn von der Seite und Wesley schaute kurz zur Uhr, die im Eingangsbereich des Krankenhauses über einem Durchgang hing.

»Ja.« Auch wenn er das Gefühl hatte, noch bleiben zu wollen nagte an ihm. Sie würden nicht nur eine oder zwei Stunden zu spät in San Diego ankommen. Mit etwas Glück würden sie es gerade noch zum Trainingsbeginn schaffen, wobei diese Chance auch schlecht stand. Die Nacht war fast vorbei und er war völlig hin und hergerissen. Als die Frau, die ihren Namen immer noch nicht preisgegeben hatte, aufgewacht war, hatte sie darauf bestanden, dass er während der Zeit, in der die Ärzte sie versorgt hatten, in ihrer Nähe blieb. Nur mit viel gutem Zureden von seiner Seite und einiger Krankenschwestern hatte man sie davon überzeugen können, einige Tage zur Beobachtung im Krankenhaus zu bleiben. Sie hatte einige Untersuchungen völlig verweigert, weswegen man im Laufe des nächsten Tages einen Psychologen zu Rate ziehen wollte, der sie von der Dringlichkeit dieser Untersuchung überzeugen sollte. Die Ärzte hatten außerdem die Polizei eingeschaltet, um die Hintergründe zu klären. Die beiden Beamtinnen hatten aufgrund der Geschehnisse großzügig darüber hinweggesehen, dass er und Terence eine Straße genutzt hatten, die nicht für den öffentlichen Verkehr freigegeben war. Sie hatten ihnen eine mündliche Verwarnung erteilt und wollten die Sache auf sich beruhen lassen. Allerdings war es auch ihnen nicht gelungen, in Erfahrung zu bringen, wer die Frau war, wo sie herkam oder wie sie an den Seitenstreifen des Kletterparks gelangt war. Überhaupt sprach sie kaum mehr als *Ja, Nein* und einige wenige andere Worte, die sie benötigte, um sich zu verständigen. Worauf sie jedoch vehement bestanden hatte, war, dass er in ihrer Nähe blieb. Terence missfiel das, er drängte bereits seit Stunden zum Aufbruch, um möglichst wenig Ärger mit ihrem Vorgesetzten zu bekommen. Erst vor einer Stunde hatte eine Krankenschwester die Frau auf ein Einzelzimmer gebracht und ihr ein Medikament verabreicht, das sie beruhigen sollte. Wesley hatte sich in diesem Moment von ihr verabschiedet und war in den Eingangsbereich gekommen, wo er noch Papiere ausgefüllt und seine Telefonnummer hinterlassen hatte. Seine Daten hatte er nur widerstrebend herausgegeben. Wozu man sie benötigte, hatte ihm die junge Auszubildende nicht sagen können. Nur dass sie die Daten derer, die die Patienten brachten, immer notierten, sie aber noch nie erlebt hatte, dass diese in irgendeiner Form nochmals aus den Akten genommen wurden.

»Man, kommst du nun oder soll ich alleine fahren?« Terence riss ihn aus seinen Gedanken. Nickend und ohne seinem Kollegen zu antworten, folgte er ihm auf den Parkplatz.

»Was denkst du?« Als Terence seinen Charger aufschloss, sah er ihn kurz über das Wagendach hinweg an.

»Worüber?« Fragend hob er eine Augenbraue.

»Was ihr passiert ist.« Terence zog die Autotür auf und wandte seinen Blick ab.

»Keine Ahnung. Die Blutergebnisse kommen erst in ein paar Stunden. Wenn sie Drogen genommen hat … Stress mit ihrem Dealer, ihrem Zuhälter oder ´nem Kunden.«

»Dann sollte der aufpassen, dass ihr Zuhälter ihn nicht findet.« Terence stieg bei seinen Worten in den Wagen.

Wesley gab nur ein zustimmendes Brummen von sich. Nicht nur in ihrem Job in den Krisengebieten, auch hier bei jedem Blick in die Zeitung taten sich so oft menschliche Abgründe auf.

»Was ist los?« Terence musterte ihn kurz, als sie wenige Minuten später den Parkplatz verließen.

»Was soll sein?« Eine Augenbraue fragend gehoben warf er seinem Kollegen einen kurzen Blick zu.

»Dich beschäftigt was.« Terence hatte seine Aufmerksamkeit bereits wieder auf den Verkehr gerichtet. Sie würden mitten in der morgendlichen Rushhour in San Diego ankommen. John war bei ihrem letzten Anruf zwar nicht weniger ungehalten gewesen als bei ihrem ersten kurz vor Einbruch der Nacht, aber er hatte zumindest irgendwann den Eindruck erweckt, als glaube er ihnen.

»Ich frage mich nur, wer zu sowas fähig ist und ob sie wirklich von niemandem vorher gesehen wurde. Ich meine, sie lag da sicher nicht erst eine halbe Stunde.« Wesley strich sich durch den Bart. Auch wenn er schon vieles gesehen hatte, wollte sich ihm nicht erschließen, wieso eine junge Frau mitten in den Staaten, dazu in einem Freizeitgebiet, in dem sich tagsüber hunderte Touristen tummelten, so lange irgendwo am Straßenrand liegen konnte, ohne beachtet zu werden. Täuschte er sich womöglich und sie hatte nicht seit Stunden dort gelegen? »Und warum will sie ihren Namen nicht sagen?«, murmelte er gedankenverloren hinterher.

»Vielleicht haben die, die vorbeigekommen sind, woanders hingeschaut. Du hast sie doch auch nur zufällig gesehen. Warum sie ihren Namen nicht sagen will, werden die Psychologen schon rausbekommen. Sie ist da in besten Händen und du musst dir keinen Kopf darüber machen, dass sie nicht medizinisch versorgt wird.«

»Uh, was für weise Worte aus dem Mund von Mister Blatter«, zog er seinen Kollegen auf. Es gab kaum Momente wie diesen, in denen sie zuließen, dass die Schicksale anderer sie beeinflussten. Ihre Arbeit im Rescue-Team hatte ihnen schon oft Situationen beschert, die oft weit schlimmer gewesen waren als das, was sie bei der Frau gesehen hatten. Wenn sie sich jedes dieser Schicksale zu Herzen genommen hätten, wären sie daran zerbrochen.

Als sie an der Base ankamen, versammelten sich gerade die Teams vor dem Gebäude. Sean warf ihnen einen wütenden Blick zu und John schnauzte ihnen zu, dass sie fünf Minuten Zeit bekommen würden, um sich umzuziehen. Auf dem Weg in die Base verdrängte Wesley die Gedanken, die ihn beschäftigt hatten. Ab jetzt zählte nur noch das Training, nicht mehr und nicht weniger. Er musste diesen Tag trotz Schlafmangels hinter sich bringen, ohne John weiter zu verärgern.

Erst Stunden später, kurz vor Sonnenuntergang, kamen sie wieder an der Base an. Seine Sachen waren tropfnass, ihm war nicht nur kalt, ihm war eiskalt. Das Wasser der San Diego Bay war heute gefühlt noch kälter gewesen als sonst und der Sand des Strandes war in jede Hautfalte gekrochen. Gemeinsam mit Terence hatte er nicht nur Extrarunden im Wasser drehen müssen, man hatte sie außerdem gleich mehrfach immer wieder auf die Düne gehetzt, als Strafe für ihre Verspätung. Seine Lunge brannte immer noch. Als er sich mit den Fingern über die Augenlider strich, verteilte er den Sand in seinen Augen, was ein unerträgliches Brennen auslöste. Neben all den üblichen Schmerzen, die beim Training immer wieder auftauchten, hatte sein Kollege Bear ihn im Nahkampftraining so zu Boden geschickt, dass seine Schulter selbst jetzt, Stunden nach der Trainingseinheit, noch Probleme machte.

»Ey Casanova, Sticks, kommt mal rüber, ich dusch euch ab, dann verteilt ihr den Mist nicht im ganzen Gebäude.« An der Seite des alten Hotels stand Lexi Walker. Die Fünfundzwanzigjährige war aktuell die einzige Frau im Team und dafür berüchtigt, Haare auf den Zähnen zu haben. Sie weigerte sich immer noch, sie mit ihrem Klarnamen anzusprechen. Er selbst sah seit einiger Zeit davon ab, seine Kollegen mit Funknamen zu nennen, wenn sie unterwegs waren. Hier in den Staaten gab es keinen Grund, sich hinter einem ausgedachten Namen zu verstecken. In Afghanistan war das anders gewesen. Dort hatte er seinen richtigen Namen über Monate nicht gehört.

Terence trat an ihm vorbei auf ihre Kollegin zu, die bereits den Gartenschlauch in der Hand hielt, der hier nur den Zweck erfüllte, sich kurz zu waschen, sollte das Training mal wieder sandiger geworden sein. Es waren jedoch die wenigsten, die ihn tatsächlich nutzten. Oft war es nicht zu übersehen, von wo sie gekommen waren, wenn sie ins Gebäude traten. Zusätzlich zum Sand trugen sie oft auch den Geruch des Meeres in die Base. Er beobachtete Terence dabei, wie der sich das Shirt über den Kopf zog und seine Schuhe öffnete. Nach wenigen Sekunden stand der blonde, guttrainierte Mann, nackt wie Gott ihn geschaffen hatte vor Lexi, die völlig unbeeindruckt blieb, als sie den Wasserstrahl auf ihren gemeinsamen Kollegen richtete. Wesleys Gedanken schweiften ab, als er zusah, wie Terence sich von ihrer Kollegin abduschen ließ und schließlich auch seine Kleidung grundreinigte. Andere Frauen würden wahrscheinlich mit offenem Mund dastehen und Terence anschmachten. Sie würden jeden Muskel zählen und die Tätowierungen genau studieren. Lexi tat, als wäre es völlig normal, dass Terence nackt vor ihr stand. Wesley wusste jedoch, dass seine Kollegin schon mit jedem von ihnen eine Bettgeschichte gehabt hatte, und er war da keine Ausnahme. Weder sie noch seine Kollegen machten einen Hehl aus diesen kurzfristigen Beziehungsgeschichten.

»Ey, hör auf zu träumen.« Terence rief ihm die Worte zu, als er mit seinen nassen Sachen unter dem Arm in der Base verschwand. Im nächsten Augenblick traf ihn der eiskalte Wasserstrahl und Lexi lachte auf.

»Vergiss es, ich geh duschen.« Er wandte sich ab, was Lexi dazu veranlasste ihm einen Fluch hinterherzuschicken.

3.

Das Schnarchen ihrer Zimmernachbarin, die man kurz vor Beginn der Nacht auf ihr Zimmer gebracht hatte, machte June von Stunde zu Stunde mehr zu schaffen. Es war ein nervtötendes Gurgeln, mit dem normalen Schnarchen vieler Männer nicht zu vergleichen. Der Klang hatte was von einem verstopften Abfluss, durch den das Wasser nur stoßweise entweichen konnte. Je mehr Vergleiche June zu anderen Geräuschen zog, desto weniger war an Schlaf zu denken.

Eine Wasserleitung, die mit Lufteinschlüssen zu kämpfen hatte.

Ein alter Heizkörper, der rauschend an einem kalten Wintertag zum Leben erwachte.

Einer der Art, wie sie ihn in ihrer ersten Mietwohnung in Lakeside gehabt hatte. Vierter Stock, nur wenige Quadratmeter. Ein Bett, ein Stuhl und eine kleine Küche, die eigentlich keine gewesen war. Der Winter war damals kalt gewesen und die Heizung hatte es nicht geschafft, ihr winziges Reich aufzuwärmen, weil sich mehr Luft als Wasser in der Leitung befunden hatte. Die Beanstandungen bei ihrem Vermieter waren ungehört geblieben, und da sie sich nie getraut hatte, das Problem selbst zu beheben, hatte sie entweder in eine Wolldecke gehüllt auf dem Bett gesessen oder ihre Tage in der Bibliothek oder einem kleinen Café verbracht.

Sie hatte viel gelesen in diesem Winter. Notgedrungen, denn sie wäre sonst nicht in der Bibliothek geduldet worden. Aber die Geschichten hatten sie von dem kalten Winter und ihrer Einsamkeit abgelenkt und ihre Freizeit gefüllt. Sie hatte studieren wollen, aber den Plan hatte sie über den Haufen geworfen, als ihr klar geworden war, was ein Zimmer in San Diego kostete. Also hatte sie sich einen Job gesucht, ihren Eltern in Tucson verschwiegen, dass sie ihr Studium schon nach wenigen Wochen geschmissen hatte, weil es unmöglich gewesen war, zwischen Lakeside und San Diego zu pendeln und zu arbeiten, und ihr eigenes Geld verdient. Erst an der Kasse eines

Einkaufszentrums, dann als Bedienung in einem Eiscafé und ihr letzter Job war der in einem Restaurant gewesen, wo sie als Mädchen für alles zwar gut bezahlt worden war, aber auch wirklich jede Arbeit hatte erledigen müssen. Ihr Chef hatte sie immer als seine rechte Hand bezeichnet. Als die Frau - ohne die, wie er ständig gesagt hatte - der Laden nicht mehr funktionieren würde und das nach nicht einmal einem halben Jahr. Die Arbeit hatte ihr trotz der Dinge, die sie nicht leiden konnte, Spaß gemacht. Es hatte sie tatsächlich ausgefüllt und sie hatte die Zeit genossen. Sie hatte sogar darüber nachgedacht, ihren Eltern von ihrem abgebrochenen Studium zu erzählen, um endlich das Schauspiel zu beenden, das sie solange hatte aufrechterhalten müssen. Vielleicht hätte sie auch eine Ausbildung beginnen können, schließlich hatte ihr Chef sie doch in höchsten Tönen gelobt.

Es war alles so perfekt gewesen. Bis zu dem Tag, an dem Mister Robins aufgetaucht war. Erst kam er nur einmal die Woche, dann täglich. Immer öfter verschwand ihr Chef mit ihm in einem Nebenzimmer. Dorthin hatte sie Kaffee oder alkoholische Getränke bringen müssen. Ihr Chef hatte teilweise Stunden mit dem Mittfünfziger verbracht und war meist ungewohnt wortkarg aus dem Raum gekommen, um dann in der Küche zu verschwinden. Dann hatte Mister Robins sich nach vorne gesetzt. So, dass er gut im Blick hatte, wer das Restaurant betrat und was sie tat. Jedes Mal waren dann seine Hände an ihrem Hintern gelandet, wenn sie an ihm vorbeigekommen war, was sie immer mit einem gezwungenen Lächeln abgetan hatte. Auch wenn es selten war, begegnete sie doch ab und an aufdringlichen männlichen Gästen. Dann hieß es, bis zu einem bestimmten Punkt Ruhe bewahren. Hin und wieder hatte sie solche Tische an den einzigen männlichen Kollegen abgegeben, wenn er Dienst hatte. Ansonsten hatte sie die Zähne zusammengebissen und gehofft, dass die Gäste bald gingen. Einen Klaps auf den Hintern und Flirtversuche konnte sie abwehren. Was Mister Robins jedoch getan hatte, war zu viel gewesen … zumindest hatte sie es so empfunden. Er hatte sie am Handgelenk gepackt und zu sich auf den Schoss gezogen. Mehrfach hatte er versucht, sie zu küssen, einige Male war es ihm auch gelungen, weil er sie festhielt. Es hatte sie angewidert. Er hätte ihr Vater sein können. Das Schlimmste an der Situation war der Umstand, dass ihr Chef nichts gegen diese Annäherungsversuche unternommen hatte. Schlimmer noch, er hatte sie erlaubt. Mister Robins hatte Geld an ihren Chef gezahlt, damit er sich nicht einmischte, zumindest hatte sie das immer gedacht.

June hatte nicht gewusst, was sie tun sollte. Sie benötigte den Job und hatte Angst gehabt zu kündigen. Denn es war nicht einfach, einen neuen Job zu finden. Schließlich hatte sie nichts gelernt, und als billige Aushilfe wollte sie nicht arbeiten. Also hatte sie ihren Chef zur Rede gestellt. Ein Fehler, wie sie heute wusste. Wobei, nein ein Fehler war es nicht gewesen. Es hatte ihr nur gezeigt, was sie ihrem Chef wert war.

Nichts.

Im Prinzip nur das, was Robins für sie zahlen wollte. Bis sie die Worte ihres Chefs verstanden hatte, war es jedoch zu spät gewesen. Er hatte nicht einmal auf ihre Vorwürfe reagiert. Seine Hand hatte sich wie ein Schraubstock an ihren Unterarm gelegt und sie hatte fassungslos zugelassen, dass er sie in das kleine Hinterzimmer gezerrt hatte. In den ersten Stunden, nachdem die Tür hinter ihm ins Schloss gefallen und verriegelt worden war, hatte sie nicht glauben wollen, was passierte. Immer wieder spürte sie die Hoffnung, dass er sie wieder rauslassen und ihr eine Erklärung liefern würde. Schließlich hatte er ihr über Monate immer wieder gesagt, dass sie eine tolle Arbeit machte und er auf keinen Fall auf sie verzichten wollte. Sie hatte sich nicht erklären können, warum er sie einfach in diesem kleinen beschissenen Hinterzimmer eingesperrt hatte. Dieser kleine Raum mit dem klischeehaften roten Sofa und dem riesigen Flatscreen, auf dem sonst immer Football lief, war zu ihrem Gefängnis geworden. Der weiche Teppich am Boden war einige Tage ihr Schlafplatz, weil sie sich nicht mehr getraut hatte, sich auf das Sofa zu legen, zu sehr hatte es sie angewidert.

June lief ein eiskalter Schauer über den Rücken, ihr stiegen Tränen in die Augen. Schwer schluckend musste sie sich zwingen, nicht verzweifelt aufzuschluchzen. Ihr Blick wanderte verschwommen auf die Tür des Krankenzimmers. Hier war sie sicher. Niemand wusste, wo sie war. Solange sie keinem sagte, wer sie war, würde sie doch nicht gefunden werden, oder?

Die Frau neben ihr grunzte im Schlaf und drehte sich auf die Seite.

June fiel es schwer, sich zu beruhigen. Aber um Hilfe bitten wollte sie nicht. Zu groß war die Angst vor Fragen, die sie nicht beantworten wollte. Wie spät war es? Draußen war es dunkel. Es musste mitten in der Nacht sein. Sie schob ihre Füße aus dem Bett und ging zur Zimmertür. Ohne zu wissen, wohin sie wollte, öffnete sie die Tür und trat barfuß auf den menschenleeren Flur. Langsam machte sie sich auf den Weg zum Fahrstuhl. Nervös drückte sie dort immer wieder auf den kleinen runden Knopf. Das nach unten deutende Dreieck blinkte bei jedem Druck auf. June begann, von einem Fuß auf den anderen zu treten, da eine unerklärliche Unruhe nach ihr griff. Sie konnte ihren Herzschlag in den Ohren hämmern hören und bildete sich ein, einen warmen Atem in ihrem Nacken zu spüren. Nein, auf keinen Fall würde er sie nochmals berühren. Nie wieder. Schon gar nicht würde er sie dorthin bringen, wo sie hinsollte. Sie war doch kein Stück Vieh, das man einfach verkaufen konnte.

Die Fahrstuhltür öffnete sich endlich. Schwer durchatmend trat sie in den Fahrstuhl und zwang sich, ihren Atem zu kontrollieren. Das hier war ein Krankenhausfahrstuhl. Hier war sie in Sicherheit. Sie drückte den Knopf, der sie in das Erdgeschoss bringen würde, und lehnte sich an die kalte Metallwand. Erst jetzt wurde ihr klar, dass ihr Shirt am Rücken völlig durchgeschwitzt war. Sie schüttelte den Kopf und wollte die Bilder loswerden, die nach ihr griffen. Verdammter Mist. Zitternd starrte sie auf die Anzeige über der Tür. Noch zwei Stockwerke. Als sich die Türen endlich öffnete, taumelte sie in den Gang. Unfähig, noch klar zu sehen, eilte sie Richtung Ausgang, bis sich plötzlich ein riesiger Mann vor ihr aufbaute. Er trug einen weißen Kittel und wollte nach ihr greifen. Drohend bewegte sich sein Arm auf sie zu.

»Nein.« Energisch schüttelte sie den Kopf und machte einige Schritte nach hinten.

»Miss, Sie haben doch gar keine Schuhe an.«

June blinzelte mehrfach, als sie die ruhige helle Stimme des Mannes vernahm. Langsam wurde das Bild vor ihren Augen klarer. Der Mann war tatsächlich sehr groß, aber auch sehr schlank und jung. Er richtete seine Aufmerksamkeit kurz auf ihre Füße, dann sah er ihr direkt in die Augen.

»Miss, wollen Sie nicht wieder auf Ihr Zimmer gehen? Oder kann ich Ihnen irgendwie helfen? Haben Sie sich verlaufen?« Vorsichtig machte er einen Schritt auf sie zu.

»Nicht anfassen.« Heiser brachte sie die Worte hervor. Worte, die sie in den letzten Tagen schon so oft gesagt hatte, denen aber nie jemand nachgekommen war.

»Habe ich nicht vor. Ich möchte nur nicht, dass Sie barfuß nach draußen gehen. Und auch hier drinnen sollten sie nicht barfuß laufen. Hier kann auch mal eine Nadel am Boden liegen, auch wenn sie es nicht sollte. Und … ach Sie wissen sicher, worauf ich hinauswill.« Er zuckte mit den Schultern. »Oder wollen Sie sich erstmal ein bisschen setzen?« Nun deutete er auf eine Stuhlreihe, wo bereits zwei junge Männer saßen. Einer hielt seine Hand krampfhaft fest, während der andere auf seinem Handy herumtippte. June musterte die Männer eine Weile.

»Die sind okay. Der eine hat zu tief ins Glas geschaut und stand sich dann selbst im Weg und der andere versucht gerade zu klären, wer die Behandlung zahlen kann. Aber sie sind echt okay«, erklärte der Mann ruhig und glaubhaft.

»Sie sollten sich endlich angewöhnen, Patientendaten für sich zu behalten.«

Eine rothaarige Mittvierzigerin kam mit ausladenden Schritten auf sie zu und der junge Mann vor ihr zog schuldbewusst den Kopf ein.

»Sehen Sie zu, dass Sie an Ihren Arbeitsplatz kommen«, ranzte die Schwester den Mann vor June an und wandte sich dann ihr zu. »Und wo kommen Sie her?« Plötzlich hatte die Schwester eine so sanfte Stimme, dass June verwundert den Blick auf die Frau richtete. Eine Sekunde dachte sie darüber nach, ihr zu antworten, dann deutete sie aber einfach nur auf den Fahrstuhl.

»Dann sollten Sie wieder auf ihr Zimmer gehen. Es ist mitten in der Nacht, da würden Sie draußen nur noch mehr auffallen

als ohnehin schon.« Sie zwinkerte ihr kurz zu. »Soll ich Sie begleiten?«
June schüttelte den Kopf. Nur kurz ließ sie ihren Blick nochmals auf den Parkplatz vor der Klinik wandern. Wenn sie gehen wollte, müsste sie wohl wirklich an Schuhe denken. Bisher hatte man ihr vom Krankenhaus nur das Shirt gestellt, welches sie trug, und eine weite Jogginghose. Vielleicht sollte sie nach Schuhen fragen.

4.

»Musst du wirklich schon wieder los?« Lyndsay rollte sich protestierend auf ihn. Sie legte ihren Kopf auf seine Brust und Rod dachte darüber nach, einfach im Bett liegen zu bleiben. Es war viel zu früh, die Nacht war zu kurz gewesen und in ihm erwachte das unbändige Verlangen, über seine Freundin herzufallen. Mit einem tiefen Brummen wollte er sagen, dass er tatsächlich aufstehen musste. Aber Lyndsay begann, seine Brust zu küssen, und machte es ihm schwer, seinen Plan zu verfolgen. Blödsinn, es war nicht sein Plan. Sein Bestreben war in diesem Augenblick der, sich auf ihre Liebkosungen einzulassen. Das andere war die Intention seines Captains John Thomson. Und die war in diesem Moment nicht kompatibel mit seinem. Lyndsay küsste ihn leidenschaftlich. Er ließ sich auf ihr Spiel ein und verdrängte den Gedanken an das Training und das anstehende Briefing. Daran, dass er mit Will noch einen neuen Sprengstoff testen wollte und dass Johns Laune am vergangenen Tag alles andere als prickelnd gewesen war.

»An was denkst du?« Lyndsay hob kurz den Kopf und beendete so ihren intensiven Kuss.

»An dich.« Er legte seine Hände an ihren Kopf und zog sie zu sich. »Nur an dich, du Luder.« Ihr die Worte entgegenhauchend hinderte er sie daran, ihm zu antworten, indem er sie jetzt küsste. Er wusste, dass sie seine Lüge enttarnen würde.

»Arbeit?«

Er erstickte das Wort, in dem er ihre Zunge zu einem Tanz aufforderte. Die Arbeit konnte ihn mal. Arbeit war das Letzte, was er jetzt wollte. Als er sich sicher war, dass Lyndsay den Kuss nicht beenden würde, löste er seine Hände von ihrem Gesicht. Er streichelte über ihren Rücken, was ihr ein lüsternes Stöhnen entlockte. Diese Frau trieb ihn in den Wahnsinn. Auch wenn ihr Kennenlernen die ersten Wochen und Monate nie darauf hingedeutet hätte, dass sie mal nebeneinander im Bett liegen würden, genoss er jede Sekunde mit ihr. Lyndsays Handy begann zu klingeln. Rod war erstaunt darüber, wie Lyndsay innerhalb eines Wimpernschlags den verträumten, verlangenden Blick ablegte und sich aufrichtete.

»Och komm. Das ist ausnahmsweise mal nicht mein Handy …« Murrend beobachtete er, wie Lyndsay das Gespräch entgegennahm. Im Augenwinkel sah er die Digitalanzeige des Weckers. Lyndsay hatte ihren Gesprächspartner begrüßt und sich an den Rand des Bettes gesetzt. Sie schaute aus dem Fenster und strich sich durch die braunen, schulterlangen Haare. Das Shirt, das sie trug, gehörte ihm. Viel zu groß verbarg es ihre Silhouette und spendete ihr Trost, wenn er nicht bei ihr sein konnte. Sie war der Grund, warum er sich nach jedem Einsatz auf seine vier Wände freute. Warum er nicht, wie vor Jahren, nach der Rückkehr in einer Bar verschwand. Oft wartete sie bereits am Flughafen oder an der Base. Es tat jedes Mal unendlich gut, sie in die Arme zu schließen und bei ihr anzukommen. Er setzte sich hinter sie und legte seinen Kopf auf ihre Schulter, während sie immer noch sprach. Es ging um das Haus ihres Vaters. Ein riesiges Gebäude mit Garten, Pool und genügend Platz, um eine Fußballmannschaft unterzubringen. Und doch lebten sie hier auf ihren hundertzwanzig Quadratmetern mit dem kleinen Garten, in einem Haus wie so vielen in der Straße. Sie wollte nicht in dem Anwesen leben, in dem sie aufgewachsen war. Dort, wo sie lange alleine mit ihrem Vater gelebt hatte, weil ihre Mutter sie verlassen hatte. Erst spät hatte sie erfahren, dass ihr Vater sie all die Jahre angelogen hatte. Darüber, was er beruflich getan hatte und was mit ihrer Mutter passiert war. Er handelte mit Drogen und Menschen. Er hatte ihr Vertrauen missbraucht und sie war immer noch nicht in der Lage, über ihn zu sprechen. Von dem Geld, das er angehäuft hatte und das ihr rechtlich zustand, hatte sie bisher nicht einen Dollar angerührt. Sie hatte Angst, dass es sich um Geld handelte, für das andere ihr Leben gelassen hatten. Irgendwann war es so weit gekommen, dass sie einen Makler damit beauftragt hatte, das Anwesen zu veräußern, nachdem ihr Vater verschwunden war und das Grundstück samt Haus faktisch ihr gehörte. Jedoch war der Versuch des Verkaufes bisher ohne Erfolg verlaufen.

»Lieber heute als morgen, um ehrlich zu sein.« Lyndsay holte so tief Luft, dass Rod es spüren konnte. Erneut blickte er zum Wecker. Die Zeit, die er noch mit ihr nutzen könnte, schwand rasend schnell dahin.

»Dann in einer Dreiviertelstunde am Haus.«

Nur einen Satz später verabschiedete sie sich von ihrem Gesprächspartner und ließ ihren Kopf gegen seinen sinken.

»Er hat einen Käufer. Der Kaufvertrag ist fertig und soll unterschrieben werden«, flüsterte sie leise.

»Wenn du die Hütte behalten willst, ist jetzt der Zeitpunkt, um es zu sagen.« Rod vermutete, dass sich Lyndsays Pläne, was das Anwesen anging, verändert hatten. Vielleicht wollte sie es doch behalten. Er hätte kein Problem damit. Das Haus war bezahlt und bot mehr als ausreichend Platz. Der Unterschied war, dass das Haus, in dem sie jetzt lebten, ihnen erst in einigen Jahren wirklich gehören würde. Vorausgesetzt, Lyndsay würde das andere Gebäude nicht veräußern, sonst könnten sie ihr Eigenheim mit einer einzigen Zahlung ablösen. Eine weitere Möglichkeit wäre eine Vermietung.

»Nein. Ich will da nie wieder was mit zu tun haben. Aber ein paar Sachen sind da ja immer noch, die ich … Na ja. Es sind halt private Dinge. Ein Sofa kann ich mit dem Haus verkaufen. Die Küche und das Schlafzimmer auch. Aber da sind noch so viele Papiere, von denen ich nicht weiß, ob sie noch gebraucht werden oder nicht. Und Fotos von meiner Mutter.« Nun wurde ihre Stimme heiser. »Außerdem hat er gesagt, er kommt nicht wieder.«

Das hatte ihr Vater tatsächlich zu ihr gesagt, bevor er geflohen war. Er wurde wegen Drogenschmuggels und Menschenhandels gesucht, aber es machte den Eindruck, als wäre er spurlos verschwunden. Es gab seit Monaten kein Lebenszeichen mehr von ihm und Rod hatte bereits mehrfach befürchtet, dass sie irgendwann die Nachricht erhalten würde, dass man ihn tot aufgefunden hatte. Schließlich hatte er Geschäfte mit einem der mächtigsten, wenn nicht sogar dem mächtigsten Drogenboss Südamerikas gemacht.

»Du machst das Richtige. Er hat dir doch schon viel früher alles überschrieben.«

Dass das Haus ihr gehörte, hatte sie nur durch einen Zufall erfahren. Irgendwann hatte sie einen Brief erhalten, in dem sie aufgefordert worden war, einen Busch an der Einfahrt zu schneiden. Jemand hatte sich über das wildwachsende Gestrüpp aufgeregt und Anzeige erstattet. So hatte sie in Erfahrung gebracht, dass sie bereits seit ihrem achtzehnten Lebensjahr als Eigentümerin des Hauses eingetragen war. Nur hatte ihr Vater ihr diese Tatsache nie mitgeteilt. Auch wenn sie sich im ersten Augenblick gefreut hatte, hatte Rod Stunden später ihre Zweifel gesehen. Sie verband mit ihrem alten Zuhause nichts Gutes mehr.

»Und wenn er doch zurückkommt?« Sie löste sich von ihm, stand auf und starrte aus dem Fenster. Darüber, dass ihr Vater vielleicht eines Tages wie aus dem Nichts vor der Tür stehen würde, hatte sie bisher nur selten gesprochen. Und wenn, dann hatte er ihre Angst vor diesem Augenblick hören können.

»Wenn er wiederkommt, wird er sofort vor Gericht gestellt und sicherlich auch verurteilt. Wahrscheinlich nicht nur zu einer Gefängnisstrafe, sondern zusätzlich auch zu hohen Zahlungen. Da er Dir das Haus aber schon überschrieben hat, kann er dich nur bitten, die Summe zu zahlen oder für ihn zu bürgen oder sonst was.« Rod war aufgestanden und hatte seine Arme um sie geschlungen. »Und diese Entscheidung musst du selbst treffen.« Er wunderte sich ein wenig über sich selbst. Seit er mit Lyndsay zusammen war, tat er Dinge, die er vor Jahren nicht gemacht hatte. Sagte Sachen, die er vorher nie über die Lippen gebracht hätte, und begann, Angelegenheiten genauer zu betrachten. Er begann, ihre Emotionen zu hinterfragen und sich vorzustellen, wie er an ihrer Stelle handeln würde. Aber auch sie hatte sich verändert. Wenn sie bei ihrem Kennenlernen noch oft naiv gewesen war und häufig ohne nachzudenken gehandelt hatte, machte sie sich heute erst Gedanken und handelte dann. Sie würde nicht mehr einfach ohne etwas zu sagen Dinge tun, die sie in Lebensgefahr brachten.

»Ich weiß nicht, wie ich entscheiden würde.« Sie holte ihn mit ihrer Antwort aus seinen Gedanken.

»Das musst du ja heute auch nicht. Du musst ja keinen Plan für etwas haben, was noch nicht eingetreten ist oder vielleicht nie eintreten wird.« Er versuchte zu lächeln. In seinem Job musste es oft Pläne für Dinge geben, die noch nicht eingetreten waren, auch wenn diese Pläne änderbar waren. Zumindest eine grobe Idee musste immer da sein.

»Glaubst du, dass er irgendwann wieder auftaucht?«

Rod war nicht in der Lage, ihr zu antworten. Er brachte nur ein knappes Kopfschütteln zustande. Lyndsays Vater war seit über einem Jahr auf der Flucht vor der Polizei und, was sicher noch schlimmer war, vor der Drogenmafia. Sie hatten das Thema bereits einmal angeschnitten und Lyndsay hatte selbst gesagt, dass sie es für unwahrscheinlich hielt, dass er zurückkäme. Sie hatte sogar mal in den Raum gestellt, dass er vielleicht gar nicht mehr am Leben war.

Als Rod eine Stunde später auf der Base ankam, hatte er Lyndsays Sorgen immer noch nicht vergessen. Es nagte an ihm, dass er ihr weder die Entscheidung des Hausverkaufs abnehmen konnte, noch die Sorge um ihren Vater. Auch wenn sie immer sagte, sie wolle nichts mehr mit ihm zu tun haben, wusste Rod, dass da vieles war, was sie ihrem Vater sagen wollte. Und es waren nicht nur Vorwürfe, die sie bisher nie hatte aussprechen können.

»Sag mal, Sato, gibt es nicht ein chinesisches Sprichwort über Frauen, die man am Straßenrand aufgabelt.« Steve Ribars Auflachen hallte aus der Küche in den Flur, als die Tür hinter Rod ins Schloss fiel.

»Seh ich aus, als wenn ich Sprichwörter auswendig gelernt hätte.« Nuyen Sato klang nicht so, als hätte er in diesem Moment Lust auf einen Schlagabtausch mit seinen Kollegen. Auch wenn der dunkelhaarige Soldat mit den asiatischen Zügen immer für einen Spaß zu haben war, gab es Augenblicke, in denen man es unterlassen sollte, ihn zu nerven. Wann genau diese Momente jedoch waren, konnte man nie vorher wissen.

»Kannst du den Scheiß nun endlich mal lassen? Du hättest sie auch nicht da liegen lassen.« Nun mischte sich Wesley hörbar gereizt ins Gespräch ein.

»Sagt der, der sonst alle Frauen liegen lässt, wenn er mit ihnen fertig ist.« Steves lachte schallend weiter.

»Alter …«

»Spinnt ihr?« Rod betrat bei seinen Worten die Küche. Er sah, wie Wesley Steve am Kragen gepackt hatte.

»Misch dich nicht ein«, blaffte Wesley ihn an und stieß Steve ruppig so zurück, dass er gegen einen der Tische prallte, woraufhin eine leere Kaffeetasse umfiel und scheppernd am Boden in mehrere Teile zersprang.

»Den Scheiß machst du nun weg.« Rod atmete tief durch und hoffte, dass John in den nächsten Sekunden auftauchen würde. In Momenten wie diesen kam er sich vor wie im Kindergarten und er verspürte nicht die geringste Motivation, als Kindergärtner zu fungieren.

»Du kannst mich mal.« Wesley ging an ihm vorbei auf die Tür zu.

»Dreht ihr nun alle durch? Aufräumen und in fünf Minuten im Konferenzzimmer. Alpha ist draußen, wir machen ein bisschen Theorie.«

Rod drehte sich nicht sofort um, sondern behielt die Gesichtsausdrücke seiner Kollegen im Auge. Er wusste, dass die Stimme zu Joe gehörte, der in ihrem Team den Posten des CO innehatte. Sein Kollege war bereits wieder verschwunden, als Rod sich zur Tür umdrehte. Die Blicke, die anschließend zwischen Wesley und Steve ausgetauscht wurden, waren angespannt.

»Du hättest sie nicht liegengelassen«, knurrte Wesley einige Minuten später erneut. Wesley war ein absoluter Frauentyp. Wenn sie gemeinsam in Bars unterwegs waren, war er es, der mit mindestens einer Frau verschwand und am Ende der Nacht Dutzende Telefonnummern eingeheimst hatte. Er war kein Typ für feste Beziehungen. Zumindest war es das, was Rod über ihn dachte und was immer wieder über den Neunundzwanzigjährigen gesagt wurde. Sein Funkname Casanova kam nicht von ungefähr. Er umgarnte die Frauen, schmeichelte ihnen und versprach ihnen das Blaue vom Himmel, ließ sie dann allerdings fallen, sobald er bekommen hatte, was er wollte.

Eine heiße Nacht ohne Verpflichtungen.

»Hast sie noch flachgelegt, oder was?« Steve schien einen schlechten Tag zu haben, anders konnte Rod sich die patzige Art des dunkelhäutigen Mannes nicht erklären. Wesley schüttelte den Kopf und wandte sich zum Gehen ab, nachdem er die Tassenreste eingesammelt hatte. Dass Wesley nicht auf seinen Spruch reagierte, ließ Steve mit den Schultern zucken. Als plötzlich alle, die noch gesessen hatten, von ihren Plätzen aufstanden, stöhnte Rod auf. Durch das Theater eben war er nicht dazu gekommen, sich einen Kaffee zu nehmen. Obwohl er wusste, dass John es nicht gerne sah, wenn sie mit Kaffee im Konferenzzimmer saßen, goss er sich eine Tasse ein, ehe er sich auf den Weg nach oben machte.

Als er in den muffigen Raum mit den schweren dunklen Vorhängen trat, stand Ryan DeSanto neben der Tür und musterte ihn kurz, ehe er nach der Tasse griff. Der durchtrainierte Sechsunddreißigjährige war der letzte Neuzugang des Teams und der Grund dafür, dass es zwischen Alpha und Bravo Team in den vergangenen Tagen zu extremen Spannungen gekommen war. Der SEAL aus Team 5 hatte seinen Dienst in seinem Team quittiert, und seine Bewerbung ungefragt bei der IATF eingereicht. Sean hatte Probleme mit dem SEAL aus Reno und sich deshalb gegen den Mann mit der jahrelangen Kampferfahrung ausgesprochen. John hingegen hatte die Vorzüge des erfahrenen Soldaten gesehen und ihn im Bravo Team der IATF aufgenommen, was Sean mit einem mittleren Wutanfall quittiert hatte. Bisher konnte Rod Seans Bedenken allerdings teilen. Ryan wollte immer seinen Willen durchsetzen und war ständig der Meinung, dass die Art, wie er Probleme löste, die einzig Richtige war. In vielen Fällen lag er tatsächlich richtig, vor allem in Sachen Einsatzerfahrung, konnte niemand Ryan das Wasser reichen. Genau das wurmte vor allem Sean. John hingegen kam mit diesem Umstand weit besser zurecht. Und doch kam es zwischen den beiden Männern regelmäßig auch wegen Nichtigkeiten zu Reibereien.

Als Ryan nach seiner Tasse greifen wollte, zog Rod den Arm zur Seite und schüttelte den Kopf.

»Hol dir deinen Kaffee selbst, ich bin nicht dein Dienstmädchen«, raunte er Ryan zu.

»Stell dich nicht so an Rodriguez. Du hast doch sicher bei deiner Kleinen schon einen bekommen.« Ryan grinste ihn an.

»Was ich bei meiner Kleinen bekomme, geht dich ´nen Dreck an.« Er konnte es nicht leiden, wenn jemand Lyndsay als seine *›Kleine‹* oder *›Seine Flamme‹* bezeichnete, aber diese Umgangssprache schien vor allem unter den neuen Teammitgliedern gang und gäbe zu sein. Wenn er jedoch einen Moment länger über diese Ausdrucksweise nachdachte, wurde ihm klar, dass er, ehe er mit Lyndsay zusammengekommen war, eine ähnliche Tonart an den Tag gelegt hatte.

»Mit dem falschen Fuß aufgestanden, oder was?« Ryan wandte sich ab und ließ sich neben Wesley nieder, der abwesend wirkte. Irgendetwas schien ihn tatsächlich mehr zu beschäftigen, als er zugeben würde, sonst hätte er sich an dem Schlagabtausch sicher beteiligt.

5.

Wesley starrte auf das Meer und ärgerte sich über sich selbst. Ein kleines Blutrinnsal lief aus seinem Mundwinkel und der metallische Geschmack verteilte sich auf seiner Zunge. In der Ferne konnte er die anderen Mitglieder des Bravo Teams hören. Die Wellen rollten an den Strand, färbten den Sand ein, ehe sie sich zurückzogen, um nur Sekunden später wieder an Land zu schlagen. Seine Sachen waren bis auf den letzten Stofffetzen durchnässt und seine Laune im Keller. Der Blick über die Schulter zeigte ihm die zwei Schlauchboote, mit denen das Team vor wenigen Minuten im Wasser gewesen war. Die anderen Teammitglieder standen zusammen und analysierten nun sicherlich, warum das eine Boot gekentert war. Wahrscheinlich würde man ihn gleich zu der Runde bestellen und er müsste sich anhören, wie es zu dem Fehler gekommen war.

Es wäre sein verdammter Job gewesen, das Boot so zu lenken, dass sie nicht in die Strömung gerieten, die sie gegen die Felsen drücken konnte. Er war aber abgelenkt gewesen und müde. Er hatte nicht aufgepasst und hatte das Leben seiner Kollegen riskiert. Es war reines Glück gewesen, dass niemand von ihnen ernsthaft verletzt worden war. Seine aufgeschlagene Lippe war nicht einmal eine Folge des Kenterns. Steve Ribar hatte ihm einen Kinnhaken verpasst, nachdem sie wieder an Land angekommen waren. Nass und mit jagendem Puls war er aus dem Wasser gekrochen. Alleine … wobei er sich um seine Kollegen hätte kümmern müssen. Aber dazu war er nicht in der Lage gewesen. Irgendetwas brachte seinen Verstand gerade derart durcheinander, dass er die simpelsten Regeln brach oder vergaß.

Die Emotionen, die in ihm aufkochten, waren kaum noch zu ertragen und doch kam es nicht zu dem Ausbruch, den er erwartete und der nur logisch wäre. Seit dem Tag, an dem sie die Frau im Krankenhaus abgegeben hatten, war an Schlaf nicht zu denken. Jede Nacht holten ihn die Bilder seiner Vergangenheit ein. Jede Nacht bildete er sich ein, den Schmerz zu spüren, den sein Vater ihm zugefügt hatte. Jede Nacht meinte er, den

Geruch der Zigarren wahrzunehmen, die sein Vater immer geraucht hatte. Schlafen war völlig unmöglich geworden. Ihn überrollten jedes Mal, wenn er die Augen schloss, die Bilder und Gefühle seiner Kindheit. Jahre hatte er diese Erinnerungen verbannen können. Nun waren sie präsent wie nie. Früher wäre er in Momenten wie diesem auf jeden losgegangen, der ihm zu nahegekommen war oder der auch nur ein falsches Wort gesagt hatte. Er hätte ohne Halt und Skrupel auf diese Menschen eingeprügelt. Sollte er diesem Drang jetzt, mit dem Wissen, welches er sich in den letzten Jahren angeeignet hatte, nachgeben, würde es Tote geben. Er hatte gelernt, mit den bloßen Händen zu töten. Aber etwas in ihm hielt ihn zurück. Etwas, das diesen Druck in ihm bisher immer kontrollieren konnte. Nur, wie lange würde es noch bis zur Explosion dauern?

»Was ist los?« Joe tauchte neben ihm auf, was Wesley nur im Augenwinkel bemerkte. Dessen Hose war nass, aber ansonsten war sein Kollege weit trockner als er, schließlich hatte er in einem anderen Boot gesessen. Er hatte nur sein Schlauchboot mit an den Strand gezogen, während ein Teil seiner gekenterten Kollegen noch damit gekämpft hatten, an Land zu schwimmen.

»Nichts.« Er bemühte sich, Joes Frage überzeugend zu beantworten.

»Du sagst nie nichts. Und schon gar nicht lässt du dir aufs Maul hauen, ohne dass du dein Gegenüber als Antwort auf den Boden schickst. Also, was ist los?«

Wesley wagte es nicht, zur Seite zu sehen. Er wollte Joe in diesem Moment nicht in die Augen sehen. Dass der Blick seines Kollegen und Vorgesetztem auf ihm lag, konnte er spüren, allein das war schlimm genug und verstärkte den Druck, der auf ihm lag. Joe hatte verdammt noch mal recht. Ein Nichts gab es bei ihm nicht. Ebenso wie es bisher nie passiert war, dass er sich von jemandem ins Gesicht hatte schlagen lassen, ohne dass sein Gegenüber ebenfalls hatte einstecken müssen. Wesley war klar, dass er sich alles andere als normal verhielt. Die Wut und die Emotionen, die an seiner Oberfläche kratzten und nur darauf warteten, dass sie ausbrechen konnten, taten es immer noch nicht, auch wenn Joe ihm gerade vor Augen geführt hatte, was passiert war. Dass er sich von einem Kollegen die Lippe hatte blutig schlagen lassen. Einfach so. Diesen Schlag hatte er zu Recht einstecken müssen. Obwohl er die Aggression bis in die letzte Faser seines Körpers spüren konnte, wollte er sie nicht freilassen. Er hatte Angst, dass er jemanden ernsthaft verletzten könnte, dass er die Kontrolle verlor.

»Was ist es?«

Unerwartet lag Joes Hand auf Wesleys Schulter und hinderte ihn zähneknirschend daran, sich wegzudrehen.

»Ich schlaf schlecht.« Der plötzlich wachsende Druck in ihm sorgte dafür, dass er sich nun doch unter Joes Hand wegdrehte. Diese Berührung war in diesem Moment zu viel. Sie würde einen Ausbruch verursachen, wenn er sie zu lange zuließ. Joe gab einen Laut von sich, den Wesley so deutete, dass Joe verstanden hatte, dass er in diesem Moment nicht mehr weiterreden wollte und würde.

»Wir hätten euch da um ein Haar tot rausziehen müssen.«

Wesley ballte bei Joes Worten die Hände zu Fäusten. Da war er nun, der Vorwurf auf den er schon die gesamte Zeit gewartet hatte.

»Habt ihr aber nicht, verdammt. Und nun lass mich in Ruhe! Ich weiß, dass ich ´nen Bock geschossen habe, das musst du mir nun keine Wochen vorhalten!« Er war mit jedem Wort lauter geworden und sah über die Schulter zu seinen Kollegen, die sie aber offensichtlich nicht gehört hatten. Zumindest hatte sich nicht einer zu ihnen umgedreht.

»Komm runter, verflucht!«, schnauzte Joe ihn an.

Wesley kannte Joe schon seit Jahren. Joe konnte aufbrausend sein, aber er war immer in der Lage, im Notfall die Kontrolle über eine Situation zu behalten. Es gab niemanden, der seine Befehle in Frage stellte. Und das war eine Tatsache, die bei ihrem alten Team einem Wunder gleichkam. Sie waren alle solche Individualisten, dass es schwer war, das Team zu leiten. Joe war es unter dem Kommando des Commanders gelungen.

»Wir fahren zurück. Kommst du mit?« Joe hatte tief Luft geholt, was ein Zeichen dafür war, dass vorerst das Thema erledigt war. Früher oder später würde er aber Rede und Antwort stehen müssen. Als sie noch in Bagram stationiert gewesen waren, hatte es auch Spannungen gegeben. Dort war der Platz, um sich aus dem Weg zu gehen jedoch begrenzt gewesen. Dann hatte Wesley sich eine Auszeit gegönnt, um runterzukommen und um die aufkochenden Gefühle dort zu behalten, wo sie hingehörten. Meist war er dann in eines der kleinen Cafés gegangen, in denen sich die Einheimischen trafen. Dort hatte er den Frauen etwas zu essen und oder ein Getränk spendiert und war nicht selten mit einer von ihnen im Bett gelandet. Das war seine Art geworden, um mit emotionalem Druck umzugehen. Um die Bilder zu vergessen, die sie so oft während ihrer Einsätze zu sehen bekommen hatten. Seit er in San Diego war, funktionierte das nicht mehr so, wie er es gewohnt war. Frauen konnte er hier schneller bekommen. Sobald er seine Uniform trug, konnte er sich vor Angeboten kaum retten. Aber die Frauen tickten hier anders. Sie stellten Fragen, wollten seine Nummer, nachdem er mit ihnen im Bett gewesen war. Sie erzählten ihm oft, wie toll er war und welche Nieten sie sonst im Bett hatten. Auf der einen Seite fühlte er sich dann geschmeichelt, auf der anderen war er genervt.

»Und?« Joes erneute Ansprache löste ihn von seinen Gedanken.

»Ne.« Er schüttelte den Kopf und starrte auf den Horizont.

»Du musst aber noch mit den anderen reden.«

»Ja, verdammt!«, blaffte er Joe an.

Natürlich musste er mit den anderen reden. Er würde sich für seinen Fehler entschuldigen und erläutern, warum es soweit gekommen war. Aber nicht jetzt. Jetzt war er nicht einmal in der Lage, die in ihm tobende Unruhe zu bändigen. Wie sollte er dann einen solchen Fehler erklären.

Dass Joe verschwunden war, registrierte er erst, als er sich nicht mehr auf das Rauschen des Meeres konzentrierte. Er war alleine am Strand. Das mochte er an dem ehemaligen Leiter des Rescue-Teams, der ihn so vieles gelehrt hatte. Und zwar nicht nur, wie man Menschen aus Situationen holte, die aussichtslos waren. Auch menschlich hatten ihm die Jahre vieles gebracht. Joe war nicht wie Yvonne und Syrell, die Wesley zwar als Kollegen schätzte, aber deren Nähe er nur schwer über einen längeren Zeitraum ertragen konnte. Joe wusste, wann es besser war, einfach zu gehen. Die Blicke seiner Teamkollegin und ihres Mannes, der im Alpha Team seinen Platz hatte, fraßen sich oft in einer Art in ihn, von der er meinte, dass alleine die Blicke ihm physische Schmerzen verursachten. Tief die salzige Luft einatmend trennte er sich von seiner nassen Kleidung und lief in das kalte Meer. In das Wasser der Bay, das ihn noch vor einer knappen Stunde hatte töten wollen. Das sein und das Boot seiner Kollegen am Felsen hatte zerschmettern wollen.

Als er Stunden später völlig erschöpft an der Base ankam, führte ihn sein erster Weg in den Keller, wo sie ihre Ausrüstung lagerten, sich der Fitnessraum befand und ihr Aufenthaltsraum. Allerdings war sein Ziel tatsächlich sein Käfig, wo er seine schusssichere Weste ablegen wollte. Auch wenn seine Kleidung inzwischen getrocknet war, war sie doch voller Sand, der bei jeder Bewegung auf seiner Haut scheuerte. Er sehnte sich nach einem einzigen Ort, seinem Bett. Doch ihm war klar, dass er wenigstens vorher noch unter die Dusche musste, sonst würde der Sand ihn bis in den nächsten Tag quälen. Beim kurzen Blick in den Gemeinschaftsraum sah er einen Großteil seines Teams.

»Casanova, tu uns allen einen Gefallen.« Steve wandte sich kurz mit tiefen Falten auf der Stirn zu ihm um. Dabei hatte Wesley gehofft, dass niemand bemerken würde, dass er einen Moment in der Tür stehen geblieben war. Er wollte nicht mit seinen Kollegen reden und erst recht kein Bier mit ihnen trinken. Der Blick, den der an der Bar sitzende Syrell ihm zuwarf, sprach Bände. Wesley grübelte, wie er seine Entschuldigung formulieren und auch, ob er über die Gründe reden sollte.

»Entweder, du stellst dein Handy auf lautlos oder du suchst dir einen anderen Klingelton. Wenn ich heute noch einmal *The final Countdown* höre, laufe ich Amok.« Steve grinste zwar von einem Ohr zum anderen, schien seine Worte aber sehr ernst zu meinen.

Wesley musterte seinen Kollegen verwirrt. Dass er sich über den Klingelton seines Handys aufregen würde, hatte er nicht erwartet. Das traf ihn nun völlig unerwartet und Steve schien seine Verwunderung zu bemerken.

»Das Scheißding klingelt im Moment im Halbstundentakt oben in deiner Bude«, erklärte Steve, der eine Cola in der Hand hielt. »Da scheint jemand besonders hartnäckig zu sein. Ich hatte gehofft, dass dem Ding irgendwann der Strom ausgeht …«

»Ne, hängt am Kabel«, erwiderte Wesley kurz abwesend, da er sich fragte, wer etwas von ihm wollen könnte und vor allem, wer so vehement war, dass er immer wieder anrief.

»Dann solltest du dich mal drum kümmern. Vielleicht lösen sich einige Probleme von selbst.« Syrell nickte ihm knapp zu und drehte sich dann wieder zu Roderick, der hinter dem Tresen stand.

»Gleich. Also wegen der Sache vorhin …«

»Vergiss es. Auch wenn es nicht passieren sollte, es ist passiert und lässt sich nun nicht mehr ändern.« Steve winkte ab, während er sich umdrehte. »Und nun kümmer dich um dein Scheißtelefon.«

Einen Moment blieb Wesley unschlüssig in der Tür stehen, ehe er sich auf den Weg in die vierte Etage machte. Schon auf dem Flur konnte er den Song hören, der Steve und wohl auch einige andere schon in den Wahnsinn hatte treiben wollen. The final Countdown lief in Dauerschleife, als er die Tür in sein Reich aufschloss. Das Handy lag auf dem Bett und klingelte noch, als er die Tür hinter sich schloss. Er ließ seinen Blick kurz durch den karg eingerichteten Raum schweifen.

Ein Stuhl, das Bett, ein alter Läufer, der wohl schon zu Zeiten des Hotels hier gewesen war. Der staubige Metallspind, den Sean organisiert hatte. Mehr besaß er hier nicht. Das Klingeln endete und Wesley blieb einem Moment im Raum stehen. Der Boden war seit Wochen mit Sand bedeckt und wenn er nicht endlich putzen würde, könnte er hier irgendwann mit seinen Kollegen Beachvolleyball spielen. Es gab hier niemanden, der die Ordnung kontrollierte und Regeln aufstellte. Aber davon, dass Sand störend war, hatte nie jemand gesprochen.

Sein Blick ging zu seinem Laptop, der auf dem Bett lag. In den Nächten lag er am Boden und Wesley wurde bewusst, dass der Sand sicher nicht das Beste für den Rechner sein könnte. Vielleicht sollte er wirklich mal durchfegen. Er ließ sich auf das

Bett fallen und ignorierte den Sand, der überall an seinem Körper scheuerte. Plötzlich war auch der letzte Rest seiner Kraft verschwunden. Seine Augen drohten zuzufallen und er konnte sich nicht mehr wachhalten.

»We're leaving together, but still it's farewell …«

Wesley angelte mit geschlossenen Augen nach dem Handy. Wie lange hatte er geschlafen und warum musste das Scheißding nun klingeln? Er war gefühlt erst vor wenigen Sekunden eingeschlafen und hatte ausnahmsweise nichts geträumt. Die Augen öffnend starrte er das Display an. Die Nummer war ihm völlig unbekannt und er hatte gerade mal zehn Minuten im Land der Träume verbracht.

»Wenn Sie mir nun einen Staubsauger verkaufen wollen, bring ich Sie eigenhändig um. Was soll dieser Terror?« Wesley nahm wütend schnauzend das Gespräch an.

»Mister Stone?« Es war eine leicht eingeschüchterte Männerstimme, die ihm antwortete.

»Ja verdammt. Wenn Sie sich verwählt haben, sind Sie auch tot. Was zum Teufel wollen Sie und warum rufen Sie im Halbstundentakt an.« Er setzte sich auf und war gespannt auf die Antwort.

»Ich bin vom Fresenius Medical Care at Kaisers.«

»Was?« Wesley hatte keine Ahnung, wer der Mann war, oder von welcher Institution er anrief. »Wenn Sie irgendwelche Spenden wollen, enttäusche ich Sie. Ich riskiere schon jeden Tag mein Leben für Sie.« Er schloss die Augen und atmete auf. Wollte dieser Typ tatsächlich Geld? Und woher hatte er seine Nummer?

»Also um Geld geht es auch, ja«, antwortete der Mann am anderen Ende immer noch eingeschüchtert.

»Mann, was wollen Sie von mir?« Wesley spürte, dass er jeden Moment die Geduld verlieren würde.

»Sie haben Ihre Nummer hier in der Klinik hinterlegt, als Sie eine junge Frau hierher begleitet haben«, erklärte der Mann mit der hellen Stimme.

»Ja, und?« Wesley hatte die Augen wieder geöffnet und starrte auf der Seite liegend seine Schuhe an, die an der Tür standen. Seine Wut gegen den Mann schwand.

»Sie ist verschwunden und wir wissen immer noch nicht, wer sie ist.«

»Das weiß ich auch nicht.« Wesley verstand nicht, warum man ihn angerufen hatte.

»Ihre Nummer ist die einzige, die wir haben und hier ist eine Rechnung über eintausendfünfhundert Dollar offen, die sie nicht bezahlt hat. Wir haben ebenfalls keine Namen von Angehörigen.«

»Und was soll ich nun machen?« Wesley fuhr sich durch die Haare und spürte den feinen Sand des Strandes, der sich in seinen Strähnen verfangen hatte.

»Sie sind der einzige Ansprechpartner und haben uns den Auftrag gegeben, die Frau zu behandeln.«

»Moment.« Wesley hob eine Hand, als wolle er seinem Gegenüber Einhalt gebieten. »Wollen Sie nun sagen ich soll das zahlen? Ich habe sie zu Ihnen gebracht, weil Sie ein Krankenhaus sind und ich es nicht verantworten konnte, sie am Straßenrand liegenzulassen. Das kann doch nicht Ihr Ernst sein. Wie läuft das denn sonst, wenn Sie Leute aufnehmen, von denen sie keine Adresse oder Ähnliches haben.« Langsam, aber sicher wurde er wütend. Das konnte doch nicht der Ernst des Mannes sein. Er sollte für die Kosten aufkommen? Seit wann mussten Retter solche Rechnungen bezahlen?

»Also Sie müssen nicht, wenn Sie die Frau nicht kennen. Uns ging es nur darum, falls Sie doch mit ihr verwandt sind und es aus welchen Gründen auch immer nicht zugeben wollen …«

»Nun machen Sie mal ´nen Punkt. Ich denke, Ihre Kollegen haben sicher irgendwo notiert, dass ich bei der Navy bin. Ich würde sicher nie meine Schwester oder Freundin so zurichten. Was zum Teufel denken Sie von mir? Suchen Sie sich jemand anderen, der die Rechnung begleicht«, blaffte er den Mann an und beendete das Telefonat. »Ich glaub ich spinne.« Mit sich selbst redend schwang er die Beine aus dem Bett und machte sich auf den Weg unter die Dusche.

Weder heißes noch eiskaltes Wasser schafften es, die Müdigkeit zu vertreiben. Und die Worte des Krankenhausmitarbeiters wollten ihm nicht aus dem Kopf gehen.

Verfluchter Mist. Er grübelte, was ihn mehr störte. Dass er die Kosten übernehmen sollte oder dass die Frau verschwunden war.

Zwei Stunden später war es bereits weit nach Mitternacht und die Schlaflosigkeit hatte ihn einmal mehr voll im Griff. Unruhig lief er seit einer Viertelstunde in seinem Zimmer auf und ab. Immer wieder warf er einen Blick aus dem Fenster. Nicht weit vom alten Hotel entfernt war die Naval Base. Wesley konnte die Lichter der Militärgebäude sehen. In der Base war immer etwas los, denn es wurde in Schichten gearbeitet. Er drehte sich am Fenster stehend um und wieder störte er sich an dem sandigen Boden. Wie in Trance machte er sich auf den Weg zu einem Schrank, der in der Ecke der kleinen Küchenzeile stand. Die Tür aufziehend griff er nach dem Besen und begann das zu tun, was er seit Monaten nicht getan hatte.

Fegen.

Nach einer gefühlten Ewigkeit griff Wesley mangels eines Putzlappens nach einem Handtuch. Stück für Stück staubte er die wenigen Möbel ab, reinigte die Fenster und räumte das Chaos auf den Fensterbänken auf, wo er Einkäufe abgestellt und einige Wäschestücke abgelegt hatte. Sogar seinen Spind räumte er auf. Das Bett frisch beziehend beschloss er, sich einen Schreibtisch zu kaufen, damit der Laptop einen festen Platz bekam. Die Waschmaschine im Bad wusch bereits die zweite Ladung, als es an der Tür klopfte. Nur mit der Shorts bekleidet, die er nach dem Duschen angezogen hatte, öffnete er die Tür. Terence stand davor und sah direkt an ihm vorbei, ehe er mit weit aufgerissenen Augen seine Aufmerksamkeit auf ihn richtete.

»Was ist passiert?« Terence schob ihn in seine Unterkunft und stieß die Tür zu. »Warum putzt du mitten in der Nacht, als würde der Präsident vorbeikommen? Und wann hast du das letzte Mal geschlafen, Casanova?«

Nun drängte sein Kollege ihn in den Raum und drehte sich einmal um die eigene Achse.

»Was ist los?« Erneut stellte der Mann mit den unterschiedlich farbigen Augen die Frage, die Wesley immer noch nicht beantwortet hatte.

»Ich konnte nicht schlafen.« Erst jetzt fiel sein Blick auf den Wecker und ihm wurde bewusst, dass es in wenigen Minuten halb sechs sein würde und er somit schon eine halbe Stunde zu spät war. Er hatte nicht registriert, dass jemand über den Flur gelaufen war und dass die Sonne bereits aufging, hatte er ignoriert.

»Glaubst du echt, dass wir nicht mitbekommen, dass du seit Tagen nicht schläfst?« Terence schaute ihn prüfend an. »Wer wollte dich gestern so dringend erreichen? Hast du Probleme?« Terence lehnte sich gegen den Spind, der in diesem Raum so fehl am Platz wirkte wie kaum etwas anderes.

»Ne.« Wesley schüttelte den Kopf.

»Wer hat dich angerufen? Was ist los?«, hakte Terence hartnäckig nach.

»Das Krankenhaus.« Er setzte sich aufs Bett. Plötzlich spürte er die Erschöpfung in jeder einzelnen Faser seines Körpers, und der Gedanke, dass er eigentlich schon wieder unten sein und in wenigen Minuten irgendwelche Trainingseinheiten über sich ergehen lassen müsste, machte ihm zu schaffen.

»Was für ein Krankenhaus? Ist was mit der Familie?« Terence war auf ihn zugekommen und schenkte ihm seine ungeteilte Aufmerksamkeit.

»Nein, das, wo wir die Kleine abgegeben haben.« Nun gelang es Wesley, seinem Kollegen in die Augen zu sehen.

»Ist sie …« In Terence´ Augen spiegelte sich Entsetzen, als er nicht aussprach, was er dachte.

»Nein.« Er schüttelte den Kopf und konnte die Erleichterung bei Terence sehen. »Sie ist abgehauen und die wollten wissen, ob ich nicht doch mit ihr verwandt bin. Sie hat keine Versicherung angegeben und die wollen ihr Geld haben.«

Terence stieß einen leisen Fluch aus, fing sich aber nach nur wenigen Sekunden wieder. Er sah ihn einen Moment an, kam dann auf ihn zu. »Leg dich pennen. Ich sag John Bescheid. Du bist heute ´ne Gefahr für dich selbst. Von mir aus schmeiß dir ein paar Schlaftabletten rein, aber schlaf endlich mal. Später klären wir das mit der Kleinen aus Allied Gardens.«

»Da gibt es nichts zu klären«, raunte er.

»Schlaf dich aus.« Terence wandte sich ab und war nur einen Atemzug später aus der Tür verschwunden.

6.

»Willst du mich verarschen. Seit wann braucht man hier nicht aufzutauchen, wenn man mal wenig geschlafen hat? Gambit, das ist doch nicht dein beschissener Ernst!« Wütend blaffte Steve Joe an, der einen Schritt auf seinen Kollegen zumachte.

»Wenn ich entscheide, dass jemand eine Auszeit braucht, dann ist das so.« Nun mischte sich John ein, der auf den Grinder trat, wo sonst die Seal-Anwärter ihre morgendlichen Übungen absolvierten, während ihre Ausbilder sie brüllend mit Wasserschläuchen malträtierten.

Rod beobachtete schweigend die sich aufbauende Spannung zwischen den Männern. Steve und Joe starrten sich wutentbrannt an und John, den Rod schon viele Jahre nicht nur als Kollegen und Vorgesetzten kannte, blieb in einiger Entfernung stehen und schien auf irgendetwas zu warten.

»Er hätte uns gestern fast umgebracht.« Nun gab Steve Joe einen Stoß. »Und seit wann hat er sich da einzumischen?« Nun deutete Steve auf Terence, der vor einer halben Stunde aus der Base gekommen war, um anschließend mit Joe wieder nach drinnen zu verschwinden, ehe sie hierher aufgebrochen waren. Vor wenigen Minuten hatte Joe dann verkündet, dass Wesley heute nicht am Training teilnehmen würde und dieser Umstand nichts mit den gestrigen Ereignissen zu tun hatte. Rod war nicht in dem gekenterten Boot gewesen und er hatte nicht zu denen gehört, die um ein Haar zwischen Boot und Felsen zerquetscht worden wären, weil Wesley einen Moment nicht aufgepasst hatte. Dieser Fehler passierte meist nur denen, die die Bay noch nicht kannten, die nicht wussten, wo sich die gefährlichen Strömungen befanden und die nicht auf das hörten, was die Ausbilder erklärten. Ein Anfängerfehler. Einer, der Wesley nicht hätte passieren dürfen.

»Weil ich es ihm erlaubt habe. Und nun seht zu, dass ihr ins Killhouse kommt!«, schnauzte John in einer Art, die sie nicht oft von ihm zu hören bekamen. Er konnte sehen, dass Steve nicht mit der Antwort zufrieden war, sich aber trotzdem zum Gehen abwandte. Rod musterte John einen Moment und bemerkte, wie er ihm zunickte. Es war eine kaum zu sehende Geste, die nur ihm gegolten hatte. Rod wartete also, dass der Rest der Gruppe, in der die Stimmung immer noch geladen war, den Grinder verlassen hatte. John kam auf ihn zu.

»Irgendwer muss mit ihm reden«, erklärte John, ohne ihn anzusehen.

»Mit wem?« Rod blickte kurz zu seinen Kollegen, die sich immer weiter über den geteerten Platz entfernten.

»Wesley. Irgendwas stimmt da nicht.« John hielt seine Stimme so leise, als hätte er Angst, von irgendjemandem gehört zu werden.

»Was denkst du, ist es?« Rod richtete seine Aufmerksamkeit auf seinen einen Kopf kleineren Vorgesetzten.

»Keine Ahnung«, murmelnd strich John sich durch die immer länger werdenden Haare. In einigen Wochen würden sie, den Plänen nach, zu einer Mission aufbrechen. Sie würden einmal mehr den Weg an die pakistanische Grenze wagen. Um dort unerkannt zu bleiben ließen sie sich die Bärte wachsen und auch die sonst kurzen Haare nahmen bei einigen bereits wilde Formen an. »Na ja, vielleicht doch.«

»Und?« Interessiert hob Rod eine Augenbraue. Was war in der Lage, Wesley so aus dem Konzept zu bringen?

»Hast du seine Akte mal gelesen?« John sah zu ihm auf.

»Ne.« Er schüttelte den Kopf. Zwar hatte er einige der Akten schon gesehen, aber meist nicht mehr gelesen als die Namen und Geburtsorte, schließlich ging ihn der Inhalt nichts an.

»Ich leg sie später raus.«

Es war selten, dass John ihm oder irgendwem anders auf diese Art zu verstehen gab, dass er sich ein Bild machen und ihm dann womöglich beratend zur Seite stehen sollte. Rod nickte und ahnte, dass er heute nicht pünktlich bei Lyndsay sein würde. Ausgerechnet heute, wo sie den Kaufvertrag für das Haus unterschreiben würde und somit eine schwere Last ablegen wollte.

»Und bei euch?« John machte einige Schritte, drehte sich dann wieder zu ihm um.

»Lyn verkauft das Haus heute.« Rod trat neben seinen Kollegen und sie machten sich auf den Weg zum Killhouse.

»Das ist die einzig richtige Entscheidung, die ihr treffen konntet. Gibt es da noch Probleme mit der Polizei? Sind irgendwelche Rechnungen offen, die euch zum Verhängnis werden könnten?«

»Nein.« Er schüttelte den Kopf. Die Vergangenheit von Lyndsays Vater hatte dafür gesorgt, dass die Polizei über Wochen in dem Haus ein und ausgegangen war. Sie hatten Unmengen an Aktenordnern, CDs und anderen Dingen aus dem Gebäude getragen. Selbst das Bücherregal war Buch für Buch kontrolliert worden, was bei Lyndsay einen Wutanfall ausgelöst hatte, da die Beamten die Bücher nicht zurück ins Regal gestellt, sondern einfach gestapelt auf den Boden gelegt hatten. Sie hatte die Männer und Frauen als Kunstbanausen bezeichnet und mit diversen anderen Schimpfworten um sich geworfen, die er ihr nicht zugetraut hatte. Selten hatte er sie so in Rage erlebt. Selbst Stunden später hatte sie sich noch nicht wieder beruhigt. Die Bücher der riesigen Regalwand waren etwas, das sie mit in ihr gemeinsames Haus nehmen wollte, allerdings hatte er keine Ahnung, wo er all die Bücher unterbringen sollte. Sie hatten viele der Unterlagen, die die Polizei nicht mitgenommen hatte, mit Hilfe eines Anwaltes durchgearbeitet, um sicherzugehen, dass sie keine bösen Überraschungen erlebten, wenn sie das Haus verkauften.

»Gut.« John holte ihn aus seinen Gedanken. Sie hatten das Killhouse bereits erreicht und er schnaufte, als er in das Gebäudes mit seiner stickigen Luft trat. Hier würden sie den Tag im Halbdunkel verbringen und nichts anderes machen, als Räume zu stürmen, Türen zu sprengen und dafür zu sorgen, dass ihnen jede Bewegung ins Blut überging und sie sie auch im Schlaf beherrschten.

Stunden später betrat er, noch nassgeschwitzt von der Trainingseinheit und mit einer Brandwunde an der Hand, da eine Sprengladung nicht so funktioniert hatte, wie sie sollte, Johns Büro. Wie angekündigt lag ein Ordner auf dem Schreibtisch. Von John war keine Spur zu sehen. Überhaupt war es ruhig im Gebäude. Einige seiner Kollegen waren im Keller im

Gemeinschaftsraum und andere hatten sich zum Essen in einem Bistro auf dem Gelände der Naval Base abgesetzt, da niemand Lust hatte zu kochen. Rod ließ sich auf dem Schreibtischstuhl mit dem Wissen nieder, dass, selbst wenn John oder jemand anders hereinkommen sollte, es keine Probleme geben würde. Einzig vor Wesley müsste er sich hüten, denn der wäre sicher nicht begeistert davon, wenn er sah, dass seine Akte gelesen wurde.

Wesley Stone, geboren und aufgewachsen in McGill, Nevada. Rod zog die Stirn kraus. Der Ort war ihm nicht geläufig und somit war Wesley sicher in einer Gegend groß geworden, die ländlich geprägt war, was ihm noch mehr zu denken gab. Warum las sich Wesleys folgender Lebenslauf dann wie der eines Jugendlichen aus dem Getto einer Großstadt. Diebstähle waren zwar einige gelistet, aber die meisten Verfehlungen waren Schlägerreien. Aufgrund einer schweren Körperverletzung war er in die Navy gegangen, um dem Gefängnis zu entkommen aber auch ab dort las es sich nicht besser. Schlägereien und Befehlsverweigerung gehörten zur Liste seiner Verfehlungen. Erst als er nach Bagram abgeordnet wurde, änderte sich alles. Es gab keinerlei Einträge mehr. Rod blätterte weiter und entdeckte eine längere handgeschriebene Notiz. Da er die Handschrift nicht kannte, blieb unklar, wer sie verfasst hatte. Es waren Informationen zu Wesleys Familie. Sein Vater war ein Alkoholiker, der auf einer Farm gearbeitet hatte, als Wesley geboren wurde und kurz darauf seinen Job verloren hatte. Es gab einen Vermerk, der von einer Schule stammte. Es ging um häusliche Gewalt und darum, dass Wesley mehrfach mit teils schweren Verletzungen in der Schule aufgetaucht war. Es hatte sich jedoch nie jemand darum gekümmert. Diese Liste wurde ebenso länger wie die von Wesleys Verletzungen zuvor. Und Rod begann zu verstehen, warum Wesley sich schwer Befehlen hatte beugen können und warum er hin und wieder Züge an den Tag legte, die ihm immer eigenartig vorgekommen waren. Sein aggressives Verhalten, wenn er sah, wie die Rekruten beim Training unter Druck gesetzt wurden. Sein, wenn auch kaum zu sehendes Zusammenzucken, wenn jemand die Hand hob, worauf hin Wesleys Blick ab und an unnatürlich hart wirkte. All das geschah nur selten und immer nur, wenn er sich unbeobachtet fühlte und in Gedanken war.

»Und?«

Rod schreckte aus seinen Überlegungen, hob den Blick und entdeckte John, der die Tür hinter sich schloss. Er hatte seinen Kollegen nicht kommen hören.

»Flashbacks?« Rod lehnte sich zurück und musterte John, der sich schulterzuckend ihm gegenüber niederließ.

»Es spricht vieles dafür.« John seufzte.

»Hast du schon mit Joe gesprochen? Schließlich ist er dein CO und kennt Wes schon weit länger. Vielleicht kann er die Lage besser einschätzen.«

»Joe kennt die Akte nicht. Mike hat sie uns zukommen lassen. Mike war es auch, der die Notizen hinten gemacht hat. Es weiß niemand davon und es wäre angebracht, wenn das diesen Raum nie verlässt.«

Rod nickte. »Aber warum zeigst du mir das?« Kurz wollte Rod John sagen, dass es vielleicht sinnvoll wäre, sich an Mike Lutrell zu wenden, er verwarf den Gedanken dann aber wieder. Der ehemalige Commander hatte eigene Dämonen, mit denen er fertig werden musste. Sie konnten nicht erwarten, dass er ihnen erklärte, welche Wesley heimsuchten.

»Joe soll nicht wissen, dass es diese Notizen gibt.«

Ein Klopfen an der Tür ließ John aufschrecken und Rod schloss den Aktenordner, als er sich erhob, um nicht auf dem Platz zu sitzen, der seinem Captain gehörte.

»Ja?« John drehte sich zur Tür, als Rod neben ihn trat und sie so den Blick auf den Schreibtisch verstellten. Als sich die Tür öffnete, konnte Rod sich gerade noch zurückhalten, nicht scharf einzuatmen. Wesley stand in der Tür.

»Eagle, kann ich mal kurz mit dir reden?« Wesley trat ein, während er John mit seinem Funknamen ansprach.

»Natürlich, komm rein.« John deutete dem Mann in dem khakifarbenen Shirt und der Jeans, einzutreten.

»Alleine.« Wesley blieb in der Tür stehen und starrte Rod an.

»Ich bin dann mal weg. Lyn will sicher noch feiern.« Er nickte John und Wesley zu und verließ das Büro Richtung Ausgang.

7.

Wieder hatte er in der Nacht nicht schlafen können. Dafür hatte er fast den gesamten Tag im Bett verbracht. Seinen Shelby GT500 vom Parkplatz vor der Base lenkend ließ er das Gespräch mit John Revue passieren. Er hatte sich einige Tage freigenommen und war erstaunt darüber gewesen, dass John ihn nicht nach der genauen Dauer seiner Abwesenheit gefragt hatte. Überhaupt hatte sein Captain nichts gefragt. Er hatte einfach genickt und ihn gebeten, sich zu melden, sollte es in irgendeiner Form Probleme geben. Urlaub einzureichen hatte Wesley sich weit komplizierter vorgestellt. Vielleicht würde es noch kompliziert werden, oder er müsste sich im Nachhinein rechtfertigen, da er niemandem sonst Bescheid gegeben hatte. Er hatte Terence völlig übergangen, der doch zu ihm gesagt hatte, sie wollten sich zusammen Gedanken machen. Aber er hatte seinen Kollegen einfach weggeschickt, als dieser nach dem Training an seine Tür geklopft hatte. Er war aber auch selbst schuld. Er hätte ja, wie es sonst immer war, vor der Tür stehenbleiben können, bis Wesley rauskam. Eben diese Befürchtung, dass er jemanden aus dem alten Rescue-Team vor der Tür treffen würde, hatte Wesley gehegt, als er mit gepacktem Rucksack sein Zimmer verlassen hatte. Aber niemand war ihm über den Weg gelaufen. Nur einen kurzen Augenblick hatte er darüber nachgedacht, ohne ein Wort zu verschwinden und in wenigen Tagen wiederzukommen. Wie er seinen Kollegen seine Abwesenheit dann hätte erklären wollen, wusste er hingegen nicht. Ebenso wenig hatte er in diesem Moment Worte für seinen Wunsch nach einer Auszeit gehabt. An Johns Bürotür war er einfach stehengeblieben und hatte sich vorgenommen, tatsächlich ohne ein Wort zu verschwinden, sollte niemand dort sein. Dass aber John und Rod am Abend noch im Büro waren, hatte ihn verblüfft. Leichter wäre es gewesen, wenn keiner dagewesen wäre.

Er würde nach Allied Gardens fahren und dort versuchen, etwas über die Frau in Erfahrung zu bringen. Das Ganze ließ ihn nicht mehr los. Er wollte mehr wissen. Nur was genau er in Erfahrung bringen wollte, wusste er dann doch nicht. Den Ursprung der Wunden kannte er. Vielleicht wollte er wissen, wer sie so zugerichtet hatte, nur war doch sicher, dass das niemand wusste, wenn sie es nicht gesagt hatte. Und dass sie das doch noch getan hatte, bezweifelte er stark. Vielleicht war sie inzwischen wieder aufgetaucht oder er könnte der Polizei bei der Suche helfen. Falls überhaupt nach ihr gesucht wurde. Womöglich wollte er auch einfach nur ihren Namen wissen. Möglicherweise wurde es dann leichter.

Sein klingelndes Handy ließ ihn aufstöhnen. Er war noch keine dreißig Minuten unterwegs, als er das Gespräch von Terence annahm.

»Sag mal, spinnst du? Eagle hat uns gerade gesagt, dass du ein paar Tage frei machst. Was hast du vor?« Terence schnauzte ihn an.

»Ich fahr nach Allied Gardens.« Wesley umklammerte das Lenkrad seines Wagens fester. Er wusste nicht, was er sagen sollte, weil er sich selbst nicht ganz im Klaren darüber war, was er in Allied Gardens wirklich wollte.

»Du willst doch nicht allen Ernstes diese beschissene Rechnung bezahlen. Du kennst die Frau nicht und du bist auch nicht für das verantwortlich, was ihr passiert ist. Wenn du Geld loswerden willst, kannst du es mir gerne geben, vielleicht lade ich dich dann sogar auf ´n Bier ein«, wetterte Terence weiter. »Wes, verdammt, das ist Schwachsinn, was du da machen willst. Für sowas kommen auch andere Institutionen auf. Willst du künftig immer die Rechnungen von anderen begleichen? Dann fang bei meinen an.«

»Halt einfach die Fresse!« Er beendete das Gespräch, ohne Terence' Frage beantwortet zu haben. Weitere Fragen hätte er nicht ertragen. Schließlich hatte er selbst keinen Plan. Die Rechnung würde er auf keinen Fall begleichen, das war ihm schon klar gewesen, als der Mann aus dem Krankenhaus ihn angerufen hatte. Wahrscheinlich würde sein Besuch in der Klinik nichts an seinen Träumen ändern, wobei er sich genau das wohl erhoffte. In seinem Kopf rotierten Dutzende Fragen, die sich alle um diese Frau drehten, die einfach verschwunden war und Schulden hinterlassen hatte. Vielleicht hätte er in der Base bleiben und dort mit Schlaftabletten seine Träume bezwingen sollen. Irgendwann würden sie erneut auf einen Einsatz gehen und dann würde er sich sicher ausschließlich auf das konzentrieren können, was wichtig war. Nämlich sein und das Überleben seiner Kollegen. Aber was, wenn nicht? Wenn er erneut das Leben seiner Kollegen riskierte, weil sein Schlafmangel dafür sorgte, dass er Fehler machte? Oder weil seine Gedanken an all diesen unbeantworteten Fragen hingen.

Als er am Krankenhaus ankam, wurde ihm etwas bewusst, das er, seit er an der Base in San Diego aufgebrochen war, ausgeblendet hatte. Er benötigte ein Hotelzimmer. Irgendeinen Ort, an dem er zumindest die kommende Nacht verbringen konnte. Sein Shelby war alles andere als der passende Ort, um zu schlafen. Vor allem, wenn man sich in den Nächten über Stunden von links nach rechts wälzte, weil man nicht in den Schlaf finden konnte. Aus dem Wagen steigend ließ er seinen Blick über die Umgebung schweifen, nicht wissend, was er zu sehen erwartete. Abgesehen von dem Krankenhaus, einem Autohaus, einem Schnellimbiss und einigen Passanten gab es nichts Auffälliges. Zumindest würde er hier in den nächsten Stunden nicht verhungern. Er würde später versuchen, ein Zimmer zu finden. Fünf Sterne waren nicht nötig. Ihm würde ein Bett, ein Fernseher, falls er wieder nicht schlafen konnte, und eine Dusche reichen. Bestenfalls mit warmem Wasser und ohne Ungeziefer. Und selbst wenn diese Wünsche nicht erfüllt werden würden, würde er es hinnehmen.

Er machte sich auf den Weg über den Parkplatz zum Eingang. In seinem Kopf herrschte gähnende Leere. Die Tür vor ihm schob sich auseinander, ein Mann auf Krücken kam ihm entgegen, als er das Krankenhaus betrat. Am Tresen saß die Frau, die ihn schon vor vier Tagen in Empfang genommen hatte. Sie hob kurz ihren Blick, zog die rechte Augenbraue hoch und schien darauf zu warten, dass er das Gespräch begann. Nur, was wollte er eigentlich sagen?

»Was kann ich für Sie tun?« Nun beugte sie sich vor und legte den Kopf auf die Seite, um an ihm vorbeizusehen. Er ertappte sich dabei, wie er einen Blick über die Schulter warf.

Aber hinter ihm war niemand. Sie sah ihn prüfend an. »Ich kenne sie.« Kleine Fältchen bildeten sich an ihren Augen, während sie offensichtlich darüber nachdachte, woher sie ihn kannte.

»Ich habe vor vier Tagen mit meinem Kollegen eine junge Frau hergebracht. Ich wurde gestern angerufen und mir wurde gesagt, sie wäre weg.« Wesley atmete durch.

Die Lippen der Krankenschwester wurden zu einem schmalen Strich. »Ich erinnere mich wieder, aber wie kann ich Ihnen nun helfen? Die Dame wird schon von der Polizei gesucht.«

Wesley zögerte einen Moment. »Ich würde gerne mit dem behandelnden Psychologen sprechen.« Er wollte wissen, ob jemand etwas über die Hintergründe der Frau in Erfahrung gebracht hatte.

»Da muss ich Sie enttäuschen, soweit ich weiß, kam der Termin gar nicht zustande, da sie verschwunden ist, ehe der Arzt bei ihr gewesen ist.«

Wesley nickte seufzend. »Danke trotzdem.« Er wandte sich zum Gehen ab. Nun war er genau so schlau wie zuvor. Und das Schlimmste war, er wusste immer noch nicht, was er hier eigentlich wollte. Sein Gewissen beruhigen? Oder seine Träume durch ein anderes Schicksal in die Ecke drängen? Etwas finden, das ihn derart beschäftigen würde, dass er nicht mehr an seine Vergangenheit denken musste? Womöglich wollte er wirklich Pest mit Cholera bekämpfen.

Eine Viertelstunde später saß er mit einem pappigen Burger in der Hand im Schnellimbiss und starrte die Pommes an, die weich und wabbelig auf dem Serviertablett lagen. Sie schmeckten so, wie sie aussahen. Selbst die Cola schmeckte abgestanden und war warm. Sein Blick wanderte aus dem Fenster zu drei großen Müllcontainern. Wie viele Lebensmittel wohl am Tag darin landeten. Wenn er das Essen vor sich betrachtete, war er sich sicher, dass das meiste, was hier zubereitet wurde, im Prinzip dorthin gehörte. Wieder den Burger betrachtend bemerkte er im Augenwinkel eine Regung bei den Tonnen. Er schaute ein weiteres Mal auf die Abfallcontainer und entdeckte einen Schatten, der zwischen ihnen verschwand. Schmunzelnd überlegte er, wer wohl so mutig war, und sich Essen von diesem Imbiss aus den Containern nahm, wenn man es schon direkt im Laden nicht essen konnte. Konnte man wirklich so verzweifelt und hungrig sein? Ein junger Mann trat zwischen den Tonnen hervor und machte sich auf den Weg zur Straße. Den halben Burger zur Seite legend und die Cola austrinkend entschied Wesley sich dafür, später woanders zu essen. Die Reste auf dem Tisch stehen lassend, verließ er den Imbiss und machte sich auf den Weg zu seinem Wagen, wo er mit seinem Smartphone nach Übernachtungsmöglichkeiten suchte. Es gab mehrere Motels in der Nähe, aber bei keinem konnte er online sehen, ob sie noch freie Zimmer hatten. Also blieb ihm nichts anderes übrig, als jedes einzeln abzufahren oder anzurufen. Träge ließ er seinen Kopf auf das Lenkrad fallen. San Diego wäre wirklich besser gewesen. Dann hätte er bei John die Karten auf den Tisch gelegt und eine längere Auszeit beantragt. Vielleicht gab es auch irgendeinen Psychologen, der ihm helfen konnte. Womöglich war es an der Zeit, dass er sich Hilfe nahm, wenn er weiterhin seinen Job ausüben wollte. Diese Option hatte er noch nie in Betracht gezogen. Ein Klopfen an der Seitenscheibe seines Wagens ließ ihn zusammenzucken. Neben seiner Fahrertür stand die Frau, die er gesucht hatte. Die, die sogar von der Polizei gesucht wurde. Er schüttelte verwundert den Kopf, ehe er die Tür vorsichtig öffnete. Sie trug das Hemd, das er ihr gegeben hatte und eine weite Jogginghose, dazu grüne Clogs, die sicher dem Krankenhaus gehörten. Und so hatte man sie fast zwei Tage nicht finden können? Langsam, als würde sie flüchten, sollte er sich zu schnell bewegen, setzte er die Füße aus dem Wagen.

»Hi, weißt du, dass man dich hier sucht?« Er deutete auf das Krankenhaus.

»Ja.« Sie war heiser und richtete nur kurz den Blick auf das Gebäude. »Warum bist du hier?«

Wesley zögerte. Schließlich hatte er selbst keine richtige Antwort auf diese Frage. »Sie haben mich angerufen und wollten wissen, ob wir verwandt sind, weil du deine Rechnung nicht bezahlt hast und auch keine Versicherung angegeben hast.« Er stieg langsam aus dem Wagen und konnte in ihren Augen ihre Unsicherheit aufblitzen sehen. »Ich bin nicht hier, weil ich dich zurückbringen will. Aber wo warst du? Sie sagten, sie lassen dich sogar von der Polizei suchen.« Er schaute sie an und hatte die letzten Worte nur gesagt, um bei ihr keine falschen Befürchtungen zu wecken. Waren ihre Wangen schon vor vier Tagen so eingefallen gewesen? Die Hämatome hatten sich in dunkelviolette Stellen verfärbt. Vor allem eines an der Wange sorgte bei Wesley dafür, dass er die Hände zu Fäusten ballte. Wie der Rest ihres Körpers wohl aussah und ob sie überhaupt schmerzfrei laufen konnte?

»Ich weiß.« Sie senkte den Blick.

»Verfolgt dich jemand?« In Wesley erwachte der Beschützerinstinkt.

»Ich weiß es nicht …« Sie machte eine Pause ehe sie weitersprach und sah ihn lange an. »Vielleicht.«

Wesley sah sich um, konnte aber niemanden entdecken, der ihm suspekt erschien, oder der Interesse daran hatte, dass sie hier bei ihm am Wagen stand. Sollte er sie wieder ins Krankenhaus bringen? Es wäre doch seine Pflicht. Schließlich benötigte sie sicher ärztliche Hilfe, und die Sache mit der Rechnung musste auch irgendwie geregelt werden. Und doch weigerte sich etwas in ihm, sie zurückzubringen. Dabei wäre es ihm doch ein Leichtes. Zum einen war er ihr körperlich überlegen, zum anderen hatte er sie schon einmal davon überzeugen können, dass die Ärzte ihr helfen würden.

»Steig ein. Ich bin noch auf der Suche nach einem Motel, vielleicht finden wir für dich ja auch ein Zimmer.« Erstaunt über seine Worte deutete er auf die andere Seite seines GT500.

»Ich habe aber kein Geld.« Sie blieb einfach stehen.

»Ich bezahl es. Du kannst ja nicht hier draußen schlafen. Mir würde es aber helfen, wenn du mir sagst, wer du bist. Und zu wissen was passiert ist, wäre auch von Vorteil.« Wesley war sich sicher, dass er keine Antworten erhalten würde und auch bezweifelte er, dass sie dieses Angebot annehmen würde.

»June.« Sie hielt seinem Blick stand.

»Ok, June. Steig ein, dann schauen wir nach einem Motel. Und ich brauch was zu essen.« Wieder wunderte er sich kurz über seine Worte. Normalerweise schmeichelte er den Frauen. Erklärte, wie strahlend ihre Augen seien und wie toll sie aussahen, dass ihre Aura ihn fesselte, all solche Sachen die sie gerne hören wollten. Dazu spendierte er meist zwei oder drei Drinks, ehe er dafür sorgte, dass er sie nach Hause begleiten durfte. Jetzt war es anders. Er hatte keinerlei körperliches Interesse an June. Er wollte nur wissen, was ihr zugestoßen war und … ja, was dann? Darüber hatte er sich ebenso wenig Gedanken gemacht, wie um ein Zimmer. Wollte er dann wie ein Racheengel losziehen und ihren Peiniger suchen? Wohl weniger, er schüttelte in Gedanken den Kopf. Das war nicht seine Art.

8.

Unsicher setzte June sich auf den Beifahrersitz des dunkelblauen Shelby. Wesley sah sie nur kurz an, als sie die Tür des Autos zuzog. Er startete den Wagen und in ihr keimte Panik auf. Ihr Puls begann zu rasen und auf ihren Händen bildete sich eine dünne Schweißschicht. Was, wenn er doch nicht der war, für den sie ihn hielt? Was, wenn er für die Männer arbeitete, die sie nach Mexiko hatten verkaufen wollen? Wenn er Geld dafür bekam, dass er nun den Retter spielte? Sie konnte ihren Herzschlag in ihren Ohren hämmern hören und spürte einen größer werdenden Druck auf ihrer Brust. Sollte sie doch wieder aussteigen? Er machte nicht den Eindruck, als rechne er damit, dass sie den Wagen sofort wieder verlassen würde. Sie könnte flüchten.

»Warum bist denn abgehauen?« Er klang, als wolle er noch etwas sagen, tat es dann aber nicht.

»Meine Bettnachbarin hat geschnarcht«, brachte sie, um einen ruhigen Eindruck bemüht, hervor. Sie wollte ihm ihre Angst nicht zeigen. Das würde er sicher nicht glauben und doch war es die halbe Wahrheit. Das Gegurgel der Frau, die man auf ihr Zimmer gebracht hatte, hatte sie in den Wahnsinn getrieben. June konnte aber nicht erkennen, was er von dieser Erklärung hielt. Sein kantiges, markantes Gesicht zeigte keine Regung. Sie musterte ihn genauer. Die pechschwarzen Haare waren in ihren Augen viel zu lang für einen Mann und der Bart wirkte auch nicht zwingend vertrauenserregend. Und doch spürte sie tief in sich, dass dieser Mann ihr nichts tun würde. Trotzdem war in ihr Angst, die sie nur schwer kontrollieren konnte. Trotz seiner Größe wirkte er nicht beängstigend auf sie. Er war keiner dieser Schränke, mit denen sie noch vor wenigen Tagen konfrontiert worden war. Typen, deren Schultern so breit waren, dass sie kaum durch eine Tür passten und die durchgehend bedrohlich aussahen. Bei Wesley konnte sie zwar an den Oberarmen die Muskeln erkennen, aber sie waren nicht so klar definiert wie bei diesen Typen, die sie in den letzten Tagen um sich gehabt hatte. Kurz sah er sie aus seinen braunen Augen prüfend an.

»Das ist doch nicht die ganze Wahrheit.« Seine Augenbraue wanderte nach oben und eine kleine Falte zeichnete sich auf seiner Stirn ab.

June schüttelte den Kopf, konnte aber nicht über all das andere sprechen. Sie war sich nicht sicher, wie sie Wesleys knappes Nicken deuten sollte, als sie ihn anschwieg. Er war auf die Straße konzentriert, als das Navi ein Motel an der rechten Straßenseite meldete. Sie richtete ihren Blick nach vorne und entdeckte das angekündigte Gebäude. Ein langgezogener Trakt auf zwei Etagen. Wesley stieß einen zustimmenden Laut aus, als er auf den Parkplatz fuhr. Hier standen nur wenige neuere Wagen, die meisten waren sicher älter als zehn Jahre und sie registrierte eine Gruppe Männer, die in Latzhosen und freien Oberkörpern einen Grill vor einem alten Dodge aufgestellt hatten. Einige hielten Dosen in den Händen und Wesley atmete genervt durch. Dieses Motel kostete sicher kein Vermögen, aber einen Imbiss gab es hier scheinbar auch nicht.

»Dann wird das mit dem Essen hier schon mal nichts.« Er deutete auf eine Bar in der Nähe, wo sie ein geschlossen Schild entdeckte.

»Ich hab keinen Hunger.« Flüsternd blickte sie zu der Männergruppe, bei deren Anblick sich ein ungutes Gefühl in ihr ausbreitete.

»Ich schon.« Wesley hatte den Wagen in eine Parklücke gelenkt und den Zündschlüssel abgezogen. »Ich geh mal fragen, ob sie Zimmer frei haben.« Er stieß die Tür auf. Ob er sie nicken sah, wusste sie nicht. Sie konnte nur hören, wie die Tür wieder ins Schloss fiel, weil sie immer noch auf die Gruppe fixiert war. Sie hatten Spaß, lachten und aus dem Wagen dröhnte Musik. June tippte darauf, dass es Montagearbeiter waren, die ihren Feierabend genossen. Sie hatten Spaß bei dem, was sie taten und machten sicher ihren Job, welcher auch immer das war, gerne. Sie erinnerte sich daran, dass sie ebenfalls mal so unbeschwert gewesen war. Dass sie gerne mit den Kollegen gefeiert hatte. Zwar nie so spartanisch wie die Männer dort, aber auch sie hatte diese Freude an der Arbeit, die sie tat, mal empfunden. Damals hatte sie mit dem Gedanken gespielt, ihren Eltern zu sagen, dass ihre Tochter nie den Titel Bachelor of Sience tragen würde. Überhaupt hatte sie seit Monaten nicht mit ihnen gesprochen. Vielleicht sollte sie nun anrufen. Sagen, dass sie nach Hause kommen würde. Aber um dorthin zu fahren, benötigte sie andere Sachen, als das, was sie gerade trug. Und ohne Tasche durfte sie dort auch nicht auftauchen. Schließlich war sie mit einem Minivan von daheim aufgebrochen, der mit Möbeln und Erinnerungen gefüllt gewesen war. Ihr Magen zog sich krampfhaft zusammen. Was war wohl in den letzten vier Monaten aus ihrer Wohnung geworden und aus ihren Sachen? Sie hatte die Miete nicht mehr gezahlt und ihr Vermieter hatte die Wohnung sicher schon neu vermietet. War ihr Eigentum auf dem Sperrmüll gelandet?

Als sich die Wagentür öffnete, zuckte sie erschrocken zusammen.

»Ich bin es nur. Es gibt da ein Problem.« Wesley stieg, während er sprach, wieder ein und musterte sie. »Alles okay?«

June konnte sehen, dass er ihrem Nicken nicht glaubte, aber er stellte keine weiteren Fragen.

»Welches?« Sie bezog ihre Frage auf das von ihm angesprochene Problem und wollte nicht auf seine Frage eingehen.

»Sie haben nur noch ein Zimmer, könnten aber die Betten getrennt stellen. Wir können auch woanders suchen.« Er zuckte gleichgültig mit den Schultern.

»Ist okay.« Sie machte eine Pause. »Warum machst du das?« June stellte sich die Frage, was diesen Mann dazu bewogen hatte, nach ihr zu suchen und ihr nun ein Bett anzubieten. Dass er und sein Kollege sie aufgesammelt hatten, war ihrem Job und dem gesunden Menschenverstand zuzuschreiben, als sie gemerkt hatten, dass sie Hilfe benötigte. Aber warum war er nun wieder hier?

»Weil ich schlafen muss und du so aussiehst, als bräuchtest du auch Schlaf.« Ein kurzes Lächeln huschte über sein Gesicht, war durch den buschigen Bart jedoch kaum zu sehen. »Also nehmen wir das Zimmer? Also ich meine …« Nun geriet er ins

Stocken. Er hatte erst aus dem Wagenfenster gesehen und sah nun sie an.

»Ja. Getrennte Betten sind okay.« Erneut nickte sie und ertappte sich dabei, dass sie ihn anlächelte. Er wirkte tatsächlich verunsichert, dabei sah er nicht aus wie der Typ Mann, der sich verunsichern ließ, schon gar nicht von einer Frau.

»Dann bring ich meine Sachen rein, und frag mal, ob die wissen, wo man hier was zu essen bekommen kann, was nicht wie zusammengeklebter Karton schmeckt und wovon man keine Lebensmittelvergiftung bekommt.« Seine letzten Worte klangen mürrisch, ehe er wieder ausstieg.

Hunger konnte die Laune von Menschen schnell zum Kippen bringen. Das hatte sie im Café hin und wieder erlebt. Paare waren mit verbissenen Gesichtsausdrücken angekommen, aber sobald sie einen Bissen vom Kuchen oder dem Baguette gegessen hatten, hatten sich erst die Gesichtszüge entspannt und schließlich die Stimmung verändert. Essen war eindeutig wichtig für die Seele.

»Warte.« Sie sah ihn an, als er die Tür des Wagens wieder schließen wollte. Sein gebrummtes *Hm* ließ sie mit ihrer Frage kurz zögern. »Darf ich dein Handy benutzen? Ich würde gerne meine Eltern anrufen.« Sie musste schlucken, um zu verhindern, dass sich Tränen einen Weg suchten. Er schien einen Moment nachzudenken, zog dann sein Handy aus seiner Gesäßtasche und musterte es einen Augenblick, ehe er darauf herumwischte, und es ihr reichte.

»Aber nur telefonieren.« Etwas Harsches lag in seiner Stimme, als er ihr das Handy gab. Sie wollte etwas sagen, schaffte es aber nicht. Er wirkte in diesem Moment plötzlich unnahbar und kalt. So ganz anders als noch vor wenigen Minuten. »Ich bin gleich wieder da. Die Sache mit der Polizei müssen wir dringend klären. Damit die dich nicht mehr suchen. Und das mit der Rechnung muss ebenfalls zeitnah aus der Welt geschafft werden.« Er öffnete die hintere Wagentür und sie sah, wie er einen Rucksack von der Rücksitzbank nahm, ehe er wieder auf das Motel zuging.

Durchatmend wählte sie die Nummer ihrer Eltern. Sie könnten sicher die offene Rechnung begleichen. Es klingelte eine Ewigkeit, ohne dass jemand den Anruf annahm. Sie wollte die Mobilfunknummer ihrer Mutter wählen, doch sie bekam die Zahlen nicht zusammen, dafür aber die ihres Vaters. Dabei würde er sicher weniger verständnisvoll reagieren. Ein Gespräch mit ihrer Mutter war ihr eigentlich lieber.

»Bei Richmond.« Ein Mann nahm das Gespräch entgegen, dessen Stimme June nicht zuordnen konnte. Wahrscheinlich hatten ihre Eltern zu einem Barbecue geladen und ihr Vater stand am Grill und hatte das Telefon dem in die Hand gedrückt, der als nächster ein Steak hätte bekommen sollen.

»Hi, hier ist June, kann ich mal meinen Dad sprechen? Oder Mom?«, legte sie mit leicht zittriger Stimme nach, hoffend, dass ihre Mutter in Reichweite war.

»June?« Der Mann am anderen Ende klang erstaunt.

»Ja, wer ist denn da?« Gab es vielleicht neue Nachbarn, die nicht wussten, dass ihre Eltern eine Tochter hatten.

»Ich bin es, Samuel Reeves.«

June kannte Samuel schon ihr Leben lang. Er wohnte seit Ewigkeiten in der Nachbarschaft und war gut mit ihren Eltern und auch ihr befreundet, aber seine Stimme hatte sie gerade nicht erkannt.

»Kannst du mir Mom geben?« Er würde sicher verstehen, warum sie in diesem Moment nicht mit ihrem Vater sprechen wollte. Wahrscheinlich wusste er, dass sie sich ewig nicht gemeldet hatte, und hatte sich bestimmt ebenso Sorgen gemacht wie ihre Eltern.

»Das ist gerade schlecht June. Wo bist du?«

»In Allied Gardens. Was ist los?« Etwas legte sich kalt um ihr Herz.

»Kannst du herkommen. Dann reden wir.« So distanziert kannte sie den Mann Anfang sechzig gar nicht. Er klang seltsam und das machte ihr Angst.

»Was ist los?« Ihre Stimme begann zu zittern.

»June, kannst du herkommen? Wir möchten das nicht am Telefon besprechen.«

»Ja, aber heute schaffe ich es nicht mehr.« Sie schloss die Augen und bemühte sich, das Gefühl, das nach ihr griff, zu ignorieren.

»Wann kannst du?«

»Ich weiß nicht. Morgen?« Dutzende Gedanken schossen ihr durch den Kopf. Wie sollte sie nach Tucson kommen? Sie hatte weder einen Wagen noch Geld, um irgendwie zu reisen.

»Okay, wir erwarten dich. Mach es gut.« Samuel beendete das Gespräch, ohne dass sie ihm antworten konnte.

Zitternd starrte sie aus dem Wagen. Wie um alles in der Welt sollte sie nach Hause kommen und was war passiert? Warum hatte Samuel sie nicht mit ihren Eltern sprechen lassen?

9.

Als Wesley zu seinem Wagen zurückkam, knurrte sein Magen erneut. Der Geruch, der sich vom Grill der Arbeitergruppe auf dem Parkplatz verteilt hatte, war verführerisch und erinnerte ihn daran, dass seine letzte vernünftige Mahlzeit Stunden zurücklag. Denn der Burger hatte nur dafür gesorgt, dass sich sein Wunsch nach Essen vervielfacht hatte. Er sah in seinen Wagen und entdeckte June, die sein Handy in der Hand hielt und aus der Windschutzscheibe starrte, als hätte sie einen Geist gesehen. Er zog langsam die Tür auf. Vor wenigen Minuten war sie panisch zusammengezuckt. Nun sah es aus, als müsste sie sich sortieren, ehe sie ihn mit einem Gesichtsausdruck ansah, der eindeutig aufgesetzt war. In ihrem Blick war nichts Echtes.

»Alles okay?« Wie oft würde er ihr diese Frage wohl noch stellen und warum war er nicht in der Lage, ein Gespräch mit ihr zu führen? Wieso glaubte er, seine Worte könnten sie erneut verletzen und würden bei ihr irgendetwas auslösen, das ihr Schmerzen zufügte?

»Ja.« Sie nickte und reichte ihm das Handy. Er konnte sich nur knapp daran hindern, zu schauen, wo sie angerufen hatte und wer vielleicht versucht hatte, ihn zu erreichen. Er schob das Handy zurück in seine Gesäßtasche.

»Ein Stück weiter ist ein Steakhouse, da soll das Essen recht gut sein«, erzählte er ihr das, was die Frau an der Rezeption gesagt hatte. Junes Blick klarte kurz auf.

»Ich hab wirklich keinen Hunger, danke.« Jeder einzelne ihrer Gesichtszüge wirkte gezwungen und ihren Worten traute er ebenso wenig wie ihrer Gestik.

»Soll ich dir das Zimmer zeigen? Dann kannst du duschen oder so und ich geh was essen.« Auch wenn sie nichts wollte, würde er essen gehen. Der Hunger hatte ihn schließlich schon seit Stunden im Griff und das Schlimmste, was ihm passieren könnte, wäre, dass sie verschwunden war, wenn er zurückkam. Und dabei war er sich nicht mal sicher, ob es wirklich schlimm wäre.

Eine Stunde später war sein Teller leer, das Bier ebenfalls und er lehnte sich auf dem Stuhl zurück und beobachtete die Menschen, die um ihn herum saßen. Zu zweit, zu dritt, in Gruppen. Eine Familie war ebenfalls im Steakhouse. Er war der Einzige, der alleine am Tisch saß. Immer wieder spürte er die Blicke einer Gruppe Frauen auf sich, die einige Tische weiter saß und Cocktails trank. Ihm entging auch nicht, dass sie über ihn sprachen. Wie lange würde es dauern, bis die Erste von ihnen zu ihm kam. Oder sollte er aufstehen und sich zu ihnen setzen?

Nein. Heute nicht.

Es war selten, dass er nicht das Verlangen spürte, eine Frau zu umwerben, um sie dann nach wenigen Stunden wieder gehen zu lassen oder ihr klar zu machen, dass er kein Typ für Beziehungen war. Heute lag es sicher an June, die auf dem Zimmer des Motels wartete und somit verhinderte, dass er eine der Frauen mitnahm.

June.

Er schaute nochmal auf die Speisekarte. Einige Gerichte konnte man zum Mitnehmen bestellen. Nur was würde sie gerne essen? Wenn sie Vegetarierin war, würde er ihr mit einem Steak sicher keinen Gefallen tun. Nur Salat war wiederum für jemanden wie ihn ein Hohn. Er strich sich, über sich selbst verwundert, durch die Haare, ehe er die Hand hob, um die Bedienung auf sich aufmerksam zu machen.

»Was kann ich für Sie tun?« Ein junger Mann trat an seinen Tisch.

»Ich würde gerne etwas zum Mitnehmen bestellen und dann zahlen.«

»Gerne. Was darf es sein?« Der Mann zog einen Zettel aus einer Ledertasche, die er am Bauch trug.

»Können Sie mir etwas für eine Freundin empfehlen?« Wesley hatte einen Augenblick benötigt, um die richtigen Worte zu finden. Aber richtig waren sie nur für diesen Moment. June war keine Freundin. June war eine Unbekannte, der er für heute ein Dach über dem Kopf angeboten hatte und deren Schicksal ihm schlaflose Nächte beschert hatte. Eine Frau, wegen der er ins Auto gestiegen und hierhergekommen war. Sie war auch schuld daran, dass er seine Kollegen beim Training um ein Haar umgebracht hätte, denn wäre er ausgeschlafen gewesen, wäre es nie zu dem Trainingsunfall gekommen. Es war ein Unfall gewesen, der einem erfahrenem Soldaten wie ihm nicht hätte passieren dürfen.

»Wir haben eine tolle Pasta auf der Karte, mit Filetstreifen und Pilzen, die wird gerne von den Damen gegessen, dazu einen Salat?« Der Mann hob fragend die Augenbraue.

»Klingt gut.« In Wirklichkeit hatte Wesley keine Ahnung, ob die Wahl wirklich gut war oder ob der Kellner einfach nur etwas verkaufen wollte.

»Ich bringe ihnen das Gericht in zwanzig Minuten zusammen mit der Rechnung, wenn es genehm ist.«

»Gerne.« Er nickte dem Mann zu und beobachtete erneut die Frauen. Eine Brünette hatte ihn nun schon mehrfach lächelnd angesehen und wandte sich immer wieder den anderen drei Frauen zu. Er war sich sicher, dass es nicht mehr lange dauern würde, bis sie zu ihm an den Tisch kommen würde, um ihn kennenzulernen. Und tatsächlich erhob sie sich nur eine Minute später und kam auf ihren schwarzen Highheels auf ihn zu gestöckelt. Sie hatte eindeutig schon mehr als einen Cocktail zu viel getrunken und er würde sie ohnehin nicht begleiten. Frauen, die nicht Herr ihrer Sinne waren, fielen nicht in sein Beuteschema. Er wollte sich im Nachhinein nichts nachsagen lassen.

»Hey?« Ungelenk sank sie ihm gegenüber auf den Stuhl, stützte ihre Arme auf den Tisch und sah ihn mit einem Schlafzimmerblick an, der keine Worte mehr benötigte.

»Hi.« Innerlich seufzte er auf, als er sich die Worte zurechtlegte, um sie abzuwimmeln.

»Meine Freundinnen und ich haben uns gefragt, ob du nicht vielleicht Lust hättest dich zu uns zu setzen. Dann musst du hier nicht so alleine sitzen.«

Der erste Eindruck hatte nicht getäuscht. Es war nicht zu überhören, dass bei der Dame schon reichlich Alkohol im Spiel war. Sie wollte nach seiner Hand greifen, die er zurückzog.

»Ich warte nur noch auf das Essen meiner Freundin, dann fahr ich. Sie wartet auf mich.«

Um ein Haar hätte er gelacht, als der Frau die Gesichtszüge entglitten. Dabei sah sie wirklich nicht schlecht aus und, wäre sie nüchterner und sein Motelzimmer nicht belegt, sicher ein Abenteuer wert.

»Das ist schade.«

Eine Dreiviertelstunde nachdem die betrunkene Dame den Platz an seinem Tisch wieder geräumt, er die Pasta und den Salat in Plastikschalen mitgenommen und die Rechnung beglichen hatte, schloss er die Tür des kleinen Motelzimmers auf. June stand an einem Fenster und starrte hinaus, als er eintrat. Er hatte damit gerechnet, dass sie erschrocken zusammenzucken oder er sie schlafend vorfinden würde, aber nichts dergleichen war der Fall. Sie drehte sich nicht einmal zu ihm um.

»Ich hab dir was zu essen mitgebracht.« Jetzt, wo er die Tür schloss, war er sich nicht mehr sicher, ob es eine gute Entscheidung gewesen war, etwas mitzubringen.

»Danke.« Immer noch starrte sie aus dem Fenster.

»Ich stell es dir hin und gehe duschen.« Auch wenn ihm danach war, sich auf das Bett zu legen, entschied er sich für die Dusche. Er fühlte sich in ihrer Gegenwart unwohl. Es war ein ungewohntes Gefühl, das ihn heimsuchte, als sie sich mit leerem Blick zu ihm umdrehte. Die Frage nach dem, was geschehen war, brannte auf seiner Zunge, aber er traute sich nicht, sie zu stellen. Sie sagte nichts, als er in dem kleinen Bad verschwand.

Das Wasser der Dusche verhinderte, dass er Geräusche aus dem Wohn- und Schlafraum vernehmen konnte. Dabei wollte er doch wissen, ob sie etwas aß. Auch wenn er nicht der Typ war, der jemanden bemutterte, wollte er, dass sie etwas zu sich nahm. Überhaupt war alles, was er bis hierher getan hatte, eigentlich nicht sein Stil. Ihm ging vieles durch den Kopf, was er nicht benennen konnte. Als das Wasser kalt wurde, wurde ihm klar, dass er viel länger als geplant unter der Dusche gestanden hatte.

Im Spiegel sah er wieder die Narbe auf seinem Oberarm, die sein Tattoo entstellt hatte. Und die Narbe auf seiner Brust, die von einem Trainingsunfall herrührte. Er war froh, dass er die auf seinem Rücken, die sein Vater ihm zugefügt hatte, nur sehen konnte, wenn er sich aktiv darum bemühte. Bis heute hatte ihn nie jemand gefragt, woher die Striemen stammten. Dabei hatten so viele sie bereits gesehen. Er war stolz auf das, was er im Spiegel sah. Er war nicht mehr der wehrlose schmächtige Junge von früher. Heute konnte er sich wehren und dafür kämpfen, dass anderen nie das widerfuhr, was ihn gezeichnet hatte. Die Kraft, die er heute hatte, hatte er früher nur selten aufbringen können. Meistens war es ihm damals erst dann gelungen, wenn die Wut ihn seine Schmerzen hatte vergessen lassen. Dann war er in der Lage gewesen, über sich selbst hinauszuwachsen. Das Handtuch, mit dem er sich abtrocknete, war feucht. Als er nach einem anderen suchte, bemerkte er, dass es nur das eine gab. Ein Handtuch für ein Doppelzimmer, er schüttelte für sich den Kopf und nahm in dem weißen Frottee winzige Blutspuren wahr. Blinzelnd legte er es zur Seite. Es war nicht sein Blut, sondern Junes. Sein Magen verkrampfte sich und er musste sich zwingen, nicht zu würgen. Seine Hände klammerten sich an das Waschbecken. Wenn er diesen Bastard in die Finger bekommen würde, würde er zum Mörder werden. Es fiel ihm schwer, den aufkommenden Ärger zu verdrängen. Sollte er June auf die Spuren ansprechen? Würde sie zulassen, dass er ihre Wunden versorgte? Wollte er das überhaupt?

Nur in Shorts bekleidet und ohne eine Antwort auf seine Fragen gefunden zu haben, betrat er wenig später noch mit nassen Haaren den Wohnraum wieder. June saß tatsächlich an dem kleinen Tisch und versuchte, mit einer Holzgabel die Nudeln aufzuspießen. Sie schaute hoch und blickte ihn an.

»Entschuldige, ich hab vergessen zu sagen, dass wir nur ein Handtuch haben.« Sie senkte den Blick und legte die Gabel neben die Kunststoffschale.

»Schon okay. Der Rest trocknet von alleine.« Während er zu seinem Bett ging und ein Shirt aus dem Rucksack zog, musterte er June, die ihn immer noch ansah. Es war kein schmachtender Blick, wie er ihn von anderen Frauen gewohnt war. Er war anders.

»Darf ich dich was fragen?« Sie schob das Essen zur Seite.

»Sicher.« Dabei war doch er der, der so viele Fragen stellen wollte.

»Kannst du mir Geld borgen, damit ich nach Tucson fahren kann?« Es war ihr sichtlich unangenehm, ihm diese Frage zu stellen. »Ich gebe es dir auch so schnell ich kann zurück.«

»Was willst du denn in Tucson?« Er setzte sich auf sein Bett und hielt immer noch das dunkle Shirt in der Hand.

»Ich will nach Hause. Ich habe heute bei meinen Eltern angerufen.« Sie senkte ihren Blick und starrte die gelbe Tischdecke an. »Aber sie wollten nicht mit mir sprechen. Ein Nachbar hat mich gebeten, nach Hause zu kommen. Ich habe mich vier Monate nicht bei ihnen gemeldet. Vermutlich sind sie sauer. Oder sie haben mitbekommen, dass ich mein Studium geschmissen habe. Vielleicht haben sie mich enterbt, wollen mich nicht mehr sehen und Samuel will irgendwie vermitteln. Ich will doch nur nach Hause.« Als sie den Blick hob, hatte sie Tränen in den Augen. Ihre letzten Worte waren so leise gewesen, dass er sich nicht sicher war, ob er sie hatte hören sollen.

»Ich fahr dich.«

Verfluchter Mist.

Langsam, aber sicher begann er an seinem Verstand zu zweifeln. Passierte nun das, was Terence vorausgesagt hatte? Spielte er sich jetzt als guter Samariter auf? Auf dem Weg zum Restaurant hatte er telefonisch die Polizei darüber informiert, dass er June gefunden hatte und dass es ihr soweit gut ging. Außerdem hatte er den Beamten erklärt, dass sie die Rechnung zurzeit nicht begleichen konnte, er sich aber darum kümmern würde, dass das Krankenhaus zeitnah Bescheid bekommen würde, wie die Schulden beglichen werden sollten. Er hatte den Beamten seine Personalnummer nennen müssen, die sie dann sogar kontrolliert hatten. Er schüttelte über sich selbst verwundert den Kopf. Er war doch sonst auch nur auf sich und seine Arbeit fixiert. Das Schicksal Fremder interessierte ihn doch normalerweise nicht. Wenn er bei jedem, den er aus irgendeiner beschissenen Situation befreite hatte, so reagiert hätte, wäre er bereits an dem Leid anderer zerbrochen.

»Das sind aber sicher fünf Stunden von hier. Du hast doch bestimmt was anderes vor.« June sah ihn immer noch an. Ihn, nicht seine Tätowierungen oder seinen Körperbau. Sie sah ihn an. Dieser Umstand wurde ihm nur langsam bewusst.

»Ich hab mir ein paar Tage frei genommen, da kann ich machen, was ich will.« Er zog sich das Shirt über.

»Hm.«

»Nicht hm. Ich fahr dich.« Er wusste zwar immer noch nicht, was ihn geritten hatte, als er ihr das Angebot gemacht hatte, aber er meinte es ernst. Er würde sie nach Arizona bringen. Vielleicht würde diese Fahrt ihn von seinen Gedanken an seine Vergangenheit ablenken.

Die Unsicherheit, die sich in der nächsten Stunde zwischen ihnen ausbreitete, war drückend. Er saß auf dem Bett und hatte den Fernseher eingeschaltet und June saß vor der halb aufgegessenen Portion Pasta und schien nur auf den Fernseher zu schauen, weil er es tat. Er bemerkte, dass ihr Blick immer wieder kurz zu ihm wanderte und er wartete darauf, dass sie ihn ansprach. Aber sie tat es nicht. Sie saß einfach nur da. Eingeschüchtert und verlegen. Die Blutflecken auf dem Handtuch hatte er bereits vergessen, als sie langsam aufstand und schweigend ins Bad ging. Erst in diesem Moment konnte er sehen, dass das Shirt, das sie trug, ebenfalls kleine, fein verteilte, Flecken aufwies.

»June?«

Als er sie ansprach, schreckte sie zusammen, als hätte er sie angebrüllt, ehe sie sich zu ihm umdrehte.

»Soll ich deine Wunden versorgen? Das Handtuch hatte schon Blutspuren und dein Shirt … also mein Shirt.« Er zuckte mit den Schultern. »So kannst du ja schlecht zu deinen Eltern. Vielleicht sollten wir vorher noch was anderes zum Anziehen besorgen.« Angespannt wartete er auf ihre Reaktion.

»Einkaufen ja. Versorgen nein. Ist nicht so schlimm, wie es aussieht.« Sie lächelte ihm zu. Es war ein Lächeln, das zu der allgemeinen Situation passte, nervös und wenig ehrlich. Er nickte ihr zu. Zwingen würde er sie nicht, aber er nutzte die Minuten, in denen sie im Bad war und legte sich ins Bett. Die Matratze war erstaunlich weich und er spürte die Müdigkeit, die ihn plötzlich überfiel. Ihm fielen immer wieder trotz des laufenden Fernsehers die Augen zu. Er hörte June noch aus dem Bad kommen, ehe er einschlief.

10.

June war erstaunt, wie schnell Wesley eingeschlafen war. Sie hatte nur wenige Minuten im Bad verbracht und unter anderem versucht, mit Hilfe des Spiegels einen Blick auf ihren Rücken zu werfen, aber viel konnte sie nicht sehen. Und doch war das, was sie dort gesehen hatte, ausreichend. Die Prellungen im Gesicht und an den restlichen Körperstellen, die sie ohne Probleme sehen konnte, waren zwar nicht weiter angeschwollen, aber sie hatten sich noch mehr verfärbt und schmerzten höllisch. Schon die kleinste Berührung war nur schwer zu ertragen.

Durchatmend ging sie zum zweiten Bett. Sie beschloss, dass Shirt anzubehalten und legte sich auf die Matratze. Die Luft scharf ausstoßend fluchte sie laut. Der Schmerz, der durch ihren Körper schoss, ließ sie jegliche Kinderstube vergessen und auch, dass Wesley schlief. Die Schmerzmittel, die sie im Krankenhaus erhalten hatte, hatten ihre Wirkung scheinbar schlagartig verloren. Nur einen kurzen Moment ließ der Schmerz zu, dass sie sich über sich selbst ärgerte. Sie hätte Schmerztabletten aus dem Krankenhaus mitnehmen sollen. Sie erinnerte sich an die Pillen, die in einem kleinen Becher an ihrem Bett gestanden hatten.

Plötzlich saß Wesley senkrecht im Bett und starrte durch sie hindurch. Erst als er mehrfach geblinzelt hatte, klarte sein Blick auf.

»Was ist passiert?«

»Nichts.« Sie lag verspannt auf dem Bett und musste gegen die Tränen kämpfen, die vom Schmerz rührten. Sie hatte ihn nicht wecken wollen. Überhaupt hatte sie nichts sagen wollen, aber die Schmerzen hatten sie jeglichen Vorsatz in Millisekunden vergessen lassen.

»Blödsinn.«

Wie er so schnell neben sie gekommen war, wusste sie nicht, aber sein Gesichtsausdruck machte ihr Angst.

»Hinsetzen.« Befehlend reichte er ihr seine Hand.

»Es ist nichts. Wirklich.« Sie wollte sich auf die Seite drehen, was ihr jedoch nicht gelang, da der Schmerz ihr Sterne vor die Augen trieb. Dass Wesley ihr nur Sekunden später half, sich aufzusetzen, wurde ihr erst klar, als sie ihn direkt in die braunen Augen sah.

»Sitzenbleiben.« Er stand wieder auf, löste seinen Griff und ging zu seinem Bett. Dass sie am ganzen Körper zitterte, wurde ihr erst jetzt klar, als sie mit verschwommenem Blick auf ihre Hände starrte. Nur langsam ließ der Schmerz nach, der in jeder Faser ihres Körpers tobte. Sie konnte jede der kleinen Verletzungen spüren und jeder Bluterguss fühlte sich um ein Vielfaches größer an. Sie blinzelte mehrfach und beobachtete Wesley dabei, wie er etwas aus seinem Rucksack nahm. Dann griff er nach einem der beiden Gläser vom Tisch und verschwand im Bad, wo sie wenig später das Wasser rauschen hörte. Es dauerte nur Sekunden, bis er wieder aus der Tür trat und auf sie zukam. In der einen Hand hielt er das gefüllte Glas, die andere hatte er geschlossen und öffnete sie erst, als er sich neben sie auf das Bett setzte. Eine weiße Tablette lag in der großen Handinnenfläche. Den Blick hebend musterte sie Wesley.

»Gegen Schmerzen und damit du besser schlafen kannst. Die hab ich immer dabei. Die hauen auch das größte Rindvieh um. Bekommt man so nicht in der Apotheke«, erklärend hielt er ihr die Tabletten hin.

»Darfst du die einfach so verteilen?« Sie sah ihn prüfend an.

»Normalerweise nicht, aber da ich im Moment eh oft welche nehme, fällt es nicht auf, wenn ich dir zwei abgebe.« Seine Stimme war leiser geworden und er starrte die gegenüberliegende Wand an.

»Warum?« Eigentlich hatte sie diese Frage nicht stellen wollen. Es ging sie nichts an, ebenso wenig wie es sie etwas anging, warum er hergekommen war.

Außerdem regte sich in ihr ein leichter Widerstand. Was, wenn er sie mit dieser Pille gefügig machen wollte?

»Albträume.« Er machte eine Pause. »Manchmal lässt die Vergangenheit einen nicht los.« Erneut schwieg er einen Moment. »Da kann man sie auch noch solange verdrängen, dann passiert irgendein Scheiß und zack ist sie wieder da.« Seine Worte waren nur ein Flüstern und sie war sich nicht sicher, ob sie ihr gegolten hatten. Vielleicht hatte er sie nicht einmal aussprechen wollen. Er sah nicht aus wie ein Mann, der Probleme hat. Oder doch? Ihre Aufmerksamkeit wanderte auf seinen Oberarm. Das Shirt verdeckte einen Teil der Tätowierung und somit auch einen Teil der Narbe.

»Hat es damit zu tun?« Sie hatte die Tablette noch nicht angerührt und deutete nun auf seinen Oberarm. Seine Armmuskeln waren klar definiert, aber an dieser Stelle war nicht nur das Tattoo durch wildes Fleisch entstellt. Auch der Muskel schien dort Schaden genommen zu haben. Wesley lachte leise auf.

»Nein, das war eigene Dummheit. Da bekomm ich nur Albträume, wenn ich dran denke, dass ich ´nen Tätowierer finden muss, der das wieder richtet.«

»Eigene Dummheit?« Verwundert hob sie die Augenbraue.

»Hier nimm erstmal die, sonst schläft mir der Arm ein.«

Seufzend nahm sie die Pille aus seiner Hand und berührte dabei kurz seine Haut. Es war, als hätte sie einen elektrischen Schlag bekommen und auch er sah ihr kurz direkt in die Augen. Einen winzigen Moment war da etwas Warmes in seinen Augen, ehe eine knappe Geste von ihm dafür sorgte, dass sie die Pille schluckte und das Glas Wasser in einem Zug leerte. Aus irgendeinem Grund war die Sorge, dass er ihr doch etwas antun würde, verschwunden.

»Also?« Beide Hände ans Glas gelegt, die Beine angezogen, richtete sie ihre Aufmerksamkeit fordernd auf ihn. Sie wollte wissen, was es mit der Narbe auf sich hatte. Nur, würde er es nun wirklich erzählen?

»Ich war so blöd und habe ein paar Regeln nicht beachtet. Ich wollte einem Typen helfen und wir haben unsere Befugnisse etwas weiter ausgelegt, als sie es waren.« Nur einen kurzen Moment hatte er sie angesehen, dann starrte er wieder die Wand an. »Heute ist der Typ mein Kollege. Damals kannten wir ihn nicht. Er war Soldat wie jeder andere in Bagram auch, wenn man davon absieht, dass seine Flamme auf der Base gearbeitet hat und mit einigen anderen entführt worden ist. Ging damals sicher durch die Presse.« Nun sah er sie fragend an.

»Sorry, ich hab es nicht gelesen, wenn es so war.« Sie zuckte entschuldigend mit den Schultern. Sie wollte ihm nicht sagen, dass sie Artikel, die sich um das Militär drehten, generell nicht las. Überhaupt machte sie um das Thema Militär und Soldaten normalerweise einen Bogen.

»Auch egal. Auf alle Fälle haben wir - also ich und ein Kollege – beschlossen, dass wir ihm bei der Suche helfen. Schließlich waren die Frauen auch unsere Kollegen, und unsere Vorgesetzten kamen einfach nicht in die Gänge. Wir sind in eine Gegend gefahren, in der die Taliban eigentlich die vorherrschende Macht sind. DJ hat den Mist mit dem Leben bezahlt.«

June stieß einen entsetzten Laut aus und war geschockt, dass Wesley die Tatsache, dass jemand gestorben war, so kalt erklärte. Selbst die Erwähnung der Geiselnahme und der Taliban, die ihr ein Begriff waren, klangen bei ihm wie ein Wetterbericht.

»Wir haben alle mehr Glück als Verstand gehabt, dass wir den Angriff überlebt haben. Wir haben trotzdem weitergesucht und sind dann in die Hände von Terroristen gefallen. War scheiße.« Er war leiser geworden und hatte den Kopf zu ihr gedreht. »Am Ende hat man uns retten müssen und die Frau, wegen der wir das überhaupt gemacht haben, hat sich selbst gerettet. Aber von den Kolleginnen sind einige umgekommen.«

»Oh mein Gott, wie schrecklich.« June blinzelte, weil eine seltsame Schwere nach ihr griff und es anstrengend wurde, neben Wesley zu sitzen und ihm zuzuhören. Dabei wollte sie wissen, was passiert war. »Bei dir klingt das so … ich weiß nicht …«

»Als würde es mich nicht stören?«

June nickte, als er das aussprach, was sie sich nicht getraut hatte zu sagen.

»Es stört mich. Sehr sogar, aber es gehört zu meinem Job. Ich habe mich irgendwann mal bewusst dazu entschieden und … na ja. Sowas passiert. Es ist immer schlimm, vor allem wenn du die Leute besser kanntest.«

11.

June war dichter an ihn herangerutscht und legte ihren Kopf im Halbschlaf auf seine Schulter.

»Das Zeug ist gut, hm?« Er sah kurz zu ihr und konnte sich das Grinsen nicht verkneifen, als er ihren Gesichtsausdruck sah. Sie wirkte wie in einem Vollrausch. Er wusste, dass es sich auch so anfühlte. Erst kam die Müdigkeit und dann verschwand der Schmerz. Wenn man diese Tabletten das erste Mal nahm, war es beinahe beängstigend, wie schnell sie wirkten. »Ich hätte die Dinger als Kind öfter gebraucht«, murmelte er für sich.

»Warum?« Ihre Frage verließ lallend ihren Mund.

»Mein Vater war ein Arschloch.« Es war das erste Mal, dass er diese Tatsache so ruhig aussprach. Das erste Mal seit einer sehr langen Zeit erwähnte er überhaupt seinen Vater. Das letzte Mal musste vor Gericht gewesen sein, als er vor der Wahl gestanden hatte, in den Knast oder zur Navy zu gehen.

»Meiner ist toll. Aber der ist sicher sauer, wenn er erfährt, dass ich mein Studium geschmissen habe. Deswegen musste Samuel bestimmt ans Telefon.« Junes Worte verschwammen, gleichzeitig gähnte sie und es fiel Wesley schwer, sie zu verstehen.

»Hast du gejobbt?« Er versuchte sich vorzustellen, was man tat, wenn man sein Studium aufgab. Sie gab ein zustimmendes Brummen von sich.

»Als was?« Erreichten seine Worte sie noch? Sie hatte die Augen geschlossen, saß dicht neben ihm und ihren Kopf hatte sie nicht mehr bewegt, seit er auf seine Schulter gefallen war. Das Gefühl, das diese Nähe auslöste, war ungewohnt. Über andere Frauen wäre er nun hergefallen, bei ihr hatte er sogar Angst, sie zu berühren. Regungslos blieb er einige Minuten neben ihr sitzen, ohne die Antwort auf seine Frage zu bekommen. Ihr Atem strich an seinem Hals entlang und vermittelte ihm ein Gefühl, welches er so noch nie gespürt hatte. Kein Verlangen, wie sonst. Bei June war es völlig anders. Er wollte sie in den Arm nehmen und ihr sagen, dass alles wieder in

Ordnung kommen würde. Jetzt musste er nur noch wissen, was eigentlich wieder in Ordnung kommen sollte. Die Lösung dieses Rätsels, das sie ihm ungebeten aufgegeben hatte, kannte er nicht. Ihre Nähe tat gut. Es tat gut keine genauen Absichten zu haben, abgesehen von der, den oder diejenigen, die ihr das angetan hatten, zur Rechenschaft zu ziehen.

Erst Stunden später wurde ihm klar, dass er einfach nur auf dem Bett gesessen hatte, inzwischen einen Arm um June gelegt, um sie daran zu hindern, einfach zur Seite zu fallen. Der Blick auf den alten Wecker sagte ihm, dass es bereits kurz nach zwei war. Er sollte, wie sie, schlafen, aber er war hellwach. Seufzend ließ er June ins Bett gleiten. Wenn er die ganze Nacht hier sitzen würde, würden seine Knochen ihn morgen bestrafen. June stieß nicht mal einen Protestlaut aus, sie blieb einfach so liegen, wie er sie ins Bett geschoben hatte.

»Eine Halbe hätte es wohl auch getan«, murmelte er, in Bezug auf die Schlaftablette, und beugte sich über seinen Rucksack. Die Dose in der Hand drehend, grübelte er darüber, ob er ebenfalls zu einer der Pillen greifen sollte. Sie hätten morgen alle Zeit der Welt. Selbst wenn sie erst gegen Mittag aufbrechen würden, würden sie noch am Abend in Tucson ankommen. Er könnte ausschlafen und June würde sicher auch weit länger als bis acht Uhr schlafen. Das Zimmer mussten sie erst gegen zwei am Nachmittag verlassen. Er ließ die Dose wieder in den Rucksack fallen, legte sich auf das Bett und starrte die Decke an. Irgendwann drehte er sich auf die Seite und beobachtete June.

Ihr schmerzerfülltes Stöhnen hatte ihn aus dem Schlaf gerissen, wie es sonst nur Kugeln oder Granateneinschläge getan hatten. Selbst die ständig startenden Hubschrauber, Transportflugzeuge und Jets in Bagram hatten seinen Schlaf nie gestört. Nur wirkliche Bedrohungen hatten ihn geweckt und dafür gesorgt, dass er innerhalb weniger Sekunden hellwach gewesen war. Warum zum Teufel hatte June in ihm die gleichen Reaktionen hervorgerufen? So oft schon hatte er Menschen gehört, die vor Schmerz gestöhnt und sogar geschrien hatten. Nie hatte es ihn irgendwie berührt. Es war sein Job gewesen sie aus der Gefahrenzone zu bringen. Dabei war er oft wüster vorgegangen, als es notwendig gewesen wäre. Wahrscheinlich hatte er einigen sogar unnötigen Schmerz zugefügt. Er hatte Blutungen gestillt und die Schmerzenslaute ignoriert. Warum hatte ihn also dieses leise Stöhnen aus dem Schlaf gerissen. Die kleine Lampe, die June wohl eingeschaltet hatte, spendete ein warmes Licht, welches Schatten auf ihr Gesicht zeichnete. Die Prellungen erschienen noch weit dunkler als im Tageslicht und sie sah immer noch sehr mitgenommen aus.

»Wesley?«

Blinzelnd schlug er die Augen auf, als er Junes Stimme vernahm. Der Raum war taghell, was dafür sorgte, dass er sich direkt aufsetzte.

»Verflucht, wie spät ist es?« Er war erst nach vier Uhr eingeschlafen, denn zu diesem Zeitpunkt hatte er nochmals auf die Uhr geschaut und anschließend den Routenplaner seines Handys nach der Strecke befragt, die sie zurücklegen mussten. Sechs Stunden würden es sicher werden, wenn nicht mehr. Nun würden sie wahrscheinlich erst am späten Abend ankommen.

»Es ist gleich zwei und wir müssen hier raus, wenn wir nicht länger bleiben wollen. Ich bin auch gerade erst aufgewacht.« June lächelte ihn an. Wenn man die Blutergüsse außer Acht lies, sah sie weit besser aus als noch in der Nacht.

»Dann sollten wir schnell packen.« Auch wenn er jetzt gern herzhaft geflucht hätte, hielt er sich zurück. Der Schlaf hatte ihm gutgetan und ändern konnten sie nun ohnehin nichts mehr.

Dass er nur zehn Minuten später an seinem Wagen stand, lag nur daran, dass June nicht packen musste und nur wenige Minuten im Bad benötigt hatte. Sie hatten den Plan gefasst, auf dem Weg nach Tucson ein paar Kleidungsstücke für sie zu besorgen. Mehrfach hatte sie ihm versprochen, ihm das Geld so schnell sie konnte zurückzuzahlen und ebenso oft hatte er ihr gesagt, dass es nicht wichtig sei, wann sie die Schulden beglich, und dass er ihr diesen Gefallen gerne tat. June wirkte wieder verschlossener, als sie sich auf den Weg machten. Sie blickte schweigend aus dem Wagen und schien ihren Gedanken nachzuhängen.

»Du hast mir gestern Abend nicht mehr erzählt, als was du gearbeitet hast.« War es klug, sie nun auf das Gespräch vom

Abend anzusprechen? Vielleicht wusste sie nicht einmal mehr, was sie ihm erzählt hatte. Die Schlaftabletten hatten bei ihm bei den ersten Anwendungen einen rauschähnlichen Zustand ausgelöst, bei dem er oft mit Gedächtnislücken zu kämpfen gehabt hatte.

»Dies und das.«

Gut, sie wusste noch, dass sie ihm die Antwort schuldig geblieben war. Aber die Art, wie sie nun antwortete, machte klar, dass sie nicht gewillt war, darüber zu sprechen. Und er war nicht gewillt, die Antwort so hinzunehmen. Auch wenn es nicht die feine Art sein mochte es nun auszunutzen, dass sie die nächsten Stunden zusammen im Wagen sitzen würden, wollte er nun die Antworten, die ihm fehlten. Er wollte mehr von ihr wissen und so vielleicht herausbekommen, wer sie so zugerichtet hatte.

»Dies und das sind für das Ganze verantwortlich?« Er schenkte ihr einen kurzen Blick. Aber sie antwortete ihm nicht. »June, wenn du dein Studium geschmissen hast, ist es das eine. Es ist auch völlig legitim, dass du dir dann einen Job suchst. Aber warum sagst du nicht, was passiert ist? Ich meine, die Studenten die ich kenne, arbeiten im Schnellimbiss oder so und da … du weißt, was ich meine. Wenn du nicht sagst, was passiert ist, kann man dir nicht helfen. Dann kann man die Schuldigen nicht zur Rechenschaft ziehen und vielleicht tun sie sowas dann noch öfter.« Nun biss er sich auf die Zunge. Er hatte sich unbeabsichtigt in Rage geredet und es geschah genau das, was er hatte kommen sehen müssen. June drehte den Kopf zur Seite und schwieg. Er war nicht einmal in der Lage, ihre Gesichtszüge zu deuten, da er sich auf den Verkehr konzentrieren musste. Er war zu direkt gewesen, zu fordernd. Er hatte sie wieder in die Ecke getrieben, aus der sie in der letzten Nacht gerade hervorgekommen war. Warum tat er das überhaupt? Er konnte doch sonst vieles einfach akzeptieren, ohne nachzufragen. Grübelnd starrte er auf die Fahrbahn. Weil er Antworten wollte, weil er der Meinung war, dass er wieder ruhig schlafen konnte, wenn er wusste, wer ihr das angetan hatte. Aber vielleicht war sie gar nicht der Auslöser für seine Probleme. Was wenn es etwas anderes war? Was, wenn es der

Tod von DJ war, oder der von einem anderen Kollegen? Wenn es der Anblick von Jordan Snow in Cayden Harrisons Armen gewesen war, der diesen Wahnsinn nun ausbrechen ließ? Wenn June absolut nichts damit zu tun hatte? Dann wäre das hier komplette Zeitverschwendung.

Nach über einer Stunde begann June unvermittelt zu erzählen. Leise, so dass er sich auf ihre Worte konzentrieren musste, sprach sie von ihrem abgebrochenen Studium, von der Arbeit, die sie gefunden hatte. Davon, dass es ihr Spaß gemacht hatte. Von Kunden, die großzügig Trinkgeld gegeben hatten, von anderen, die ihr Wechselgeld auf den Cent genau zurückgenommen hatten. Davon, dass sie mit Kollegen und ihrem Chef gefeiert hatte, dass sie sich in diesem kleinen Betrieb wohlgefühlt hatte. Dann schwieg sie wieder. Wesley sah sie von der Seite an. Er konnte ihre angespannten Kiefermuskeln erkennen. Ihren steifen Blick, den sie nach vorne auf die Straße richtete. Kalt und leer. Ihr gesamter Körper stand plötzlich unter Spannung. Er konnte sehen, dass sie an einem Punkt war, über den sie nicht sprechen wollte.

»Was ist passiert?« Leise und mit einem unguten Gefühl in der Magengegend stellte er die Frage, auf die er auf einmal keine Antwort mehr wollte, weil er befürchtete sie zu kennen.

»Irgendwann hat mein Chef Mister Robins mitgebracht. Eigentlich ein netter Kerl. Anfang sechzig, gepflegt, mit Geld. Mein Chef hat es zugelassen, dass er mich betatscht hat. Ich musste den beiden Getränke in einen Hinterraum bringen, in dem wir sonst nach Feierabend zusammengesessen haben. Er kam immer öfter und wurde immer aufdringlicher.« Sie atmete schwer durch. »Ich hab mitbekommen, wie mein Chef über mich gesprochen hat und Robins gesagt hat, er würde einen guten Preis für mich zahlen …« Wieder machte sie eine Pause und Wesley umklammerte das Lenkrad des Wagens. Es war ihm kaum noch möglich, sich auf die Straße zu konzentrieren. Er biss sich auf die Zunge, damit er June nicht drängte, weiter zu sprechen. Ihm war klar, dass sie ihr Tempo gerade selbst bestimmte, um die passenden Worte zu finden und die Emotionen ertragen zu können.

»Er hat mich eingesperrt. Drei Tage. Robins kam jeden Tag.«

»Hat er …«

Sie schüttelte energisch den Kopf, als Wesley die vermutete Vergewaltigung aussprechen wollte. »Nein, hat er nicht. Er hat nur Fotos gemacht und telefoniert. Dann hat er mir die Augen verbunden und mich mitgenommen.«

Wesley knirschte mit den Zähnen. Eine halbe Stunde verstrich, ehe sie weitersprach. Dreißig Minuten, in denen er sich zurückhielt und sie in Ruhe ließ. Dann sprach sie von Männern, die sie geschlagen hatten, gegen die sie sich lange gewehrt hatte. Sie hatte gebissen, gekratzt und um sich geschlagen, bis sie mit mehreren über sie hergefallen waren. Robins erwähnte sie allerdings nicht wieder, was Wesley verwirrte. Wie lange sie dieses Martyrium über sich hatte ergehen lassen, sagte sie nicht, nur das irgendwann ein Mann aufgetaucht war, der der Meinung gewesen war, dass sie ihr Geld nicht wert wäre, da sie zu widerspenstig sei.

»Weißt du, wie du an den Serra Trail gekommen bist?« Die in Wesley aufkochende Wut machte es ihm schwer zu sprechen und ihr Kopfschütteln machte die Situation nicht besser.

»Ich weiß es nicht.« Flüsternd antwortete sie ihm und klang, als schäme sie sich für diese Gedächtnislücke.

»Ist ja auch nicht so wichtig.« Er musste durchatmen. Es war wirklich nicht wichtig. Nun hatte er seine Antworten und kämpfte gegen seine Emotionen. Und er war sich sicher, dass dieses Wissen nicht dafür sorgen würde, dass er besser schlafen könnte. Dieses Wissen sorgte nur dafür, dass ihm klar wurde, dass es noch mehr Menschen wie seinen Vater gab. Menschen, die ohne Grund auf andere einschlugen, wenn diese nicht funktionierten, wie sie es sich wünschten. Menschen fernab der Kriegsgebiete, in denen er gearbeitet hatte, die trotz christlicher Erziehung riesengroße Arschlöcher waren.

Stunden später, nachdem June sich in einem kleinen Geschäft eine Hose und ein Shirt gekauft hatte, kamen sie in Tucson an. Wesley hatte ihr eine Jacke geliehen, als sie in den Laden gegangen war, damit niemand die Flecken an ihrem Rücken sah. Sein Angebot, dass er ins Geschäft gehen und ihr Sachen kaufen würde, hatte sie abgelehnt. Sie war der Meinung gewesen, dass er mit rosa Hose und rotem Shirt aus dem

Geschäft kommen würde. Dieses Gespräch hatte die Stimmung zumindest über einen kurzen Zeitraum gelöst.

Seit sie das große Schild, auf dem der Stadtname Tucson prangte, passiert hatten, wirkte June noch angespannter als zu dem Zeitpunkt, an dem sie ihm von den Übergriffen erzählt hatte. Sie starrte aus dem Wagen, während er in eine ruhige Siedlungsgegend am Rand der Stadt fuhr. Schon auf dem Weg hatte er die Kakteen bewundert, die überall standen. Der Wassermangel in dieser Ecke der Staaten ließ nur spärlichen Pflanzenwuchs zu. Einige der Kakteen waren gerade gewachsen und meterhoch, andere schief und krumm mit seltsam aussehenden Auswüchsen. Dann waren da einige, die aussahen, als hätten sie einen Pelz. Ein paar Büsche und wenige grüne Grasflächen prägten das Bild.

»Da vorne.« Sie deutete verlegen auf einen Metallzaun und ein rot-orangefarbenes Gebäude. Der Rasen war an einigen Stellen verbrannt, dort, wo tagsüber scheinbar etwas Schatten war, aber grün. In den Beeten gab es neben einigen Kakteen Büsche mit viel Blattwerk. Das hier war einer der grüneren Flecken in Tucson. Er hielt auf der gepflasterten Einfahrt. Irgendwie hatte er sich Junes Zuhause anders vorgestellt. Hier sah es aus, als hätte die Familie Geld. Warum hatten sie ihre Tochter nicht beim Studium unterstützt?

Wesley warf einen Blick auf den Eingang. June stieß die Wagentür auf und er konnte hören, wie sie tief durchatmete, ehe sie sich auf den Weg zur Haustür machte. Wesley folgte ihr mit etwas Abstand. Er fühlte sich völlig fehl am Platz. Er hatte bei dieser Familiengeschichte nichts zu suchen. Die Tür öffnete sich, ehe June sie erreicht hatte. Sie blieb abrupt stehen, als sie den Mann sah. Er war groß, kräftig und Wesley schätzte ihn auf Mitte fünfzig.

»June. Was ist passiert? Du siehst schlimm aus.« Der Mann ging auf June zu, die immer noch regungslos an derselben Stelle stand. Er sah erst sie und dann ihn an. »Wer sind Sie?« Fragend hob er eine seiner buschigen Augenbrauen und sprach Wesley an, ohne June anzusehen.

»Ich hab sie hergefahren«, erklärte Wesley, während er auf June und den Mann zuging. Irgendetwas stimmte nicht. Er konnte es zwar nicht benennen, aber er sah an Junes Körperhaltung, dass etwas nicht so war, wie sie es erwartet hatte. Es war jedoch keine Panik, die sie so wirken ließ.

»Sind Sie ihr Freund?« Der Mann war dicht vor June stehengeblieben und sah ihn immer noch an.

»Wo sind meine Eltern?« Ihre Stimme bebte.

»Nein, ich habe sie nur gefahren.« Er blieb einen Meter hinter June stehen.

»Komm mit rein.« Die Stimme des Mannes war leise und in ihr lag etwas, dass bei Wesley die Alarmglocken schrillen ließ.

»Ich bin gleich wieder da. Ich rede erst alleine mit meinen Eltern.« June hatte sich mit steifer Miene zu ihm umgedreht.

»Okay, ich warte.« Wesley blieb einige Meter von der Haustür entfernt stehen und sah, wie June dem Mann ins Haus folgte. Was würden ihre Eltern denken, wenn ihre Tochter so nach Hause kam und ihnen dann noch erzählte, dass sie von einem Mann hergefahren worden sei. Würde man ihn für die Verletzungen verantwortlich machen? Er sah sich um und wollte sich so von den Gedanken ablenken, die ihn heimsuchten wie ein dunkler Schatten. Er konnte einen Rasensprenger entdecken, der auf einer braunen Rasenfläche stand. Ein Spaten steckte in einem Beet und ein paar Handschuhe lagen nur knapp daneben. Es wirkte, als hätte jemand nur kurz seine Arbeit verlassen. Als sie angekommen waren, hatte er hier niemanden arbeiten gesehen. Grübelnd legte er die Stirn in Falten, als er einen erstickten Schrei hörte. Ohne zu zögern wirbelte er herum und rannte die wenigen Meter auf das Haus zu. Die Tür aufziehend, stürmte er durch den Flur, mitten in einen riesigen Wohnbereich, wo June weinend auf dem Boden kniete und der Mann ihn nun anstarrte.

»Was ist passiert?« Wesley machte einen Bogen um den Mann und versuchte, eine Gefahr zu erkennen. Aber der Mann stand einfach nur da und sah ihn an. Er hatte keine Waffe in seiner Hand und auch sonst war hier niemand. Sein Herz raste, als er neben June stehenblieb, deren verzweifeltes Weinen und Schluchzen ihn am Denken hinderte.

»Was ist hier passiert?« Er richtete die Frage an den Mann, wagte aber nicht, sich zu June zu knien, die von Weinkrämpfen geschüttelt wurde. Der Fremde senkte kurz den Blick und schien sich zu sammeln, ehe er ihn endlich ansah.

»Ihre Eltern sind verunglückt.« Der Fremde richtete seine Aufmerksamkeit auf June. »Es tut mir leid June, aber ich wusste nicht, wo du bist. Deine Eltern haben dich Monate nicht erreichen können und dein Bruder …« Er zuckte mit den Schultern und Wesley benötigte einige Sekunden, um sich zu sortieren.

Wesley kniete sich neben June, ließ dabei den Fremden aber nicht aus den Augen. Er traute dem Mann nicht.

»Es tut mir leid.« Er erschrak über die Kühle in seinen Worten, die June nicht zu erreichen schienen. »June. Lass uns aufstehen und …« Er sah sich um. Als er in den Raum gestürmt war, hatte er sich nicht umgesehen. Er hatte nur June gesehen und einen Moment mit dem Gedanken gespielt, den Mann zu Boden zu schicken. Er hatte die Gefahren, die möglicherweise in einer Ecke hätten lauern können, völlig ausgeblendet. »Komm setzen wir uns.« Er hatte eine Couch entdeckt.

»Ich …« Der Mann stand immer noch mit düsterer Miene da.

»Sie bleiben, wo Sie sind«, fuhr Wesley ihn an und zog June auf die Beine. Wenn sie Widerstand leistete, dann bemerkte er es nicht. Es gelang ihm, sie auf das Sofa zu dirigieren, während er den Mann im Auge behielt.

Es dauerte über zwei Stunden, ehe June sich soweit beruhigt hatte, dass er aufstehen durfte, um zum Auto zu gehen. Sie hatte sich verzweifelt an ihn geklammert, ohne ein Wort zu sagen. Der Mann, der sich ihm nach einiger Zeit als Samuel Reeves vorgestellt hatte, hatte in seiner eigenen Verzweiflung Tee gekocht, den June nicht anrühren wollte. Seitdem saß er auf einem Stuhl und starrte sie an.

»Wo wollen Sie hin?« Samuel deutete an, aufstehen zu wollen.

»Bleiben Sie hier, ich bin in zwei Minuten wieder da.« Wesley gab Samuel zu verstehen, dass er sitzenbleiben sollte. June starrte mit leerem Blick vor sich hin. Der Schock, dass sie ihre Eltern verloren hatte, saß so tief, dass sie noch kein Wort gesprochen hatte. Wesley konnte sich nicht vorstellen, was sie in diesem Moment fühlte. Die Bindung zu seinen Eltern war nie so intensiv gewesen, dass ihr Verlust ihm einen Schock versetzt hätte. Als er vor die Tür trat, war es bereits dunkel. In anderen Häusern brannte Licht und auch die Einfahrten waren beleuchtet, nur hier fiel nur aus zwei Fenstern Licht und die Einfahrt lag im Dunkeln. Er ging auf seinen Wagen zu und seine Aufmerksamkeit wanderte nochmals auf den Platz, an dem er vor Stunden den Spaten im Beet gesehen hatte. Kopfschüttelnd löste er sich von der dunklen Stelle und ging zu seinem Wagen. Den Rucksack vom Rücksitz ziehend erinnerte er sich daran, dass sein Handy immer noch in der Halterung steckte.

Als er wenige Minuten später den Wagen abschloss, warf er einen ersten Blick auf das Mobiltelefon. Terence hatte ihm eine Nachricht geschickt. Er wollte wissen, wo er war. Kurz und knapp tippte Wesley auf dem Weg zur Haustür eine Antwort, in der er schrieb, dass er in Tucson wäre und sich melden würde, wenn er Zeit hätte.

»Dann hast du sie ja doch noch flachgelegt.« Die Antwort seines Kollegen kam innerhalb weniger Sekunden, als hätte er auf eine Antwort von ihm gewartet.

»Einen Scheiß hab ich. Ich meld mich.« Direkt nachdem er auf den Sendenbutton gedrückt hatte, schaltete er das Handy aus. Er hatte keine Lust, seinem Kollegen nun zu erklären, was er tat. Er war sich sicher, dass er Terence´ Hilfe ohnehin in den nächsten Tagen oder vielleicht sogar Stunden benötigen würde. Wieder ins Haus tretend kamen ihm die Worte von Samuel in den Sinn. Junes älterer Bruder, ein Immobilienmakler in Tampa, hatte die Beerdigung ihrer Eltern organisiert und Samuel darum gebeten, auf das Haus achtzugeben, bis man sie erreicht hätte. Er hatte auch erwähnt, dass Junes Bruder beabsichtigte, das Haus zu verkaufen. Allerdings benötigte er dazu Junes Unterschrift unter irgendeinem Dokument und Wesley war fest davon überzeugt, dass sie im Augenblick nicht dazu in der Lage war, diese zu leisten. Sie stand völlig neben sich und vor allem würde sie auf der Straße stehen, sollte sie dieses Dokument unterschreiben. Als er wieder in den Wohnbereich getreten war, hob sie den Blick und sah ihn das erste Mal, seitdem sie ins Haus gegangen war, bewusst an. Er ließ seinen Rucksack zu Boden gleiten und

fand schnell in einer Seitentasche die Dose mit den Schlaftabletten.

»Du solltest dich nun erstmal ausschlafen. Morgen sieht die Welt schon wieder anders aus.« Wesley verdrehte innerlich bei seinen eigenen Worten die Augen. Diesen Spruch hasste er abgrundtief, weil Schlaf rein gar nichts änderte, aber diese Tatsache verdrängte und erwähnte er lieber nicht.

»Das glaubst du doch selbst nicht.« Junes Augenbrauen hoben sich skeptisch.

»Egal was ich glaube. Du solltest ein bisschen schlafen.« Er reichte June eine der Tabletten und schob sich die Dose anschließend in die Hemdtasche, wo eine gut sichtbare Delle entstand.

»Sie können ihr doch nicht einfach irgendwelche Tabletten geben. Was, wenn sie die nicht verträgt oder abhängig wird, oder was weiß ich.« Samuel schüttelte echauffiert den Kopf.

»Ich kann und ich werde ihr im Notfall auch helfen, sollte was nicht so sein, wie es muss«, murrte er und reichte June den kalten Tee, der immer noch auf dem Wohnzimmertisch stand. Als sie einen Schluck nahm, verzog sie angewidert das Gesicht.

»Was sind Sie? Arzt? Das können Sie doch gar nicht einschätzen.« Samuel erhob sich und musterte June, als würde sie im nächsten Moment tot vom Sofa fallen.

»Das geht Sie ´nen feuchten Dreck an, was ich bin.« Wesley würde ihm auf keinen Fall sagen, was er war und hoffte, dass auch June davon absah. »Aber wissen Sie, was mich interessiert? Wie es zu dem Unfall gekommen ist!« Mit einem Auge bei June, die die Füße auf die Couch gezogen hatte, wollte er nun mehr in Erfahrung bringen. Bisher hatte Samuel immer nur von einem tödlichen Autounfall erzählt.

»Hab ich doch schon gesagt.« Samuel schüttelte verwirrt den Kopf.

»Sie haben nur von einem Unfall gesprochen. Wo genau war der und was genau ist passiert? Es gibt ja viele Möglichkeiten.« Obwohl er sich nicht sicher war, ob es gut sei, wenn June nun nochmals mit der harten Realität konfrontiert würde, war er auf der Suche nach Informationen.

»Sie waren mit dem Auto unterwegs. Vermutlich wollten sie zum Walmart. Zumindest ist es auf dem Weg dorthin passiert. Und sie sind oft dahin gefahren. Der Wagen ist auf gerader Strecke aus ungeklärten Gründen von der Straße abgekommen, hat sich überschlagen und na ja.« Samuel zuckte mit den Schultern.

»Was war das für ein Wagen?« In Wesley regte sich Widerstand. Ein Überschlag endete selten tödlich. Dazu musste der Wagen eine gewisse Geschwindigkeit haben und die Insassen nicht angeschnallt sein. Und da er der Meinung war, den Walmart gesehen zu haben, wurde das ganze immer seltsamer. Er lag an einer Seitenstraße und es gab auf den meisten Straßen eine Geschwindigkeitsbegrenzung, die einen Überschlag in seinen Augen unmöglich machte.

»Ein Ford Ranger«

Wesley konnte sich daran hindern, etwas zu sagen. Er kannte die Bauweise der großen SUVs, diese Autos mochten sich überschlagen, aber nie im Leben starb man darin. Und ein Überschlag bei dreißig Kilometern in der Stunde war fast unmöglich. Dazu kam, dass viele dieser Fahrzeuge bereits mit einem Überrollbügel verkauft wurden. Ein solcher Unfall war sicher unangenehm, aber bei einem geringen Tempo blieb es seines Erachtens nach bei leichten Verletzungen.

»Ich denke, ich gehe nun auch nach Hause. Sie können sich ja nochmal melden, wenn Sie wieder abreisen. Ich kümmere mich dann um sie.« Samuel war nur wenige Worte später verschwunden und June schlief bereits tief und fest. Wesley hingegen kämpfte mit einer aufsteigenden Unruhe. Er begann, im Wohnzimmer auf und abzulaufen, schwenkte dann in die Küche über und zog schließlich, am leeren Kühlschrank angekommen, sein Handy hervor. Es war mitten in der Nacht, als er die Nummer von Terence wählte. Nach einer gefühlten Ewigkeit meldete sich die Mailbox und Wesley legte auf, um gleich darauf nochmals anzurufen. Dieses Mal wurde die Verbindung beendet, ehe die Mailbox sich meldete.

»Arschloch«, entfuhr es Wesley und er wählte erneut.

»Alter, hast du ´nen Schaden? Was soll der Scheiß, es ist mitten in der Nacht und ich habe keine Lust, mir nun von dir anzuhören, wie geil die Kleine im Bett ist. Sauf weniger und lass mich in Ruhe.«

»Wow, dafür, dass du geschlafen hast, sind das aber viele Sätze mit Sinn«, zog er seinen Kollegen auf.

»Man, was willst du?« Terence klang immer noch verschlafen.

»Ich brauch mal deine Hilfe. Hier ist irgendwas faul.« Er lehnte sich gegen die Küchenzeile.

»Jetzt?« Terence klang wenig begeistert.

»Ja, jetzt.« Wesley versuchte, seiner Stimme ausreichend Nachdruck zu geben, damit sein Kollege die Dringlichkeit seines Anrufes erkannte.

»Was ist los?« Terence gähnte.

»Kannst du mir mal ein paar Infos besorgen?« Er begann seinem Kollegen zu erzählen, was mit Junes Eltern passiert war und was er in den letzten Stunden erfahren hatte. Die Gartenhandschuhe und den Spaten ließ er ebenso wenig aus, wie die Tatsache, dass ihr Bruder als Immobilienmakler arbeitete und ihm die gesamte Situation mehr als seltsam vorkam. Auch das, was June ihm bisher über sich erzählt hatte, berichtete er Terence, der schweigend über eine Viertelstunde zuhörte, bis er geendet hatte.

»Da bist du einmal vierundzwanzig Stunden weg und schon wirst du zu Sherlock Holmes. Was denkst du, ist passiert? Hat ihr Bruder ihre Eltern umgebracht und sie an irgendwelche Händler verkauft, weil das Haus Millionen wert ist oder auf ´ner Goldader steht und der Spaten soll Beweis für Goldsuchaktivitäten sein?« Terence lachte auf.

»Keine Ahnung was, aber irgendwas stimmt hier nicht. Die Hütte und der Garten sehen nicht so aus, als würde man mal eben Handschuhe und Spaten da stehen lassen. Dann die Sache, dass der Wagen sich überschlagen haben soll … auf der Strecke. Das passt einfach nicht, irgendwas … « erneut brach er ab und versuchte seinen Verdacht in Worte zu fassen. »Das ist, als würde sich ein MRAP beim Überfahren einer Maus überschlagen.« Setzte er nach.

»Mag ja alles sein, aber warum kümmert dich das, Casanova?« Nun klang Terence interessiert. Als wolle er wirklich wissen, was in ihm vorging und warum er Antworten auf die Fragen haben wollte.

»Keine Ahnung«, murmelte Wesley mit Blick auf June, die sich noch nicht wieder bewegt hatte. Wenn die Schlaftabletten bei ihm doch auch nur solche Wirkung hätten. Hinlegen und über Stunden in einen tiefen Schlaf fallen, das wünschte er sich oft.

»Okay, ich mach mich später mal schlau und melde mich. Pass auf dich auf.«

12.

Was dafür gesorgt hatte, dass June die Augen aufschlug, wusste sie nicht mehr, als ihr klar wurde, dass es kein Traum gewesen war. Sie war zu Hause. Auf dem grauen Sofa ihrer Eltern in dem großen Haus, in dem sie aufgewachsen war. Dort, wo sie ihren Eltern vor Stunden hatte beichten wollen, dass sie ihr Studium schon nach wenigen Wochen geschmissen hatte.

Langsam wurde ihr wieder bewusst, was Samuel ihr erzählt hatte. Auch das Gefühl, als würde sie auf Wolken schweben und sich alles um sie herum in Luft auflösen, holte sie wieder ein. Ihre Eltern waren nicht mehr da. Sie würde ihnen nie sagen können, dass sie versagt hatte. Dass sie nicht wie ihr Bruder Karriere machen würde. Der Gedanke an das, was Samuel, den sie schon seit ihrer Kindheit kannte, gesagt hatte, sorgte für Magenschmerzen. Sie musste mit ihrem Bruder sprechen. Vielleicht hatte er Antworten auf die vielen Fragen, die durch ihren Kopf schossen.

Beim Blick zur Seite entdeckte sie Wesley und war das erste Mal froh, dass sie all das nicht geträumt hatte. Dass er kein Traum gewesen war. Sie war glücklich, dass er noch da war. Er saß schlafend in dem Sessel, in dem früher immer ihr Vater gesessen und Football geschaut hatte. Es war ein simpler, alter, grauer Sessel, der schon immer dort gestanden hatte. Beinahe friedlich und zufrieden sah er aus, der Mann, dessen Gesichtsausdruck sich innerhalb weniger Sekunden ändern konnte. Er konnte alleine mit seinem Blick Ruhe und Halt vermitteln. Oder er sah einen mit einem Ausdruck an, der einfach nur kühl und abgeklärt war. Der einen glauben ließ, dass alles so, wie es geschah, richtig war, und dass ihn all das nicht berührte. Langsam, da sie keine Geräusche verursachen wollte, schob sie ihre Füße vom Sofa. Sie wollte ihn nicht wecken, da sie sich daran erinnerte, dass er von Schlafmangel gesprochen hatte. Ihr Kopf fühlte sich an, als wäre er mit Watte gefüllt. Als sie auf dem Sofa saß und ihre Füße den warmen Holzboden berührten, kamen die Erinnerungen, wie die Handwerker ihn verlegt hatten und wie stolz ihr Vater gewesen war, dass er echtes Mondscheinholz bekommen hatte. June war wochenlang mit der Hoffnung durch das Haus gelaufen, dass der Boden irgendwann leuchten würde wie der Vollmond, ehe sie eines Tages begriffen hatte, dass Mondscheinholz nicht leuchten konnte und nur so hieß, weil das Holz bei abnehmendem Mond irgendwann zwischen Oktober und Januar geschlagen wurde. Sie schüttelte den Kopf und wollte diese Kindheitserinnerungen loswerden, die vor ihren Augen auftauchten. Es waren Bilder einer glücklichen Kindheit in einem behüteten Heim, wo es ihr nie an etwas gemangelt hatte.

Leise stand sie auf. Der Boden mochte ein Vermögen gekostet haben, aber er war nicht anders als andere Böden aus Holz. Es gab immer irgendwo eine Stelle, die knarrend kundtat, dass sie nicht betreten werden wollte. Hier war sie schon ewig direkt neben dem Sofa gewesen. Einen großen Schritt machend, trat sie über besagte Stelle und ging auf die Küchenzeile zu. Diesen Bereich hatten ihre Eltern erst vor wenigen Jahren umbauen lassen. Als June ein Kind gewesen war, hatte sich dort eine Mauer mit einer Durchreiche befunden. Durch eine schneeweiße Tür hatte man damals die Küche betreten. Auch die alten Küchenmöbel waren modernen weißen gewichen. Mit Schubladen, die alleine zurückliefen, wenn man sie offen stehen ließ. Einem Eckschrank, der vielleicht ein Universum beherbergen könnte, da er unglaublich groß war und einem Induktionsherd, der sicher ein Vermögen gekostet hatte. Der Kühlschrank war ebenfalls hightech. Er konnte nicht nur kühlen, sondern auch Eiswürfel herstellen. Selbst die Küchenmaschine, die laut ihrer Mutter alles konnte außer abwaschen, war noch da. Alles sah aus, als würde ihre Mutter gleich um die Ecke kommen und ihr erklären, wie sie an dem Kaffeevollautomaten einen Kaffee bekommen könnte. June schmunzelte. Sie könnte ihre Mutter überraschen, denn dieses Model kannte sie. Es war das gleiche wie in dem Café, in dem sie gearbeitet hatte. Ein drückendes Gefühl griff nach ihr, als sie daran dachte. Sie öffnete den Küchenschrank und holte eine Tasse hervor, die sie unter die Maschine stellte. Nachdem sie den Wassertank befüllt hatte, schloss sie einen Knopf betätigend einen Moment die Augen, immer noch mit dem Wunsch, dass ihre Mutter gleich zur Tür hereinkommen würde. Es wäre ihr auch egal, wenn ihr Vater nun schimpfend über die Aufgabe ihres Studiums am Tisch sitzen würde.

Erst als ihr klar wurde, dass sie die Tränen nicht mehr zurückhalten konnte, öffnete sie die Augen wieder. Der Kaffee war fertig und sie legte ihre Hände um die Tasse. Sie musste sich irgendwo festhalten und das Einzige, was gerade da war und etwas Wärme ausstrahlte, war die alte Kaffeetasse ihrer Mutter. *Beste Mom der Welt* stand darauf und es hatte eine Zeit gegeben, in der June genau davon überzeugt gewesen war. Eine Zeit, ehe sie sich beruflich hatte orientieren müssen und noch vor der Pubertät. Damals war die Welt noch in Ordnung. Was nicht hieß, dass es danach schlecht gewesen war. Vorsichtig nahm sie einen Schluck Kaffee. Dieses Wissen, dass niemand mehr kommen würde, mit dem sie diese Erinnerungen wortlos teilen könnte, fühlte sich seltsam an. Nur ihr Bruder kannte die Geschichten, die sich hier abgespielt hatten. Aber er war weit weg und es könnte Tage dauern, bis sie sich sahen.

»Hey.«

Sie zuckte zusammen, als sie Wesleys raue Stimme vernahm. Er war ihr in den letzten Stunden ein Anker gewesen. Sie war froh, dass er ihr ohne Kommentar erneut eine seiner Tabletten gegeben hatte. Auch wenn sie die Wirkung schon einmal erlebt hatte, hatte es sie trotzdem überrascht, welche Ruhe sie plötzlich so kurz vor dem Einschlafen überkommen hatte.

»Danke.« Sie drehte sich zu ihm um.

»Wofür?« Sein Blick lag ganz sicher nicht auf ihr, sondern auf der Tasse in ihrer Hand. Seine Haare standen wirr ab.

»Dass du mich hergefahren hast, dass du geblieben bist und für deine Zauberpille.« Sie reichte ihm die Tasse, an der sie sich gerade noch festgehalten hatte. »Ich hab nur einen Schluck genommen.« Es gelang ihr, ihm ein Lächeln zu schenken, von dem ihr erst im Nachhinein klar wurde, wie ehrlich sie es meinte.

»Danke.« Er nahm die Tasse entgegen. June hatte damit gerechnet, dass er ablehnen würde, da sie bereits daraus getrunken hatte oder weil er so gut erzogen war, dass er ihr den

Kaffee lassen würde. Sie drehte sich zum Schrank und nahm eine weitere Tasse heraus.

»Was hast du nun vor?« Leise kam die Frage von ihm, während sie die Tasse unter die Kaffeemaschine schob, einen Knopf drückte und das teure Gerät so ein weiteres Mal zum Leben erweckte.

»Mir einen Kaffee machen«, antwortete sie, während sie dabei zusah, wie sich die Tasse füllte.

»Das meine ich nicht.« Wieder war sein Satz nur ein Brummen und ihr war klar, dass seine Frage sich nicht auf das bezogen hatte, was sie in diesem Moment tat. Er wollte das wissen, worüber sie sich keine Gedanken machen wollte. Sie hatte Angst vor dem, was kommen würde.

»Meinen Bruder anrufen.« Gedankenverloren beobachtete sie den Kaffee, der als dünner Strahl aus der Maschine lief.

»Mhm« war das Einzige, was Wesley sagte. Dann herrschte wieder drückende Stille.

»Es ist komisch zu wissen, dass niemand hier ist.« Sie begann das Gespräch, weil sie es nicht ertragen konnte, dass es so ruhig war. »Hier war immer Leben. Ich habe mit meinem Bruder gespielt, wir haben zusammen TV geschaut, Mom hat Limo gemacht und Dad Zeitung gelesen. Wir waren im Urlaub und hatten Spaß. Einmal ist Bradley hinter mir hergerannt, ich hab die Tür zugeworfen und er ist durch den Glasausschnitt gefallen.« Sie machte eine Pause und erinnerte sich, dass ihr vor Wut tobender Vater und ihre besorgte Mutter Stunden mit ihrem Bruder im Krankenhaus verbracht hatten, wo eine der Schnittwunden an seinem Arm genäht worden war. »Wir hatten eine tolle Kindheit.« Je mehr Momente ihr in den Sinn kamen, desto klarer wurde ihr, dass sie eine glückliche Kindheit gehabt hatte.

»Klingt interessant.« Wesleys Stimme war kühl und er klang nicht, als interessiere ihn das, was sie sagte, wirklich.

»Entschuldige, ich wollte …« Ja was wollte sie? Sie wollte eigentlich nur nicht in dieser Stille stehen. Sie wollte das Haus wieder mit Stimmen füllen, auch wenn es nur ihre eigene war. Sie hatte sich mit ihrer Tasse in der Hand umgedreht. Wesleys

Gesichtszüge waren wie seine Stimme kühl und distanziert. Als hätte sie etwas Verbotenes gesagt.

»Schon okay.« Er wandte sich ab. »Bei mir ist das alles anders gelaufen.« Seine Stimme war leise und sie war sich sicher, dass die Worte nicht für sie gedacht waren. Er hatte etwas ausgesprochen, was er nur hatte denken wollen. Kaum hatte er ihr wieder den Rücken zugedreht, war sie wieder da, diese beschissene Stille, die ihr klarmachen wollte, dass hier nie wieder alles so sein würde, wie es mal gewesen war.

»Ich versuche mal, ihn zu erreichen.« Auch wenn June klar war, dass Wesley sie nun nicht sah, zwang sie sich zu einem Lächeln.

13.

»Mir ist völlig egal, ob du gewartet hast oder nicht. Ich hatte auch noch andere Sachen zu tun und wenn du mich nun anmachst, sag ich dir erst recht nicht, was ich weiß«, fuhr Terence Wesley am späten Abend an. Er hatte den gesamten Tag darauf gewartet, dass sein Kollege anrief. Er hatte Nachrichten geschickt, die nicht nur unbeantwortet geblieben waren, Terence hatte sie nicht einmal gelesen. Erst jetzt, nachdem Wesley gemeinsam mit June Pizza gegessen hatte und der komplette Tag eine einzige tränenreiche Katastrophe gewesen war, meldete Terence sich.

»Dann erzähl«, murrend erhob er sich unter dem Blick von June vom Tisch und ging zur Haustür. Er wollte nicht belauscht werden, aus Angst, dass er gleich Dinge erfahren würde, die sie in seinem Gesicht ablesen könnte. Die Tür aufziehend trat er nach draußen, wo ihn die warme Abendsonne empfing. Der Tag war brütend heiß gewesen und sie hatten die meiste Zeit im klimatisierten Haus verbracht, wo June abwechselnd telefoniert und geweint hatte, was seine Nerven strapaziert hatte. Es war ihm allerdings gelungen, ihr das nicht zu zeigen.

»Im Polizeibericht steht nicht viel. Der Wagen ist von der Straße abgekommen, und hat sich überschlagen. Die beiden sind noch am Unfallort verstorben, ehe die Rettungskräfte eingetroffen sind.«

Wesley stieß ein Murren aus. Er war am Morgen im Garten gewesen, da er die Möglichkeit in Betracht gezogen hatte, dass jemand anders die Gartenhandschuhe und den Spaten vergessen hatte. Allerdings war der Spaten rostig, was nicht nur von schlechtem Material zeugte, sondern ebenfalls davon, dass er schon länger dort stand. Das Unkraut im Beet und der Umstand, dass das verdorrte Gras unter dem Handschuh nicht so aussah, als würde er erst wenige Tage dort liegen, hatte ihn zusätzlich stutzen lassen. Er hatte Samuel, der am Morgen vorbeigekommen war, gefragt ob er oder jemand anderes im

Garten gearbeitet hatte. Aber der hatte den Kopf geschüttelt und bestätigt, dass er nichts angerührt hatte.

Terence berichtete weiter: »Aber ihre Eltern haben einige Tage zuvor die Polizei gerufen, da sie jemanden auf dem Grundstück rumschleichen sehen haben. Die Beamten konnten beim ersten Mal niemanden entdecken, sind dann trotzdem öfter vorbeigefahren und haben drei Männern einen Platzverweis ausgesprochen. Es wurden jedoch keine Personalien aufgenommen. Außerdem hat der Gerichtsmediziner bei ihren Eltern Prellungen gefunden, die er nicht dem Unfall zuordnen konnte. Das wurde aber nicht weiter verfolgt. Und es gab eine seltsame Kontobewegung. Die hat Randall gefunden. Das darf jetzt aber keiner wissen, sonst bekommt er echt Probleme.«

»Schon klar.« Wesley wusste, dass sie gerade ihre Nasen in Dinge steckten, die sie nichts angingen und dass sie so ihre Jobs riskierten.

»Es ist eine sechsstellige Summe auf ein Konto überwiesen worden von ´nem Typen, der laut Berichten bereits seit Jahren tot ist. Wir können aber nichts über ihn finden, abgesehen davon, dass er bis vor zehn Jahren mit Antiquitäten gehandelt hat und angeblich vor fünf Jahren eines natürlichen Todes gestorben ist, was ich nicht anzweifeln will. Der Typ ist siebenundneunzig geworden und wäre nun hundertzwei. In dem Alter täuschst du den Tod nicht vor.« Terence endete tief durchatmend.

»Das ist seltsam.« Wesley ertappte sich dabei, wie er die Stirn runzelte. »Ihr Bruder will das Haus lieber heute als morgen verkaufen. Er hat schon Interessenten und braucht dafür nur noch ihre Unterschrift und wenn sie jetzt unterschreibt, steht sie auf der Straße. Sie ist im Moment nicht Herr ihrer Sinne.«

»Kein Wunder, wenn man gerade erfahren hat, dass die Eltern tot sind und man selbst zuletzt nur Scheiße erlebt hat. Ihr Bruder ist ebenfalls nicht ohne. Wenn der ein Haus haben will, bekommt er es. Und er ist bei den besser Betuchten in Florida sehr beliebt.«

»Was heißt nicht ohne? Hat der Dreck am Stecken?« Wesley wurde hellhörig. Er hatte das Gespräch zwischen June und ihrem Bruder nur am Rande verfolgt. Die Beziehung der Geschwister schien angespannt zu sein.

»Nein, bei dem ist alles sauber, aber der kann dir wohl die Worte im Mund umdrehen. Ein geschickter Verkäufer halt. Vor dem musst du dich in Acht nehmen. Der verkauft dir ´ne Holzhütte mit Termitenbefall als Villa und du merkst es nicht«, erklärte Terence. »Was hast du nun vor?«

»Keine Ahnung. In zwei Tagen bin ich aber wieder da. Was treibt ihr?« Wesley wollte sich einige Minuten von dem ablenken, was er gerade erfahren hatte, da es ihn nicht weiterbrachte. Selbst wenn es ein Verbrechen gegeben hatte, würden sie es nicht aufdecken können, ohne dass sie die Polizei oder wenigstens einen Anwalt einschalten müssten. Und ob June das wollte oder sich leisten konnte, wusste er nicht. Geld hatte sie im Augenblick keins mehr und er hatte keine Ahnung, ob es ein Testament gab oder ob sie einen Pflichtteil bekommen würde, mit dem sie diese Kosten decken konnte.

»Wir sind an Milazim dran. Der treibt sich an der Grenze nach Pakistan rum.«

»Macht der nun den gleichen Fehler wie Faruk?« Wesley lachte auf. Milazims Vorgänger hatte man in einem Höhlensystem gefasst, welches sich ebenfalls in der Nähe der afghanisch-pakistanischen Grenze befand.

»Ich glaube nicht. Die CIA beobachtet da ein Haus, wo im Augenblick viele seiner führenden Köpfe ein- und ausgehen.« Terence klang gelangweilt. »Das kann Wochen dauern, bis wir da mal aufmischen dürfen …«

»… und bis dahin sind sie alle verschwunden«, beendete Wesley den Satz seines Kollegen.

»So wird es sein«, bestätigte Terence mit gefrustetem Unterton.

Als Wesley wenig später das Telefonat beendet und mit Terence eine Wette abgeschlossen hatte, dass sie sicher nur zum Beobachten nach Afghanistan gehen würden, betrat er wieder das Haus von Junes Eltern. Sie lief wie eine Raubkatze im Wohnzimmer auf und ab, während sie das Telefon in der Hand hielt. Abwartend blieb Wesley im Raum stehen. Sie schien überhaupt keine Notiz von ihm zu nehmen.

»Du bist ein Arschloch. Wenn ich das unterschreibe, ist das Haus weg und ich stehe auf der Straße. Komm mir nun nicht damit, dass du mir ja ein Haus suchen kannst. Dann zahle ich bestimmt noch zwanzig Jahre ab, ehe es meins ist. Ich unterschreib dir den Scheiß nicht.« Eine Pause entstand. »Ja und, dann steht es halt hier. Schon mal drüber nachgedacht, dass ich hier wohnen möchte oder so?« Es kam zu einer weiteren Pause und Wesley konnte sehen, wie die Wut, die June ins Gesicht geschrieben stand, der Trauer wich. »Nein verdammt, ich kann dich nicht auszahlen.« Ihre Stimme drohte zu brechen und fraß sich in Wesleys Seele, wie schon so oft in den letzten Tagen. Er konnte diese Frau einfach nicht weinen sehen. Jedes Mal kam in ihm der Wunsch auf, dass er den Schuldigen für diese Tränen in der Luft zerreißen wollte.

»Gib mal her.« Ohne darauf zu warten, dass sie ihm das Telefon gab, nahm er es ihr ab. »Stone.«

»Und wer sind Sie nun? Ihr Anwalt, oder wer?« Der Mann am anderen Ende war hörbar kurz davor, die Fassung zu verlieren. Auch wenn er ein Profi in seinem Gebiet war, machte es den Eindruck, als hatte er damit gerechnet, dass er seine eigene Schwester schneller von seinen Wünschen überzeugen könnte.

»Ich habe Ihre Schwester nach Hause gefahren und war im Gegensatz zu Ihnen gestern an ihrer Seite, als sie erfahren hat, dass ihre Eltern nicht mehr leben.« Er bemühte sich, ruhig zu klingen.

»Also sind Sie zusammen. Dann können Sie ihr ja ins Gewissen reden. Im Augenblick könnten wir das Haus mit großem Gewinn veräußern, das wäre auch für June von Vorteil.«

Wesley konnte sich ein Auflachen nicht verkneifen. Dieser Mann hatte nur eins im Sinn: Geld. Und sobald er die Spur einer Chance witterte, klammerte er sich daran. Wie ein Bluthund, schoss es Wesley in den Sinn.

»Ich bin weder mit Ihrer Schwester liiert noch sonst was. Ich werde ihr raten, sich mit der Entscheidung noch ein oder zwei Wochen Zeit zu nehmen. Außerdem gehe ich davon aus, dass es ein Testament gibt, in dem festgelegt ist, wer von Ihnen was bekommt.« Wesley hoffe, dass Junes Bruder keine weiteren

Fragen bezüglich des Testaments stellen würde, denn er hatte überhaupt keine Ahnung von solchen Dingen. Das Einzige, was er von Testamenten wusste, war, wie man sie schrieb, da er es bereits einige Male getan hatte. Bei jedem Einsatz wurde ihm seins erneut vorgelegt, und er musste sich überlegen, ob er etwas ändern wollte. Es bestand im Prinzip immer nur darin, dass er ein paar private Dinge an Kollegen vererben würde und das Geld, welches auf seinem Konto war, entweder für Kollegen oder Veteranenstiftungen bestimmt war. Er hatte keine Familie mehr, der er etwas vermachen wollte. Keinen einzigen Dollar würden sie je von ihm bekommen, und auch bei seiner Beisetzung wollte er sie nicht dabeihaben, was er explizit schriftlich festgehalten hatte.

»Ach, und das können Sie einfach so entscheiden?« Nun schwang nicht nur Unmut in der Stimme des Mannes mit, sondern auch deutlicher Argwohn.

»Kann ich und mach ich, schönen Tag noch.« Er beendete das Gespräch, woraufhin June ihn mit großen Augen ansah. »Du nimmst dir zwei Wochen Zeit, ehe du dem irgendwas unterschreibst.« Befehlender als er es geplant hatte, sprach er die Bitte aus, die nunmehr wie die Anordnung eines Soldaten klang.

Das Klingeln an der Haustür verhinderte, dass er sich für seine Tonart entschuldigte. June ließ Samuel und eine Frau ins Haus, die sich eine Minute später als die Ehefrau des Nachbarn vorstellte. Sie brachten einen großen Korb voller Lebensmittel und Getränke mit.

»Wir dachten, das ist besser als Pizza vom Lieferservice.« Samuels Frau ging, als wäre es selbstverständlich, an ihm vorbei zum Tisch, stellte dort den Korb ab und begann dann, in der Küche Teller und Besteck zusammenzustellen. June, die einen Moment zugesehen hatte, half ihr schließlich, sodass Wesley Samuel einen Augenblick unter vier Augen sprechen konnte. Er wollte wissen, ob der Nachbar etwas über ein Testament oder dergleichen wusste.

»Da kann ich Ihnen leider nicht helfen. Aber sagen Sie mal, warum setzen Sie sich so für June ein, wenn Sie sich doch erst wenige Tage kennen. Ohne vermessen wirken zu wollen, muss ich gestehen, Sie erwecken ein wenig den Eindruck wie ein

Löwe, der sein Rudel schützen will.« Samuel sah ihn nicht an, sondern beobachtete die Frauen. In Wesleys Kopf tanzten Dutzende Antworten auf diese Frage. Von Notlügen, dass er ihr einen Gefallen schulde oder er sich dazu berufen fühlte, bis hin zu der Wahrheit, dass er es als seine Pflicht ansah, Böses von ihr abzuwenden, da er sie verletzt gefunden hatte und der Meinung war, dass sie noch nicht wieder in der Lage sei, Entscheidungen zu treffen. Er spielte auch einen Moment mit dem Gedanken, Samuel zu sagen, was er beruflich tat. Dass er Soldat war, wusste der Pensionär, nur hatte Wesley bisher nicht gesagt, in welcher Einheit. Diese Tatsache ließ Wesley eigentlich immer außen vor.

»Ich wollte sie hier nicht alleine lassen. Ich finde, das ist alles sehr viel auf einmal. Gerade in Anbetracht der Dinge, die ihr zugestoßen sind«, erklärte er gedankenverloren und betrachtete dabei ein Familienfoto an der Wand.

»Sie haben immer noch nicht gesagt, was ihr passiert ist. Ein simpler Unfall würde doch sicher nicht dafür sorgen, dass Sie noch hier sind. Zumindest habe ich bisher nie einen Ersthelfer getroffen, der tagelang bei dem Unfallopfer bleibt.« Samuel legte prüfend den Kopf auf die Seite.

»Ich glaube, das muss sie Ihnen selbst erklären.« Wesley löste sich von dem Foto. »Ich denke, wir können essen.« Er wollte nicht auf seine Beweggründe eingehen, und was ihr passiert war, konnte sie sicher besser erklären als er.

Mitten in der Nacht saß June schließlich neben ihm auf dem Sofa, starrte den schwarzen Bildschirm des Fernsehers an und richtete nach langem Warten die Aufmerksamkeit auf ihn.

»Wann musst du zurück?«

Sein Blick wanderte auf seine Uhr. Es war halb zwei und somit blieb ihm nur noch ein Tag. »Morgen.« Diese Tatsache aussprechend spürte er einen ungewohnten Druck auf der Brust. June seufzte leise.

»San Diego?«

Auf ihrer Stirn bildete sich eine kleine Falte.

»Coronado Naval Base.« Er nickte.

»Die ist direkt am Meer, oder?«

»Na ja, wenn man da Strand erwartet, ist man an der Base selbst falsch. Da gibt es nur Piers und Schiffe. Ein kleines Stück Strand dient zum Training und ist für Zivilisten nicht zugänglich.« Er konnte sehen, wie sie enttäuscht den Blick senkte. »Aber es gibt ein paar schöne Stellen außerhalb der Base. So richtig kitschig romantisch.« Er zwang sich zu einem Lächeln. »Du kannst ja mitkommen. Dann bekommst du den Kopf vielleicht frei, damit du die richtige Entscheidung wegen des Hauses treffen kannst.« Wesley war erstaunt über seine eigenen Worte. Das hatte er nicht sagen wollen. Er hatte ihr nicht anbieten wollen, ihn zu begleiten. Es war ihr sehnsüchtiger Blick gewesen, als er das Meer erwähnt hatte, der ihn zu diesem Angebot verleitet hatte. Das wurde ihm klar, als er nun ein freudiges, fast kindliches Funkeln in ihren Augen sah.

»Meinst du das ernst? Kann man denn überhaupt spontan etwas Bezahlbares finden? Wobei ich erstmal schauen müsste, ob ich Geld zusammenbekomme. Mein Bruder wird mir sicher nichts auslegen, Samuel möchte ich nicht fragen und ehe du nun was sagst … du hast schon genug getan.«

Erstaunt zog Wesley eine Augenbraue hoch. Damit, dass sie zu so später Stunde so viel sagen würde und dass sie noch so viel beschäftigte, hatte er nicht gerechnet. »Ich denke schon, dass es da irgendwo etwas geben wird.« Dass er daran zweifelte, dass es bezahlbar sein würde, verschwieg er für den Augenblick. »Wir können ja im Netz mal schauen.«

»Mein Dad hatte früher immer eine eiserne Reserve in seinem Büro, ich geh mal schauen.« June stand auf und war nur Sekunden später verschwunden, während er begonnen hatte, im Netz nach einer passenden Unterkunft zu suchen. Allerdings gestaltete sich das als schwer. Alles, was kein Vermögen kosten sollte, war bereits ausgebucht. Selbst einige der teuren Hotels waren aufgrund der Urlaubszeit voll. Er entschloss sich dazu in einem Motel mit Vierundzwanzig-Stunden-Service anzurufen, das sich in der Nähe der Base befand, um zu fragen, ob womöglich doch noch etwas frei war. Die Dame am Telefon erklärte ihm, dass alles belegt sei, es aber durchaus täglich vorkam, dass jemand früher abreiste, später ankam oder ganz absagte und sie ihr Glück vielleicht einfach mal versuchen sollten. Auch versicherte sie ihm, dass es in San Diego immer genügend Zimmer gab und sie ihm im Falle des Falles andere Unterkünfte empfehlen konnte.

»Wesley?« Junes verunsicherte Stimme ließ ihn aufhorchen.

»Ja?«

»Kannst du mal kommen?«

Er erhob sich, ohne ihr zu antworten. Die Tür des Arbeitszimmers stand offen und June stand vor einem Tresor, dessen Tür offenstand.

»Was ist los?« Er trat näher an June heran.

»Was ist das?« Sie deutete auf den Safe und erst jetzt entdeckte Wesley ein gutes Dutzend quadratische Pakete, die ihn aufstöhnen ließen. Ohne Junes Frage zu beantworten, nahm er eines heraus, drehte es in den Händen und fand, wie er vermutet hatte, nichts. Es war feinsäuberlich mit Klebeband umwickelt und er wollte lieber nichts über den genauen Inhalt wissen.

»Ich tippe auf Kokain. Du solltest die Polizei rufen.«

»Meine Eltern haben keine Drogen genommen. Ganz sicher nicht.« Ihre Stimme wurde hysterisch. Er griff nach ihrer Hand, ehe sie sich wegdrehen konnte. Das Paket ließ er zu Boden fallen und zog June in eine Umarmung.

»Das habe ich auch nicht gesagt. Trotzdem solltest du die Polizei rufen.«

Sie vergrub ihr Gesicht an seinem Hals. »Warum bricht gerade alles zusammen, an was ich geglaubt habe?« Ihre Worte waren ein leises Flüstern, das warm an seinem Hals entlangstrich. Er hatte keine Antwort auf ihre Frage.

»Ich weiß es nicht.« Flüsternd strich er durch ihre Haare und genoss das seidig weiche Gefühl. Er rechnete damit, dass er in wenigen Sekunden ihre Tränen an seinem Hals spüren würde, aber das passierte nicht. Stattdessen nuschelte sie »Das ist doch alles Scheiße. Ich dachte, Dad hätte hier ein paar Dollar beiseitegelegt«, flüsterte sie verzweifelt.

»Im Prinzip sind das auch ein paar Dollar«, gab er leise brummend zurück, bemerkte aber, dass sie seine Worte wohl nicht gehört hatte. Immer noch ließ er seine Finger durch ihre Haare gleiten und wunderte sich über sich selbst. Er hatte nicht das Verlangen, sie zu schnappen und ins Bett zu werfen. Er wollte sie einfach im Arm halten und ihr dieses eine Stück heile Welt geben. Diesen einen Punkt, der gerade nicht zerbrach und das, obwohl sie sich doch kaum kannten.

»Dann rufen wir jetzt die Polizei und dann fahren wir ans Meer.« June löste sich mit einem entschlossenen Gesichtsausdruck von ihm. Zögernd nickte er. Je länger er darüber nachdachte, desto besser fühlte es sich an. Wenn er am Strand stand, fühlte er sich frei und spürte eine Ruhe, die er nur selten empfand. Vielleicht hatte es doch einen tieferen Grund, dass seine Kollegin Yvonne und ihr Mann Syrell viel Zeit am Strand verbrachten, um Kraft zu tanken. Irgendetwas musste ja dran sein, an der Tatsache, dass Menschen sich vom Strand angezogen fühlten.

»An was denkst du?«

June löste sich vorsichtig von ihm.

»Nicht wichtig.« Auf keinen Fall würde er über das sprechen, was er dachte, fühlte oder erlebt hatte.

14.

June starrte gedankenverloren aus dem Fenster von Wesleys Shelby. Auch wenn sie morgens immer noch die Blutergüsse im Spiegel gesehen hatte, fühlte sie sich besser. Körperlich war es nur ein bisschen, aber sie fühlte sich in Wesleys Nähe sicherer. Sie hatte bereits in der Nacht die Polizei angerufen und von ihrem Drogenfund berichtet. Erst waren nur zwei Beamte vorbeigekommen, dann waren weitere vier aufgetaucht, die mit einem Spürhund in den Morgenstunden des vergangenen Tages das gesamte Haus abgesucht hatten. Aber es war bei dem geblieben, was sie im Tresor gefunden hatten. Zwanzig Kilo waren trotzdem eine Menge, für die Erklärungen gefordert wurden. Zu ihrem Glück glaubte man ihr, dass sie die Tochter ihrer Eltern war, schließlich besaß sie keinerlei Ausweisdokumente mehr. Dass sie seit Monaten nicht mehr im Haus gewesen war, bestätigten Samuel persönlich und ihr Bruder auf telefonische Nachfrage. Es nagte an ihr, dass nun ihre verstorbenen Eltern in Verdacht standen, mit Drogen gehandelt zu haben. Nur warum sie das getan hatten, war nicht nur ihr ein Rätsel. Auch ihr Bruder und Samuel wussten auf dieses Rätsel keine Antwort. Die Polizei wollte keine Ermittlungen mehr einleiten, da ihre Eltern nicht mehr am Leben waren, und der Unfall als Todesursache bereits abgeschlossen war. Es fühlte sich alles so irreal an. Die gesamte Prozedur hatte sie den halben Tag gekostet, weswegen sie auch die letzte Nacht in ihrem Elternhaus verbracht und erst heute in den frühen Morgenstunden nach San Diego aufgebrochen waren.

Sie ließ ihren Kopf gegen die Scheibe sinken. Samuel hatte ihr, trotz ihres Protestes, tausend Dollar geliehen, damit sie mit Wesley fahren konnte. Damit sie entscheiden konnte, was aus dem Haus werden sollte und damit sie ein paar Tage die Gedanken sortieren konnte. Möglicherweise war diese Fahrt eine Flucht vor der Realität, vor dem, was vor ihr lag und bewältigt werden wollte, ganz vielleicht zeigte sie ihr aber auch einen neuen Weg auf. Einen, auf dem sie all die kommenden Probleme mit Leichtigkeit erledigen könnte, wobei ihr dazu noch die Vorstellungskraft fehlte.

»Hat dein Vater jemals was mit Drogen zu tun gehabt? Oder deine Mutter?« Wesley stellte die Frage, die ihr auch die Polizei mehrfach gestellt hatte und die sie schon oft beantwortet hatte in den letzten Stunden.

»Nein, wirklich nicht. Bei uns hat ja nicht mal jemand geraucht. Dad hätte uns aus dem Haus gejagt, wenn einer von uns damit angefangen hätte. Er hat sowas gehasst.« So genau hatte sie die Aversion ihrer Eltern gegen Drogen und Zigaretten in Gegenwart der Polizei nicht ausgeführt.

»Hm. Kannte er vielleicht jemanden, der abhängig war? Ein anderes Familienmitglied, entfernte Verwandte oder gute Freunde? Jemand, dem er einen Gefallen tun wollte?« Wesley sah sie kurz von der Seite an.

»Nein. Also nicht, dass ich davon wüsste.« Sie schüttelte den Kopf und richtete ihre Aufmerksamkeit auf ihn. »Was, wenn ihm jemand die Drogen untergeschmuggelt hat?«

»In einen Tresor?« Wesleys Augenbrauen hoben sich ungläubig und tiefe Falten entstanden auf seiner Stirn. »Komm, das ist doch ziemlich unrealistisch.« Er machte eine Pause. »Dein Bruder? Vielleicht ist das der Grund, warum er das Haus nun so dringend loswerden will.«

June schüttelte entgeistert über diesen Vorwurf den Kopf. »Nein, er mag nur auf Geld aus sein, aber mit Drogen hat er sicher nichts zu tun. Der kennt sich damit sicher nicht mal aus.«

»Da gibt es nicht viel zum Auskennen, June.« Wesley sah wieder auf die Straße. Sie war sich sicher, dass er noch mehr sagen wollte, war aber froh, dass er es nicht tat. Ihren Bruder zu verdächtigen war in ihren Augen eine Unterstellung übelster Art. Auch wenn sie ihn im Augenblick nicht leiden konnte, da er so schnell wie möglich sein Elternhaus veräußern wollte, war er immer noch ihr Bruder. Sie waren mit den gleichen ideologischen Vorstellungen und Grundlagen aufgewachsen und sie hatten als Kinder ein gutes Verhältnis zueinander gehabt.

Am frühen Abend kamen sie endlich in San Diego an, mussten aber schon bei zwei Motels Absagen einstecken. Es schien, als wäre jedes Zimmer der gesamten Stadt vergeben. Da Wesley noch an seinen Arbeitsplatz wollte, entschied er, dass sie in einer großen Mall als Erstes einige Kleidungstücke und ein Handy für sie besorgen wollten. Dann plante Wesley, sie in der Stadt rauszulassen, wo sie versuchen konnte, ein Zimmer zu bekommen, bis er seine Arbeit erledigt hatte.

Die Mall war riesig und June hasste Gebäude wie dieses. Es reihte sich Geschäft an Geschäft auf vier Etagen und sie stellte sich die Frage, wie so viele Läden unter einem Dach noch konkurrenzfähig sein konnten. Zu ihrem Glück war einer der ersten Shops ein Mobilfunkanbieter mit humanen Preisen, der nicht mit Kundschaft überlaufen war. Wesley begutachtete diverse Mobiltelefone, während sie auf der Suche nach einem günstigen Model war.

»Tausend Dollar? Was kann das Ding, dass man da so viel für zahlen soll.« Er schüttelte völlig entgeistert den Kopf.

»Die Frage sollte lauten, was kann es nicht.« Ein Verkäufer kam um eine Ecke gebogen und steuerte bei seiner Frage auf Wesley zu. June grinste. Der Mann wollte verkaufen. Und zwar nach Möglichkeit ein teures Handy. Er begann Wesley zu erklären, was mit dem Mobiltelefon alles möglich war, neben Fotos machen, Navigation und diversen anderen Spielereien.

»Soll ich Ihnen ein anderes Model zeigen.« Der Verkäufer richtete seine Aufmerksamkeit bereits auf ein anderes teures Model.

»Mir nicht, aber der Dame dort und ich denke, sie hat eine genaue Vorstellung von dem, was sie möchte.« Wesley grinste sie frech an und sie formte mit den Lippen ein *Danke*, welches sie nicht freundlich meinte. Das Letzte, was sie nun wollte, war ein übermotivierter Verkäufer, der wie aufs Stichwort neben ihr auftauchte.

»Was kann ich für Sie tun?« Sein Lächeln ging von einem zum anderen Ohr.

»Ich bin auf der Suche nach einem Handy, will aber nicht mehr als hundert Dollar ausgeben.«

Das Lächeln des Mannes verschwand, seine Hoffnung ein teures Gerät zu verkaufen hatte sie gerade zunichtegemacht und June musste sich zwingen, nicht zu grinsen. Bereits nach einer halben Stunde hatte sie ein Handy gekauft und der Verkäufer konnte sich um einen neuen Kunden kümmern, um seinen Umsatz an diesem Tag noch zu steigern.

»Du hättest ihm doch den Gefallen tun und auch eins kaufen können.« June lachte vor dem Laden stehend auf und musterte Wesley, der mit einem Grinsen den Kopf schüttelte.

»Ich brauch ein Handy zum Telefonieren, kein Teil, mit dem ich auf den Mond fliegen kann.« Er kam auf sie zu und deutete auf ein anderes Geschäft. Überall in der Mall gab es Sitzgelegenheiten und Blumenarrangements, die zum Verweilen einluden. In diesem Moment war die Last, die auf ihr lag, zumindest kurz von ihren Schultern verschwunden, auch wenn sie solche Menschenansammlungen nicht leiden konnte.

»Casanova, ich dachte, du bist schon auf der Base.«

June drehte sich verwundert um, als Wesley, der neben ihr gegangen war, einen Blick nach hinten warf und schwer ausatmete. Ein Mann, größer und mit noch breiteren Schultern als Wesley, steuerte, mit zwei Einkaufstüten in den Händen auf sie zu.

»Wes, du musst einkaufen?« Eine brünette Frau tauchte hinter dem Riesen auf und blieb einen Moment stehen, als sie sie sah.

»In zwei Stunden bin ich sicher in der Base und solange du hier bist …« Wesley atmete entnervt aus. »June, Rod, Rod, June.« Er fuchtelte mit den Händen zwischen ihr und dem Mann hin und her. »Ein Kollege«, reichte er mürrisch nach. »Und das ist seine Lebensgefährtin Lyndsay.« Seine minimale Geste war auf die zierliche Frau gerichtet, die nach Rods Hand griff.

»Freut mich.« Rod nickte knapp, Lyndsay musterte sie eingehend und nickte schließlich ebenfalls. Hände schien man sich hier nicht zur Begrüßung zu reichen, worüber June nicht böse war.

»Das kennt man ja gar nicht von dir, dass du mit einer Frau unterwegs bist. Also abgesehen von den Abenden.« Lyndsay sprach Wesley an.

»Lyn.« Rod stieß ein Murren aus und sah Lyndsay rügend von der Seite an.

»Nimm sie nicht beim Wort. Wes ist ´nen feiner Kerl.« Wieder war es Rod, der sie ansprach. »Terence hat uns von dir erzählt. Ich hoffe, es geht dir besser.«

»Terence?« June warf Wesley einen fragenden Blick zu.

»Der, der dabei war, als wir dich gefunden haben.« Wesleys Mundwinkel zuckten kurz nach oben. Er machte nicht den Eindruck, als freue er sich darüber, seinen Kollegen hier getroffen zu haben, und auch Lyndsays Anwesenheit schien ihm nicht zu gefallen.

Eine halbe Stunde später saßen sie trotzdem zu viert in einem Imbiss und aßen Burger. June fühlte sich in der Gegenwart von Rod und Lyndsay unwohl. Die zwei unterhielten sich mit Wesley und sie fand keine Möglichkeit, sich in das Gespräch einzuklinken. Ein leises Piepen unterbrach die Unterhaltung und Rod zog sein Handy parallel zu Wesley aus seiner Tasche. Sie beobachtete Wesley, der einen Blick auf das Display warf und schließlich Rod ansah, der knapp mit dem Kopf Richtung Tür deutete.

»Wir sind gleich wieder da.« Wesley erhob sich und verschwand mit seinem Kollegen zur Tür.

»Was ist los?« Sie richtete verunsichert ihre Frage an Lyndsay.

»Vielleicht ein Einsatz oder sie müssen wegen etwas anderem zur Base. Meist sagen sie es nicht, sondern verschwinden einfach. Manchmal für Stunden, hin und wieder auch für Tage oder Wochen. Nur selten weiß man dann, wohin sie gehen.« Lyndsay starrte bei ihrer Erklärung auf die Tür, bei der die Männer, mit den Rücken zu ihnen stehend, miteinander redeten. »Und jedes Mal hofft man, dass sie wieder nach Hause kommen«, flüsterte sie und Junes Magen zog sich schmerzhaft zusammen. Ihr kamen wieder Wesleys Worte in den Sinn, mit denen er über den Tod eines Kollegen gesprochen hatte. Das hatte sich zwar schrecklich angehört, aber nun spürte sie etwas, dass viel bedrückender war.

»Wie lange kennt ihr euch schon?« Lyndsay riss sie von ihren Gedanken los, legte den Kopf auf die Seite und musterte sie ausgiebig.

»Sieben Tage.« June schaute kurz zu Wesley, der immer noch an der Tür stand.

»Donnerwetter, das ist für ihn ganz schön lange.« Lyndsay sah nun ebenfalls zu den Männern. »Er ist ein richtiger Schwerenöter, musst du wissen. Ich finde es ja gut, wenn man vor Männern wie ihm gewarnt wird, dann ist die Enttäuschung hinterher nicht so groß.«

»Wir sind nicht … also er hat …« June schüttelte den Kopf. Was Wesley in seiner Freizeit tat, ging sie nichts an. »Wir sind kein Paar. Er hat mir nur aus der Klemme geholfen.« Sie zwang sich zu einem Lächeln. »Er meinte, ein paar Tage hier am Meer würden mir vielleicht helfen, einen klaren Kopf zu bekommen.«

»June?« Wo Wesley so schnell hergekommen war, wusste sie nicht. Er stand plötzlich neben ihr.

»Ja?«

Ihr fielen seine ernsten Gesichtszüge auf. Er wirkte schrecklich distanziert. Auch Rod, den sie nur im Augenwinkel sah, war angespannt und der Kuss, den er Lyndsay gab, wirkte unnatürlich.

»Ich muss weg. Lyndsay hilft dir bei der Zimmersuche. Ich melde mich bei dir. Vielleicht bin ich heute Abend auch schon zurück.« Wesley setzte sich neben sie. »Pass auf dich auf, ja?« Er sah ihr in die Augen und sie brachte nur ein stummes Nicken zustande. Plötzlich hatte sie Angst, dass sie ihn nie wiedersehen würde. Diese Angst war so bedrohlich, dass es ihr die Luft abschnüren wollte.

»Nur wenn du auf dich aufpasst.« Es fiel ihr schwer, die Worte auszusprechen. Seine braunen Augen zogen sie in diesem Moment völlig in ihren Bann. Sie schienen immer näher zu kommen. Dann küsste er sie plötzlich. Es war nur eine hauchzarte Berührung, die so schnell vorbei war, dass sie nicht wusste, ob es wirklich passiert war.

»Casanova, los.«

Dass June die Augen geschlossen hatte, wurde ihr erst klar, als sie Rods Stimme vernahm und Wesleys Hand an ihrem Gesicht spürte. Hauchzart strich er über ihre Wange, ehe er sich umdrehte und mit Rod den Imbiss verließ.

»Was war das?« Lyndsay stellte ihr genau die Frage, die ihr in diesem Moment durch den Kopf schoss. »Ich dachte, ihr seid kein Paar«, setzte Lyndsay so erstaunt nach, wie June sich gerade fühlte.

»Ich weiß nicht.« Sie starrte die Tür an, durch die die beiden Männer verschwunden waren. Warum hatte er sie geküsst und warum fühlte sie sich plötzlich wie auf Wolken?

»Denk dran, er ist ein Schwerenöter, dem verfallen alle Frauen. Er sieht ja auch verboten gut aus.«

June hörte Lyndsays Worte zwar, war aber immer noch nicht in der Lage, ihren Blick von der Stelle zu lösen, wo Wesley gerade aus ihrem Blickfeld verschwunden war. Was hatte das zu bedeuten und wann würde sie ihn wiedersehen, um es in Erfahrung zu bringen?

15.

»Warum hast du sie geküsst? Ich dachte da, ist nichts. Zumindest hat Sticks das gesagt.« Rod eilte neben ihm aus der Shoppingmall.

»Sticks hat keine Ahnung.« Wesley drängte sich an einer Gruppe Teenagern vorbei.

»Läuft da was?« Rod holte ihn ein.

»Nein.« Murrend lief er weiter.

»Du solltest dir da schon im Klaren sein. Wenn sie nur eines deiner Girls ist, ist's mir egal, aber wenn das was Ernstes werden sollte …« Rods große Hand legte sich um seinen Unterarm, ehe sie die Mall verlassen hatten und brachte ihn dazu, stehenzubleiben. »Dann solltest du das mit ihr und dir klären. Casanova, wir gehen da jedes Mal raus und wissen nicht, ob wir zurückkommen. Damit müssen unsere Partner klarkommen.«

»Da läuft nichts, verdammt.« Wesley riss sich von seinem Kollegen los und eilte zum Ausgang, ehe Rod ihn wieder einholen konnte. Nein, er war nicht mit June zusammen. Es war nur … Es war völlig egal, was dazu geführt hatte, dass er sie geküsst hatte. Er war kein Typ für feste Beziehungen, weil feste Beziehungen nur mit Regeln funktionierten. Und Regeln waren nicht seine Freunde. Auf dem Parkplatz warf er einen Blick über die Schulter, konnte aber weder Rod noch dessen Wagen entdecken. Also würden sie getrennt zur Base fahren und sich dort mit dem Rest des Teams treffen, was ihm gelegen kam, so würde Rod keine weiteren Fragen stellen. Weswegen John sie einberief, wussten sie nicht. Vielleicht hatte man Milazim oder einen seiner Hintermänner endlich ausgemacht und die Regierung plante einen Militärschlag. Oder man würde sie ins Nirgendwo schicken, damit sie die Observierung übernahmen. Letzteres war nichts, worauf er Lust hatte, auch wenn er bei einem solchen Einsatz nicht Gefahr lief, zu sterben. Zumindest wäre das Gefahrenpotenzial bei einer Observierung weit geringer als in einem Kampfeinsatz. Seinen Shelby aufschließend warf er nochmals einen Blick auf die Mall. Lyndsay war die

Letzte, mit der er June alleine lassen wollte, aber er hatte nun keine andere Wahl, als sich auf die Archäologin zu verlassen. Lyndsay war ein Profi darin, Fettnäpfchen zu finden und hineinzutreten. Der Gedanke an das, was Rods Freundin June erzählen könnte, machte es ihm schwer, sich wenige Minuten später auf den herrschenden Verkehr zu konzentrieren. Dabei könnte es ihm doch egal sein, was sie erzählte, schließlich waren sie kein Paar. Sie waren, wenn überhaupt, Freunde. Hupend machte ein Wagen hinter ihm klar, dass die Ampel von Rot auf Grün gesprungen war. Prima, erst konnte er sich nicht konzentrieren, weil er unter Schlafmangel litt, nun kreisten seine Gedanken um eine Frau.

Eine halbe Stunde später kam er an der Base an, wo schon viele seiner Kollegen eingetroffen waren. Sogar Rod war bereits vor Ort und Wesley stellte sich die Frage, wie er es vor ihm an die Base geschafft hatte. Durchatmend und die Gedanken an June verdrängend, betrat er wenig später das voll besetzte Konferenzzimmer. Er war erstaunt, dass nicht nur die Mitglieder des Bravo Teams der IATF anwesend waren. Auch das Alpha Team unter Führung von Sean war vollzählig erschienen.

»Was ist hier los?« Er ließ sich neben Terence auf einem der Stühle nieder und starrte nach vorne, wo ein Whiteboard stand.

»Ich weiß es nicht«, murmelte Terence und warf einen Blick über die Schulter, wo ihre Vorgesetzten den Raum betraten. John nickte ihm knapp zu und ging dann zum Kopfende des langen Tisches.

»Wir müssen in den kommenden Tagen einige Trainingseinheiten absolvieren. Wir sollen in den nächsten Wochen in den Hindukusch verlegt werden, um sicherzustellen, dass die Infos vom CIA richtig sind. Kurzum, wir sollen da mal kurz vorbeischauen, uns ein Bild der Lage machen und wieder abreisen.« Johns Blick wanderte zu Sean, der ihm zunickte. Der fast zwei Meter große Captain des Alpha Team ließ seinen Blick über sie gleiten. »Aber, wenn wir schon mal da sind und Grund zur Annahme haben, dass Milazim auch anwesend ist, dürfen wir ihn besuchen. Nach Möglichkeit soll er allerdings am Leben bleiben. Also müssen wir freundlich anklopfen und nett um seine Mitarbeit bitten.« John malte bei den Worten freundlich und nett Anführungszeichen in die Luft.

»Diese Infos verlassen diesen Raum nicht, dass das klar ist!« Sean mischte sich kurz in Johns Ansage ein.

»Wir haben das Gebäude in den letzten Tagen auf einem Gelände außerhalb von San Diego nachbauen lassen. Dort können wir testen, wie schnell wir da rein und wieder rauskommen könnten. Vielleicht können wir Milazim fassen, aber mir ist es lieber, wenn wir ihn direkt aus dem Weg räumen, dann kann er wenigstens keinen Mist mehr machen.«

»Das ist dann aber ein klarer Befehlsbruch.« Der Einwurf kam von Ryan, dem kampferprobten SEAL, der erst vor kurzem in das Bravo Team gekommen war. Gleich mehrere Teammitglieder richteten ihre Blicke auf Ryan.

»Du erzählst was von Befehlen und wie was zu erledigen ist? Ausgerechnet du? Du bist doch der erste, der Milazim ´ne Kugel in den Kopf jagt, wenn du ihn siehst.« Sean lachte auf.

»Ich wollte es nur erwähnt haben. Du musst deinen Leuten schon klar machen, dass sie ihren Job riskieren, wenn sie da mitmachen.« Ryans Aufmerksamkeit lag auf Sean.

»Pass auf, gleich gehts wieder los«, raunte Terence Wesley zu.

Er wusste, auf was sein Kollege anspielte. In den nächsten Sekunden würde es wieder eine Wortschlacht zwischen Ryan und Sean geben und es könnte einige Zeit dauern, ehe die beiden sich wieder auf das Wesentliche konzentrieren würden. So lief es ständig, seit Ryan hier war, und immer dann, wenn er sich zu Wort meldete. Ryan und Sean schienen sich nie einig zu sein und Ryan war es dazu noch völlig egal, dass Sean als Captain der Ranghöhere der beiden war.

»Da du das nun erwähnt hast, können wir ja endlich zum Wichtigen kommen.«

Seans Antwort sorgte bei einigen für verwunderte Gesichter, mit dieser Reaktion hatte wohl keiner gerechnet.

In der folgenden Stunde wurde der Grundriss eines Gebäudes, das sich mitten im Hindukusch befand, gezeigt und ausführlich erklärt. Wie so oft war es eine Art Festung, die von den Terroristen als Aufenthaltsort genutzt wurde. Diese Festung hatte man erst jetzt als das entschlüsselt, für das sie diente, und nun wollte die CIA die Gelegenheit beim Schopf packen. Sie sollten erkunden und, wenn es ihnen als kleines Team möglich war, auch infiltrieren. Sollten hingegen zu viele Gegner auf sie warten, würde man weitere Teams zur Verstärkung schicken, was Milazim allerdings auch die Zeit zur Flucht geben würde. Das wiederum wollte keiner von ihnen, zu lange schon waren sie auf der Suche. Welches ihrer Teams aufbrechen sollte, war ebenso unklar wie der genaue Zeitpunkt.

»Packt euren Kram zusammen.« John war der Erste, der sich erhob. »Casanova, auf ein Wort in meinem Büro.«

Kurze Zeit später befand Wesley sich im Büro seines Captains, der vor dem Schreibtisch stand und ihn eingehend musterte.

»Bist du einsatzbereit?« Nun verengten sich die Augen seines Gegenübers zu kleinen Schlitzen.

»Ja.« Das Sir verkniff er sich. Im Team der IATF herrschte eine andere Tonart als unter den anderen Soldaten auf dem Gelände der Naval Base.

»Ausgeschlafen?« John legte den Kopf auf die Seite.

»Geht so.« Wesley wollte ihn nicht anlügen. Spätestens in einigen Stunden würde auffallen, dass er immer noch ein deutliches Schlafdefizit hatte.

»Du hast die Frau gefunden?« John stieß sich vom Schreibtisch ab.

»Ja.« Nun war er es, der seinen Vorgesetzten fragend ansah. Was sollte diese Fragestunde? Außerdem ging er davon aus, dass John sehr genau über die Geschehnisse Bescheid wusste. Terence hatte John mit Sicherheit von ihrem Telefonat berichtet.

»Wo ist sie?«

»John, was soll der Scheiß?« Auf diese Frage würde er nicht antworten, wusste aber, dass bald jeder wissen würde, wo June war. Rod hatte es sicher bereits erzählt.

»Du hast Terence um Informationen gebeten. Ich habe mitbekommen, dass er Randall um Hilfe gefragt hat. Was ist da los? Steckt sie in Schwierigkeiten? Steckst du in Schwierigkeiten? Ich habe keine Lust, dass während des Trainings plötzlich die Polizei auftaucht, dich mitnimmt oder sonst was passiert. Wir brauchen dich voll einsatzfähig. Es kann zwar noch Wochen dauern, bis wir aufbrechen, aber bis dahin will ich, dass die ganze Sache reibungslos abläuft. Ich will, dass ihr da im Schlaf reingeht und wieder rauskommt. Ohne Verluste und ohne Verletzte. Ich will nicht mal 'nen abgebrochenen Fingernagel oder 'nen Holzsplitter im Finger. Dort soll keiner sehen, dass wir da waren, und uns soll auch keiner ansehen, dass wir vor Ort waren.« John hatte seine Augen zu schmalen Schlitzen zusammengekniffen. Wesley musste die Dinge, die sein Captain ihm gerade gesagt hatte, kurz sortieren.

»Ich habe keine Probleme, bei ihr weiß ich es nicht genau.« Es gefiel ihm nicht, dass er diesen Punkt nun aussprechen musste. Er war niemand, der seine Probleme teilte, von denen anderer ganz zu schweigen. Um solche Dinge kümmerte er sich selbst, ohne es an die große Glocke zu hängen, und doch hatte er das Gefühl, dass er in diesem Augenblick die Karten auf den Tisch legen musste, wenn er nicht wollte, dass John ihn zurückließ. John würde ihn nicht aus dem Team werfen, ihn aber bei dieser Mission ausschließen, sollte er Probleme haben, das konnte Wesley am Gesichtsausdruck seines Gegenübers sehen.

»In welchem Verhältnis steht ihr zueinander?« John lehnte sich gegen den Schreibtisch und Wesley schloss seufzend einen Augenblick die Augen. Es würde eine längere Unterhaltung werden.

»Ist das wichtig?« Wesley wurde bewusst, dass eine weitere Frage zu seinen eigenen, noch offenen, dazugekommen war. Es war nämlich bisher nicht geklärt, warum er June aufgesucht und sie nach Tucson begleitet hatte.

»Pass auf. Jeder hier weiß, wie du zu Frauen stehst. Es ist außergewöhnlich, wenn du so viel Zeit mit ein und derselben verbringst und sie dann auch noch mit herbringst.«

Wesley wollte etwas sagen, doch John winkte ab.

»Rod hat es mir erzählt. Das bleibt hier zwischen uns und Rod wird damit ebenfalls nicht hausieren gehen. Wes, es macht dir keiner einen Vorwurf. Wenn sie dir den Kopf verdreht hat, ist das so, wenn es etwas Ernstes werden sollte auch, aber ich will, dass jeder von euch mit klarem Kopf da raus geht. Ihr sollt hier nichts Unerledigtes und Ungesagtes haben.«

»Den Scheiß erzählst du jedes Mal.« Wesley stieß genervt den Atem aus. Eine Rede dieser Art gab es vor jedem Einsatz.

»Ja, weil ich euch daran erinnern will. Also? Wie sieht es aus? Du kommst hier nicht raus, bevor wir das nicht geklärt haben.« Johns Blick lag, Antworten fordernd, auf ihm.

»Nochmal für dich zum Mitschreiben. Ich habe keine Probleme. Mich holen die Bullen nicht ab. Alles schick.« Wesley konnte spüren, wie seine Geduld weniger wurde.

»Und sie?« Nun verschränkte John die Arme vor seiner Brust.

»Weiß ich nicht. Die Typen, die sie so zugerichtet haben, kennt sie nicht, die stehen auch auf keiner Fahndungsliste. Ihr Bruder will das Haus ihrer Eltern am besten gestern schon verkaufen. Sie muss nun erstmal verkraften, dass ihre Eltern tot sind, im Tresor zwanzig Kilogramm Koks waren und ihr Leben gerade aus der Bahn läuft. Ich hab ihr nur angeboten, ein paar Tage am Pazifik zu verbringen.« Er atmete durch. Würden John diese Informationen reichen?

»Wie stehst du zu ihr?« John stützte sich auf dem Schreibtisch ab.

»Das ist verdammt nochmal meine private Geschichte. Es geht dich und die anderen ’nen feuchten Dreck an«, raunte er. Er konnte diese Fragerei nicht ertragen.

»Gut, das ist das, was ich hören wollte.« John kam auf ihn zu.

»Hab ich doch von Anfang an gesagt.« Wesley schüttelte verwirrt den Kopf.

»Du hast nicht gesagt, dass es deine Privatsache ist und so bissig reagierst du bei deinen Bettgeschichten auch nie. Lass es langsam angehen.« John nickte ihm zu, ging an ihm vorbei und war aus der Tür verschwunden, ehe Wesley etwas eingefallen war, was er erwidern konnte. Einen Augenblick blieb er genau dort stehen, wo er gerade stand, ehe er genervt stöhnend das Büro von John verließ.

16.

»Das kann doch echt nicht sein.« Lyndsay fiel mit einem genervten Schnauben auf den Fahrersitz ihres Wagens und June zuckte hilflos mit den Schultern. Irgendwie hatte sie es sich leichter vorgestellt, spontan ein Zimmer in San Diego zu bekommen. Aber sie hatte erneut eine Absage erhalten. Einige Motels hatte Lyndsay ausgespart, da sie der Meinung war, dass dort selbst Kakerlaken nicht gerne übernachten würden.

»Vielleicht sollten wir doch eins von den anderen nehmen.« Zögernd sprach June ihre Hoffnung, dass es noch irgendwo Zimmer gab, aus. Eventuell wäre eines der *Kakerlakenmotels*, wie Lyndsay sie nannte, doch nicht so schlimm.

»Vergiss es. Wes frisst mich auf, wenn der erfährt, dass ich dich in so einer Spelunke abgesetzt habe.« Lyndsay starrte die Armatur des Wagens an. »Wir fahren nun erstmal zu mir. Ich hol ein paar Kisten raus und dann fahren wir zu mir und Rod.« Lyndsays Worte waren ein leises Nuscheln. »Ich muss den Mist da langsam wegbekommen.«

»Zu dir und dann zu euch?« Verwirrt wiederholte June was die Frau neben ihr gesagt hatte. Sollte sie nun Umzugshelferin spielen?

»Ja, ich verkaufe mein Elternhaus. Wir haben uns was schönes Kleines angeschafft.« Lyndsay schenkte ihr ein knappes Lächeln, was June mit einem Nicken bedachte. Bis vor einigen Stunden hatte sie sich noch eingebildet, dass sie die einzige Tochter war, die ihr Elternhaus verkaufen würde. Aber wenn sie nun schon mit einer anderen Frau in einem Auto saß, die genau das in diesen Tagen tat, würde es sicher tausende geben, die gerade in ihrer Situation steckten. Sie schüttelte über sich selbst den Kopf. Wie konnte sie so einen Blödsinn gedacht haben. Sie hatte sich als Verräterin gefühlt. Verräterin an ihrer Familie, wenn sie ihre Heimat, ihre Kindheit und ihr Zuhause verkaufen würde.

»Also im Notfall haben wir ´ne Couch, auf der man super schlafen kann. Oder wir teilen uns das Doppelbett. Wenn es blöd läuft, tauchen die Männer erst in ein paar Wochen wieder auf.« Lyndsay hatte den Wagen gestartet und lenkte ihn vom Parkplatz.

Wochen. Junes Magen krampfte zusammen. Sie hatte gehofft, noch ein wenig Zeit mit Wesley verbringen zu können. Sollte es nun wirklich so kommen, dass sie ihn nicht wiedersah, ehe sie abreisen würde? Würde er sich dann nochmals bei ihr melden?

Gedankenverloren starrte sie auf die Häuser, die an ihr vorbeizogen. Jeder Gedanke an Wesley verursachte ein Kribbeln in ihrem Bauch. Verfluchter Mist, sie hatte sich nicht verlieben wollen. Und doch war sie gerade dabei, ihr Herz zu verlieren. Das ging nicht, das war unmöglich. Nach all dem, was ihr passiert war, konnte und wollte sie sich nicht verlieben. Sie wollte nicht, dass sie Wesley nicht aus dem Kopf bekam. Sie wollte nicht, dass sie sich in seiner Gegenwart sicher fühlte. Sie merkte, dass sie sich selbst belog. Sie wollte sich wieder sicher fühlen. Aber musste dieses Gefühl in Verbindung zu Wesley stehen? Sie lehnte den Kopf gegen die Kopfstütze und schloss die Augen. Wenn er ihr in einigen Monaten über den Weg gelaufen wäre, wäre alles weit leichter.

»Manchmal ist das Leben kompliziert.« Lyndsays Worte erreichten sie leise.

»Stimmt«, murmelte sie bestätigend.

Es dauerte eine halbe Stunde, ehe sie an einem riesigen Haus ankamen. Es war größer als das ihrer Eltern. Hier gab es sogar grünen Rasen. Etwas, das in Arizona selten war.

»Magst du mir eben tragen helfen? Dann sind wir schnell wieder weg. Es sind ein paar Kisten mit Büchern. Ich nehme jedes Mal, wenn ich unterwegs bin, ein bisschen mit. Rod meckert schon immer, weil der Kistenstapel in der Garage immer höher wird.« Lyndsay schenkte ihr ein schiefes Grinsen. »Ich kann Bücher einfach nicht entsorgen«, legte sie nach. June nickte. Nicht nur, weil sie ebenfalls keine Bücher wegwerfen würde, sondern weil sie Lyndsay zu verstehen geben wollte, dass sie ihr helfen würde. Sie folgte Lyndsay in das Haus und war beeindruckt. Der glänzende Boden sah nicht so aus, als würde hier jemand ausziehen, nirgendwo lag Staub, alles wirkte ordentlich. Lyndsay ging in ein Zimmer und June blieb nur wenig später staunend hinter ihr in dem Raum stehen, in dem sich eine riesige Regalwand voller Bücher befand. An der ihr gegenüberliegenden Wand lehnten auseinandergefaltete Umzugskartons und Lyndsay deutete auf die Bücher.

»Es wird noch eine Weile dauern, bis die alle weg sind. Oder ich finde ein Umzugsunternehmen, das mir kostenlos alles nach Hause bringt.« Sie hatte sich einen Karton gegriffen und faltete ihn so zusammen, dass man ihn füllen konnte.

»Warum kostenlos?« June nahm sich ebenfalls eine der flachen Pappkisten, musterte sie und fand schnell das System, in dem sie gefaltet werden mussten.

»Zu teuer. Rod verdient zwar nicht schlecht und ich habe auch mein Einkommen aber …«Lyndsay machte eine Pause. »Das ist es mir nicht wert. Ich will wirklich nur die Bücher behalten.«

June hatte bei der Erklärung der ihr noch fast fremden Frau einen Schritt auf die Regale zu gemacht. Es gab nur wenig Deko vor und zwischen den Büchern, einige Skulpturen und wenige Fotos.

»Das Verhältnis zu meiner Familie ist nicht einfach. Meine Mom lebt nicht mehr und mein Vater hat sich abgesetzt.« Lyndsay hatte begonnen Bücher in die Kiste zu packen.

June musterte die Fotos. Plötzlich gefror ihr das Blut in den Adern. Sie kannte den Mann, der Lyndsay auf einem der Bilder im Arm hielt. Sie strahlten sich an, als wären sie die glücklichsten Menschen der Welt. Ihr Herz begann zu stocken und kalter Schweiß rann ihr den Rücken hinunter.

»June? Alles okay?« Lyndsays Worte erreichten sie nur leise, da sie ihr Blut in ihren Adern rauschen hörte und ihr etwas die Luft abschnürte.

»Wer ist das?« Es musste eine Verwechslung sein. Manchmal sahen Menschen sich einfach nur ähnlich.

»Mein Vater. Was ist los?« Lyndsay klang plötzlich distanziert.

»Ich kenne ihn«, brachte June nach Luft ringend hervor. War er es wirklich?

»Wie?« Lyndsay schüttelte irritiert den Kopf. »Der ist seit über einem Jahr spurlos verschwunden.«

»Das ist Mister Robins.« Sie musste sich zwingen, tief einzuatmen. Dass ihr Finger zitterte, mit dem sie auf das Bild deutete, bemerkte sie kaum.

»Das ist wer?« Lyndsay war zu ihr gekommen und hatte eine Hand auf ihre Schulter gelegt.

»Robins. Er … er ist schuld das…« Sie deutete knapp auf die Blutergüsse ihm Gesicht. June wollte nicht über das sprechen, was passiert war. Langsam beruhigte sie sich. Sie konnte sich nicht vorstellen, dass Lyndsays Vater ein solch abgrundtief böser Mann war. »Also dein Vater sieht ihm unglaublich ähnlich«, brachte sie leise hervor. »Entschuldige.« Sie schüttelte den Kopf. Es war eine simple Ähnlichkeit, mehr nicht. Sie redete sich ein, dass sowas immer mal passierte.

»Wer ist Robins?« Lyndsay hatte das gerahmte Bild in die Hand genommen, einen Moment angeschaut und dann mit der Bildseite nach unten ins Regal gelegt. June schüttelte stumm den Kopf. Sie konnte nicht … sie wollte nicht über ihn sprechen. Ein unglaublicher Druck legte sich auf ihre Brust.

»Niemand.«

»Hm, lass uns eben ein paar Kisten packen, dann fahren wir.« Lyndsay hatte sich abgewandt. Auch sie wirkte plötzlich anders. Mit versteinerter Miene räumte sie weitere Bücher in die Kisten.

»Wieso ist dein Vater verschwunden?« June konnte die drückende Stille nicht mehr ertragen, als sie einen Stapel Fachbücher in eine Kiste legte.

»Lange Geschichte.«

Die Art, wie Lyndsay ihr antwortete, sorgte dafür, dass June sich vornahm, sie nicht wieder auf ihren Vater anzusprechen. Wenn er, wie sie sagte, verschwunden war, schien es Lyndsay zu schmerzen, über ihn sprechen zu müssen. Vielleicht hatte er seine Vaterpflichten nicht mehr erfüllt und war deswegen verschwunden. Möglichkeiten gab es schließlich viele. Am Ende zählte aber nur der Punkt, dass er weg war. Weg wie ihre Eltern. Einfach verschwunden, eine riesige Lücke hinterlassend, die nie wieder gefüllt werden würde. Wer sollte schon die eigenen Eltern ersetzen? Mit wem könnte sie je über all das sprechen, was man ihr angetan hatte. Ihre Mutter wäre die Einzige gewesen, der sie es erzählt hätte. Nicht sofort, aber irgendwann vielleicht. Aber ihre Mutter war nicht mehr da.

»Alles okay?« Lyndsay riss sie aus ihren Gedanken. June hielt immer noch ein Buch über römische Geschichte in der Hand. Nickend legte sie das Buch in den Karton.

»Ja, alles okay.«

»Entschuldige, wenn ich gerade komisch reagiert habe. Ich rede nicht gerne über meinen Vater.« Lyndsays Lächeln wirkte gequält. June konnte ihr ansehen, dass sie mit ihrem Vater keine guten Erinnerungen verband.

17.

Die Finsternis umfing ihn im ersten Augenblick bedrohlich. Das Nachtsichtgerät vor die Augen ziehend ließ Wesley das Drohende der Dunkelheit verschwinden.

Das Gebäude, in dem er sich aufhielt, war stockfinster. Die Fenster waren verdunkelt und sie wollten einen Angriff in der Nacht simulieren. Das Gelände, auf dem sie sich befanden, gehörte der Army, doch waren hier nur selten Soldaten unterwegs, weil man es als Brachland für genau solche Zwecke liegenließ, wie es jetzt eingetroffen war. Man hatte in Leichtbauweise das Anwesen aus dem Hindukusch nachgebaut. Die Grundrisse stammten von Drohnenaufnahmen und die Zimmeraufteilung hatte man über Monate aufgrund von Wärmebildaufnahmen herausgefiltert.

Lautlos folgte Wesley Rod und Ryan, die vor ihm waren. Tom, hielt ihm den Rücken frei und war im Notfall für die Versorgung der Wunden zuständig. Irgendwo in all diesen Räumen würden sie gleich auf Feinde treffen. Diese Gegner bestanden in den nächsten Tagen aus ihren Teammitgliedern und auch sie würden in diese Rolle schlüpfen müssen. Rod öffnete die erste Tür und Ryan gab den ersten Schuss ab, ehe Wesley den Raum betrat und einen Gegner in seinem Quadranten ausschaltete. Da es sich bei ihren Opfern um ihre Kollegen handelte, wurden die Schüsse nur mit Übungsmunition ausgeführt. Wesley hatte das jedoch bereits beim Betreten des zweiten Raumes völlig verdrängt.

Wieder eröffnete Rod das Feuer und Ryan schaltete den nächsten Gegner aus. Alles lief reibungslos und abgesehen von den Schüssen auch lautlos. Erst als sie den letzten Raum durchsucht hatten, wurde es hell im Gebäude. Er klatschte sich mit Rod ab, nickte Ryan knapp zu und ließ sich von Tom auf die Schulter klopfen.

»Sauber.« Ryans Kommentar tat gut. Nach der Pleite vor einigen Tagen am Strand kam diese Trainingseinheit genau richtig.

»Nochmal. Das geht noch schneller. Das dauert zu lange.« Über Funk erreichte sie Johns Befehl. Der Rest des Teams, der nicht als Feinde getarnt mit ihnen hier war, hatte alles über installierte Kameras verfolgt. Ryan stieß den Atem aus, nickte dann aber.

Weitere drei Male durchliefen sie die Trainingseinheit, aber am Ende waren weder John noch Sean zufrieden gestellt. Wesley stand außerhalb des Gebäudes, trank lauwarmes Wasser und wartete darauf, dass er als Terrorist einen Platz beziehen konnte.

»Ich bin gespannt, wie die anderen sich schlagen.« Ryan war zu ihm gekommen und hielt ihm eine Flasche Wasser hin. »Hier, die ist kalt.«

Wesley nahm die Flasche mit einem Nicken entgegen. Seine Gedanken waren weit von dem entfernt, was hinter ihm im Gebäude passierte.

»Was ist los bei dir? Ich hab was von ´ner Frau gehört.«

Wesley atmete scharf aus. »Ach, hast du gehört? Sticks hat doch sicher alles genau erzählt«, murrte er seinen neuen Kollegen an.

»Nur dass ihr sie ins Krankenhaus gebracht habt und dass du zu ihr gefahren bist. Rod hat dann erwähnt, dass sie hier ist.« Ryan zuckte mit den Schultern. »Kann ja vieles heißen.«

Wesley musste sich zwingen, ruhig zu bleiben. Ryan mochte sich zwar regelmäßig mit Sean anlegen und stellte oft und gerne Befehle infrage, aber als Kollege schätzte Wesley ihn zu hundert Prozent loyal ein, auch wenn er ihn nicht lange kannte.

»Ich hab ihr nur angeboten, ein paar Tage hier zu verbringen, damit sie 'nen klaren Kopf bekommt. Wenn du sie gesehen hättest …« Er machte eine Pause und sah Ryan in die Augen. »… Ihre Verletzungen haben eine eindeutige Sprache gesprochen. Menschen, die sowas machen, würde ich am liebsten direkt erschießen.«

»Und man wird diese Arschlöcher wahrscheinlich nie finden«, resümierte Ryan.

»So sieht es aus. Sie spricht auch nicht drüber. Ihre Eltern sind bei einem Unfall umgekommen, ihr Vater hatte zwanzig Kilo Koks in einem Tresor und überhaupt tauchen da meiner Meinung nach gerade ganz viele Fragen auf…«, er brach ab.

»… die sie nicht beantworten kann oder gar nicht sieht, weil sie immer noch unter Schock steht.« Ryans Blick wanderte an ihm vorbei. »Dir scheint viel an ihr zu liegen.«

»Fang du nicht auch noch an.« Obwohl er nicht abstreiten konnte, dass June ihm sympathisch war, wollte er keinen Gedanken an mehr als eine Freundschaft verschwenden.

»Mann, komm runter. Mir ist doch völlig egal, was da läuft. Manchmal sind Freundschaften mehr wert als Beziehungen.« Ryan wandte sich ab und verschwand an der Seite des Gebäudes. Dort war ein weiteres Haus, in dem sich die Kameraüberwachung befand und wo ein Teil des Teams nun die Trainingsdurchgänge verfolgte.

18.

»Ich habe beschlossen, dass du hier bei uns bleibst. Ich hab keine Lust mehr zu suchen.« Lyndsay legte ihr Handy auf den Wohnzimmertisch und sah sie entschlossen an. »Das Sofa ist echt klasse. Da hab ich auch schon geschlafen.«

»Ich will dir aber keine Umstände machen.« June war sich nicht schlüssig, ob sie wirklich hierbleiben sollte. Das Haus war gemütlich eingerichtet und sie würde sich sicher nicht unwohl fühlen. Aber sie wollte niemandem zur Last fallen, und sollte Rod heute noch wiederkommen, wollte sie die Zweisamkeit der beiden nicht stören.

»Tust du nicht. Außerdem bin ich dann nicht alleine, wenn er heute nicht mehr nach Hause kommt. Wir könnten morgen vielleicht auch ein paar der anderen Strohwitwen besuchen, wenn du Lust hast.« Lyndsay lehnte sich grinsend auf der Couch zurück.

»Ihr kennt euch?« Verblüfft hob sie ihren Blick.

»Klar. Alle aus Rods Team sind wie eine große Familie. Die haben sogar ´ne Zeit in einem Haus gelebt.« Lyndsay klang stolz, als sie diese Tatsache erwähnte. »Die sind alle total okay«, setzte sie nach. »Bei Karen gibt es zum Beispiel immer was Tolles zu essen. Die ist eine Göttin in der Küche. Vor Yvonne muss man sich ein wenig in Acht nehmen, die gehört eigentlich auch zum Team, ist aber gerade schwanger und deswegen meist daheim.«

»Also ist sie gefrustet, weil sie nicht arbeiten kann«, schlussfolgerte June.

»Das nicht wirklich, aber sie kann dir genau sagen, was du denkst und sagen willst. Das ist total schräg, das glaubst du erst, wenn du es erlebt hast. Ihr Mann ist genau so.« Lyndsay war aufgestanden. »Hunger?«

June war erstaunt über den schnellen Themenwechsel, wobei sie zu dem, wie Lyndsay Yvonne beschrieben hatte, nichts sagen konnte. Es klang ein wenig, als würde die Frau sonst auf dem Jahrmarkt arbeiten und dort den Menschen die Zukunft vorhersagen. Wenn man die Sache dann mit etwas Abstand betrachtete, passten die Vorhersagen auf jeden, der sie besucht hatte. Dass Lyndsay sie immer noch fragend ansah, bemerkte sie erst später. Ja, sie hatte tatsächlich Hunger.

»Um ehrlich zu sein, ja.«

»Dann mach ich was zu essen und dann richten wir die Couch her.« Lyndsay verschwand mit einem Lächeln aus dem Wohnzimmer.

June hatte schon bei ihrer Ankunft hier, nachdem sie Lyndsay geholfen hatte, die Bücherkartons aus dem Auto zu packen, festgestellt, dass es zwar viele Bilder von Rod und Lyndsay gab, aber keine, die sie und ihre Familie zeigten. So konnte sie sich Lyndsays Vater nicht nochmals genauer anschauen. Das Foto wollte ihr dennoch nicht ganz aus dem Kopf gehen. Wie groß war die Wahrscheinlichkeit, dass jemand aussah wie wer anders? Und wie wahrscheinlich war es dann, dass man jemanden traf, der dann diesen anderen jemand kannte? Inzwischen war es kurz vor neun am Abend und eigentlich zu spät, um etwas zu essen. Trotzdem war sie froh, dass Lyndsay gefragt hatte. Langsam stand sie auf und ging auf ein völlig überfülltes Bücherregal zu. Sie sah viele Fachbücher über Geschichte, historische Schlachten, alte Münzen und Vasen und vieles mehr. Es gab nur eine kleine Ecke, in der sich Romane fanden, deren Autoren June kannte.

Die sich öffnende Haustür ließ sie den Atem anhalten. In der Küche hörte sie etwas auf die Arbeitsplatte fallen und im nächsten Moment Lyndsays freudiges Lachen.

»Ich hab Besuch mitgebracht.« Es war Rods Stimme. June warf einen Blick in den Flur, wo Lyndsay und Rod sich küssten. Hinter Rod stand Wesley, der das Schauspiel unsicher beobachtete. Junes Herz vollführte einen kleinen Freudensprung, auch wenn Wesley in diesem Moment alles andere als gut gelaunt aussah. Er machte einen erschöpften Eindruck, sein Bart war zerzaust und im Gesicht konnte sie Reste von dunkler Farbe erkennen. Er wirkte bedrohlich, als er sich an Rod und Lyndsay vorbeischob und auf sie zukam.

»Hey.« Ein kurzes Lächeln umspielte seine Lippen.

»Hey.« Sie senkte den Blick. Er kam ihr größer vor, als sie ihn in Erinnerung hatte. Ihr lief ein Schauer über den Rücken, den sie nicht zuordnen konnte. War es Angst vor seinem Erscheinungsbild oder war es Freude, dass er wieder da war.

»Kein Motelzimmer mehr?« Er sah zu ihr hinunter und wirkte bereits etwas weniger bedrohlich.

»Nein, alles weg, zu teuer oder zu runtergekommen. Ich hab ihr das Sofa angeboten. Ich dachte, ihr seid länger weg und wollte deshalb nicht, dass sie irgendwo alleine sitzt.« Lyndsay nahm ihr das Antworten ab, was bei Wesley eine Grimasse verursachte. Was er mit den Lippen formte, konnte sie nicht entschlüsseln. Aber irgendwas wollte er ihr sagen. Als er sich zu ihr beugte, konnte sie den Geruch von Schweiß und etwas anderem wahrnehmen, das sie nicht kannte.

»Sie lässt andere nur ungern zu Wort kommen«, flüsterte er ihr ins Ohr, als sie den Geruch, den er verströmte, tief einatmete.

»Wir müssen morgen wieder früh los, dürfen aber nachts nach Hause«, erklärte Rod, der sich von Lyndsay gelöst hatte. »Ich geh duschen. Wenn du willst, kannst du dann auch. Hast du was zum Wechseln dabei?« Rod richtete sich an Wesley, der sich wieder aufgerichtet hatte.

»Im Auto«, war die knappe Antwort von Wesley an Rod, ehe er sich wieder ihr zuwandte. »Ich fahr später in die Base, dort habe ich ein Zimmer. Er hat angeboten, dass ich hier mitessen kann.«

»Hat er das? Wieder typisch, aber das bekomme ich hin.« Lyndsay verschwand lächelnd in der Küche. »Ist ja mal was Neues, dass ihr nicht Karens Küche stürmt.«

»Merkst Du, was ich meine?«, Wesleys Worte waren kaum zu hören. »Die bekommt alles mit. Ein Abhörsystem ist nichts dagegen. Wir sollten sie gegen eine Gebühr an die CIA ausleihen.«

»Erzähl nicht so einen Mist.«

June konnte sich ein Auflachen bei Lyndsays Worten nicht verkneifen und auch Wesleys Augenrollen entging ihr nicht.

Eineinhalb Stunden später saß sie neben Wesley auf dem Sofa, der gerade ein Bier von Rod gereicht bekommen hatte.

»Nur das eine. Ich muss noch zurück«, erklärte Wesley, als er mit Rod anstieß.

»Ich bleibe auch bei einem. Der Wecker geht um halb fünf.« Rod zog eine Grimasse und setzte sich auf einen Sessel. Lyndsay kam aus der Küche dazu und ließ sich direkt auf Rods Schoß nieder.

»Feierabend«, erklärte sie lächelnd.

19.

»Du kannst hier pennen.« Rod war aufgestanden und beobachtete ihn kritisch. Wesley zog die Wolldecke, die Lyndsay June gebracht hatte, ein Stück weiter über June, die mit dem Kopf auf seinem Schoss vor einer halben Stunde eingeschlafen war. Inzwischen war es kurz nach Mitternacht und auch ihm fielen immer wieder die Augen zu. Diesen Zustand hatte er schon lange nicht mehr erlebt. Sie hatten zusammengesessen und sich über Gott und die Welt unterhalten. Sogar June, die anfänglich kaum etwas gesagt hatte, war irgendwann aufgetaut. Dann hatte sie die Beine auf das Sofa gezogen und war an ihn herangerückt.

»Ich weiß nicht.« Wesley musterte Junes gelockte Haare und ließ seine Finger gedankenverloren hindurchgleiten. Rod erwiderte nichts. Er verließ einfach das Wohnzimmer und nickte ihm nochmals knapp zu. June regte sich kurz, murmelte etwas und drehte sich schließlich auf die Seite. Da sie das Sofa schon vor einer halben Stunde komplett ausgezogen hatten, wäre nun Platz genug für sie beide. Und doch wagte er es nicht, sich zu bewegen. Er hatte Bedenken, sie zu wecken, oder sie versehentlich auf eine Art zu berühren, die in ihr etwas auslöste, was ihr Angst machen könnte.

»Bleibst du?«

Er zog erstaunt eine Augenbraue hoch, als er Junes leise genuschelte Frage hörte. Hatte er sie richtig verstanden?

»Ich muss morgen wieder früh los.« Er könnte nun aufstehen und gehen. Womöglich würde sie es nicht einmal wirklich merken.

»Bleib.« Sie griff nach seiner Hand.

Einen Moment blieb er einfach sitzen und beobachtete June. Sie hatte ihre Hand um sein Handgelenk gelegt. Ihre Finger wirkten so klein und schmal an seinem Unterarm.

»Dann musst du mir Platz machen.« Er hoffte, dass sie nur im Schlaf gesprochen und ihn nicht wirklich gehört hatte. Aber sie rutschte zur Seite.

»Jeder auf seiner Seite«, nuschelnd drehte sie sich mit dem Gesicht zur Lehne des Sofas.

»Klar.« Träge zog er die Beine auf die Couch. Die nächsten Tage würden lang und anstrengend werden. Man würde ihn und seine Kollegen oft anbrüllen. Sie würden permanent zu langsam sein. Und wenn sie nicht zu langsam waren, müssten sie minutenlang bewegungslos in dunklen Räumen stehen, bis ihre Kollegen hereinstürmten. Dann war es ihre Aufgabe, überrascht zu reagieren, wozu sie keine Zeit haben würden, weil ihre Kollegen sie dann schon mit Übungsmunition niedergestreckt hätten. Den gesamten vergangenen Tag waren sie nicht schnell genug gewesen. Es hatte bei einigen anderen Gruppen fatale Fehler gegeben, die im Nachhinein haarklein analysiert worden waren, was viel Zeit gekostet hatte. Wer von ihnen letzten Endes den Einsatz bestreiten würde, war noch lange nicht raus. Es könnte jeden treffen. Sean und John waren auf der Suche nach den besten aus dem Alpha und Bravo Team. Zu dem Viererteam, welches ins Haus eindringen sollte, sollte ein weiteres Viererteam gehören, das die Situation von außen im Auge behalten sollte.

»Wes.« Die Stimme, die langsam zu ihm durchdrang, gehörte Rod. Die Augen aufschlagend entdeckte er seinen Kollegen, der vor dem Sofa stand und mit dem Kopf auf den Flur deutete. »Wir müssen los.«

Irritiert warf er einen Blick auf sein Handy, das die gesamte Zeit in seiner Hemdtasche gesteckt hatte. Er rechnete mit einer Nachricht, dass es einen Einsatz gab. Aber er stellte fest, dass es bereits früher Morgen war und Rod ihn nur geweckt hatte, weil sie zum Training aufbrechen mussten. Er war tatsächlich neben June auf dem Sofa eingeschlafen. Weil er davon ausgegangen war, nicht schlafen zu können, hatte er seinen Wecker nicht gestellt.

Wenige Minuten nachdem Rod ihn geweckt hatte, verließ er vor seinem Kollegen das Haus und ging zu seinem Shelby, den er hinter Rods Jeep in der kleinen Einfahrt geparkt hatte. Die Sonne war noch nicht aufgegangen, die Luft war zwar nicht kühl, aber doch angenehm. Er fühlte sich trotz nur weniger

Stunden Schlaf ausgeruht und bemerkte eine tiefe Zufriedenheit, die er so bisher nie gespürt hatte.

»Wes?« Rod holte ihn aus seinen Gedanken. Er drehte sich zu seinem Kollegen um, der die Haustür hinter sich schloss und auf ihn zu kam. »Hast du gleich mal fünf Minuten, ehe wir uns dem Wahnsinn widmen?« Etwas Ernstes lag in Rod Stimme.

»Klar.« Er nickte bestätigend und zog die Tür seines Wagens auf. Was könnte Rod wollen? Würde er ihm sagen, dass er June nicht das Herz brechen sollte, weil Lyndsay der Meinung war, dass er genau das machen würde? Dabei war er doch gar nicht mit der Vierundzwanzigjährigen zusammen, somit konnte er ihr nicht das Herz brechen. Wesley konnte jedoch nicht leugnen, dass er gerne in ihrer Nähe war. Den Wagen von der Einfahrt lenkend waren seine Gedanken immer noch bei June. Bei dem Augenblick, in dem sie am Abend an ihn herangerutscht war und schließlich ihren Kopf auf seinen Oberschenkel gelegt hatte. Auch wenn sie wenig gesprochen hatte, hatte sie gelöst gewirkt und es erstaunte ihn, dass ihre Gelöstheit ihm ebenfalls gutgetan hatte.

Während der gesamten Fahrt waren seine Gedanken bei ihr. Normalerweise konnte er die Frauen, mit denen er die Nächte verbracht hatte, sofort vergessen, bei June war das anders. Aber das lag sicher daran, weil er sie ständig sah. Wenn er nicht losgefahren wäre, um sie zu suchen, hätte er sie sicher schon vergessen und das Bett mehrfach mit anderen Frauen geteilt. Dann wäre alles noch so wie immer.

Als sie am Trainingsgelände ankamen und er seinen Wagen verließ, bemerkte er seinen knurrenden Magen. Ohne Frühstück und ohne Kaffee würde dieser Tag die Hölle werden. Rod kam wenige Sekunden nach ihm an. Er entdeckte Terence, der mit ausladenden Schritten auf ihn zukam. Die Art, wie sein Kollege, den er nun schon Jahre kannte, ging, verhieß nichts Gutes. Der Mann mit den verschiedenfarbigen Augen war wütend. Und zwar nicht nur ein bisschen. Er war stinksauer.

»Alter, wo warst du? Ich hab versucht, dich anzurufen, als du nachts nicht zurückgekommen bist. Ich dachte schon du …«

»Bist du meine Mutter? Es geht dich nichts an, wo ich bin und was ich mache«, blaffte er seinem Kollegen entgegen.

»Man, wir haben uns Sorgen gemacht«, schnauzte Terence nun. »Bei dem ganzen Scheiß bei dir in letzter Zeit kann man das doch wohl.«

»Alter, was denkst du? Dass ich mich vom nächsten Hochhaus werfe?« Wesley schnaufte genervt. Die plötzlich entstandene Stille machte ihm allerdings schnell klar, dass sein Kollege etwas in genau dieser Art gedacht hatte. Er wollte vieles sagen und doch fand er in diesem Augenblick nicht die richtigen Worte. Er wollte Terence erklären, dass er sich nichts antun würde, hatte aber Angst, dass sein Kollege ihm vorhalten würde, wie viele Schlaftabletten er in letzter Zeit benötigt hatte. Terence wusste so gut wie kaum ein anderer von seinen Problemen und würde ihn nun bei jedem Satz mit der Nase darauf stoßen.

»Er war bei mir.« Rod mischte sich in das Gespräch ein und deutete mit dem Kopf zu Seite. Wesley hatte bereits vergessen, dass Rod mit ihm reden wollte. Damit, dass Terence so reagieren würde, weil er in der Nacht nicht in der Base gewesen war, hätte er nicht gerechnet.

»Sag das nächste Mal wenigstens Bescheid«, raunte Terence, ehe er sich wegdrehte und sich auf den Weg zu dem Gebäude machte, in dem sie den Tag verbringen würden.

»Lyndsay erzählte mir letzte Nacht, dass June seltsam reagiert hat, als sie ein Bild von ihrem Vater gesehen hat. Kannst du dir da ´nen Reim drauf machen? Angeblich sieht er ´nem Typen sehr ähnlich, mit dem sie schlechte Erfahrungen gemacht hat.« Rod sprach zwar mit ihm, beobachtete aber irgendetwas, dass hinter Wesley passierte.

»Ne. Was macht ihr Vater denn beruflich? Vielleicht kennen sie sich deswegen.« Wesley versuchte, Rod in die Augen zu sehen, doch sein Kollege starrte weiter an ihm vorbei.

»Wir müssen gleich rein«, nuschelte Rod und richtete seine Aufmerksamkeit dann endlich auf ihn. »Er war angeblich in der IT-Branche tätig. Hat sich darum gekümmert, dass das Material von A nach B kommt, Festplatten entwickelt und so. Als ich ihn, beziehungsweise Lyndsay, kennengelernt habe, ist rausgekommen, dass er unter anderem seine Frau an ein Drogenkartell verkauft hat. Er hat auch mit Drogen gehandelt und keiner weiß genau, mit wie vielen krummen Geschäften er sein Geld gemacht hat.«

»Seine Frau?« Entgeistert starrte Wesley seinen Kollegen an, der nur knapp nickte. »Wie heißt Lyn noch mit Nachnamen?« Es war ihm peinlich, zu fragen, da er die Namen inzwischen kennen sollte.

»Roberts, warum?« Rods Augenbrauen schoben sich zusammen und eine tiefe Falte stand auf seiner Stirn. Wesley hatte nun seine ungeteilte Aufmerksamkeit erlangt.

»Ne, sie hat ´nen Robins erwähnt.« Nun war er es, der kurz einen Blick über die Schulter warf, wo weitere Teammitglieder im Gebäude verschwanden.

»Was soll mit dem sein?« Rod Ansprache ließ ihn seine Aufmerksamkeit wieder auf ihn richten.

»Der ist in dem Café aufgetaucht, wo sie gearbeitet hat und hat ihrem Chef Geld für sie geboten, der sie dann wohl echt an diesen Robins verkauft hat. Sie hat aber den Namen später nicht mehr erwähnt. Keine Ahnung, ob er dabei war, als man sie am Serra Trail abgelegt hat. Die Typen wollten sie wohl loswerden, weil sie sich immer wieder zur Wehr gesetzt hat.«

Rod stieß einen Fluch aus.

»Bewegt ihr eure Ärsche mal her? Wir sind hier, um ein Arschloch zu fangen und nicht, um Kaffeeklatsch zu halten.« Das gereizte Brüllen stammte von John und ließ Rod mit dem Kopf zum Gebäude deuten.

»Vielleicht solltest du sie heute Abend mal drauf ansprechen, wenn wir hier fertig sind.« Rod hatte sich bereits auf den Weg gemacht.

»Vielleicht …« Wesley war sich nicht sicher, ob er June auf das Geschehene ansprechen wollte. Er wollte sie nicht an all das erinnern, was passiert sein musste. Schließlich war sie mit ihm gekommen, um den Kopf frei zu bekommen.

20.

June hatte Lyndsay zum Einkaufen begleitet und nahm gerade eine Tüte aus dem Wagen, als ihr Lyndsays steifer Gesichtsausdruck auffiel.

»Was?« Sie versuchte, auf der Straße etwas zu erkennen, das Auslöser für diese plötzliche Veränderung sein könnte, sah aber nichts.

»Da, die Stingray. Der Captain der Jungs fährt so eine.« Lyndsay deutete auf eine dunkelblaue Corvette Stingray. Sie klang ängstlich, als sie das näherkommende Auto beobachtete. June sah zwischen Lyndsay und dem Auto hin und her. Sie verstand nicht, warum das Auftauchen des Wagens Lyndsay eine solche Angst ins Gesicht trieb. Sie sah aus, als wolle sie im nächsten Moment die Flucht ergreifen.

»Das hat nie was Gutes zu bedeuten, wenn die Vorgesetzten rauskommen. Meist … also es gab schon Trainingsunfälle.« Lyndsay starrte den Wagen an, der schleichend näherkam. Nur zögernd verstand June, auf was Lyndsay hinauswollte. Ein Unfall würde bedeuten, dass Rod verletzt wäre. Nun spürte sie ebenfalls Unruhe in sich aufsteigen. Sollte wirklich jemandem etwas passiert sein?

»Warum fährt er denn so langsam? Weiß er nicht, wo ihr wohnt?« Ihr war klar, dass die Frage dumm klang. Schließlich hatte Lyndsay gesagt, dass das Team wie eine Familie war. In einer Familie wusste doch jeder, wo der andere lebte. Sie sah fragend zu Lyndsay, von der plötzlich die Spannung abfiel, die sich kurz zuvor aufgebaut hatte.

»Das ist er nicht. Sein Auto hat ein anderes Kennzeichen. Der sucht bestimmt nur wen. Deswegen schleicht der so. Lass uns die Sachen reinbringen. Dann kannst du die Hose gleich mal anprobieren und notfalls können wir sie heut noch zurückbringen.« Lyndsay griff nach einer Tüte. Sie hatten in einem Bekleidungsgeschäft zusätzlich einige Shirts gekauft und als June eine Hose entdeckt hatte, waren alle Umkleidekabinen belegt gewesen. Da sie Lyndsay nicht hatte bitten wollen zu warten, bis sie die Hose anprobieren konnte, hatte sie sie auf bloßen Verdacht mitgenommen. Erst im Wagen hatte Lyndsay ihr zu verstehen gegeben, dass sie auch länger gewartet hätte. Es hatten sich nämlich tatsächlich Schlangen an den drei Kabinen gebildet. Außerdem waren den Kundinnen in den Kabinen immer wieder neue Kleidungstücke gebracht und anprobierte wieder mitgenommen worden.

June ließ Lyndsay den Vortritt, damit sie die Tür aufschließen konnte, und folgte ihr ins Haus. Die Tüte mit der Kleidung landete auf dem Sofa und ihre Gastgeberin deutete auf die Küche.

»Die Einkäufe können dahin. Ich hole den Rest.«

Als June die Tüte auf die Arbeitsfläche stellte, hörte sie das Blubbern eines Achtzylinders und verharrte kurz in ihrer Bewegung. Was, wenn Lyndsay sich geirrt hatte und es doch der Wagen des Teamcaptains war. Was, wenn Rod etwas passiert war? Wie sollte sie sich dann verhalten? Langsam, als würde es etwas an dem ändern, was vor der Tür geschah, machte sie einige Schritte in den Flur und lauschte. Sie meinte, ihr Herz würde lauter schlagen als sonst.

»Was willst du hier?« Lyndsay klang nicht so, als würde sie mit einem Kollegen von Rod sprechen. Sie war hörbar wütend und aufgebracht.

»Ich wollte dich besuchen. Wir sollten reden, Maus.«

Die Stimme, die Lyndsay als Maus bezeichnete, ließ June das Blut in den Adern gefrieren. Es war Mister Robins. Sie war sich zu hundert Prozent sicher, dass er es war.

»Was soll der Mist? Erst haust du ab, sagst, du willst nie zurückkommen und nun stehst du hier. Was willst du?« Lyndsays Worte trieften vor Verachtung. June hielt, im Flur stehend, den Atem an.

»Ich möchte mit dir reden. Ich will mich entschuldigen.« Der Mann klang ruhig und gelassen.

»Ich will aber nicht mit dir reden. Ich will keine Entschuldigung von dir. Was du getan hast, lässt sich nicht entschuldigen. Verschwinde, oder ich rufe die Polizei.« Lyndsays Worte waren zwar direkt gewählt, June konnte aber heraushören, dass es ihr schwerfiel, den Mann wegzuschicken.

Langsam machte sie einige Schritte auf die Tür zu. Sie wollte wissen, ob dort draußen wirklich Mister Robins stand oder ob sie sich nur einbildete, dass dieser Mann ebenso klang wie er. Die Tür stand immer noch weit offen, da Lyndsay die restlichen Einkäufe noch hinein bringen wollte. Vorsichtig trat June näher und konnte schließlich Lyndsay sehen und dann den Mann, mit dem sie sprach. Fassungslos starrte sie auf Mister Robins. Er war es. Das war der Mann von den Fotos und der, der sie an die Gruppe Männer verhökert hatte, als wäre sie Vieh. Der Mann, der so oft im Café gewesen war und der sie letztendlich mitgenommen hatte.

Ihr Herz begann zu stocken und Dutzende Gedanken schossen ihr durch den Kopf. Warum war er hier? Lyndsay hatte doch gesagt, dass sie keinen Kontakt mehr hatten. War Robins auf der Suche nach ihr und wusste Lyndsay mehr, als sie ihr gesagt hatte? War Lyndsay eine Frau, die solche Geschäfte unterstützte? So sah sie doch gar nicht aus. Das durfte nicht sein. Lyndsay war so nett gewesen die letzten Stunden und sie war die Frau eines Soldaten. Eines Soldaten, der mit Wesley befreundet war. Wesley hätte sie doch nicht gerettet, wenn er gemeinsame Sache mit Robins, oder wie auch immer er heißen mochte, machte. Ihre Gedanken überschlugen sich.

»Du hast Besuch?« Robins Worte rissen June aus ihrer Starre und sie bemerkte, dass ihr ehemaliger Peiniger sie entdeckt hatte. Sie konnte in seinen Augen, die wütend funkelten, sehen, dass er sie erkannt hatte. June betete, dass Lyndsay diesen Mann nun nicht auf einen Kaffee oder Ähnliches ins Haus bat. Das durfte sie nicht.

»Das geht dich nichts an. Verschwinde.« Lyndsay hob den Arm und deutete auf die Straße. »Wag es nicht, nochmal zu kommen. Ich rufe die Polizei. Wenn du nicht mein Vater wärst, hätte ich das schon längst getan. Hau ab, verschwinde in das Loch, aus dem du gekommen bist.«

»Dein Soldat wird nicht ewig verhindern können, dass wir sprechen.« Nun konnte man die Abneigung von Mister Robins deutlich hören.

»Hau ab. Ich ruf die Polizei. Die werden sich freuen, dich zu sehen.« Lyndsay drehte sich von dem Mann weg, griff sich zwei

Tüten, warf den Kofferraumdeckel ihres Wagens zu und kam auf sie zu. Beim Näherkommen konnte June ihr in die Augen sehen. Da war eine Mischung aus Wut und Trauer, als sie kommentarlos an ihr vorbei das Haus betrat.

»Würdest du?« Ohne sie anzusehen, deutete Lyndsay mit dem Kopf auf die Tür.

»Klar.« Ein dicker Kloß im Hals verhinderte, dass June mehr sagte, als sie die Tür zustieß. Sie sah Lyndsay einen Augenblick nach und versuchte ihre Emotionen zu sortieren. Ein Teil von ihr wollte sofort flüchten. Dieser Teil wollte keine Minute länger mit der Frau in einem Haus verbringen, die ihr einen Schlafplatz für die nächste Zeit angeboten hatte. Dieser Part in ihr wollte auch noch etwas anderes. Etwas, das sie ebenfalls irritierte. Sie hatte den Wunsch, Wesley zu sehen. Jetzt sofort wollte sie in seiner Nähe sein, um sich besser zu fühlen. Er würde sie schützen … oder? Wieder kamen diese Fragen in ihr auf, die sie sich schon so oft gestellt hatte. Was, wenn Wesley nur so nett zu ihr gewesen war, damit sie sich in Sicherheit wiegen konnte. Womöglich war Robins deswegen jetzt aufgetaucht. Vielleicht steckten hier alle unter einer Decke. Vielleicht hatten alle nur das Ziel, sie zurück zu ihren Peinigern zu bringen oder sie endgültig aus dem Weg zu räumen. Verunsichert trat sie in die Küche, wo Lyndsay ihr gerade den Rücken zugedreht hatte und etwas in einen der Schänke räumte. Sollte sie fragen, wie ihre Gastgeberin zu Robins stand? Dabei war es doch klar. Dieser skrupellose Mann war ihr Vater.

»Ist alles okay, June?« Lyndsay hatte sich zu ihr umgedreht. Ihre Augen wirkten, als hätte sie kurz zuvor geweint, aber June konnte keine Spuren von Tränen sehen. Sie waren einfach nur gerötet.

»Ja, klar.« Sie nickte und versuchte zu verbergen wie angespannt sie in diesem Moment war. Sie befürchtete, dass im nächsten Augenblick jemand aus einer Ecke hervorschießen und sie packen würde. Der Druck, der auf ihr lag, wuchs mit jedem Herzschlag. Alles in ihr schrie plötzlich nach Flucht. Sie wollte sich dazu zwingen durchzuatmen, was ihr einfach nicht gelang.

»Sicher?« Lyndsay kam auf sie zu. »Willst du dich nicht doch setzen? Du siehst gerade nicht gut aus.«

»Nein … ich.« Sie machte wenige Schritte nach hinten und stieß plötzlich mit dem Rücken an die Wand des Flurs. Lyndsay blieb in einiger Entfernung zu ihr stehen, drehte den Kopf leicht auf die Seite und musterte sie.

»Ich tu dir nichts.«

June befürchtete, dass Lyndsay näherkommen würde. Ihr Herz raste und gleichzeitig hatte sie Angst, dass es im nächsten Augenblick stehenbleiben würde. Konnte sie sich nun nicht einfach in Luft auflösen und an einem anderen Ort wieder auftauchen? Einem Ort, an dem sie sich sicher fühlte.

»Pass auf. Ich setz mich in die Küche, du holst tief Luft und dann erzählst du mir, was los ist. Von mir aus auch von hier.« Lyndsay ging einen Schritt zurück. »Hier ist nichts, wovor du dich fürchten müsstest.« Sie wandte sich ab und blieb dann doch wieder stehen. »Mein Vater?« Sie drehte sich mit einem versteinerten Gesichtsausdruck zu ihr um. Die Luft anhaltend nickte June. »Oh mein Gott, ich …« Lyndsay kam auf sie zu und June machte einige Schritte an der Wand entlang zur Seite. Ihr fiel das Atmen unfassbar schwer. »June, warte, lauf nicht weg. Ich bleib hier stehen.« Lyndsay schnappte nach Luft. »Mein Vater ist ein Arsch«, begann sie und lehnte sich an die Wand, an der auch June stand. Sie trennten vielleicht zwei Meter und doch wollte June immer noch aus dem Haus rennen. Als Lyndsay an der Wand zu Boden sank und ihre Hände in ihrem Gesicht vergrub, fiel ein wenig von der Spannung, unter der June stand, von ihr ab.

»Er hat meine Mutter an ein Drogenkartell verkauft. Meine Freundin wollte er auch verkaufen und ihre Mentorin an der Uni. Die ist inzwischen mit Nathan Harrison zusammen … der Bruder von Sean, dem Captain des Teams, du weißt schon, der wo ich gerade dachte, ihm gehört die Stingray …« Lyndsay hob kurz den Kopf und sah sie an. »Er wird gesucht, schon seit Jahren. Der ist hier einfach abgehauen. Er hat gesagt, dass wir uns nie wiedersehen werden. Er war spurlos verschwunden. Ich hatte keine Ahnung, wo er ist. Ist er der Typ der dich … also ich meine … ich nehme ihn nicht in Schutz, ich würde es ihm sogar zutrauen. Ich dachte, ich sehe ihn nie wieder. Ich wollte ihn nie wieder sehen. Ich wollte alles loswerden, was mit ihm zu tun hat

… na ja vielleicht abgesehen von den Büchern.« Lyndsay lächelte schief. June konnte die Verzweiflung in den Augen der jungen Frau sehen. »Ich bringe es aber trotzdem nicht übers Herz, die Polizei zu rufen. Ich meine, er ist immerhin mein Vater … ein Arschloch, aber halt mein Vater. Aber wenn er …« Sie sah sie kurz an. »Ich hätte die Polizei rufen müssen. Das muss endlich aufhören.«

»Ich habe gehofft er ist es nicht, als ich das Foto gesehen habe.« June ließ sich ebenfalls an der Wand hinuntergleiten. Sie fühlte sich kraftlos und leer. »Was wollte er? Will er mich? Ich hab nur gehört, dass er mit dir reden wollte. Entschuldige, ich wollte nicht lauschen.«

»Dafür musst du dich nicht entschuldigen. Er wollte mit mir reden. Er will sich wohl aussöhnen und entschuldigen. Aber hey …« Sie schüttelte den Kopf. »… dieser Mann hat meine Mutter verkauft und meine Freundin. Der hat dafür gesorgt, dass Frauen als Sexsklavinnen gehalten wurden und dass man sie unter Drogen gesetzt hat. Das kann man nicht entschuldigen. Ich hätte die Polizei rufen müssen.« Lyndsay atmete tief durch. »Vielleicht hat er mitbekommen, dass ich das Haus verkaufen will. Das ist ´ne Menge wert. Vielleicht braucht er Geld. Oder er hat da noch irgendwo irgendwas versteckt.« Lyndsays Stimme brach. »Es tut mir leid, was er dir angetan hat. Ich hätte ihn damals aufhalten müssen. Ich hätte nicht zulassen dürfen, dass er einfach verschwindet. Wenn ich ihn aufgehalten hätte, wäre das nie passiert.«

June wollte Lyndsay sagen, dass sie das, was geschehen war, nicht hätte verhindern können, tat es aber nicht. Denn hätte sie ihren Vater wirklich aufgehalten, wäre es nie so weit gekommen. Dann würde sie nicht hier sitzen. Dann würde sie immer noch irgendwo jobben oder sie hätte ihren Eltern vor Monaten gebeichtet, dass sie ihr Studium geschmissen hatte. Vielleicht wären ihre Eltern dann sogar noch am Leben. So viele Dinge wären dann anders gelaufen. Und zwar nicht nur irgendwie anders, sondern positiv anders. Ihr zerstörtes Leben wäre dann unter Umständen noch in Ordnung.

21.

»Proll.« Knurrend starrte Rod auf die Rücklichter von Wesleys Shelby, der ihn gerade überholt hatte. Es war bereits kurz nach zehn am Abend und sein einziger Wunsch war der, zu duschen. Sogar eine Mahlzeit würde er für eine Dusche hinten anstellen und das, obwohl sein Magen seit Stunden knurrte. Er hatte den ganzen Tag in dem stickigen Nachbau der Terroristenburg verbracht. Selbst wenn sie auf Einsätzen über Tage, manchmal Wochen, nicht die Möglichkeiten hatten, sich zu duschen oder generell Körperpflege zu betreiben, war er niemand, der gerne darauf verzichtete. Schon gar nicht, wenn er in den Staaten war. Lyndsay würde gleich die Nase rümpfen und wahrscheinlich mit strenger Mine auf das Bad deuten, als wäre er ein kleines Kind. Aber das war ihm egal, da er in diesem Augenblick bereits der Meinung war, dass er seinen eigenen Schweiß vermischt mit dem Geruch von Schießpulver und Staub riechen konnte. Nur, wenn Wesley nun vor ihm am Ziel wäre, würde er sicher noch einige Minuten in der Küche sitzen müssen. Aber letzten Endes war er selbst schuld, da er seinem Kollegen angeboten hatte, heute ebenfalls bei ihnen zu essen und vielleicht erneut eine Nacht auf dem Sofa zu verbringen. Wesley war nicht abgeneigt gewesen. Schließlich war der Weg von ihrem aktuellen Trainingsstandort zur Base ebenso lang wie der zu Rod nach Hause. Was musste er so ein Angebot machen? War doch klar, dass Wesley sein geräumiges Badezimmer dem vorzog, welches er in der Base hatte.

Er war doch sonst auch nicht der Typ, der anderen einfach mal eben einen Platz auf dem Sofa anbot. Er hatte lieber seine Ruhe. Die Rücklichter des GT500 verschwanden um eine Kurve und Rod stöhnte auf. Auch wenn er sich wünschte, dass Wesley ihm als Hausherren den Vortritt lassen würde, rechnete er nicht damit. In Momenten wie diesem waren sie alle gleich. Jeder wollte unter die Dusche, da nahm man keine Rücksicht mehr und vergaß auch die gute Kinderstube.

Als er seinen Grand Cherokee in die Einfahrt lenkte, war von seinem Kollegen bereits nichts mehr zu sehen. Der Shelby stand vor der Garage und Wesley war wohl schon im Haus verschwunden. Murrend verließ er den Wagen und war erstaunt, als sich die Haustür öffnete und Lyndsay ihm entgegenkam. Auch dass sie die Tür hinter sich schloss, war nicht ihre Art. Meist stand die Türe dann offen. Lyndsay fiel ihm um den Hals, als er die Wagentür zugestoßen hatte. Sie verzog nicht einmal die Nase und das, wo er sich sicher war, dass er roch wie ein Puma auf Brautschau.

»Wer bist du und wo ist meine Freundin?« Er schob Lyndsay kurz von sich, um ihr in die Augen sehen zu können, doch was er sah, verunsicherte ihn. Sie wirkte, als hätte sie geweint. Nicht vor wenigen Minuten, aber doch vor einiger Zeit. Ihre Augen waren rot unterlaufen und sie wirkte erschöpfter als sonst. »Ist was mit June?« Dutzende Gedanken schossen ihm durch den Kopf und er rechnete damit, dass Wesley im nächsten Augenblick aus dem Haus stürmen würde. Vielleicht hatte June die Flucht ergriffen. Womöglich barg diese Frau einige Geheimnisse mehr, als sie zugeben und Wesley sich eingestehen wollte.

»Nein, also doch ja, irgendwie schon.« Begann sie mit verunsicherter Stimme.

»Wie irgendwie schon?« Ihre Aussage war nicht das, was er hören wollte. Er war niemand, den man mit irgendwie, vielleicht und anderen vagen Worten beruhigen konnte. Sie machten ihn nur noch nervöser.

»Dad war hier.« Sie hob den Blick und ihr Gesichtsausdruck glich einer Grimasse.

»Bitte was? Was wollte er?« Rod schob Lyndsay komplett von sich. Er hatte nicht damit gerechnet, Lyndsays Vater jemals wiederzusehen, auch wenn der zur Fahndung ausgeschrieben war. Schließlich suchte man ihn bereits seit einer gefühlten Ewigkeit. Rod war der Meinung gewesen, dass er sich abgesetzt hatte und vielleicht sogar dem Kartell in die Hände gefallen war, für das er gearbeitet hatte. Die hätten ihn sicher nicht am Leben gelassen. Dass er hier an seinem Haus auftauchen würde, war in seinen Augen ein Ding der Unmöglichkeit gewesen.

»Er war hier und er wollte mit mir reden. Er wollte sich entschuldigen.« Lyndsay schien es schwerzufallen, ihm in die Augen zu sehen.

»Du hast doch nicht etwa.« Er musterte sie ungläubig.

»Nein, nein, ich habe ihn weggeschickt.« Sie schüttelte den Kopf.

»Gut.«

Lyndsays Vater war der Letzte, den er im Haus haben wollte, nicht einmal auf dem Grundstück würde er ihn dulden. Da war allerdings etwas in ihrem Gesichtsausdruck, was ihn stutzen ließ. Er kannte diesen Blick. Irgendetwas war passiert und sie wusste nicht, wie sie es ihm sagen sollte, weil sie die Schuld daran trug oder sich zumindest die Schuld gab. Fragend zog er eine Augenbraue hoch.

»Er war es«, brachte sie schließlich, auf seine wortlose Aufforderung etwas zu sagen, hervor.

»Er war was?« Rod verstand nicht, auf was sie anspielte. Er hatte nichts gesehen, was irgendwie anders war und auf das sie sich nun beziehen könnte.

»Er hat June … Also … Sie hat sich nicht getäuscht.« Lyndsay senkte den Blick und Rod verstand plötzlich, was seine Freundin andeutete. Er atmete tief durch und versuchte, passende Worte zu finden.

»Ich hätte ihn damals aufhalten müssen«, flüsterte Lyndsay mit gesenktem Kopf.

»Das ist Blödsinn. Ist sie noch hier?« Rod schob Lyndsay zur Seite und sah sie kurz an, ehe er seinen Blick auf das Haus richtete.

»Sie ist drinnen. Wir haben gekocht.« Lyndsay lächelte ihn gezwungen an. »Sie stand total neben sich. Ich hatte Angst, dass sie wegläuft. Wir haben uns unterhalten und ich hab ihr von meinen Eltern erzählt. Dann sind wir in die Küche gegangen, um uns abzulenken.«

»Dann essen wir erst und dann reden wir.« Er machte sich auf den Weg zur Haustür.

»Erst gehst du duschen.« Lyndsay war dicht hinter ihm, als er die Tür aufschloss und konnte so sein Augenrollen nicht sehen. Auch wenn er vor wenigen Minuten noch kein anderes Ziel als die Dusche gekannt hatte, war das kurz in Vergessenheit geraten. Das Auftauchen von Lyndsays Vater hatte ihn aus der Bahn geworfen. Wo dieser Mann erschien, konnte nur Chaos ausbrechen.

Bereits eine Dreiviertelstunde nach dem Essen reichte er eine Bierdose an Wesley weiter, der neben ihm im Wohnzimmer stand, während die Frauen auf ihren Wunsch hin den Tisch abräumten.

»Sie ist sich sicher, dass er sie erkannt hat und sie hat Angst, dass er wiederkommt.« Wesleys Blick war starr auf die Dose in seiner Hand gerichtet und Rod teilte die Befürchtung von June, wollte es allerdings nicht zugeben. Er war immer der Meinung gewesen, dass Lyndsays Vater auf ewig verschwunden bleiben würde. Selbst wenn er wieder auftauchen würde, dass er seine Tochter entweder nicht finden oder nicht suchen würde. Diese Einstellung hatte sich in der letzten Stunde jedoch völlig verändert. Er hatte Angst um Lyndsay und er konnte die Angst, die Wesley um June hatte, sehen. Sie mussten die Polizei informieren, damit diese wusste, dass Mister Roberts wieder in der Stadt war. Schließlich hatte Lyndsay sich das Kennzeichen eingeprägt, das zu der Stingray gehörte, die sie im ersten Augenblick für die von Sean gehalten hatte. Es musste doch möglich sein, ihn aufgrund dieser Hinweise schnell zu finden.

»Ich ruf die Polizei an. Der ist seit einer Ewigkeit zur Fahndung ausgeschrieben. Wenn die wissen, wo er sich rumtreibt, müssen die ihn doch kriegen.« Murrend sprach er seine Vermutung aus und zog sein Handy hervor. Während er mit den Beamten redete, die sehr interessiert an dem waren, was er zu sagen hatte, beobachtete er Wesley. Sein Kollege warf immer wieder Blicke in die Küche. Rod wurde klar, dass Wesley, auch wenn er etwas anderes behauptete, weit mehr für June empfand, als er zugab. Womöglich war er sich selbst noch nicht einmal im Klaren über das, was er fühlte. Rod dachte an das, was er in der Akte gelesen hatte und versuchte sich vorzustellen, wie Wesleys Kindheit verlaufen war. Dazu die Tatsache, dass er Frauen bisher immer nur umworben hatte, um mit ihnen im Bett zu landen. Wenn er ein Leben lang nur Gewalt erfahren und gesehen hatte, war es sicher schwer, Gefühle zuzulassen oder sie zu erkennen.

Der Beamte versicherte ihm, dass man öfter in ihrer Region Streife fahren und die Stingray nun gesucht werden würde. Es bestand reges Interesse daran, Lyndsays Vater dingfest zu machen. Rod beendete das Gespräch und deutete mit dem Kopf auf die Küche.

»Lass uns rausgehen.« Er wollte mit Wesley reden, ohne dass Lyndsay und June sie hören konnten, wusste aber noch nicht, wie. Eventuell half die frische Luft beim Denken. Und vielleicht konnte Wesley sich dort etwas entspannen. Auch wenn es bereits nach elf war und er am liebsten ins Bett fallen würde, gab es Dinge, die er nun ansprechen wollte. Dazu stellte er sich die Frage, was passieren würde, wenn Lyndsays Vater erneut auftauchen würde. Würde er gewalttätig werden? Auch wenn Rod wusste, dass genau das Lyndsay gegenüber bisher nicht passiert war, befürchtete er, dass ihr Vater seine Prinzipien womöglich über Bord geworfen hatte. War seine Freundin hier noch sicher, wenn er nicht da war? Und war sie bei der Arbeit im Museum in Sicherheit oder wäre es besser, wenn sie sich, wie heute, noch einige Tage frei nahm? Als die Tür hinter ihm ins Schloss fiel, deutete Rod auf zwei alte Campingstühle.

»Du kannst heute Nacht bleiben. Ich denke, June hätte auch kein Problem damit.« Er prostete Wesley zu, der die Geste nicht erwiderte. »Die Frage steht mir nicht zu …« Rod brach kurz ab, denn eine Frage war es nicht, die er formulieren wollte, mehr eine Feststellung, von der er nicht wusste, wie sein Kollege darauf reagieren würde. Er kannte den Mann, der mit starrem Blick neben ihm im Garten saß, kaum. Wie die meisten aus Lutrells Rescue-Team barg Wesley Geheimnisse, von denen Rod nur einen Bruchteil kannte, weil John ihn eingeweiht hatte. »Im Prinzip ist es keine Frage, mehr eine Feststellung«, sprach er seine Gedanken aus.

»Und was hast du festgestellt?« Wesley klang abweisend.

Entweder würde dieses Gespräch innerhalb weniger Sekunden ohne wirkliche Erkenntnisse enden, Wesley würde ihm eins reinschlagen und verschwinden, oder er würde einfach so abhauen.

»Dass da mehr ist, als du zugeben willst.«

»Wo?« Nun richtete Wesley seine Aufmerksamkeit auf ihn. Rod war erstaunt, dass er tatsächlich ehrlich irritiert aussah. Wesley runzelte die Stirn und hielt mit beiden Händen die Bierdose fest. Die Arme stützte er auf den Oberschenkeln ab, während er ihn anschaute. Sein Argwohn war nicht mehr zu übersehen. Rod war sich klar, dass er gerade eine imaginäre rote Linie bei Wesley überschritten und sich so in Gefahr begeben hatte.

»Zwischen dir und June. Da ist doch mehr.«

»Fang du nicht auch noch an.« Wesley richtete seinen Blick auf den Boden zwischen seinen Füßen und klang nicht so, als würde er nun einen Streit vom Zaun brechen wollen. Einen Augenblick dachte Rod darüber nach, ob er das, was er nun sagen wollte, wirklich sagen sollte. Vielleicht wäre es besser, er würde es für sich behalten. Womöglich würde Wesley ihm das, was er sagen wollte, übel nehmen. Aber es war an der Zeit, mit offenen Karten zu spielen.

»Ich hab in deine Akte geschaut.«

»Du hast was?« Wesley zuckte zu ihm herum und starrte ihn mit großen Augen an. »Was zum Teufel hast du mit meiner Akte zu schaffen?« Wesley rutschte auf dem Stuhl nach vorne. »Die geht dich einen Dreck an.«

»Bleib sitzen.« Würden diese zwei Worte reichen, um seinen Kollegen vom Bleiben zu überzeugen? Vor allem, was würde passieren, wenn John Wind davon bekam, dass er mit Wesley gesprochen hatte. Schließlich war der Blick in die Unterlagen vertraulich gewesen.

»Damit du mir erzählst, was in meiner Laufbahn alles falsch gelaufen ist oder damit du mich mit Mitleid überschütten kannst! Vergiss es.« Wesley stand auf und verschwand im Haus, ehe Rod auch nur im Ansatz einen Plan hatte, was er sagen könnte, um die Wogen zu glätten.

Er hatte es verbockt.

Nur wenige Sekunden später tauchte Lyndsay hinter ihm auf. Ihre Arme von hinten auf seine Brust legend ließ sie ihren Kopf auf seine Schulter sinken. Es tat gut, dass sie nichts sagte. Ihr Atem strich an seinem Hals entlang und er lehnte sich noch ein kleines Stück weiter nach hinten. Kurz konnte er vergessen, dass der Tag lang und anstrengend gewesen war, dass er in wenigen Stunden wieder aufbrechen musste, und dass er das Vertrauen eines Kollegen gerade verspielt hatte.

»Ist Wes weg?« Er stellte Lyndsay die Frage mit geschlossenen Augen.

»Ne, der sitzt bei June auf dem Sofa. Warum sollte er fahren?« Sie klang so müde, wie er sich fühlte.

»Ich hab ein Thema angeschnitten, über das er wohl nicht gerne spricht«, murmelte Rod und genoss es, dass Lyndsay über seine Brust strich. Wenigstens war Wesley nicht gefahren.

22.

Obwohl er eigentlich immer noch gehen wollte, saß er neben June auf der Couch. Sie hatte die Füße auf das Polster gezogen und ihre Arme um die Beine gelegt. Der Umstand, dass Rod seine Akte gelesen hatte und dass John dies zugelassen hatte, sorgte für eine tiefe Unruhe in ihm. Keiner hätte das erfahren sollen, was dort stand. Der Commander hatte es ihm versprochen. Niemand sollte über seine Vergangenheit Bescheid wissen. Er wollte weder Mitleid, weil er als Kind täglich verprügelt worden war, noch wollte er, dass jemand ihm riet, einen Psychologen aufzusuchen.

»Hat Rod mit der Polizei telefoniert?«

Wesley nickte und fragte sich, was er sagen sollte. Mehr als die hohlen Phrasen der Polizei, dass die Streifenfahrten in der Nähe erhöht werden sollten und dass man den Wagen suchen wollte, fiel ihm jedoch nicht ein. Und genau das wusste sie sicher bereits und dass sie das nun beruhigen würde, bezweifelte er.

»Wird er wiederkommen?«

Er konnte in Junes Stimme die Angst hören, mit der er gerechnet hatte.

»Ich weiß es nicht. Das Beste wird sein, wenn ihr die Polizei ruft, solltet ihr was bemerken, was euch seltsam vorkommt, während wir nicht hier sind oder wenn er wieder auftaucht.« Wesley spürte bei dem Gedanken, dass June und Lyndsay irgendjemandem schutzlos ausgeliefert sein könnten, einen leichten Druck in der Magengegend.

»Darf ich dich was fragen?« June war ein Stück näher gerückt und er rechnete damit, dass sie ihn fragen würde, ob er bleiben könnte.

»Natürlich.«

»Wo genau arbeitest du? Ich weiß, dass du einen Navyausweis hast aber …« Sie brach ab.

»Ist das wichtig?« Seine Bemühung, distanziert klingen zu wollen, scheiterte. Sein Job als Soldat einer Eliteeinheit war etwas, dass er nie gerne an die große Glocke hing. Eigentlich sprach er es nie aus. Den Frauen reichten oft die makellose Uniform oder seine Geschichten, die hin und wieder auch nur zum Teil wahr waren. Er wollte von ihnen bewundert werden und nutzte es dann aus, dass sie sich bei ihm in Sicherheit wiegten. Die Herzen, die er auf diese Art schon gebrochen hatte, waren schon lange nicht mehr zu zählen.

»Lyndsay war total bleich, als der Wagen kam, weil sie dachte, er gehört eurem Captain. Ich meine, wenn du nur auf der Base arbeiten würdest, ist es ja unwahrscheinlich, dass dir etwas passiert, oder? Bei Lyndsay sah das irgendwie so aus, als würdet ihr jeden Tag euer Leben riskieren. Außerdem hast du selbst gesagt, dass du schon Kollegen verloren hast.« Junes Blick war nicht nur interessiert, sondern er forderte auch Antworten. Sie würde ihn nicht mit irgendwelchen Halbwahrheiten gehen lassen.

»Jeder riskiert jeden Tag sein Leben, das fängt schon nach dem Aufstehen an. Der Autofahrer, der nicht aufpasst. Falsches Essen …«

»Verirrte Kugeln. Wir sind bei einer Special Force Einheit und sehen häufiger Scheiße, die keiner sehen will.« Rod hatte ihn unterbrochen und lehnte in der Tür des Wohnzimmers. »Und ich glaube, Wes spricht nicht gerne drüber und über Gefühle spricht er erst recht nicht, deswegen hat er auch noch keine Frau so dicht an sich rangelassen wie dich.«

Wesley knirschte mit den Zähnen, wollte seinem Kollegen etwas an den Kopf werfen, doch der drehte sich einfach um und verschwand aus seinem Sichtfeld. June blickte ihn an und in ihren Augen entstand ein Funkeln, das er nicht zuordnen konnte. Die Prellungen in ihrem Gesicht waren zwar noch nicht verschwunden, aber man sah sie nur noch, wenn man genau hinsah und sich darauf konzentrierte. Das wurde ihm erst jetzt bewusst.

»Du hast mich also an dich rangelassen? Ich dachte eigentlich, du hast mich eingesammelt?« June grinste frech. »Aber es tut gut, in deiner Nähe zu sein.« Sie lehnte sich an ihn und er spürte ein warmes Kribbeln, das durch seinen Körper lief. »Bleibst du heute wieder?« Flüsternd fasste sie die Bitte in die Worte, mit der er viel früher gerechnet hatte und die er hatte ablehnen wollen.

»Ich wollte heute Nacht auf der Base pennen.« Er sprach aus, was er sich vorgenommen hatte, aber es fühlte sich falsch an. Die Aussicht, gleich in seinem Reich auf der Base zu sein, war mit einem faden Beigeschmack besetzt. Dann wäre er alleine. Allein mit sich und seinen Gedanken, zu denen sicher auch der zählte, ob June in Sicherheit war, gerade jetzt, wo es tatsächlich eine erstzunehmende Gefahr gab. Die Worte von Terence hallten durch seinen Kopf. Er war nicht Junes Kindergärtner. Er war nur der, der sie am Straßenrand gesehen hatte. Er war nicht für sie, ihre Handlungen oder ihr Schicksal verantwortlich und doch …

»Schade.« June rückte von ihm ab und er stieß einen Protestlaut aus. Völlig unbewusst und ungeplant.

»Bleib.« Er legte einen Arm um sie und dirigierte sie so sanft wieder zu sich, während er sich räusperte, weil er bemerkt hatte, wie heiser er gerade geklungen hatte.

»Ich dachte, du willst gehen?« Erstaunt musterte sie ihn.

»Ich habs mir anders überlegt.«

»Danke.« Sie schmiegte sich wieder an ihn und er ertappte sich dabei, wie er gedankenverloren über ihre Seite strich. Einmal mehr war er über sich selbst verwundert, weil er keinerlei Verlangen spürte.

»Für dich, selbst wenn Rod mich nervt.« Zögernd, weil er Angst vor ihrer und tatsächlich auch vor seiner Reaktion hatte, gab er ihr einen Kuss auf den Scheitel.

»Warum nervt er?« Auch wenn sie auf seine Berührung nicht mit Worten reagierte, bemerkte er, wie sie so dicht an ihn heranrutschte, dass ihre Beine sich ebenfalls berührten.

»Nicht wichtig.« Über seine Vergangenheit würde er nicht sprechen. Schon gar nicht über seine Kindheit und Jugend, und erst recht nicht mit ihr. Sie hatte eigene Dämonen.

Wenig später lag er mit nacktem Oberkörper neben June, die sich ein weites Shirt übergezogen hatte, nachdem sie kurz im Bad verschwunden war. Sie schmiegte sich dicht an ihn. Eine Hand lag auf seiner Brust, die andere unter ihrem Kopf, der eng an seinem lag.

»Was wird das mit uns?« Ihre Worte strichen an seinem Hals entlang.

»Keine Ahnung.« Selten hatte er eine so ehrliche Antwort gegeben. Aber er hatte sich bisher noch nie so wohl in der Gegenwart einer Frau gefühlt. »Lassen wir es auf uns zukommen?« Er ließ seine Finger durch ihre Haare gleiten, wobei sie kurz zusammenzuckte. »Entschuldige.« Er zog seine Hand zurück, auch wenn er das seidige Gefühl mochte.

»Nein, mach weiter. Mein Kopf war gerade nur … woanders.« Das letzte Wort hatte einen bedrückten Unterton und es fiel ihm schwer, ihrem Wunsch nachzukommen.

Dass er gefühlt fünf Minuten später von Rod geweckt wurde und keine Lust hatte aufzustehen, da er einfach bei June bleiben wollte, hatte bei seinem Kollegen für ein breites, wissendes Grinsen gesorgt. Aber er hatte nichts gesagt. Er hatte ihm angeboten, ihn mitzunehmen, so dass sie in dem großen Cherokee von Rod aufgebrochen waren und bei ihrer Ankunft an der Base einen heftigen Streit zwischen Ryan und Sean erlebten. Allerdings tat sich ihnen der Hintergrund des Streits nicht auf. Ryan bezeichnete Sean als unfähigen Choleriker und Sean hingegen war der Meinung, dass Ryan, egal was er tat, die Dinge anging, als wären sie selbstverständlich. Die Worte flogen wüst zwischen den Männern hin und her, bis Ryan sich umdrehte und verschwand, woraufhin Sean John anblaffte, er solle seine Männer besser im Griff haben. Erst das Eingreifen von Syrell und Darrel brachte wieder Ruhe in die beiden Teams.

»Haben wir was verpasst?« Rod sprach Syrell an, der sich durch die langen dunklen Haare strich und durchatmete, als hätte er einen Marathon hinter sich.

»Nein. Aber Ryan sieht ein Problem, sollte mal einer aus einem Team ausfallen und durch jemanden aus dem anderen ersetzt werden müssen.«

»Wir haben doch genug Leute in jedem Team«, platzte es aus Wesley heraus.

»Genau das hat Sean ebenfalls gesagt. Ryan besteht drauf, dass wir auch in gemischten Gruppen trainieren sollten. So wie früher halt.« Syrell hatte die letzten Worte schulterzuckend an Rod gerichtet.

»Unrecht hat er nicht«, erwiderte Rod.

»Na? Warste wieder bei deiner Straßenrandbekanntschaft?« Terence kam lachend auf ihn zu und kassierte einen harten Schlag ins Gesicht von Wesley. »Alter! Spinnst du?« Terence hielt sich das Gesicht und machte einige Schritte zurück.

»Donnerwetter.« Rod nickte anerkennend. »Den haste verdient …«

»Nenn sie nie wieder so«, knurrte Wesley und begriff erst jetzt, dass Syrell sich ihm in den Weg gestellt hatte, damit er Terence nicht erneut anging.

»Wenn das hier so weitergeht, werde ich persönlich dafür sorgen, dass sie ein SEAL-Team, die Delta Force oder Green Berets schicken. Langsam fühl ich mich hier wie im Kindergarten.« Syrell wandte sich zum Gehen ab, jedoch nicht, ohne ihm noch einen eindringlichen Blick zu schenken.

Nach den anfänglichen Spannungen und einem klärenden Gespräch, bei dem auch Ryan wieder anwesend war, durchlief Wesley mehrere Durchgänge in diversen Teams, bis er schließlich als Terrorist einen der wenigen Plätze besetzen durfte, die jeder haben wollte. Einen alten Sessel, wo er die Füße gelangweilt auf einen Schreibtisch legen konnte, bis das Team hereinstürmte, um ihn zu töten. Am späten Abend hatte er keine dieser Trainingsrunden überlebt. Außerdem hatten sie zwei kaputte Kaffeetassen und einen leicht verletzten Kollegen zu beklagen, der gestürzt war. Dieser Sturz beschäftigte beide Teams noch eine Stunde nach Trainingsende als sie auf dem Weg zu den Autos waren, denn Tom war nachweislich über nichts gestolpert. Es hatte nichts im Weg gelegen und niemand hatte ihn irgendwie zu Fall gebracht. Tom hörte es jedoch alles andere als gerne, dass man ihm vorwarf, er wäre über seine eigenen Füße gefallen.

»Vielleicht waren es doch die Schnürsenkel«, lachte Rod und warf einen Blick auf sein Handy.

»Das hätten wir doch gesehen«, erwiderte Wesley. Im Prinzip war es nicht schlimm, wenn jemand stürzte, jedoch war dadurch der Ablauf hinter Tom kurz ins Stocken geraten und die Terroristen hatten einige Sekunden Zeit gehabt, um ihrerseits zu schießen.

»Ich glaube, die Frauen waren gut beschäftigt.« Mit einem Seufzer ließ Rod sich in seinen Wagen fallen.

»Warum? Haben sie das Haus umgeräumt?« Wesley schloss die Augen. Er hatte sich schon vor Stunden dabei ertappt, dass er sich darauf freute, June zu sehen und sie in die Arme zu schließen. Außerdem war er froh, dass Rod seine Vergangenheit noch nicht wieder angesprochen hatte.

»Normalerweise schickt sie mir immer ein Bild mit irgendwelchen Zutaten und ich darf dann raten, was es gibt. Bis jetzt bleibt die Küche kalt oder sie haben groß aufgefahren.«

»Oder etwas gekocht, was keiner von uns essen würde.«

»Genau.« Rod lachte auf und lenkte seinen Wagen auf die Straße. Bereits während der Fahrt fielen ihm immer wieder die Augen zu. Er musste dringend mehr als nur wenige Stunden schlafen, was bedeutete, dass er entweder tatsächlich gleich mit seinem Wagen zurück in die Base fahren müsste oder er sich direkt nach dem Essen hinlegen sollte. Würde June das verstehen? Der Verkehr war, obwohl es bereits weit nach der üblichen Rushhour war, zähfließend. Und in der Straße, in der Rod wohnte, angekommen, beobachteten sie, wie zwei Streifenwagen eine dunkelblaue Stingray aus dem Verkehr gezogen hatten.

»Alter, das ist doch nicht etwa?« Wesley versuchte, das Kennzeichen des Wagens zu entziffern, als sie ihn passierten, es wurde allerdings verdeckt. Außerdem konnte er die Person, die von vier Beamten umringt war, nicht erkennen.

»Wäre nicht das Schlechteste heute. Dann könnten die beiden wieder beruhigt schlafen. Ich werde Lyn das gleich mal erzählen und dann mal auf der Wache anrufen. Da hat ihr Vater sich wohl zu sehr in Sicherheit gewogen.« Rod grinste freudig und bog nur wenige später in die Einfahrt seines Hauses.

Wesley verließ vor Rod den Wagen und erreichte die Haustür. Als er die Klingel betätigen wollte, stockte er. Neben dem Türschloss waren tiefe Schrammen im Kunststoff der Tür. Hatte die Tür gestern auch schon so ausgesehen? Ein kalter Schauer lief ihm über den Rücken. Sollte etwas passiert sein? Hatte es was mit dem Wagen zu tun, den sie gerade gesehen hatten? Als Rod näherkam, hob er die Hand und deutete auf die

Tür. Sein Kollege verstand erst, als er direkt auf die verkratzte Stelle an der Tür zeigte, was er wollte. Rods Gesichtsausdruck wurde starr.

»Ich hab ´ne SIG im Wagen«, flüsterte er und war nach nur wenigen Sekunden wieder an seinem Auto.

Wesley atmete tief durch und konzentrierte sich einen Augenblick darauf, etwas im Inneren des Hauses zu hören. Aber da war nichts. Keine Gespräche, keine Musik oder Ähnliches. Das ungute Gefühl, das nach ihm griff, wurde noch größer, als Rod wieder neben ihm stand. In der einen Hand den Schlüssel, in der anderen eine SIG.

»Du bleibst hinter mir«, raunte sein Kollege ihm zu, als er den Schlüssel ins Schloss schob. Dass er hinter ihm bleiben sollte, passte Wesley nicht. Er war selten derjenige, der hinten bleiben musste. Meist war er an erster oder zweiter Stelle, und vor allem war er immer bewaffnet. Unbewaffnet irgendwo einzudringen stand nicht oft auf ihrem Plan. Ohne sein Kommen anzukündigen, ging Rod ins Wohnzimmer. Wesley drehte sich so, dass er sehen konnte, ob jemand von hinten oder aus der anderen Richtung des Flurs kam. Als Rod kopfschüttelnd aus dem Raum kam, wiederholte sich das Schauspiel nochmals, während Rod in die Küche sprang, von wo er mit noch ernsterer Miene zurückkehrte. Er deutete auf eine verschlossene Tür, die er langsam öffnete, um dann jedoch auch mit einem Kopfschütteln herauszukommen.

Nach knappen vier Minuten hatten sie jeden einzelnen Raum durchsucht und niemanden gefunden. Wesley konnte Rods angespannte Kiefermuskeln sehen und versuchte, einen klaren Gedanken zu fassen.

»Ist das Auto da?«

Die Garage hatten sie bisher nicht in ihre Suche einbezogen, und dass Rod ohne ein Wort zu sagen aus der Haustür verschwand, deutete darauf hin, dass er sich vielleicht darüber ärgerte, nicht selbst an Lyndsays Wagen gedacht zu haben. In Wesley keimte die Hoffnung auf, dass die Frauen einkaufen waren, oder etwas anderes unternahmen und nicht mitbekommen hatten, dass Fremde im Haus gewesen waren. Wer auch immer hier gewesen war, hatte nichts gesucht, zumindest gab es keine offenstehenden Schubladen oder Türen auch sonst sah alles unberührt aus.

»Die können doch nicht weg sein.« Rod tauchte wieder in der Tür auf und strich sich durch die Haare. Erste Spuren der Verzweiflung zeichneten sich in seinem Gesicht ab. Wesley zwang sich auszublenden, dass es sein Kollege war, der vor ihm stand und auch, dass June in seinem Bauch ein warmes Gefühl auslösen konnte. Suchen war etwas, dass er über Jahre mit seinem Team immer wieder gemacht hatte und manchmal hatten die Lösungen viel dichter vor ihnen gelegen, als sie gedacht hatten. Selbst wenn sich ihr Suchgebiet meist in den Bergen befunden hatte und sie nicht selten unter Beschuss gestanden hatten, war nicht immer der komplizierteste Weg der zur Lösung gewesen.

»Wenn die hier rein sind und die beiden die Polizei gerufen haben, sind sie vielleicht auf der Wache. Hast du schon versucht, sie anzurufen?«

»Die letzte Nachricht, die ich ihr geschrieben habe, war, als wir an der Base losgefahren sind. Die ist aber noch nicht bei ihr angekommen.« Während Rod sprach, hatte er bereits sein Handy gezückt und auch Wesley wählte die Nummer von June. Die Unruhe, die nach ihm griff, als er darauf wartete, dass das Gespräch angenommen wurde, schlug ihm auf den Magen. Es klingelte unendlich lange und er sah, wie Rod kopfschüttelnd das Handy bereits nach wenigen Sekunden sinken ließ. Schließlich meldete sich bei June die Mailbox.

»Hey June, wo steckt ihr? Meldet euch, so schnell ihr könnt.« Etwas sagte ihm jedoch, dass er auf die Nachricht der Frauen noch eine Weile warten müsste. Er beendete das Gespräch und sah fragend zu Rod.

»Mailbox, bevor es klingelt.« Rods Kiefer schob sich hin und her.

»Welche wäre die zuständige Wache?« Wesley begann, sich an diese letzte Hoffnung zu klammern. Rod wählte erneut eine Nummer, doch schon als er nach Lyndsay fragte, verfinsterte sich seine Miene.

»Verdammter Mist, ich frage Sie, ob meine Freundin bei Ihnen ist, weil sie nicht zu Hause ist und weil ihr Vater von

Ihnen seit Jahren gesucht wird. Ich habe Sie gestern angerufen und Sie haben mir gesagt, Sie sorgen dafür, dass meine Freundin sicher ist. Nun komme ich vom Dienst und sie ist nicht da und geht auch nicht ans Handy«, blaffte er in sein Mobiltelefon. »Das Auto ist hier, verflucht.«

Wesley warf einen erneuten Blick ins Wohnzimmer und versuchte sich zu erinnern, wie es vor einigen Stunden hier ausgesehen hatte. Vielleicht hatten sie etwas übersehen. Nur am Rande bekam er mit, wie Rod das Telefonat beendete und nur wenige Minuten später mit John sprach.

»Eagle, Lyn ist weg. June auch. Ihr Vater ist wieder aufgetaucht« Rod erklärte ihrem Vorgesetzten, was in den letzten Tagen passiert war und dass er am nächsten Morgen nicht erscheinen würde.

»Ich komm auch erst, wenn wir sie gefunden haben.« Wesley drehte sich zu Rod um. Auf keinen Fall würde er stundenlang irgendwelche Türen eintreten und imaginäre Feinde erschießen, wenn June in Gefahr war.

»Casanova hilft mir. Wir melden uns.« Rod beendete das Gespräch. »Wenn wir Hilfe brauchen, sollen wir Bescheid geben.« Sein Kollege atmete tief durch. »Ich denke aber, dass die eh bald hier auftauchen.« Er fuhr sich durch die Haare.

»Wer?« Wesley hoffte, dass Rod nun die Frauen erwähnen würde.

»Das Team.« Rod ging an ihm vorbei und ließ sich auf das Sofa fallen, auf dem noch die Bettdecke von June lag. Auch das Kopfkissen lag noch wie am Morgen auf der großen Schlafcouch. »Ich hätte sie nicht alleine lassen dürfen. Der Typ ist unberechenbar.«

»Wir hätten sie nicht alleine lassen dürfen. Ich denke, er will June. Wenn er Geld für sie bekommen hat …«

»Es wird jeder davon ausgehen, dass sie tot ist«, fiel Rod ihm ins Wort und beugte sich nach vorne. Dann hob er den Blick. »Was wenn sie dich angelogen hat? Wenn sie abgehauen ist und die Typen sie nicht einfach entsorgt haben?«

»Wie soll sie denn in die Gegend gekommen sein? Da muss sie Stunden durch die Hitze gelaufen sein.« Wesley schüttelte den Kopf. Er konnte sich nicht vorstellen, dass June alleine in den Serra Trail gekommen war.

»Egal was und wie, ich gehe davon aus, dass Lyns Vater sie hat. Und ich zweifel daran, dass er sie gehen lassen wird.« Rod starrte aus dem Fenster, als sie hörten, wie ein Wagen auf die Einfahrt kam. Die Haustür stand immer noch offen und Wesley war vor seinem Kollegen im Flur.

»Sind bestimmt die anderen«, vermutete Rod fast resignierend.

»Oder die Bullen.« Wesley hatte den weiß-blauen Wagen bereits entdeckt, bei dem nun eine Tür geschlossen wurde. Schwere Schritte näherten sich und das Rod nicht aufstand, machte Wesley klar, mit was er rechnete.

»Mister Rodriguez?« Ein uniformierter Mann mit blonden kurzen Haaren blieb in der Tür stehen. Er musterte Wesley.

»Nein. Stone. Wesley Stone. Mein Kollege ist da.« Er deutete mit dem Kopf aufs Wohnzimmer, als hinter dem Beamten eine dunkelhaarige Polizeibeamtin auftauchte. Ihre zusammengebundenen Haare lagen auf ihrer Schulter und sie nickte ihm knapp zu. Der Beamte ging in das Wohnzimmer.

»Mister Rodriguez, wir haben gerade den Wagen angehalten, den Sie gestern gemeldet haben und da gibt es ein paar Ungereimtheiten«, erklärte der Beamte Rod. Wesley war dem Beamten gefolgt und stand nun im Wohnzimmer, wo Rod vom Sofa aufgestanden war.

»Die einzige Ungereimtheit, die ich gerade sehe, ist die, dass meine Freundin und eine andere Frau weg sind«, fuhr Rod den Polizisten an, der seine Kollegin kurz ansah.

»Was hat das nun mit einer Stingray zu tun?« Die Beamtin ließ ihren Blick zwischen ihm und Rod hin- und herwandern.

»Wenn Sie mir nun nicht sagen, dass Lyndsay Roberts und June bei Ihnen im Streifenwagen sitzen, dann haben Sie komplett versagt.« Rod hatte einen Schritt auf den Beamten zugemacht.

»Rod.« Wesley schüttelte den Kopf.

»Können Sie uns sagen, was hier los ist? Die Stingray, die wir gerade angehalten haben, gehört seit einigen Stunden einem jungen Mann, der uns belegen konnte, den Wagen von einer älteren Dame als Garagenwagen gekauft zu haben.«

»Dame?« Rod lachte auf. »Wollen Sie mich verarschen? Roberts war hier und hat die beiden Frauen gekidnappt.«

»Sie haben sicher schon versucht, sie zu erreichen, oder?«

»Natürlich.« Wesley musterte die Frau und konnte anhand ihrer Abzeichen erkennen, dass sie im Rang über dem Mann stand, der nun nervös Rod beobachtete, bei dem Wesley angespannte Kiefermuskeln bemerkte.

»Was denken Sie, wie lange die beiden schon weg sind? Und wer ist die zweite Frau?«

Nach einer halben Stunde verabschiedeten sich die Beamten. Sie hatten Personenbeschreibungen aufgenommen. Ein Foto von Lyndsay und ihrem Vater hatten sie ebenfalls eingesteckt. Gemeinsam mit Rod hatte Wesley versucht, June so zu beschreiben, dass man sie sofort erkennen würde. Wesley stand planlos im Flur, während Rod im Wohnzimmer auf und ablief. Aber auch Wesley konnte diese Unruhe spüren, die seinen Kollegen heimgesucht hatte. Sollten sie nun hier sitzen und darauf warten, dass man Lyndsay und June fand, oder dass Lyndsays Vater den Beamten ins Netz ging? Wenn es ihm bereits einmal gelungen war, über eine gefühlte Ewigkeit spurlos zu verschwinden, würde es ihm sicher ein weiteres Mal gelingen. Die Gefahr, dass die Frauen ebenfalls nicht wieder auftauchen würden, war riesig. Diese Tatsache erreichte Wesleys Verstand langsam.

»Casanova, wo ist Rod?«

Irritiert drehte Wesley sich zur Tür, wo John aufgetaucht war. Ohne etwas zu sagen, deutete er auf das Wohnzimmer. John nickte ihm nur knapp zu und trat in den Raum.

»Wir helfen der Polizei bei der Suche«, erklärte John. »Sobald wir wissen, was und wo wir suchen müssen. Hast du eine Idee, wo er hin ist?«

»Nein verdammt, würde ich sonst hier stehen?«, bellte Rod John an.

»Wart ihr schon an ihrem alten Haus? Vielleicht ist er da.« John schien das Gebrüll seines Kollegen zu ignorieren. Ihr Captain drehte sich, während er sprach, zu Wesley um, der ihm kopfschüttelnd zu verstehen gab, dass er an diese Option noch nicht gedacht hatte.

»Dann steht hier nicht rum.« John deutete auf die Tür und drehte sich zu Rod um, als er das Klimpern von Schlüsseln vernahm. »Vergiss es, ich fahre.«

23.

Junes Herzschlag hämmerte so sehr in ihren Ohren, dass sie die Worte kaum verstand, die einen Raum weiter gewechselt wurde. Sie schaute zu Lyndsay, die auf dem Holzboden neben ihr saß. Sie hatte keine Ahnung, wo sie war. Sie wollte Lyndsay, die lautlos weinte, fragen, ob sie okay war, aber ein Knebel aus einem alten Stofffetzen verhinderte es. Ihr Mund war trocken und sie sehnte sich nach etwas Trinkbarem. Wie lange sie schon hier saß, wusste sie nicht, da sie jegliches Zeitgefühl verloren hatte.

Immer wieder stellte sie sich die Frage, was sie hätte anders machen können. Vielleicht wäre es sinnvoll gewesen zu gehen, als Lyndsays Vater aufgetaucht war. Sie hätte Wesley nicht anlügen sollen. Sie hätte ihm sagen müssen, dass sie geflüchtet war und dass man sicher auf der Suche nach ihr war. Es war leichtsinnig gewesen zu glauben, dass die Männer sie nicht suchen würden. Aber dass sie ausgerechnet Robins, nein, er hieß Roberts, ein weiteres Mal über den Weg laufen würde, war doch reiner Hohn. Die anderen hätten sie nie in San Diego gesucht. Und wenn doch war die Stadt doch viel zu groß um sie zu finden. Die hatten doch nicht einmal damit gerechnet, dass sie noch am Leben war. Und Roberts war auch nicht bei Lyndsay aufgetaucht, weil er sie gesucht hatte, sondern weil er Lyndsay den Verkauf des Hauses ausreden wollte. Dass er sie entdeckt hatte, hatte nur dafür gesorgt, dass er den Männern, die sie gekauft hatten, Bescheid gegeben hatte. Wahrscheinlich hätte er Lyndsay einfach immer wieder besucht und auf sie eingeredet, bis sie das Haus nicht mehr verkauft hätte. Aber weil sie da war, war er nicht alleine zurückgekehrt.

Es waren vier Männer und Roberts gewesen, die mit zwei Jeeps gekommen, und kurz nachdem Rod und Wesley gegangen waren, ins Haus gestürmt waren. Sie hatte noch auf dem Sofa gelegen und einfach nicht schnell genug reagiert. Lyndsay, die man unter der Dusche gefunden hatte, war genauso wehrlos gewesen. Aber ihr Vater hatte darauf bestanden, dass sie sich etwas anziehen durfte, ehe man sie gefesselt, geknebelt und mit einer Augenbinde aus dem Haus gebracht hatte. Hätte er das nicht getan, hätte man Lyndsay sicher nackt aus dem Haus geschleppt. Sie kannte die Männer, sie waren unberechenbar. Und wenn sie betrunken waren oder unter Drogen standen, nicht mehr einzuschätzen. Dann konnte ein falsches Wort ausreichen und man hatte ein Messer in der Brust. Sie hatte es bereits erlebt. Als sie in der Gewalt der Männer gewesen war, hatte es zwischen einigen einen Streit um einen Schokoriegel gegeben, den einer mit dem Leben bezahlt hatte. Es war so abartig und weltfremd gewesen, dass sie diese Bilder aus ihrem Gedächtnis hatte verdrängen wollen. Nun waren sie wieder da und froren ihr logisches Denken förmlich ein.

June war froh, dass weder sie noch Lyndsay bisher Schläge hatten einstecken müssen. Man hatte sie zwar grob angefasst, aber das war nichts im Gegensatz zu dem, was ihr vor kurzem passiert war. Sie wusste, zu was diese Männer imstande waren. Sie hatten keine Skrupel, erst recht nicht bei Frauen.

June versuchte, sich auf das zu konzentrieren, was die Männer sprachen. Das Atmen fiel ihr schwer, aber sie wollte wissen, was mit ihnen passieren sollte. Vor allem, was aus Lyndsay werden sollte, schließlich war sie schuld, dass Lyndsay hier mit ihr saß.

»Adam, es ist mir scheißegal, was aus deiner Tochter wird. Sie hat uns gesehen und sie weiß, dass du noch am Leben bist. Wenn du in den Bau gehen willst, dann mach das, aber ich werde sicher nicht in den Knast gehen, nur weil du zu blöd bist. Wenn wir sie aus dem Weg räumen, kannst du dein Leben weiterleben wie bisher. Sie werden die Leichen nicht finden und dich auch nicht. «

»Fasst ihr meine Tochter an …«

»Was dann? Was willst du machen? Die Polizei rufen?« Ein Mann lachte kalt auf.

»Wenn ihr besser auf die Kleine aufgepasst hättet, würden wir hier nun nicht stehen.«

»Du meinst, wenn du sie gleich erschossen hättest.« Nun mischte sich eine dritte Stimme ein.

»Halt die Fresse.« Wütend blaffte der, der sich gerade mit Roberts gestritten hatte, jemanden an.

»Ich soll die Fresse halten? Hat der dir erzählt, was der Freund von seiner Tochter für einer ist?« Es war wieder die dritte Stimme, die fast schadenfroh klang. Eine Pause entstand und June hielt den Atem an. Das konnten diese Typen doch nicht wissen, oder? Sie schloss die Augen. Natürlich wussten sie es.

»Er ist ein SEAL und ich wette mit dir, dass die nun Jagd auf uns machen werden.«

June hielt die Luft an. Sie sah, wie Lyndsay die Augen aufriss.

»Der ist in einer Antiterroreinheit, die uns schon oft in die Quere gekommen ist. Frag Vasquez selbst, wenn du es nicht glaubst. Wir müssen die Weiber loswerden, und zwar schnell.«

June bemühte sich, die Antwort zu verstehen, aber das Rauschen in ihren Ohren wurde wieder lauter. Das durfte nicht wahr sein. Sie wusste, was *loswerden* zu bedeuten hatte. Man hatte sie schon einmal loswerden wollen. June schloss die Augen und versuchte die Tränen, die sich einen Weg suchen wollten zu unterdrücken. Sie wollte nicht weinen, aber sie würde auch nicht um ihr Leben betteln. Das hatte sie beim letzten Mal getan und es hatte ihr nichts anderes eingebracht als Schläge. Erst als sie völlig am Ende gewesen war, hatte der Mann, der sich gerade als Erstes mit Roberts gestritten hatte von ihr abgelassen. Eine Weile hatte sie dann wirklich gedacht, sie würde sterben. Sie hatte es sich gewünscht, um die Schmerzen nicht mehr spüren zu müssen.

Sie hörte, wie eine Tür zufiel. Dann war es still. Zumindest konnte sie keine Stimmen mehr hören, oder? Dieses Hämmern ihres eigenen Pulses in den Ohren würde sie in den Wahnsinn treiben. Waren sie alleine? Sollte sie versuchen, sich zu befreien? Würde ihr die Flucht erneut gelingen? Ihr Blick wanderte zu Lyndsay, die sie verzweifelt ansah.

Vor einer Woche hatte sie sich doch in einer ähnlichen Lage befunden. Die Männer hatten sie mitgenommen. In eine kleine Hütte, wo sie Drogen konsumiert und immer wieder damit gedroht hatten, ihr ebenfalls etwas zu spritzen, damit sie weniger widerspenstig war. Das war jedoch nicht passiert da einer der

Männer, wie die anderen immer sagten, zu geizig sei. Er wollte nicht, dass man ihr Heroin spritzte, da sie viel Geld für den Stoff bezahlt hatten und er es als reine Verschwendung ansah, sie so gefügig zu machen. Man hätte sie ja so unter Kontrolle, wenn man sie fesselte. Übelkeit stieg in ihr auf, als die Erinnerungen sie überrollten, die sie so angestrengt hatte verdrängen wollen. Daran, wie sie die Männer hatte befriedigen müssen, wie man sie missbraucht hatte. Die Schläge, das Zerren an den Haaren. Sie hatte sterben wollen. Sie hatte nie wieder an diese Momente denken wollen. Sie hatte all das nicht wahrhaben wollen. Deswegen hatte sie Wesley erzählt, dass man sie aus einem Wagen geworfen hatte. In Wirklichkeit war sie bei Nacht aus einer Hütte geflohen, nachdem sie bei dem Martyrium das Bewusstsein verloren hatte. Die Männer hatten so unter Drogen gestanden, dass sie sie nicht wieder gefesselt hatten und ihre Flucht wahrscheinlich erst Stunden später bemerkt hatten.

Sie hatte sich nie die Frage gestellt, ob man sie überhaupt gesucht hatte. Sie hatte immer die Hoffnung gehegt, dass diese Typen davon ausgegangen waren, dass sie ohnehin nicht mehr am Leben war. Und mit dieser Vermutung hatten sie ja auch fast richtig gelegen, wenn nicht Wesley und sein Kollege, dessen Namen sie vergessen hatte, sie nicht gefunden hätten. Was sie jedoch nicht vergessen hatte, waren die unterschiedlichen Augenfarben des Mannes.

Aber würde sie hier sitzen, wenn sie Wesley die Wahrheit gesagt hätte? Wenn sie nicht versucht hätte, die Vergewaltigungen und Erniedrigungen zu verdrängen? Die Wahrheit hätte womöglich verhindert, dass nun eine Unschuldige neben ihr saß und weinte. Aber dann hätte man sie vielleicht gezwungen, zahlreiche Untersuchungen über sich ergehen zu lassen. Man hätte sie immer wieder befragt und sie hätte immer wieder von all dem erzählen müssen. Sie konnte die aufsteigende Übelkeit nicht mehr bekämpfen, aber übergeben konnte sie sich durch den Knebel auch nicht. Die Luft wurde knapp und sie spürte, wie das Erbrochene aus ihrer Nase floss.

Das nächste, was sie spürte, waren brutale Schläge auf den Rücken. Sie stellte hustend fest, dass der Knebel verschwunden war.

»Man, lass die verrecken. Wir müssen sie doch eh loswerden. Was soll das?« Ein dunkelhaariger Mann tauchte in ihrem Sichtfeld auf. Sie kannte ihn. Sie lag am Boden und als sie schauen wollte, wo Lyndsay war, landete ein Fuß in ihrem Rücken, der ihr die Luft aus der Lunge trieb.

24.

»Scheiße.«

Diese Feststellung von Rod traf es wohl am besten. Wesley starrte kopfschüttelnd auf das Grundstück, vor dem sie angehalten hatten. Neben einigen Polizeiwagen hatte er zwei Feuerwehrfahrzeuge entdeckt, die dafür sorgten, dass in seinem Kopf ein Horrorszenario entstand.

»Wir sind zu spät«, platzte es aus ihm heraus.

»Das wissen wir nicht. Aussteigen mitkommen.« Befehlend sah John ihn kurz über die Schulter hinweg an.

Wesley nickte schluckend. Er war nicht in der Lage, etwas zu sagen. Auch wenn er schon oft verbrannte und durch Feuer entstellte Leichen gesehen und vor allem auch gerochen hatte, weigerte sich gerade alles in ihm, auch nur in die Nähe des Hauses zu kommen. Das schwere Ausatmen von Rod machte deutlich, dass es seinem Kollegen ebenso ging. Der Gedanke an das, was sie finden würden, lag drückend auf ihnen und ließ Übelkeit aufsteigen.

»Halt, Sie können hier nicht lang.« Eine junge Beamtin mit langen dunklen Haaren kam auf sie zugeeilt, als sie aus dem Wagen gestiegen waren.

»Captain John Thomsen, IATF. Wir müssen davon ausgehen, dass die Lebensgefährtin meines Kollegen und eine weitere Frau sich in dem Gebäude befinden.« John hatte seinen Ausweis aus seiner Tasche gezogen und hielt ihn der Frau hin, die kurz das Dokument und dann ihn ansah.

»Wie kommen Sie darauf, dass hier jemand ist? Die Nachbarn sagen, dass Haus steht zum Verkauf.« Die Beamtin sah nun Wesley und Rod an. Als Rod zu einer Antwort ansetzen wollte, registrierte Wesley einen strafenden Blick von John, der wohl die Ursache dafür war, dass sein Kollege schwieg. Rod wäre sicher nicht sonderlich freundlich gewesen.

»Das stimmt, das Haus steht zum Verkauf. Gestern ist jedoch der ehemalige Besitzer Adam Roberts aufgetaucht und wollte mit seiner Tochter, der Eigentümerin dieses Gebäudes, sprechen. Sie hat alle nötigen Unterlagen, um das Haus zu veräußern. Sie sollten wissen, dass Adam Roberts seit Jahren auf den Fahndungslisten steht. Er wird wegen Drogenschmuggel, Entführung und Menschenhandel gesucht. Da Lyndsay Roberts und eine Freundin spurlos verschwunden sind, müssen wir befürchten, dass er sie hierher gebracht hat.«

Wesley starrte mit großen Augen John an, der klang, als würde er den ganzen Tag nichts anderes machen, als solche Gespräche zu führen. Auch Rod war unübersehbar von der Ausdrucksweise ihres Vorgesetzten erstaunt. Die Beamtin schwieg einen Moment. Sie machte den Eindruck, als müsste sie über das, was John gesagt hatte, nachdenken, ehe sie ihr Funkgerät nutzte, das an der Schulterklappe ihrer Uniform befestigt war.

»Ich hab hier einen Captain der IATF, gehört dem Ausweis nach der Navy an. Er sagt, es könnten zwei Personen im Haus sein. Können wir jemanden reinschicken?«

Während die Polizistin sprach, trat Rod unruhig von einem auf den anderen Fuß und Wesley versuchte, sich aus der Entfernung ein Bild des Brandes zu machen, der offensichtlich bereits fast gelöscht war. Einige der Fensterscheiben waren geborsten oder die Feuerwehr hatte sie eingeschlagen, um an den Brand heranzukommen. Die Fassade war an diesen Stellen schwarz verfärbt und auch die Haustür stand weit offen. Aber im großen Ganzen sah zumindest aus der Entfernung alles aus, als wäre nicht allzu viel in Mitleidenschaft gezogen worden und die Feuerwehr wäre schnell genug vor Ort gewesen. Wesley richtete seine Aufmerksamkeit wieder auf die Beamtin, als er die Antwort aus dem Funkgerät vernahm.

»Wir schicken zwei Männer mit Atemschutz rein. Da drin ist es vollkommen verraucht.«

»Okay, Danke. Sie haben es gehört, wir werden nachsehen.« Der letzte Satz war an John gerichtet, der nickte.

»Was war die Brandursache und wer hat den Brand gemeldet?« Wieder war es John, der die Fragen stellte, während Wesley immer nervöser wurde. Ihn überkamen Gedanken, die ihm die Luft abschnüren wollten. Wenn die beiden im Haus waren, könnte es sein, dass sie noch am Leben waren. Aber sie könnten auch bereits erstickt sein.

»Das wissen wir noch nicht. Es kann ein technischer Defekt …«

»Haben Sie nicht zugehört, verdammt? Das Haus stand leer. Wir hatten alles abgeschaltet. Strom, Gas, Wasser. Die Haupthähne und Sicherungen waren raus«, blaffte Rod die Beamtin an.

»Petty Officer Rodriguez, reißen Sie sich zusammen.« Die Ansprache von John ließ Rod verblüfft die Augenbraue heben. Der kurze Blickwechsel zwischen Rod und John war eindeutig. John würde Rod wegschicken, sollte er sich nochmals in das Gespräch einmischen.

»Petty Officer Rodriguez. Wie ich bereits sagte, wir wissen noch nicht, was die Ursache war. Das werden wir ermitteln, wenn wir das Gebäude betreten können.« Die Beamtin blieb ruhig. »Gibt es im Haus Räume, die auf den ersten Blick nicht zu finden sind? Keller oder einen Panik Room?« Nun sah sie Rod direkt an, der den Kopf schüttelte. »Ich möchte Sie bitten, hier zu warten. Ich werde die Infos bezüglich Mister Roberts kurz an meine Kollegen weitergeben und einen Vorgesetzten informieren. Wenn jemand im Haus gefunden wird, werde ich Sie natürlich informieren.« Die Beamtin verschwand zu den Streifenwagen.

»Bleib locker, Rod. Du kannst da nicht einfach rein. Es bringt dir und auch Lyndsay nichts, wenn du auf halbem Weg umkippst. Wenn die da drin sind, wird man sie finden.« John hatte Rod, der schwer durchatmete, eine Hand auf die Schulter gelegt.

»Ich hätte den Arsch damals erschießen sollen. Ich hätte ihn aufhalten müssen.« Murrend drehte Rod sich um und verschwand zum Wagen. Wesley wollte ihm folgen, wurde aber von John zurückgehalten.

»Lass ihn. Der braucht gerade mal einen Moment für sich, sonst explodiert er.« John schüttelte den Kopf. Wesley bemerkte, wie die Fassade des Captains bröckelte, er sorgte sich ebenso wie er und Rod um Lyndsay und June, würde es aber vor Fremden nicht zeigen. »Hast du eine Idee, wo die sonst sein können?« Auf Johns Stirn standen tiefe Falten. Wesley grübelte und schüttelte dann sprechend den Kopf.

»Höchstens bei June in Tucson. Aber ich wüsste nicht, wie sie rausbekommen haben sollten, wo June wohnt. Sie hatte ja keine Papiere mehr. Ich glaube aber nicht, dass sie da ist.« Wesley starrte wieder auf die Feuerwehrfahrzeuge und die Uniformierten. Die ersten Schläuche wurden aufgerollt und er hörte, wie eine Scheibe zersprang. Das Warten nagte an ihm. Kurz sah er über die Schulter zu Rod, der an Johns Wagen lehnte und ihm direkt in die Augen sah. Wesley war sich nicht sicher, ob es Wut war, die er in den grüngrauen Augen aufblitzen sah, und ob diese ihm galt oder dem herrschenden Umstand. Im Augenwinkel hatte er bemerkt, dass John sein Handy gezückt hatte.

»Harry, kannst du mal schauen, ob es am Serra Trail Hütten oder so gibt? Und tu mir den Gefallen und lasse eine Streife in Tucson nach dem Haus von …« John sah ihn kurz fragend an.

»Richmond, ich bekomm die Adresse gerade nicht zusammen.« Wesley ärgerte sich, dass er sich Junes Anschrift nicht gemerkt hatte.

»Hast du gehört? Das sind die, wo beide verunglückt sind. Wo wir letzthin schonmal geforscht haben.«

»Captain Thomsen?« Die Beamtin kam auf sie zu und die Art, wie sie ging, machte klar, dass sie keine guten Nachrichten hatte. Als John sie ansah, hielt er das Handy kurz vom Ohr. »Wir konnten niemanden finden. Es wird nun belüftet, dann werden Ermittler sich auf die Suche nach der Brandursache machen. Es besteht keine Einsturzgefahr. Der Brand hat in einem Raum mit Büchern gewütet, alles andere ist durch Löschwasser in Mitleidenschaft gezogen worden und ist verraucht, zur Information für Ihren Kollegen.«

»Danke Officer.« John nickte der Frau zu.

»Ich habe meinem Vorgesetzten Ihre Vermutung mitgeteilt und soll Ihnen ausrichten, dass er Ähnliches befürchtet. Die Stingray steht im Augenblick bei der Spurensicherung.«

25.

»Komm runter.«

»Du erzählst mir, dass ich runterkommen soll? DU!« Rod brüllte Syrell an. »Ausgerechnet du, wo du doch bei Ivy auch fast Amok gelaufen bist. Und dann sagst DU ich soll ruhig bleiben?«

»Rod, lass gut sein, verflucht.« Er musste sich von Wesley zurückziehen lassen und zwang sich, seinen Kollegen nicht auch noch anzufahren. Seit Stunden saßen sie in der Base und warteten. Sie warteten darauf, dass man die Frauen fand oder dass sie irgendwelche Informationen erhielten, die ihnen bei der Suche helfen konnten. Die Tatsache, dass es überhaupt keine Anhaltspunkte über den Aufenthaltsort von Lyndsay und June gab, machte ihn wahnsinnig. Immer wieder ertappte er sich dabei, wie er mit den Zähnen knirschte oder mit einer Kaffeetasse in der Hand durch Flur und Küche lief. Ziellos und ohne wirklich Kaffee zu trinken. Ab und an wagte er einen Blick in den Konferenzraum und in den Raum, in dem Harry seit Stunden mit Joyce und Liv saß. Die drei schenkten ihm allerdings keine Aufmerksamkeit. Sie waren konzentriert bei der Arbeit und er hatte keine Ahnung, ob sie dabei waren, Lyndsay zu suchen, oder ob sie auf der Jagd nach Milazim waren. Bei seinen Blicken auf die Bildschirme konnte er keine Details erkennen.

»Rod, wenn wir eine Spur haben, werden wir sie holen, das weißt du.« Syrell sah ihn auf eine Art an, die er nicht leiden konnte.

»Lass den Scheiß, Indy. Ich will nicht, dass du in meinem Kopf nach irgendwas suchst. Und wenn ich mich aufregen will, rege ich mich auf. Das lasse ich mir von dir nicht verbieten.« Er wollte gehen, als Terence mit großen Schritten über den Flur auf ihn zukam. »Casanova? Rod?«

»Was?« Rod hatte keine Lust darauf, dass Terence seinem Kollegen erneut irgendwelche Vorhaltungen machte. Seit Tagen ranzten sich die Männer ständig an. Immer wieder ging es darum, dass Wesley nicht der Kindergärtner oder Aufpasser für June war. Andauernd kam es wegen dieser Formulierungen zu heftigen Streitereien, die nicht selten ihre Vorgesetzten auf den Plan riefen, was im Anschluss für noch mehr Ärger sorgte.

»Kommt mal mit. Randall hat da was gefunden, das könnte euch interessieren.« Terence sah ihn nur kurz an und richtete dann seine Aufmerksamkeit auf Wesley.

»Ich dachte, Harry kümmert sich.« Rod war verwundert darüber, dass ihr Kollege irgendwelche Anhaltspunkte haben könnte, da Harry derjenige war, der offiziell gemeinsam mit den ehemaligen CIA-Agenten Liv und Joyce Informationen sammelte.

»Macht er ja auch. Randall hat sich nur gedacht, er schaut sich mal was anderes an. Wir können das ja gleich mal bei Harry einbringen, wenn ihr es euch angeschaut habt.« Terence deutete mit dem Kopf den Flur entlang zur Treppe. Im dritten Stock war ihr Kollege untergebracht, der ein heimlicher IT-Freak war. Randall hielt sich jedoch meist zurück und überließ es Harry, Informationen zu sammeln. Die Art, wie ihre Kollegen an Daten gelangten, war oft alles andere als legal. Sie hackten sich in die Rechner anderer Behörden ein, zapften Satelliten an und verwischten ihre digitalen Spuren anschließend so, dass niemand ihnen auf die Schliche kam. Sie suchten aber auch bei ihren Gegnern nach Infos und so drückten ihre Captains und einige andere Vorgesetzte häufig beide Augen zu, wenn es um die Frage ging, woher sie etwas Wichtiges wussten.

Syrell, der immer noch neben Rod stand, stieß den Atem resignierend aus. »Ich hab nichts gehört«, murrend verschwand er Richtung Küche.

Eine halbe Stunde später hielt Rod Wesley zurück, dessen Zähneknirschen nicht mehr zu überhören war. Randall hatte Hintergründe zu Junes Eltern gefunden, die seinem Kollegen auf den Magen schlugen und auch bei ihm den Blutdruck steigen ließen. Er hatte Kameraaufnahmen einer Bank entdeckt, die den vermeintlichen Unfall von Junes Eltern zeigte. Sie waren nicht ohne Grund von der Straße abgekommen. Zwei Wagen hatten den SUV von der Straße abgedrängt. Eines der Autos war die Stingray, die nun bei der Polizei stand. Das andere Fahrzeug, dessen Kennzeichen Randall überprüft hatte, gehörte einem kleinen Dealer namens Danny Carlson, der als Informant für die DEA arbeitete.

»Den Typen kauf ich mir.« Wesley wollte sich immer noch aus dem Zimmer drängen. Er hatte die Vermutung geäußert, dass dieser Mann genau wusste, wo die Frauen waren. Nur brachte es nichts, wenn Wesley nun kopflos irgendwohin aufbrach. Das Einzige, was sehr wahrscheinlich passieren würde, war, dass es Probleme gab, die sich nur schwer lösen ließen und bei John und Sean für Stress sorgten. Und schlecht gelaunte Vorgesetzte waren das Letzte, was sie im Augenblick gebrauchen konnten. Schließlich stand eine Mission an und die Suche nach Lyn und June verzögerte die Trainingseinheiten.

»Ich würde sagen, wir bringen unsere Entdeckung mal nach unten und dann schauen wir weiter.« Randall klappte seinen Laptop zu und stand auf.

»Und dann kaufen wir uns die Schweine«, raunte Rod Wesley zu, der knapp nickte. Er würde nicht warten, bis irgendjemand irgendetwas unternahm. Auch er war sich sicher, dass Danny Carlson genau wusste, was passiert war, und dass er ihnen die offenen Fragen ebenso beantworten konnte, wie er wusste, wo Lyndsays Vater war. Es gab viele Parallelen zwischen den beiden Männern. Sie verkehrten immer wieder mit Männern aus dem Vasquez Kartell und beide erhielten regelmäßig hohe Geldsummen aus verschiedenen ominösen Quellen auf ihre Konten, wo ansonsten kein Einkommen zu verzeichnen war. Randall hatte sich weit in das Leben der beiden Männer hineingewagt und riskierte so seinen Job. Aber diese Tatsache machte das Team aus. Hier tat jeder sein Möglichstes, um dem anderen zu helfen, auch wenn die Wege manchmal illegal waren. Doch noch etwas irritierte sie. Roberts und Carlson pflegten laut ihren neuen Informationen einen guten Kontakt, deshalb war es mehr als seltsam, dass Roberts nie gefasst wurde. Die beiden Männer waren sogar mehrfach in Restaurants und Imbissen gewesen. An der gesamten Sache war etwas faul, sie wussten nur noch nicht genau, was. Hatte die DEA seine Finger mit im Spiel und dafür gesorgt, dass Roberts auf freiem Fuß geblieben war?

Befand sich irgendwo ein verdeckter Ermittler, der in Gefahr geriet, wenn sie sich nun einmischten?

Das Gespräch mit den anderen des Teams, die auch auf der Suche nach Antworten waren, lief jedoch anders, als Rod es sich erhofft hatte. John hatte das Konferenzzimmer direkt nach Randalls Erklärung verlassen und war bereits wenige Minuten später zurückgekehrt, um ihnen zu sagen, dass die DEA sich um Danny Carlson kümmern würde. Man befürchtete, dass sie ihn als Informanten verlieren würden, sollte das Team der IATF sich einmischen. Sogar Sean war dagegen, dass sie sich einschalteten, dabei hatte Randall sogar die Adresse von Carlson gefunden. Sie könnten einfach bei ihm vorbeifahren und freundlich um Informationen bitten. Sean schien allerdings blind auf die DEA zu vertrauen und darauf, dass die Polizei Lyndsay und June fand. Je länger Rod im Raum stand und den Worten von Sean und John zuhörte, desto rasender wurde er. Wie konnten seine Kollegen bei diesem seltsamen Spiel, welches da zwischen der DEA, dem Informanten und wahrscheinlich auch Lyndsays Vater gespielt wurde, nur wegsehen und darauf vertrauen, dass andere seine Freundin fanden?

»Wollt ihr mich verarschen? Als Poison in der Scheiße saß, haben wir alles in Bewegung gesetzt. Bei Harry haben wir uns auch nicht an irgendwelche Regeln gehalten und nun sollen wir warten, bis die DEA den Typen befragt hat und die Polizei irgendwann eine Spur von unseren Freundinnen hat? Wollt ihr mich wirklich verarschen?«, fuhr er John und Sean an, die mit müden Mienen kurz einen Blick wechselten.

»Rod es ist halb drei. Wir können nicht mitten in der Nacht bei einem Informanten der DEA einfallen. Wir können es uns nicht leisten, dass wir es uns mit der DEA verscherzen.« John blieb bei seiner Erklärung ruhig, während Rod sah, wie Sean schwer durchatmete, ehe er seinem Kollegen zustimmte.

»Ihr könnt mich mal.« Wesley verschwand aus dem Raum. Rod zögerte einen Augenblick.

»Pass auf, dass er keinen Scheiß macht.« Sean deutete mit dem Kopf auf die Tür.

»Und wie ich das werde.« Rod hatte keine Ahnung, ob seine Worte Sean erreichten. »Er wird keinen Scheiß machen.« Er würde nicht warten und hoffen, dass andere Lyndsay fanden. Er ging davon aus, dass Sean dachte, er würde seinen Kollegen nun abfangen und von irgendeiner Dummheit abhalten. Nein, er würde mit ihm fahren und so auf ihn aufpassen, schließlich hatte Sean nicht gesagt, wie genau er aufpassen sollte. Zudem war er nicht gewillt zu warten, bis irgendwer irgendwas unternehmen würde. Es könnte noch Stunden oder sogar Tage dauern, bis sich etwas tat, was Lyndsay und June retten würde. Vielleicht hatten sie die einzig brauchbare Spur. Er wollte nicht auf die DEA vertrauen. Auch wenn sie bereits mehrfach mit der DEA zusammengearbeitet hatten und diese Zusammenarbeit immer gut gelaufen war, wollte er nicht auf die Beamten warten.

»Wes, warte!« Hinter Wesley herrufend, den er schon nicht mehr sehen konnte, eilte er über den Flur.

»Rod!« Das Rufen von Syrell sorgte dafür, dass er stehenblieb. Dabei wollte er zu Wesley. Warum gelang es Syrell gerade, ihn zurückzuhalten?

»Was?« Er drehte sich genervt schnaubend um. Syrell kam mit ausladenden Schritten auf ihn zu. Der Blick des Indianers war stechend und Rod zwang sich, seinem Kollegen nicht in die Augen zu sehen. Denn würde er das machen, so war er sich sicher, würde er den Plan, den er gerade gefasst hatte, verwerfen.

»Macht das nicht.« Syrells ruhige Stimme hallte durch Rods Kopf.

»Ich habe es dir eben schon gesagt. Du würdest nicht zuschauen und du hast nicht zugeschaut. Wir haben damals alle unseren Job riskiert, um deine Frau zu finden. Und nun erwartest du von mir, dass ich einfach rumsitze, während meine in Gefahr ist?«, murrte Rod seinem langjährigen Kollegen und Freund zu. Sie alle hatten vor Jahren, als Syrells Frau, ihre Kollegin, in einer ähnlichen Lage gesteckt hatte, ihre Kompetenzen überschritten, ihre Jobs riskiert und auch ihre Freundschaften wären um ein Haar an den Spannungen zerbrochen, die zeitweise entstanden waren.

»Ich wusste aber, wo wir suchen müssen«, erklärte Syrell und spielte auf das perfide Spiel des Mannes an, der Yvonne gefangen genommen hatte.

»Und genau das wissen wir jetzt auch.« Rod drehte sich um. Er würde nicht warten, bis irgendwelche Zettel mit Nachrichten, die auf den nahenden Tod der Frauen hindeuteten, auftauchten.

»Wenn du meinst, viel Glück.« Syrell klang bedrückt, aber nicht mehr so, als würde er ihn aufhalten wollen. »Ich sag Randall, dass er euch die Adresse von dem Typen schicken soll. Passt auf euch auf.«

Rod sah sich nicht nochmals um, als er ein leises *Danke* flüsterte. Entweder war Syrell zu müde oder er spürte, dass es nichts gab, was ihn in diesem Moment aufhalten würde. Er verfiel in Laufschritt, als ihm klar wurde, dass Wesley bereits an seinem Wagen angekommen sein musste. Hoffentlich war er noch nicht gefahren. Als er nach draußen kam und sich suchend nach Wesley umsah, entdeckte er seinen Kollegen an seinem Wagen. Wesley zog gerade die Tür seines Wagens auf, als Rod auf ihn zulief.

»Wes, warte!«

Wesley hob zwar kurz den Blick, machte aber keine Anstalten zu warten. Er stieg einfach ein, nachdem er Rod kurz angesehen hatte.

»Man, warte! Ich komme mit!« Rod kramte bereits in seiner Hosentasche nach dem Schlüssel seines Wagens, weil er befürchtete, dass sein Kollege einfach wegfahren würde. Ob es nun sein letzter Satz war, oder ob Wesley auch ohne seinen Hinweis, dass er ihn begleiten würde, gewartet hätte, wusste er nicht. Aber die Wagentür stand noch offen, als er ihn erreichte. »Ich komm mit.« Rod umrundete unaufgefordert den Wagen, zog die Beifahrertür auf und stöhnte kurz auf, als er in den Wagen stieg. »Ich werd zu alt für Sportwagen«, murrte er und schloss die Tür. »Indy kümmert sich darum, dass Randall dir die Adresse von dem Typen schickt, dann können wir ihn besuchen. Oder hast du die schon?« Rod schnallte sich an und wartete darauf, dass Wesley den Wagen startete. Er war sich sicher, dass der Mann neben ihm die Anschrift von Danny Carlson nicht hatte. Denn er hatte sie während der Zeit, in der sie hinter Randall und später auch bei Harry gestanden hatten, nicht gesehen. Meist konnten sie die letzte bekannte Adresse und ab und an sogar Handynummern einsehen.

»Warum machst du das?« Prüfend musterte Wesley ihn.

»Weil die meine Freundin haben?« Rod untermauerte seine Gegenfrage, indem er die Hände hob.

Sein Kollege brummte kurz etwas Zustimmendes, ehe er den Wagen startete und nur einen Augenblick später die Adresse in sein Handy eingab, die auch Rod auf Randalls Bildschirm gelesen hatte. Er positionierte das Handy in der Halterung der Mittelkonsole so, dass er die Route sehen konnte, und startete den Wagen.

Während der Morgendämmerung erreichten sie das Haus von Danny Carlson in El Cajon östlich von San Diego. Ein kleiner, ungepflegter Bungalow, dessen Briefkasten überquoll und vor dessen Tür neben einem alten Grill ein paar Gartenstühle standen. Ein Fenster war mit Brettern vernagelt, das Dach marode, die Holzfassade schrie nach Aufmerksamkeit und das gesamte Umfeld machte den Anschein, als würde hier schon lange niemand mehr wohnen.

»Ich schau mich mal eben um.« Rod stieg aus, ohne auf Wesleys Antwort zu warten. Er wollte wissen, ob es eine Hintertür gab, aus der Carlson flüchten konnte, wenn sie vorne klingelten. Während er über den schmalen Weg zur Haustür ging, sah er sich immer wieder um. Wurde er beobachtet? Bisher waren die Fenster aller Häuser in der näheren Umgebung dunkel, was darauf hindeutete, dass die Bewohner noch schliefen. Wenn sie Pech hatten, würde ihnen nicht einmal jemand die Tür öffnen. Hier sah es wirklich so aus, als würde das Haus nicht erst seit gestern leer stehen. Was wenn die Adresse nicht richtig war? Dann wären sie Stunden umsonst unterwegs gewesen. Konnte Randall herausbekommen, wo Carlson sich sonst gerne aufhielt? Im einsehbaren Garten hinter dem Haus erwartete ihn ein Pool und eine gemütliche Grillecke, die so gar nicht dem entsprach, was er vorne gesehen hatte. Hier traf es das Sprichwort vorne pfui hinten hui wohl am ehesten. Leise schlich er weiter, bis er schließlich wieder am Wagen angekommen war.

»Also zum Feiern kann man es hier sicher aushalten. Da hinten ist Luxus an jeder Ecke angesagt. Das hier vorne soll vielleicht nur abschrecken.« Er stand an der Fahrertür des

Wagens, von dem Wesley das Fenster hinunter gelassen hatte. Wesleys Miene ließ ihn grinsen. »Hinten hat er ´nen dicken Pool und einen offenen Grill mit besten Gartenmöbeln. Kein Stuhl unter fünfzig Dollar.«

»Und dann hat er das hier nicht gesichert?« Sein Kollege schüttelte verständnislos den Kopf.

»Na, wenn er irgendwo Kameras hat, werden wir ihn später freundlich bitten, die Bilder zu löschen. Und wenn er mich gerade gesehen hat, wird er sicher gleich aus der Tür kommen.« Rod trat einen Schritt zurück und zog die Tür des Wagens auf. »Sitz hier nicht rum, wir haben zu tun.«

»Du könntest ja vorgehen und wenn er dann flüchtet, helf ich dir.« Bei seinen Worten stieg Wesley jedoch bereits aus. Seine SIG schob er in ein Holster, dass er unter seinem Hemd trug. »Dann mal los.«

Zwei Minuten später lag sein Finger zu einem penetranten Dauerklingeln auf einem kleinen weißen Knopf. Sie konnten das blecherne Geräusch vernehmen, das auf ein sehr altes Modell einer Türklingel hindeutete.

»Boah das Teil hätte ich schon entsorgt.« Rod rollte mit den Augen, während er den Finger immer noch auf der Klingel hielt.

»Verdammter Mist, was soll der Scheiß?« Wüst drang der Fluch durch das Haus.

»Schau, es ist jemand da«, kommentierte Wesley die Tirade im Inneren.

Rod konnte die Anspannung bei Wesley sehen.

»Fragen oder gleich festhalten.« Wesley musterte ihn knapp.

»Erst schießen, dann fragen«, entschied Rod. Schießen würden sie natürlich nicht, aber sie würden Carlson sofort festhalten. Er wollte dem Dealer keine Chance zur Flucht lassen oder die Möglichkeit, Hilfe zu rufen.

»Was seid ihr denn für Pappnasen? Habt ihr schon mal auf die Uhr geschaut?« Die Tür wurde von dem Mann aufgezogen, den sie erwartet hatten. Ein dunkelhaariger Mann mit ungepflegtem Bart und müdem Blick stand in der nun offenen Tür und musterte sie. Rod trat in das Haus, ehe es Carlson gelang, die Tür zu schließen.

»Wir haben eine Einladung.« Wesley schob sich an ihm vorbei und packte den Mann am Arm, ehe der überhaupt begriffen hatte, was passierte. Es machte sich bezahlt, dass sie den Mann aus dem Schlaf gerissen hatten. Seine Reaktionen waren viel zu langsam.

»Was soll der Scheiß?« Carlson versuchte, sich aus Wesleys Griff zu befreien, während Rod die Tür schloss, ehe er sich zu seinem Kollegen und dem Informanten der DEA umdrehte.

»Wir wollen doch die Nachbarn nicht wecken. Soll doch nicht jeder wissen, dass wir hier sind.« Er ließ seinen Blick durch den vollgestellten Flur wandern, deutete dann auf einen Raum, in dem Licht brannte. Von dort musste Carlson gekommen sein. Nickend dirigierte Wesley Carlson in das Zimmer, das sich als vollgemülltes Schlafzimmer herausstellte. In jeder Ecke standen Kartons, die zum Teil nicht einmal geöffnet waren. DVD-Player, Fernseher, Spielkonsolen und Handys waren nur ein Bruchteil von dem, was Rod entdeckte.

»Was wollt ihr?«, ranzte Carlson sie an, als Wesley ihn auf das Bett stieß.

»Ich würde gern sagen, ich brauche einen Fernseher, 'ne Playstation und ein neues Handy, aber wir wollen was anderes.« Wesley ließ seinen Blick kurz über die Kisten wandern, bei denen es sich sicher um Diebesgut handelte.

»Ihr habt gesagt, ihr taucht hier nicht auf, damit keiner Verdacht schöpft.« Der Blick von Carlson wanderte zwischen ihnen hin und her.

»Wow, solche Deals machen die?« Wesley sah ihn erstaunt, an, als Rod beeindruckt nickte. Carlson schien davon auszugehen, dass sie der Drogenbehörde angehörten. Da deckte die DEA einen kleinen Drogendealer, der sich unübersehbar ein zweites Standbein mit dem Handel von Elektrogeräten aufgebaut hatte, die er sicher nicht auf legalem Wege bekommen hatte.

»Wir wollen nur was von dir wissen, dann sind wir wieder weg. Und wenn du uns hilfst, lassen wir dich in Ruhe. Wenn nicht, werden wir hier gleich mal aufräumen.« Wesley zog seine SIG und richtete sie auf einen Flatscreen, der sicher um die tausend Dollar einbringen würde. »Ich hab genug Munition dabei, um auch den letzten USB-Stick unbrauchbar zu machen.« Wesleys fieses Grinsen sorgte dafür, dass Rod sich ein Auflachen nur schwer verkneifen konnte. Soweit würde ihre Munition nicht reichen, und zudem hatte er keine Lust, USB-Sticks mit Kugeln zu durchlöchern.

»Du hast ihn gehört.«

Rod zuckte zusammen, als Wesley abdrückte. Er wollte ihn anfahren, da der Schuss sicher die Nachbarn geweckt hatte und sie nun Gefahr liefen, dass die Polizei viel schneller hier war, als ihnen lieb war.

»Lass den Scheiß. Was wollt ihr wissen?«, stammelte Carlson nervös. »Lass den Scheiß ganz, ich bekomm doch nur ein bisschen vom Geld, ich muss das ersetzen«, setzte er leicht panisch nach.

»Dann haben wir uns ja verstanden. Du kennst Adam Roberts, oder wie er sich jetzt nennt, Robins?« Rod behielt den Mann im Auge, der weit älter wirkte, als er ihren Informationen nach war, während Wesley interessiert einen weiteren Karton musterte. Als Carlson zögerte, lud Wesley erneut durch.

»Verdammt, ja, ich kenn ihn. Was ist mit dem?« Carlson wollte aufspringen.

»Sitzen bleiben.« Rod stieß ihn zurück. »Wo steckt der und wo hat er die Frauen gelassen?« Es stieß ihm sauer auf, dass er Lyndsay und June so bezeichnen musste, aber er wollte sich nicht verraten. Carlson sollte nicht wissen, dass er in irgendeiner Verbindung zu den beiden stand.

»Frauen?« Nun hob ihr Informant verwundert die rechte Augenbraue, was ihn noch älter wirken ließ.

»Ach komm, lass es, du weißt, was wir meinen.« Wesley war vor einem Stapel Konsolen stehengeblieben und hatte den Lauf von oben auf einen der Kartons gelegt. »Was meinst du, durch wie viele geht sie durch?« Bei seiner Frage sah er Rod an, der mit den Schultern zuckte.

»Ich bin supermies im Schätzen, ich bin mehr fürs Testen.«

»Hör auf man, ich habe keine Ahnung, wo sie sind. Ich weiß nur, dass er Stress mit den Typen hat, weil seine eigene Tochter so ein Flittchen versteckt hat.«

»Flittchen?« Wesley kam auf Carlson zu und hätte ihn wahrscheinlich gepackt, wenn Rod ihm nicht mit einem Blick zu verstehen gegeben hätte, dass er sich zügeln sollte.

»Der verdient sich doch so sein Geld. Erst kommen die von Vasquez, erpressen Schutzgelder von den Läden, und wenn die dann nicht mehr zahlen können, werden halt Angestellte verkauft, die Vasquez an seine Händler weiterreicht. Wenn die nicht funktionieren, wie sie sollen …« Carlson zuckte mit den Schultern. »Angeblich hat das Biest, das Roberts Tochter versteckt hat, einem von Vasquez besten Männern 'nen Finger abgebissen. Und der taugt nun nicht mehr für seinen Job.« Carlson lachte auf.

Rod musste sich bemühen, Wesley nicht mit hochgezogenen Augenbrauen anzusehen. Das klang komplett anders als das, was Wesley ihm erzählt hatte, und vor allem überhaupt nicht nach June. Den kurzen Schauer, der ihm beim Gedanken an einen abgebissenen Finger über den Rücken lief, ignorierte er.

»Da kann Roberts doch nichts für, dass sie beißt.« Rod legte den Kopf auf die Seite. Es irritierte ihn, dass man Roberts für das Verhalten von June verantwortlich machen wollte.

»Was weiß ich. Vielleicht hat der ja noch mehr Dreck am Stecken. Vielleicht schuldet er Vasquez noch was.« Carlsons Blick lag immer noch auf Wesley, der wieder interessiert auf die Kisten schaute.

»Wo könnte er sie hingebracht haben?« Rod hoffte, jetzt einen Tipp zu bekommen.

»Er hat seit Jahren ein Strandhaus am Imperial Beach. Da hat er sich schon mal mit mir getroffen. Und er sagte, dass sich da zwischen all den Touristen super Geschäfte machen lassen.« Der Blick des Mannes mit den braunen Augen ruhte konstant auf Wesley. Dieser Typ hatte mehr Angst davor, Ware zu verlieren, als vor den möglichen Konsequenzen seiner losen Zunge.

»Hast du die Adresse von dem Strandhaus? Da stehen viele.« Wesley hatte sich zu Carlson umgedreht und funkelte den Informanten fordernd an.

Die Adresse, die Denny Carlson ihnen nach einer gefühlten Ewigkeit nannte, lag am Seacost Drive. Einer Straße, die fast direkt am Strand lag. Rod und Wesley taten ihm schließlich den Gefallen und verließen das Haus, wie von ihm gefordert. Sie hatten, was sie wollten. Als Rod vor die Tür trat, atmete er tief durch und sah, wie Wesley seine Pistole im Holster verschwinden ließ. Ihm lag vieles auf der Zunge. Von dem Umstand, dass die DEA einen Hehler schützte, der sicher nicht nur Diebesgut versteckte, sondern vielleicht auch große Mengen an Drogen. Über die Kugel, die im Fernseher steckte und sie verraten könnte, da ihre Waffen registriert waren, bis hin zu der Tatsache, dass June wohl viele Geheimnisse barg. Und doch sprach er nichts davon aus, da er davon ausging, dass Wesley sich über dieselben Dinge ärgerte und auch er viele Fragen hatte, was June anging.

»Sie hat mich angelogen und ich bin drauf reingefallen«, murrte Wesley und schloss seinen Shelby auf.

»Wer weiß, warum sie es getan hat.« Rod zog die Tür des Wagens auf und musterte seinen Kollegen über das Dach hinweg. Wesley wirkte nachdenklich. »Es ändert aber nichts daran, dass sie Hilfe braucht. Wenn wir sie gefunden haben, kannst du sie fragen.«

Wesley nickte langsam und sah ihn dann kurz an. »Ich glaube, du hast von Anfang an recht gehabt.« Er stieg in den Wagen, ehe Rod etwas sagen konnte. Erst als er neben Wesley saß, der mit quietschenden Reifen die Straße entlang raste, fragte er nach. »Womit hatte ich recht?« Rod riskierte nur einen kurzen Blick zu Wesley. Sein Kollege war viel zu schnell unterwegs. Sollte nun ein Streifenwagen auftauchen, wäre ihre Suche zumindest kurzfristig unterbrochen.

»Dass sie mir mehr bedeutet«, nuschelte Wesley und überholte einen Mustang. »Es ist scheißegal, warum sie mich angelogen hat.«

Ob die letzten Worte überhaupt für Rod gedacht waren, wusste er nicht. Wesley wirkte verbissen und gedankenverloren. Auch wenn er sich einen winzigen Moment darüber freute, dass er mit seiner Vermutung richtig gelegen hatte, wollte die Freude nicht lange bleiben. Die Gedanken an Lyndsay zogen wieder wie ein dunkler Schatten über ihn.

26.

Die gesamte Nacht hatte Lyndsay auf dem Holzboden gesessen und angespannt June beobachtet, die einfach nur dagelegen hatte. Zusammengekauert auf der Seite, ohne dass sie ihr ins Gesicht hatte sehen können.

Die ersten Minuten, nachdem man sie hierher gebracht hatte, war es ihr nicht möglich gewesen, zu sehen, ob ihre Leidensgenossin noch lebte. Lange war es ihr gelungen, ihre Verzweiflung aufgrund dieses Unwissens im Zaum zu halten. Immer wieder hatte sie schluckend die Tränen verdrängt, die sich einen Weg hatten suchen wollen. Erst als ihr das nicht mehr geglückt war, hatte sie die Atemzüge von June bemerkt. Nur deshalb hatte sie sich ein weiteres Mal beruhigen können. Jetzt regte June sich das erste Mal seit Stunden. Es war ein leises Husten, das Lyndsay hörte, weswegen sie June ansprach.

»June, wach auf«, raunte sie June zu und starrte sofort nach ihren Worten zur Tür, da sie befürchtete, ihr Vater würde hereinkommen. Sie hatte mitbekommen, dass die anderen Männer gegangen waren. Sie wusste nicht wohin und auch nicht, ob und wann sie zurückkehren würden. Die Männer hatten ihren Vater hier mit dem Auftrag zurückgelassen, dass er auf sie und June aufpassen sollte. Diese Worte hatte Lyndsay klar vernommen und sich immer wieder gefragt, was passieren würde, wenn die Männer zurückkamen. Ehe die Fremden jedoch gegangen waren, hatten sie etwas getan, wofür Lyndsay ihnen tatsächlich dankbar war. Sie hatten ihr den Knebel abgenommen. Warum sie es getan hatten, wusste sie nicht. Sie hatten weder ein Wort gesprochen noch sie hart angefasst oder anders verletzt. Man hatte sie sogar einige Schlucke Wasser trinken lassen. Nur der Grund ihres Handelns, nachdem die Art, wie man sie hergebracht hatte, alles andere als sanft gewesen war, erschloss sich ihr nicht.

Aber ihrem Vater hatte man gedroht, ihn umzubringen, sollte er es wagen sie zu verkaufen oder laufenzulassen, während sie weg waren. Und sollte einer oder beiden die Flucht gelingen, ebenfalls. Es hatte Lyndsay Tränen in die Augen getrieben, seine Stimme zu hören, als er den fremden Männern geantwortet hatte. Kalt und völlig emotionslos hatte er zugesagt, dass keine von ihnen verschwinden würde und sollte es trotzdem eine von ihnen versuchen, wollte er sie erschießen. Diese Worte, und die Art, wie er es gesagt hatte, brannten seit Stunden auf ihrer Seele. Da war nichts mehr von dem Mann zu hören, der ihr Vater war. Der sie doch mit so viel Liebe großgezogen hatte. Er hatte es absolut ernst gemeint, was er gesagt hatte. Sie hatte die Tonlage erkannt. Es war die gewesen, mit der er sie als Kind immer ins Bett geschickt oder sie zurechtgewiesen hatte, wenn sie einmal etwas Verbotenes getan hatte. Dann war schon an seiner Stimme zu hören gewesen, dass er keine Widerworte dulden würde. Genau in dieser Art hatte er den Männern die Zusage gemacht, dass er sie nicht am Leben lassen würde, sollten sie einen Fluchtversuch starten. Sie glaubte seinen Worten, denn sie kannte ihn. Und doch flammten immer wieder Kindheitserinnerungen in ihr auf.

Gleichzeitig spürte sie aber auch einen unbändigen Hass. Den Hass, den sie schon oft gefühlt hatte. Das Gefühl, das sie schon einmal heimgesucht hatte, war wieder da. Als hätte es ihre glückliche Kindheit nie gegeben. Ihr Vater hatte sie verraten. Nach dem Verschwinden ihrer Mutter hatte er ihr die Sterne vom Himmel geholt. Sie hatte trotz der Tatsache, dass sie in jungen Jahren ohne ihre Mutter aufwachsen musste, eine tolle Kindheit gehabt. Er war mit ihr Eis essen gegangen, ins Kino, in Freizeitparks und auch shoppen. Ihr Vater hatte ihr alle Wünsche von den Augen abgelesen.

Dann war Rod aufgetaucht. Erst hatte dieser Mann für Albträume gesorgt, so hatte ihr Vater es ihr zumindest eingeredet. Sie hatten ihn verklagt, Rod hatte sie gehasst und sie ihn. Bis zu dem Tag, an dem ihre Freundin verschwunden war. Damals war Rod ihre letzte Hoffnung gewesen. Dass das Verschwinden ihrer Freundin so eng mit ihrem Leben verknüpft sein würde, hatte sie sich nicht träumen lassen. Plötzlich stand sie vor Tatsachen, die sie nur schwer hatte fassen können. Ihr Vater war ein Lügner, Betrüger, Dealer und Frauenverkäufer.

Das Lügen, Betrügen und auch die Drogen hätte sie ihm womöglich verziehen, aber den Menschenhandel nicht.

Lyndsay tauchte aus ihren Erinnerungen auf, als June sich mit gefesselten Armen auf die Seite rollte.

»Wir sind mit meinem Vater alleine«, raunte sie, in der Hoffnung, dass June sie verstand. Schließlich lag sie einige Meter entfernt. Die Frage, wie sie sich fühlte, brannte ihr zwar auf den Lippen, aber sie wagte es nicht, sie zu stellen. Es war nicht zu übersehen, dass es June schlecht ging.

»Ich hab ihn angelogen.« June war heiser, aber sie suchte, auf der Seite liegend, den Blickkontakt zu ihr.

»Wen?« Lyndsay verstand nicht, worauf die junge Frau hinauswollte, die nun immer wieder versuchte, sich aufzusetzen.

»Wesley.« Hustend gab June nach wenigen Versuchen auf, was ein Ziehen in Lyndsays Magen verursachte. Sie wollte ihr helfen, konnte aber nicht. Außerdem befürchtete sie, dass ihr Vater es hören würde, sollte sie nun versuchen, über den Boden zu robben.

»Er wird es dir verzeihen.« Auch wenn sie immer noch nicht genau wusste, auf was June hinaus wollte, wollte sie sie mit ihren Worten beruhigen. Was konnte schon so schlimm sein, dass man nicht verzeihen konnte …

»Was macht ihr hier?« Plötzlich tauchte ihr Vater mit finsterer Miene im Zimmer auf. Sein Blick wanderte prüfend zwischen ihnen hin und her und er schien zu überlegen, was sie anstellen und wie er sie daran hindern könnte.

»Dad, gib ihr bitte was zu trinken.« Ihren Vater so anzusprechen hinterließ einen ätzenden Geschmack auf ihrer Zunge. Dieser Mann mochte einmal der Mann gewesen sein, zu dem sie aufgesehen hatte. Von dem sie sich hatte schützen lassen und der sie großgezogen hatte, nun war er nur noch ein Lügner und jemand, der Menschen wie Dreck behandelte. Der Teil in ihr, der noch Zuneigung zu ihm empfand, weil er so eng mit ihrem Leben verknüpft war, schwand weiter.

»Lyn, das geht nicht.« Ihr Vater schüttelte den Kopf. Er sah mitgenommen aus. Sie konnte die Anspannung sehen, unter der er stand. Er wirkte hin- und hergerissen.

»Dad, lass uns gehen. Wenn wir die Polizei rufen, wird man dich zwar anklagen, aber im Gefängnis bist du vor diesen Typen sicher.« Lyndsay fuhr sich mit der Zunge über die Lippen. Auch sie hatte Durst, wollte ihren Vater aber nicht nach etwas zu trinken fragen. Sie wollte mit ihm reden und ihn dazu bringen, dass er sie laufen ließ. Es musste einen Weg geben, wie sie ihn erweichen konnte.

»Du bist ein schlaues Mädchen, meine Kleine.« Er kam näher, kniete sich neben sie und strich ihr durch die Haare. »Und du bist deiner Mutter so ähnlich.« Ein Lächeln umspielte seine Mundwinkel.

»Lass das Dad, du hast sie verkauft. Du bist schuld, dass sie verschwunden ist, lass wenigstens mich gehen.« Lyndsay kämpfte mit aufsteigendem Ekel und den Tränen. »Bitte Dad. Wie kannst du eigentlich nachts noch schlafen? Wie kannst du noch in den Spiegel sehen? Ich habe dir mal vertraut.« Lyndsay biss sich auf die Zunge. All das hatte sie nicht sagen wollen. Sie hatte ihm nicht zeigen wollen wie verzweifelt und wie verletzt sie war.

»Lyn. Meine kleine Lyn.« Er erhob sich kopfschüttelnd und sah aus dem Fenster. »Es ist so schön hier und du machst mir Vorwürfe. Das Einzige was ich wollte, war, dir eine unbeschwerte Kindheit zu bieten. Aber mit dem Job, den ich hatte, ging das nicht. Drogen in den PCs zu verstecken war einfach und mir hat man solche Geschäfte nicht zugetraut. Schließlich hab ich die Dinger für einen Hungerlohn repariert, da ist doch keiner auf die Idee gekommen, dass die meisten Rechner, die bei mir standen, ganz andere Zwecke erfüllt haben. Du hast doch ein tolles Leben mit mir gehabt.«

»Ich will das nicht hören Dad.« Lyndsay schrie ihren Vater an. »Was wird aus uns? Was wird aus ihr?« Sie wollte auf June deuten, die noch kein Wort gesagt hatte. Ihr Vater reagierte jedoch nicht. Er wandte sich ab und verließ das Zimmer.

»Sehr mutig Dad, sehr mutig. Einfach abhauen. Du denkst doch immer nur an dich!«, schrie sie ihm nach.

»Halt doch endlich den Mund.« Er wirbelte zu ihr herum. »Halt den Mund Lyn, du weißt doch gar nicht, mit wem du dich anlegst«, blaffte er weiter.

»Mit einem kranken Mann, der seine eigene Frau verkauft hat und seine Tochter jahrelang angelogen hat. Du bist so armselig, Dad«, platzte es aus ihr heraus.

»Wie oft willst du mir das noch vorhalten? Du hast keine Ahnung. Ich hätte alles verlieren können«, brüllte ihr Vater sie an. »Dann wärst du vielleicht unter einer Brücke aufgewachsen.«

»Immer noch besser als mit Lügen«, brachte sie schluckend hervor.

27.

Wesleys Aufmerksamkeit lag auf der von hohen Palmen gesäumten Straße. Für Straßen und Aussichten wie diese war Imperial Beach in den Reisekatalogen bekannt. Die riesigen Palmen an den Wegen auf der einen Seite, der weiße Sandstrand auf der anderen. Eine Flaniermeile oder die Ferienappartements, in denen die Touristen ihren Urlaub verbrachten, lockten immer viele Gäste an. Genau aus diesem Grund kamen die Menschen aus aller Welt an diesen Ort. Deswegen, und hin und wieder sogar, um den Hafen der Navy zu besuchen, wo man einige der Zerstörer besichtigen konnte. Aber vielleicht auch, um die Schiffe einfach nur zu sehen und zu wissen, welche Schlagkraft die Navy hier vereint hatte.

Aber all diese Waffen halfen ihm und Rod nun nicht weiter. Sie waren nur wenige Minuten von dem Haus entfernt, in dem sich Lyndsays Vater befinden sollte und wo auch die beiden Frauen versteckt sein könnten. Sie hatten keine Ahnung, wie viele Gegner sie erwarteten. Rod hatte John in einer Nachricht mitgeteilt, wo sie hinfuhren. Ob sie aufgrund dieser Nachricht hier mit Hilfe rechnen konnten, wusste Wesley jedoch nicht. Dass Rod sich nicht rührte und mit starrer Miene auf die Straße starrte, machte ihn nervös. Sie hatten nur ihre Pistolen dabei und er hatte, ohne dass Rod es wusste, sein M16 im Kofferraum. Er lenkte seinen Wagen auf eine Einfahrt, die zu einigen Parkplätzen führte, welche wiederum zu den Wohnungen und Appartements in der Nähe gehörten.

»Dann mal los. Wir klopfen nicht, wir gehen direkt rein.« Rod hatte bereits die Wagentür geöffnet, als er ihr Vorgehen erklärte. Wesley gelang nur ein knappes Nicken, ehe er ausstieg, kurz seine Pistole kontrollierte und den Wagen abschloss. Das Gewehr würde er nicht mitnehmen. Er wollte nicht auffallen. Obwohl er bisher nur wenige Passanten gesehen hatte, befürchtete er, dass jemandem auch auf große Distanz sein Gewehr bemerken und die Polizei informieren würde, ehe sie Lyndsay und June befreit hatten. Er hoffte, dass die Pistole ausreichen würde. Rod über den geteerten Gehweg folgend, musterte er die umgebenden Gebäude. Es waren alles kleine Häuser, die vermietet wurden und hin und wieder auch Rentnern als Altersresidenz dienten. Eine friedliche Gegend mit Strandnähe und Sonnenauf- und Untergängen, die ihr romantisches Flair verteilen konnten. Hier rechnete sicher niemand mit einem Verbrechen direkt vor der eigenen Haustür.

Es war früh am Morgen und bisher hatte er nur wenige Jogger am Strand gesehen. Die meisten Menschen schienen noch zu schlafen oder verbrachten ihre Zeit in den Häusern. Womöglich bei Kaffee und einem ausgiebigen Frühstück.

Dass er gerade ans Essen dachte, war kein Wunder. Um diese Zeit wären Kaffee, Bacon, Ei und Sandwiches genau das Richtige. Aber diesen Wunsch würde er sich erst später erfüllen. Als Rod vor der Tür stehenblieb, zog er seine Waffe. Wesley nickte seinem Kollegen knapp zu, woraufhin Rod gezielt gegen die Tür trat, die krachend aufsprang. Er stand im selben Moment neben Rod im Raum. Eine Tasse fiel zu Boden, eine Frau schrie auf und Rod forderte zeitgleich, die Waffen wegzulegen. Nur ein Blinzeln später wurde Wesley klar, dass da niemand war, der eine Waffe auf sie richtete.

Eine weißhaarige Frau an die achtzig starrte sie verängstigt an und ein Mann im gleichen Alter lehnte geschockt an der Küchenzeile. Auf dem Boden lag eine zersprungene Tasse und der Kaffee hatte sich über den Boden verteilt. Rods leisen Fluch konnte Wesley nur im Geiste bestätigen.

Sie hatten das falsche Haus erwischt.

»Entschuldigen Sie.« Rod steckte seine Pistole zurück ins Holster.

»Wir haben jemand anders hier erwartet.« Auch er schob seine SIG zurück, als er Rods angefangenen Satz beendete.

Verflucht, das war das Peinlichste, was ihm je passiert war.

»Das sehe ich.« Der Mann fand als Erster seine Sprache wieder. »Sind Sie von der Polizei?« Nun musterte er sie prüfend. Diese Frage war eine, die wohl weder er noch Rod gerne beantworten wollte. Sie würden einen Bericht schreiben müssen. Dazu müssten sie erklären, warum sie hier eingefallen waren. Schließlich hatten sie weder einen Auftrag noch irgendetwas anderes, was sie befugte, im Fall von June und Lyndsay zu ermitteln oder gar zu agieren. Sie hatten sich in dieser Sekunde, in der sie die Tür eingetreten hatten, viel Ärger eingehandelt. Zu klingeln wäre die weit bessere Lösung gewesen, die, wenn sie die richtige Tür erwischt hätten, dafür hätte sorgen können, dass ihre Zielperson geflüchtet wäre.

»So in der Art. Special Forces«, erklärte Rod mit einem gezwungenen Lächeln, sah dann ihn an und ließ seinen Blick bedeutungsschwer weiter auf ein Foto wandern, dass in dem Raum, der Eingangsbereich, Wohnzimmer und Küche vereinte, an einer Wand hing. Auch wenn es schwarzweiß war, konnte man den Mann erkennen, der sie immer noch streng ansah. Auf dem Foto war er weit jünger und trug eine Uniform der Army. Dieser Umstand ließ Wesley ebenfalls kurz durchatmen.

»Ah so. Wen haben Sie hier erwartet? Haben Sie vielleicht die Hausnummer verwechselt?« Der Mann hatte begonnen die Scherben einzusammeln und wischte mit einem Tuch den Kaffee auf, während seine Frau, immer noch blass, am Tisch sitzen blieb. Sollten sie womöglich wirklich die Hausnummer verwechselt haben?

»Wir sind auf der Suche nach zwei Frauen, die von einigen Männern festgehalten werden.« Rod hatte das Gespräch übernommen. In Wesleys Kopf herrschte plötzlich eine erschreckende Leere.

»Und wer hat Ihnen diese Adresse gegeben?« Der Mann war aufgestanden und entsorgte die nassen Tücher in einem Mülleimer, ehe er nach einer neuen Tasse griff. Er verfolgte seine Morgenroutine weiter, als wäre nichts passiert.

»Ein Informant sagte, dass wir Adam Roberts hier finden. Zurzeit nutzt er wohl den Namen Robins.«

Wesley fiel auf, wie sich der Gesichtsausdruck der Frau veränderte. Sie wirkte kurz erschrocken, als sie Roberts Namen hörte. Anschließend wanderte ihr Blick hilfesuchend zu ihrem Mann.

»Wir haben das Haus vor über vier Jahren von einem Adam Roberts gekauft. Ganz legal. Wir haben die Kaufunterlagen auch noch, oder Sue?« Nun sah der Mann kurz zu seiner Frau, die knapp nickte.

»Wir ersetzen Ihnen die Tür und den Rahmen Sir, aber wir haben da eine Bitte.« Rod sog die Luft tief ein.

»Ich soll Ihre Vorgesetzten nicht informieren?« Der Mann lachte auf. Herzlich und rau hallte sein Lachen durch die kleine Wohnküche.

»Genau das wäre wohl unser Anliegen.« Rod schmunzelte kurz.

Eine halbe Stunde später saßen Rod und Wesley an dem Küchentisch von Larry und Sue Smith, tranken Kaffee und konnten nicht umhin, über einige der Witze von Larry zu lachen. Der pensionierte Bankkaufmann, der nach seiner Schulzeit einige Jahre gedient hatte, hatte sie auf einen Kaffee eingeladen und verzichtete tatsächlich darauf, die Tür in Rechnung zu stellen und auch darauf, ihre Vorgesetzten zu informieren. Sie hatten die Einladung angenommen, da Larry einige Minuten benötigt hatte, um Unterlagen zu finden, die ihnen weiterhelfen könnten. Er hatte ihnen die Dokumente des Hauskaufes gezeigt und sie hatten die damalige Anschrift von Roberts herausgefunden. Allerdings war es die, mit der Rod sogar gerechnet hatte. Lyndsays Elternhaus. Vielleicht war dieser Hausverkauf das einzig legale, was Roberts je in seinem Leben gemacht hatte. Etwas irritierend war jedoch die Aussage von Mister Smith. Er erzählte, dass Roberts erwähnt hatte, das Haus zu verkaufen, weil er hier ständig an seine Frau erinnert wurde. Selbst wenn Lyndsays Mutter einmal hier gewesen war, vielleicht sogar öfter, hatte Lyndsay Rod gegenüber nie ein Haus am Strand erwähnt. Die Frage, warum sie es nie getan hatte, verdrängte er jedoch schnell wieder. Jetzt war keine Zeit, um sich darüber Gedanken zu machen. Er würde sie irgendwann danach fragen, womöglich gab es einen ganz simplen Grund.

»Ich denke, wir brechen jetzt auf.« Rod erhob sich. »Danke für den Kaffee und für Ihr Verständnis. Sollten Sie Ihre Meinung noch ändern oder Hilfe beim Einbau benötigen, rufen Sie mich an.« Rod notierte auf einem Zettel seine Handynummer. »Wir kommen dann vorbei.«

»Nein, nein, das ist alles okay. Schauen Sie, dass Sie Ihre Freundinnen wiederfinden. Möge Gott Sie schützen.« Larry war aufgestanden und reichte Ihnen die Hand.

»Sie auch.« Wesley nickte Mister Smith und seiner Frau zu und folgte Rod nach draußen. Die Haustür ließ sich nicht mehr richtig schließen, aber Mister Smith hatte ihnen zugesagt, seine Frau nicht alleine zu lassen und sich schnell um einen Handwerker zu kümmern. An Wesley nagte das schlechte Gewissen. Das ältere Paar hatte es nicht verdient, nun mit einer Tür zu leben, die einem Einbrecher keinen Widerstand mehr leisten würde und deren Reparatur dazu eine für Pensionäre nicht unerheblich Summe kosten würde.

Sein Blick wanderte auf den weißen Sandstrand, als er vor dem Haus stand. Es waren mehr Menschen unterwegs als noch vor ihrer Ankunft. Das, was er sah, war das, was June hätte sehen sollen. Nicht nur sehen. Auch spüren. Er konnte das Salz in der Luft schmecken, er wusste, wie sich der feine Sand an den Füßen anfühlte und auch, wie kalt das Wasser hier war. Er ließ seinen Blick über den Ozean schweifen. Ruhig lag das Wasser nur einige Meter von ihm entfernt. Aber er kannte auch die andere Seite des Pazifiks. Die wilde, ungebändigte, die mit den versteckten Strömungen. Stellen, die so friedlich und einladend aussahen und auf der anderen Seite tödlich werden konnten, wenn man ihre Kraft unterschätzte. Mit den Gedanken am Strand folgte er Rod über einen schmalen Weg, der zum Parkplatz führte, von wo er erneut auf den Pazifik sah. Es gab nur die Einfahrt des Parkplatzes, die Straße und eine kleine Mauer, die ihn an dieser Stelle vom Strand und somit auch vom Ozean trennte. Die plötzlich nach ihm greifende emotionale Leere legte sich schwer auf ihn. Seine Eltern waren nie mit ihm am Strand gewesen. Die Frauen, die er je an den Strand ausgeführt hatte, hatten womöglich dieses Gefühl, das nun nach ihm griff, bereits gespürt. Er hatte die romantischen Sonnenauf- oder Untergänge nur genutzt, um leere Versprechen zu machen. Das Wort Romantik kannte er zwar, aber gespürt hatte er es noch nie. Nun die seichten Wellen aus der Ferne zu sehen, ließ in ihm den Wunsch aufkommen, einmal mit June hier zu stehen. Ihre Hand zu halten, sie in den Arm zu nehmen …

»Und nun?« Rod riss ihn aus seinen Überlegungen.

»Keine Ahnung.« Er stützte sich auf dem Dach seines Wagens ab und musterte seinen Kollegen. Er musste sich zwingen, seine Gedanken wieder auf das zu lenken, was wichtig war doch sie wollten ihm immer wieder entgleiten. Dass er am Strand eine junge Familie sah, die mit zwei Kindern durch den Sand lief, machte es nicht leichter. So etwas hatte er nie erlebt. »Wieder bei null anfangen«, murmelte er enttäuscht und immer noch geistig abwesend.

Konnte er ebenfalls erneut bei null anfangen?

Nein, seine Kindheit würde ihm niemand zurückbringen. Er würde nie unbedarft und verträumt eine Sandburg bauen und dabei von Rittern und Drachen träumen. Er würde nie stundenlang Muscheln sammeln und sie daheim wie einen Schatz hüten. Dafür war er zu alt. Aber vielleicht könnte er mit June herkommen und vielleicht kannte der Ozean Antworten auf seine Fragen. Schwer durchatmend zwang er sich zur Ordnung. Ob er wollte oder nicht, er hatte wirklich gehofft, dass sie June und Lyndsay hier finden würden. Er hatte all seine Hoffnung in dieses Haus gesetzt. Er hatte nie an dem gezweifelt, was Carlson ihnen gesagt hatte.

»Wir fahren wieder zu ihm und dann läuft das nicht so freundlich ab.« Murrend gab Rod ihm zu verstehen, dass er den Wagen aufschließen sollte.

28.

»Wie lange willst du uns hier festhalten, Dad? Glaubst du nicht, dass man uns suchen wird? Sie werden uns finden und dann …«

»Lyndsay Roberts, halt endlich deinen vorlauten Mund. Von wem hast du das nur?« Lyndsays Vater tauchte wieder in der Tür der kleinen Hütte auf. Seine Haare standen wild vom Kopf ab und seine Laune hatte sich in den letzten Stunden rapide verschlechtert. Das war alleine Lyndsays Schuld. Seit Stunden machte sie ihm ohne Unterlass Vorwürfe. Sie beschimpfte ihn und erklärte ihm immer wieder, was er für ein Versager war. Mehrfach hatte June nun schon versucht ihr klar zu machen, dass sie ihren Vater so nur weiter provozierte und die Konsequenzen nicht abzusehen waren. Was, wenn dieser Mann die Kontrolle über sich verlor? Dass er die Kontrolle über die gesamte Situation bereits verloren hatte, hatten sie vor einiger Zeit mitbekommen. Die Männer, die sie hierhin gebracht hatten, hatten Roberts angerufen. Was auch immer sie ihm gesagt hatten, hatte ihn schimpfend und fluchend durch das Zimmer laufen lassen. Er hatte davon gesprochen, dass er weder ein Laufbursche noch dafür zuständig sei, die Drecksarbeit zu machen. June hatte Angst, dass eben diese Arbeit darin bestand, sie und Lyndsay zu töten, da er mehrfach gesagt hatte, dass Lyndsay mit alldem nichts zu tun hatte. Er wollte seine Tochter vor irgendetwas schützen, aber sie zweifelte daran, dass ihm das gelingen würde. Immer noch dachte sie darüber nach, wie sie sich selbst aus ihrer Lage befreien könnten. Aber der Durst und die in ihr tobenden Schmerzen, die von den Fesseln, den Schlägen und der unbequemen Haltung am Boden herrührten, machten ihr das Denken schwer. Immer wieder kamen Gedanken, die sie dann aber nicht weiter denken konnte, weil es ständig darauf hinauslief, dass sie irgendwohin laufen mussten. Das letzte Mal, als sie hatte laufen müssen, hatte es sie fast umgebracht. Es war einfach Zufall gewesen, dass Wesley und Terence die Straße genommen hatten, die sonst nachts nicht genutzt wurde. Erst am Morgen hätte man sie gefunden. Dann womöglich bereits tot. Sollte sie dieses Risiko eingehen? Würde Lyndsay mit ihr kommen? Würden sie zu zweit überhaupt so weit kommen?

Erst als er wieder aus der Tür verschwunden war, blickte June zu Lyndsay. »Wir müssen hier verschwinden.« Ihr Mund war immer noch trocken und die Zweifel daran, flüchten zu können, waren riesig.

»Wie? So?« Lyndsay hob ihre Füße ein Stück an. Wie auch Junes waren sie an den Knöcheln mit breiten Kabelbindern zusammengebunden. Die gleichen Plastikfesseln hielten ihre Arme auf dem Rücken. Ihr war klar, dass sie so nirgends hinkonnten. Es wollte sich ihr aber auch kein Weg zeigen, wie sie die Fesseln loswerden konnten. Dass Lyndsays Vater sie löste, war ausgeschlossen.

»Ich weiß es nicht.« Ihr wurde klar, dass diese Fesseln das größte Problem waren, wenn sie flüchten wollten. »Würde dein Vater uns losmachen?« Gab es eventuell doch irgendetwas, mit dem sie an den Verstand von Roberts appellieren konnten?

»Ich weiß nicht.« Lyndsay raunte ihr die Antwort zu. »Vielleicht kommt ja bald jemand und befreit uns.«

»Wie denn, es weiß doch niemand, wo wir sind. Wir wissen ja nicht mal selbst, wo wir sind.« June strich sich mit ihrer Zunge über die spröden Lippen. Lyndsay schüttelte stumm den Kopf.

»Also. Gibt es etwas, womit wir deinen Vater erweichen können?« Es fiel ihr schwer, die Frage ruhig zu stellen. Ihre Nerven waren zum Zerreißen angespannt.

»Der hat doch nicht mal ein Gewissen, sonst hätte er meine Mutter nicht verkauft und wir würden nicht hier sitzen.« Lyndsays Stimme brach. Ihr liefen stumme Tränen über die Wangen. June hielt sich zurück und fuhr Lyndsay nicht an, sie solle sich zusammenreißen. Es würde ohnehin nichts bringen. Die Situation war nahezu aussichtslos und Lyndsays Verzweiflung berechtigt.

29.

Rod stieg aus dem Wagen und warf einen Blick auf das Haus von Danny Carlson.

»Irgendwas stimmt hier nicht.« Wesley sprach das aus, was Rod dachte. Dabei wirkte alles wie vor einigen Stunden. Und doch sorgte etwas dafür, dass seine Instinkte hellwach waren. Dann entdeckte er die offenstehende Haustür.

»Scheiße.« Rod zog seine SIG aus dem Holster und rannte zur Tür. Er konnte Wesleys Schritte hinter sich hören. Ins Haus stürmend sah er sich um. Nur Sekunden später standen sie wieder im Schlafzimmer.

»Hier.« Wesley war an ihm vorbei getreten und deutete hinter das Bett. »Da war wohl jemand schneller.«

Rod warf einen Blick hinter das Bett, wo Danny Carlson mit einer Schusswunde in der Brust lag.

»Das kann doch alles nicht wahr sein.« Er strich sich durch die Haare und beobachtete seinen Kollegen, der am Hals nach dem Puls von Carlson suchte, sich aber nur Sekunden später wieder erhob.

»Der ist tot«, war dessen ernüchternde Feststellung, bevor er sich kurz umsah, als suchte er etwas.

»Hier ist keiner mehr. Wenn hier noch jemand wäre, hätte er sich schon gezeigt«, murrte Rod. Ihm lagen tausende Flüche auf den Lippen, aber er sprach sie nicht aus. Es würde ihn nicht weiterbringen. Das war etwas, was Lyndsay ihm permanent sagte. Fluchen würde nicht helfen. Sie war niemand, der viel fluchte. Von ihr musste er sich immer wieder anhören, dass Tonscherben sich nicht zusammensetzen ließen, indem man sie anschrie. Sie erzählte nur wenig von ihrer Arbeit, nur, dass sie oft viel Geduld benötigte, um die Spuren der Vergangenheit zu Geschichten zusammenzusetzen. Allerdings war Geduld etwas, was er nicht hatte. Immerhin fluchte er jetzt weniger als früher. Es hatte sogar schon Momente gegeben, in denen seine Kollegen ihn gefragt hatten, wo der alte Rod war, weil sie seine Flüche vermissten.

»Was machen wir jetzt?«

Wesley riss ihn aus seinen Gedanken.

»Alter, seh ich aus, als wüsste ich das?« Rod schnauzte Wesley an. Er hatte nicht im Ansatz eine Idee. Die einzige Spur, die sie gehabt hatten, lag vor ihnen am Boden und würde ihnen nun nicht mehr helfen.

»Man, mach mich nicht an.« Wesley blaffte ihn an und er musste sich zwingen, wieder ruhiger zu werden. Es brachte nichts, wenn sie sich nun gegenseitig niedermachten.

»Wir fahren zur Base.« Murrend drehte er sich um. Auch wenn er an Wesleys Gesichtsausdruck sehen konnte, dass er nicht einverstanden war, folgte sein Kollege ihm.

Als sie die Base erreichten, stiegen sie gerade aus dem Wagen, als Randall auf sie zukam. Seine eiligen Schritte sorgten bei Rod dafür, dass er angespannt darauf wartete, dass ihr Kollege bei ihnen ankam.

»Alter, ich hab versucht dich anzurufen.«

»Wann?« Wesley zog sein Handy hervor und stöhnte leise auf. »Vor drei Minuten, wow. Was willst du?«

»Es gibt am Serra Trail eine Hütte, ich hab mir mal ein paar Satellitenbilder ausgeliehen. Da standen zwei Autos. Eins davon wurde am frühen Morgen des Verschwindens von Lyndsay und June an einer Kreuzung geblitzt, die nur wenige hundert Meter von eurem Haus weg ist.« Randall sah ihn kurz an. »Ich vermute, dass die Frauen da sind. Seit Stunden ist da kein Wagen mehr, aber ich habe Bilder, auf denen eine Person zu sehen ist, die immer mal wieder vor das Haus geht. Wenn ich eine Drohne hätte, hätte ich …«

»Du hättest einfach fragen können.« Nun kam Harry ebenfalls auf den Parkplatz und richtete sich direkt an Randall. »Ich hab mir eine ausgeliehen. Da sind drei Personen. Zwei befinden sich immer an der gleichen Stelle. Die Vermutung lieg nahe, dass es Lyndsay und June sind.«

Rod konnte seine Verwunderung nicht verbergen. Damit, dass Randall und Harry in der Zeit, in der sie auf der falschen Spur gewesen waren, die richtige finden würden, hatte er nicht gerechnet.

»Ausgeliehen?« Randall hob spöttisch eine Augenbraue. »Das was du gemacht hast, ist doch genauso … du weißt, was ich sagen will.«

»Rod, pass auf. Dir ist bewusst, dass ich das nicht darf und Randall auch nicht. Eigentlich …« Harry zuckte mit den Schultern. »Wir sollten auf der Suche nach Milazim sein.«

»Das ist mir klar. Wir fahren hin.« Rod legte Harry die Hand auf die Schulter und nickte seinem Kollegen zu. Harry hatte einmal mehr etwas getan, was ihn den Job kosten würde, sollten die Falschen es herausbekommen. Sein Kollege stand unter genauer Beobachtung vieler.

»Wir könnten die Polizei hinschicken.« Randalls Einwurf wurde von Wesley mit einem kalten Lachen bedacht.

»Klar, die fahren mit einer Streife hin und stellen dann fest, dass keiner da ist. Oder die Typen zetteln eine Schießerei an.« Wesley schüttelte den Kopf »Rodriguez, steig ein.« Er deutete auf seinen Wagen.

»Dann los.« Rod nickte Harry knapp als Dank zu. »Wir melden uns. Ach, und es wäre klasse, wenn ihr die Polizei zu Carlson schickt. Der liegt ohne Puls hinterm Bett.«

Harrys Augen wurden größer und er sah sie skeptisch an. »Sagt nun nicht ihr habt den … Das gibt richtig Ärger, die DEA wird …«

»Nicht wir. Ich habe keine Ahnung wer. Er lag da, als wir bei ihm ankamen.« Rod zog die Wagentür zu. Was Harry antwortete, konnte er nicht mehr verstehen, da Wesley den Wagen startete.

Die folgende Stunde klammerte Rod sich öfter, als es ihm lieb war, am Armaturenbrett des GT500 fest. Wesleys Fahrstil entsprach weder der Straßenverkehrsordnung noch irgendwelchen Sicherheitstrainings, die er absolviert hatte. Sein Kollege raste über Highways und immer wieder rechnete Rod damit, dass im nächsten Augenblick von irgendwo ein Streifenwagen auftauchen würde. Seine Zähne hatte er fest aufeinandergepresst. Je näher sie der Stelle kamen, die Harry und Randall ihnen genannt hatten, desto angespannter wurde er. Die Liste der Straftaten, die Wesley während der Fahrt beging, wurde immer länger, aber Rod wagte es nicht, auch nur ein

Wort zu sagen. Er hatte tatsächlich Angst davor, dass er seinen Kollegen so aus dem Konzept bringen und ihm ein schwerwiegender Fehler unterlaufen könnte. Erst als sie in der Nähe des Serra Trails waren, wurde Wesley langsamer und passte sich der Straßenverkehrsordnung und den anderen Autofahrern an. Sie mussten nicht den Weg nutzen, an dem Wesley June gefunden hatte, sondern einen weiter entfernten abgelegenen Sandweg, der nach ihren Informationen als Sackgasse an dem Haus endete.

»Das soll eine Hütte sein?« Wesley bremste den Wagen ab und brachte ihn knapp hundert Meter von einem Gebäude entfernt zum Stehen, das vielleicht vor vielen Jahren mal den Kletterern Schutz geboten hatte. Nun wies ein Schild darauf hin, dass Einsturzgefahr bestand und man es nicht betreten sollte. Die Bretter hatten eine graue Patina und hingen teilweise lose an Balken, die man nur erahnen konnte. Von den Fensterläden waren nur noch Reste zu erkennen und das ganze Ambiente wirkte wenig einladend.

»Es war mal eine«, murrend öffnete Rod die Wagentür und stieg aus. Während er einige Schritte auf das Gebäude zu machte, hörte er, wie Wesley den Kofferraum öffnete. Beim Blick über die Schulter sah er, wie sein Kollege ein M16 hervorholte, was ihn dazu veranlasste, stehenzubleiben und einen fragenden Blick in Richtung des Wagens zu werfen. Auch wenn sie mit den Gewehren umgehen konnten, durften sie sie in der Öffentlichkeit weder nutzen noch bei sich führen, wenn es keinen triftigen Grund und offiziellen Befehl dazu gab. Bei den Pistolen sah es etwas anders aus, diese durften sie zu ihrem eigenen Schutz tragen.

»Man weiß ja nie.« Mit dem Gewehr vor sich erreichte Wesley Rod und warf einen kurzen Blick durch das Objektiv. »Da steht wer am Fenster.« Knapp deutete Wesley am Lauf entlang.

»Du kannst aber nicht einfach abdrücken.« Rod hatte seine Hand auf den Lauf gelegt und drückte ihn nach unten. Wesleys Zähneknirschen war nicht zu überhören. »Roberts, komm raus. Ich weiß, dass du da bist. Lass Lyn und June laufen, wie lange willst du das Spiel noch spielen?« Rod brüllte Richtung Hütte und wartete auf eine Reaktion.

»Was gedenkst du zu tun, wenn da noch mehr sind«? Wesley stand dicht neben ihm, das Gewehr im Anschlag und bereit jeden Moment die Waffe zu nutzen.

»Dann könnte es eng werden«, raunte er seinem Kollegen zu. Sollte nun jemand das Feuer auf sie eröffnen, war es unwahrscheinlich, dass man sie verfehlte. »Wenn da echt noch wer anders ist, hätten sie schon geschossen, oder?« Er wandte sich kurz zu Wesley.

»Ich hätte es«, gab sein Kollege schließlich als Antwort, was Rod beruhigte. Er hoffte, dass die Geiselnehmer so handeln würden.

»Roberts, verflucht! Lass die Spiele! Wir kommen rein, wenn du nicht aus der Bruchbude rauskommst«, setzte Rod nach und behielt die Tür, und das Fenster, auf das Wesley kurz zuvor gedeutet hatte, im Auge. »Lass Lyn gehen, sie hat es bei mir weit besser als bei dir.«

»Du hast doch nur eine große Schnauze«, bellte plötzlich eine Stimme aus dem Haus. Er war sich nicht sicher, ob sie zu Roberts gehörte, es war einfach zu lange her, dass er die Stimme von Lyndsays Vater das letzte Mal vernommen hatte.

»Wer wollte mich denn ausnehmen wie eine Weihnachtsgans? Du hast doch nur Angst, dass deine kleine Lyn eigene Entscheidungen trifft und ein eigenes Leben führt. Du hast doch nur Angst, dass sie dich fallenlässt.« Angespannt wartete er darauf, dass sich etwas tat oder er etwas hörte, was darauf hindeutete, dass jemand die Hütte verließ. Er wollte Roberts mit seinen Worten reizen. Lyndsays Vater sollte seine Wut auf ihn lenken und am besten in den nächsten Minuten aus der Hütte kommen. Rod war sich sicher, dass Roberts ihn weder vergessen hatte noch dass er ihm verziehen hatte, was zwischen ihm und Lyndsay bei ihrem ersten Zusammentreffen passiert war.

Das war ein Ereignis, welches auch er nie vergessen würde, was Lyndsay ihm aber verziehen hatte. Dass er sie auf unangenehme Weise dazu gebracht hatte, nicht zu schreien, als er ihr in einem Einsatz begegnet war, hatte für viele Probleme zwischen ihnen gesorgt. Er hatte sie verteufelt und sie hatte ihn verklagt, bis sie eines Tages seine Hilfe benötigt hatte. Zu diesem Zeitpunkt hatte sich alles zwischen ihnen verändert.

Ein spitzer Schrei riss ihn aus seinen Gedanken und ließ ihm das Blut in den Adern gefrieren. Erschrocken starrte er zum Eingang, konnte aber nichts sehen. Ob es Lyndsay oder June es gewesen war die geschrien hatte, konnte er ebenfalls nicht mit Sicherheit zuordnen.

30.

Wesley kniff die Augen zusammen, der Schrei war ihm bis ins Mark gekrochen und löste eine Gänsehaut bei ihm aus. Er konnte nicht einmal sagen, wer da geschrien hatte, nur dass es eine Frau gewesen war, war sicher. Am liebsten würde er jetzt sofort die baufällige Hütte stürmen. Sein Puls jagte und das Adrenalin, welches in seine Adern schoss, sorgte für eine gefährliche Mischung. Alles, was er gelernt hatte, wurde plötzlich von einer nie dagewesenen Angst überdeckt.

»Warte.« Rods Hand tauchte vor ihm auf.

»Worauf, verdammt?«, schnauzte er den Mann neben sich an, den er nicht als die Sorte Mensch kannte, die gerne auf irgendetwas wartete oder in angespannten Situationen ruhig blieb. Rod war sonst immer jemand, der sich oft von anderen ausbremsen lassen musste.

»Warte«, raunte Rod erneut und deutete mit ausgestrecktem Arm auf das Gebäude. »Hör mal«, fügte er schließlich hinzu. Wesley wollte ihn bereits anfahren, was er hören sollte, da in seinen Ohren nur sein eigener Atem und das Rauschen seines Blutes in seinen Adern zu hören war, als er Lyndsay wild fluchen hörte. Was genau sie sagte, konnte er zwar nicht verstehen, aber sie war sehr aufgebracht.

»Das ist meine Lyn.«

Wesley sah, wie Rod ein Grinsen über das Gesicht huschte. »Vielleicht hat sie ihn gebissen.« Sein Kollege sah ihn kurz an, ehe er seine Aufmerksamkeit wieder auf die Hütte richtete. »Adam, komm raus verflucht!«

Tatsächlich bewegte sich die Tür. Langsam und mit einem knarrenden Geräusch öffnete sie sich. Wesley hob das Gewehr und warf einen Blick am Objektiv vorbei. Lyndsay tauchte in der Tür auf, hinter ihr folgte June, die von einem Mann mit Halbglatze vor die Tür gedrängt wurde. Wesley stöhnte auf. Er hatte kein freies Schussfeld und er konnte nicht sehen, wie Roberts die Frauen hielt. Es war nur eine Ahnung, dass die Arme der beiden hinter dem Rücken gefesselt waren und er sie dort irgendwie festhielt. Womöglich ließ er sie gleich los. Dann müssten sie Roberts festhalten. Dieser Mann hatte nur eines verdient, nämlich einen langen Aufenthalt im Gefängnis.

»Verschwindet, dann lass ich sie gehen.« Roberts Stimme war rauchig und Wesley meinte, ein Zittern in ihr zu hören. War es Nervosität oder eine Anspannung, die sich auf keinen Fall entladen durfte, weil die Frauen in diesem Moment darunter leiden würden?

»Nicht schießen«, murmelte Rod und machte einen Schritt nach vorne. »Lass sie gehen und dir passiert nichts. Es gibt ganz viele, die dich lebend haben wollen, und das weißt du. Es lässt sich sicher irgendeine Vereinbarung treffen, die in deinem Sinne ist, aber lass deine Tochter und June gehen.«

Wesley rollte mit den Augen. Wollte Rod nun wirklich mit dem Arschloch verhandeln? Wollte er an den Verstand des Mannes appellieren, der seine eigene Tochter gefangen hielt, seine Frau verkauft hatte und auch sonst mit Menschenleben handelte, wie andere mit Zigaretten? Er umfasste den Lauf des Gewehres fester. Seine Aufmerksamkeit landete auf June. Ihr leerer Blick war auf ihn gerichtet und er entdeckte Schrammen in ihrem Gesicht, die vor einigen Stunden noch nicht dort gewesen waren. Seine Wut und sein Hass auf Roberts wuchsen weiter. Was Rod sagte, konnte er kaum noch verstehen. Sein Blick begann zu verschwimmen. Das Einzige, was er stechend scharf sah, war June.

Plötzlich warf June sich mit voller Wucht gegen Roberts, so dass er zur Seite taumelte. Wesley ließ das Gewehr sinken. Seine Hoffnung, dass June im nächsten Moment auf ihn zustürmen würde zerplatzte, da Roberts sie sofort mit einem harten Griff zurück zu sich riss. Lyndsay hingegen kam taumelnd auf ihn und Rod zu.

»Dieses Arschloch«, knurrend hob er das Gewehr wieder.

»Roberts, lass sie los. Lass den Mist.« Rod stand irgendwo hinter ihm, als er die Forderungen an Lyndsays Vater richtete, der ihn kalt angrinste.

Wesley musste sich zwingen, ruhig zu atmen. Immer wieder schloss er kurz die Augen, atmete tief ein und aus und konzentrierte sich schließlich auf Roberts. Es war knapp, aber er würde ihn treffen, die Kugel würde June nicht gefährlich werden, dessen war er sich sicher. Die Kugel würde nur Roberts treffen, und zwar so, dass er nie wieder zu einer Gefahr für andere werden würde. Bei diesem Gedanken machte sich ein Gefühl der Genugtuung in ihm breit.

»Lyndsay komm zu mir, dann lasse ich deine Freundin gehen und wir beginnen ein neues Leben.« Roberts stand immer noch regungslos knappe fünfzig Meter von ihm entfernt.

»Das wird sie nicht machen.« Rod hatte Lyndsay die Antwort abgenommen. Einen solchen Deal würde Wesley ebenfalls nicht unterstützen, auch wenn er so June in die Arme schließen könnte. Wieder verstrichen Minuten und Wesley ertappte sich dabei, dass er mit den Zähnen knirschte. Sein Finger lag bereits am Abzug. Eine winzige Bewegung würde reichen, June wäre frei und er könnte verhindern, dass dieser Mann noch mehr Leben ruinierte.

»Lass sie gehen, sofort.« Wesley war sich sicher, dass seine Aufforderung Roberts erreicht hatte, denn dieser verzog sein Gesicht zu einem spöttischen Grinsen.

»Was sonst? Erschießt du mich?« Roberts lachte kalt auf. »Das ist Mord.«

»Das ist mir so egal. Du bist nicht der Erste, den ich umlege.« Wesley zog seinen Finger ein winziges Stück zurück.

»Verdammt Wes, nimm die Waffe runter.« Rods Brüllen erreichte ihn nur hallend.

Lyndsays Vater stand mit einem breiten Grinsen vor ihm und hielt June wie ein Schutzschild vor sich.

»Wes!« Immer noch konnte er Rod hören, der ihn aufhalten wollte, aber warum sollte er darauf warten, dass jemand anderes einschritt? Roberts stand direkt vor ihm und er hatte ihn sicher im Ziel. Die Kugel würde June nicht gefährlich werden, sie würde sie befreien.

»Wes nicht!« Nun war es Lyndsays Stimme, die ihn weinend erreichte. Er schüttelte knapp den Kopf, um die Stimme zu ignorieren. Es war ihm scheißegal, dass der Mann vor ihm ihr Vater war. Dieser Typ hatte June und würde sie ein zweites Mal an irgendwelche Spinner verkaufen, wenn sie ihn nicht gefunden hätten.

»Junge, mach keinen Scheiß, ich lass deine Freundin los. Ich möchte nur meine Tochter wieder in den Arm schließen.« Roberts machte mit June einen Schritt auf ihn zu und er konnte in Junes Augen Tränen sehen.

»Bleib genau da stehen, du Arsch.«

»Wes, komm mach keinen Mist, das funktioniert so nicht.«

»Das musst genau du mir sagen«, knurrte er an Rod gerichtet, ohne den Mann vor sich aus dem Visier zu lassen.

»Du wanderst in den Bau, verflucht!«.

Wesley lachte auf. Am Bau war er schon so oft vorbei gekommen.

»Genau Junge, denk an das, was dir blüht.«

Wesley blinzelte. Das Bild vor seinen Augen verschwamm. Plötzlich tauchte sein Vater vor ihm auf. Eine Eisenstange in der Hand haltend, mit dem Blick, wie er ihn immer angesehen hatte, wenn er versagt hatte. Wesley spürte neben einer unbändigen Wut, die ihn ihm aufkochte, auch Angst vor dem Mann vor ihm. Doch dieses Mal könnte er sich wehren. Er könnte dieser Sache ein Ende setzen. Von irgendwo drang das Heulen von Sirenen zu ihm durch. Dieses Mal würde die Polizei ihn nicht holen und seinen Vater in Schutz nehmen. Er war nicht der Gefährliche hier. Sein Vater war es. Er war es immer gewesen, nur hatten sie ihm nie geglaubt. Immer hatte man gesagt, er wäre ein Lügner, schließlich war er ein Kind, dem sein Vater in diesen Momenten eine blühende Fantasie bescheinigt hatte.

»Die kommen dich holen.«

»Dieses Mal nicht Dad. Ich hol mir meine Freundin«, leise knurrend visierte er den Mann vor sich an und drückte ab. Das Brüllen um ihn herum erreichte ihn wie durch Watte. Es war, als hätte das Leben auf Zeitlupe umgestellt. Der Mann fiel nach hinten und June taumelte nach vorne. Er hatte ihn getroffen. In Junes Gesicht waren Blutspritzer, als sie auf die Knie sank und ihn ansah, aber sie war unverletzt.

»Legen Sie die Waffe weg! Sofort!« Die Worte erreichten ihn kristallklar. Er konnte hören, wie Gewehre durchgeladen wurden. Es klang, als würden sie direkt neben ihm stehen.

»Nicht schießen, verdammt.« Es war Rod, der wüst auf irgendjemanden einredete. Aber wie … Nur langsam begriff er, was passiert war.

»Gehen Sie da weg!« Die Stimme, die ihn aufgefordert hatte die Waffe zu senken, blaffte erneut.

»Wes?«

Plötzlich legte sich eine Hand auf seine Schulter und wieder brüllten Männer ihn an. Oder brüllten sie Rod an?

»Leg sie weg. Wir regeln das.« Es war Rod, der mit seiner zweiten Hand nach seiner Waffe griff, das er immer noch auf Roberts, der regungslos am Boden lag, gerichtet hatte. Widerstandslos ließ er sich sein Gewehr von Rod abnehmen.

»Runter und die Hände hinter den Kopf«, bellte ein Mann. Rods Hand auf seiner Schulter verschwand. Er schloss die Augen und tat, wie ihm befohlen. Noch nie hatte er sich derart erniedrigt gefühlt. Schlagartig wurde ihm klar, dass er nicht seinen Vater, sondern Adam Roberts erschossen hatte. Dass er abgedrückt hatte, war keine Einbildung gewesen. Einbildung war nur die Person gewesen, die er gesehen hatte. Es war nicht sein falsch grinsender Vater gewesen, der ihn bedroht hatte. Es war Lyndsays Vater gewesen, der nicht ihn, sondern June bedroht hatte.

»Nicht.«

Er hörte, wie June näherkam und von einem Beamten aufgefordert wurde, zurückzubleiben. Er öffnete die Augen in dem Moment, als sich das Metall der Handschellen kalt um seine Handgelenke legte. Er suchte Junes Blick, die mit Tränen in den Augen einige Meter entfernt stehengeblieben war.

»Das können Sie doch nicht machen!« Ihr Schreien ließ seine Ohren klingeln. Was der Beamte zu ihm sagte, als er ihm aufhalf, registrierte er nur am Rande. Mord und Anwalt waren allerdings die Dinge, die er klar verstand.

»Es ist okay, June.« Er zwang sich zu einem Lächeln und nahm es hin, dass er von dem Beamten abgeführt wurde. Er hatte eine Regel gebrochen. Er war zu weit gegangen. Er hätte nicht abdrücken dürfen. Es fühlte sich an, als würde sein Leben in diesem Moment zu Staub verfallen.

»Wir kümmern uns um sie. Ich hab John und Sean Bescheid gegeben. Sie sind unterwegs zur Wache. Das wird schon.« Rod nickte ihm zu, als man ihn an seinem Kollegen vorbeiführte. Die Anspannung in Rods Gesicht entging ihm allerdings nicht.

Dieses Mal war da kein Commander Lutrell und er war nicht in Afghanistan. Da war keine Prügelei mit Verletzten. Ein Mann war tot, durch seine Hand und seine Waffe, die er nicht dabei hätte haben dürfen. Und doch spürte er keinerlei Reue, als der Polizist ihm half, ins Auto zu steigen. Genugtuung war es allerdings auch nicht. Er fühlte eine riesige Leere, die nach ihm griff und ihn mit sich ziehen wollte. Als er nochmals aus der geschlossenen Wagentür schaute, entdeckte er June, die in Rods Armen lag. Er schluckte schwer. Lyndsay sah ihn an und lächelte kurz. Er sollte der sein, der June nun hielt. Er hatte Regeln gebrochen, viele, alle am gleichen Tag und er hatte sich von seiner Vergangenheit gefangen nehmen lassen. Er war zu einer unberechenbaren Gefahr für alle geworden.

Den Kopf nach hinten gegen die Kopfstützen lehnend schloss er die Augen. Die Gedanken, die ihn heimsuchten, legten sich drohend auf ihn. Er hätte in diesem Augenblick jeden umgebracht. Selbst June oder einen seiner Kollegen hätte er erschossen. Er hätte seine Freunde nicht mehr erkannt, weil seine Dämonen die Oberhand gewonnen hatten. Das war ihm noch nie passiert. Noch nie war er von seiner Vergangenheit bildlich heimgesucht worden. Schlaflose Nächte hatte es immer gegeben, aber das gerade war neu.

Bedrohend neu.

Ein Zittern durchlief ihn. Die Augen öffnend sah er wieder aus dem Fenster. Rod stand bei einem Polizisten, deutete auf ihn und es sah aus, als würde er wild schimpfen. June stand bei Lyndsay und starrte ihre blutigen Handgelenke an. Wesleys Herz raste. Er wollte aus diesem Wagen raus. Sein Verstand sagte ihm jedoch, dass seine Probleme noch größer werden würden, sollte er sich nun in irgendeiner Form widersetzen. In ihm begann ein unerbittlicher Kampf zwischen Ertragen und zur Wehr setzen.

Als die Tür aufgezogen wurde, zuckte er erschrocken zusammen. Rod tauchte in seinem Blickfeld auf.

»Sag nichts, ohne dass jemand von uns dabei ist. Hörst du?« Rods eindringliche Tonlage veranlasste Wesley zu einem knappen Nicken.

»Kein Wort. Du hast alles richtig gemacht, aber sag kein Wort ohne uns.« Rods Blick bohrte sich in ihn.

»Petty Officer Rodriguez, Sie sagten ein Wort, nicht dass Sie nun ewig da stehen.« Der Beamte mit dem Rod sich kurz zuvor unterhalten hatte, kam auf sie zu. Rod sah Wesley kurz an. Er hätte nicht herkommen müssen. Wesley wusste, dass er in der Klemme saß. Da musste er sich nicht von seinem Kollegen sagen lassen, dass es gerade alles andere als günstig für ihn lief.

Eine halbe Stunde später hatte man ihn in einen Vernehmungsraum auf einer kleinen Wache in Allied Gardens geführt. Seine Identität war überprüft worden und vor ihm in einem roten Ordner, lagen die Straftaten, die er seit seiner Geburt begangen hatte. Die Beamtin, die diesen Ordner gebracht hatte, hatte ihm zu verstehen gegeben, dass andere Menschen höchstens kleine Schnellhefter hatten und dass sie äußerst erstaunt darüber sei, dass er mit all den Vorstrafen bis zu einer Sondereinheit gelangt war.

Das Glas Wasser, das vor ihm stand, hatte er bisher nicht angerührt. Überhaupt hatte er sich nicht bewegt. Seine Füße waren mit Fußfesseln versehen, die Handschellen hatte man ihm zwar abgenommen, aber auch klar gemacht, dass man sie ihm sofort wieder anlegen würde, sollte er Probleme machen. Vielleicht hatte er mit dieser Kugel die Fülle der Dinge erreicht, die in seinem Leben schief laufen durften. Womöglich würden ihn nun all die Taten wieder einholen, vor denen Lutrell ihn hatte schützen wollen. Vielleicht war er heute in der Lage, die Konsequenzen für sein Handeln der letzten Jahre und auch Jahrzehnte zu tragen.

Die Stille in diesem Raum war nur schwer zu ertragen. Die Wände mit Teppich beklebt, damit es nicht hallte, der Boden im Gegensatz dazu mit einem alten PVC ausgelegt. Dort, wo seine Füße den Boden berührten, war er abgenutzter als an anderen Stellen, was klar machte, dass schon viele hier im wahrsten Sinne des Wortes mit den Füßen gescharrt hatten. Der Stuhl, auf dem er saß, war ebenso alt und grau wie der Tisch, der auf seinen silberglänzenden Beinen vor ihm stand. Vor ihm, in die Wand eingelassen, befand sich ein riesiger Spiegel, in dem er sich jedes Mal sah, wenn er den Kopf hob. Er erblickte seine tiefen Augenringe und den leeren Blick. Sein verschandeltes Tattoo auf dem Oberarm und die Schweißflecken auf seinem olivgrünen Shirt. War er wirklich soweit gesunken? Nein, das hier war nicht sein persönlicher Tiefpunkt. Den hatte er vor Jahren erlebt. Heute würde er mit den Konsequenzen klarkommen. Damals hätte er sich weiter in die Abwärtsspirale gedreht und wäre eines Tages wahrscheinlich mit einer Kugel aus irgendeinem Bandenkrieg irgendwo auf einem Tisch einer Gerichtsmedizin gelandet. Heute, so nahm er sich vor, würde er seine Strafe akzeptieren und dann dort weitermachen, wo er aufgehört hatte, wenn man ihn ließ.

Die sich öffnende Tür ließ ihn den Blick heben, den er unbewusst auf die graue Tischplatte gesenkt hatte. John und Sean betraten kopfschüttelnd, begleitet von Rafael, den Raum. Während Rafael einen dunklen Anzug trug, waren die beiden anderen in ihren verstaubten Uniformen hergekommen. Ihre Blicke und ihr Aufzug sprachen Bände. Sie hatten unübersehbar alles stehen- und liegengelassen, um ihm hoffentlich zu helfen. Nichts wäre ihm in diesem Augenblick lieber gewesen, als das Sean oder John ihn angebrüllt hätten, aber sie schwiegen. Rafael setzte sich ihm gegenüber hin, während John rechts und Sean links von dem ehemaligen Agenten stehen blieben. Alleine der Anblick sorgte dafür, dass Wesley das Gefühl hatte, dass die Luft im Raum stickiger wurde. Wenn Rafael noch beim NCIS wäre, würde er es in diesem Augenblick sogar begrüßen, dass sein Kollege hier war. Jetzt wusste er jedoch nicht, was es zu bedeuten hatte.

»Wie geht es dir?« John trat näher an den Tisch, stützte sich auf der Tischplatte ab und sah ihn prüfend an.

»Gut soweit.« Er zwang sich zu einem Lächeln.

»Was denkst du, wer die Scheißpapierarbeit nun machen soll?« Sean blieb dort stehen, wo er war, und verschränkte die Arme hinter dem Rücken. Ehe er antworten konnte, beugte Rafael sich nach vorne.

»Da bei dir die Gefahr besteht, dass du dich aus dem Staub machst, wirst du vorläufig bleiben müssen. Im Augenblick können wir nicht mehr machen, als auf die Ermittlungen zu warten. Da June mit einem Messer bedroht wurde, wird aber alles seinen Gang gehen und wir rechnen damit, dass wir dich in ein paar Tagen hier abholen dürfen. Bis zum Urteil wirst du allerdings suspendiert bleiben.« Rafael warf einen kurzen Blick zu John.

»Rod hat gesehen, dass Roberts June mit einem Gegenstand bedroht hat. Er hat schon ausgesagt. Im Moment werden die Beweise zusammengetragen.«

Wesley wollte sagen, dass Roberts keine Waffe oder Ähnliches getragen hatte, aber der bohrende Blick von Sean hinderte ihn daran. Hatte er etwas übersehen oder hatte etwa sein Kollege …

»Können wir sonst noch was für dich tun?« Rafael hatte das Gespräch wieder an sich genommen. »Ich bleibe hier im Ort bis sie dich gehen lassen und möchte dich bitten, nicht ohne mich auszusagen. Der Chief hier weiß Bescheid und sie holen mich dann dazu.«

Wesley nickte. Rods mahnende Worte, er solle nichts sagen, ohne, dass jemand vom Team bei ihm war, hatte er nicht vergessen.

»Wie geht es June? Ist sie okay?« Sein Blick wanderte fragend über seine anwesenden Kollegen, blieb kurz bei der Beamtin hängen, die lächelte, ehe er Rafael ansah. Er konnte sich an den Tag erinnern, als sich sein Leben verändert hatte, als es sich verändern musste. Damals war es ein ähnlicher Raum gewesen, in dem er sich befunden hatte. Damals hatte er Angst, Verzweiflung und Wut auf jeden gespürt. Er hatte damals keine Perspektive mehr gehabt. Heute war das anders. Die Männer, die vor ihm standen, machten klar, dass mehr als nur ein Anwalt für ihn kämpfen würde. Diese Männer würden ihn jetzt nicht fallen lassen. Damals war er alleine gewesen.

»Ihr geht es den Umständen entsprechend gut. Sie steht ein wenig unter Schock, hat einige neue Verletzungen, aber es geht ihr gut. Wir sollen dir sagen, du sollst dir keine Sorgen um sie machen. Sie ist bei Rod und Lyndsay. Bis der Scheiß geklärt ist, haben wir Rod vom Training freigestellt, damit Lyn sich um alles kümmern kann und June einen Ansprechpartner hat. Wir werden einfach von Tag zu Tag schauen, wie es läuft. Mach dir da keinen Kopf, wir passen auf sie auf.« John hatte die Antwort übernommen.

»Danke.« Wesley war nicht in der Lage, mehr zu sagen.

»So läuft das bei uns, auch wenn ich dir gerade am liebsten den Kopf abreißen möchte. Und nun halt die Ohren steif, wir sehen uns sicher bald.« Sean nickte ihm zu und war der Erste, der auf die Beamtin zuging, die die Tür öffnete.

»Officer, geben Sie Petty Officer Stone mal was Anständiges zu trinken.« Seans befehlender Ton ließ die Beamtin tatsächlich zusammenschrecken.

»Natürlich Captain Harrison.« Ebenso förmlich, wie sie sich von Sean verabschiedete, tat sie es bei John und Rafael, den sie jedoch nicht mit Agent, sondern nur mit Mister Bishop ansprach. Schon seit einiger Zeit machte im Team das Gerücht die Runde, dass Rafael aufgrund seiner Ermittlungen gegen Agent Jeff Ballot seinen Status als Agent verloren hatte. Dazu kam die Tatsache, dass weder er noch Liv und Joyce, die zuvor bei der CIA gearbeitet hatten, noch für diese tätig waren.

Als sich die Tür hinter der Beamtin schloss, lehnte Wesley sich auf dem Stuhl zurück. Wie lange würde er hier sitzen müssen?

31.

Rod lehnte in seiner Küchentür und beobachtete, wie Lyndsay sich mit zitternden Händen einen Kaffee einschenkte. Es war Abend geworden und sie hatte bisher nur wenig gesprochen. Es war ihm gelungen, June davon zu überzeugen, unter die Dusche zu gehen, um anschließend frische Sachen anzuziehen. Sie hatte bereits stundenlang mit dem Shirt, auf dem die Blutspritzer von Lyndsays Vater gewesen waren, in seinem Wohnzimmer gesessen. Die Hilfe der Sanitäter, die von der Polizei gerufen worden war, hatte Lyndsay, die nur einige Schrammen davon getragen hatte, mit Nachdruck abgelehnt. June hatte sich die Schnittwunden, die sie sich von den Fesseln zugezogen hatte, verbinden lassen. Beide Frauen waren, genau wie er selbst, nur kurz von der Polizei befragt und dann heimgeschickt worden. June hatte seitdem kein Wort mehr gesagt. Ihr leerer Blick machte ihm mehr Angst als Lyndsays Zittern. Lyndsay konnte er in den Arm nehmen und trösten, bei June war es anders. Obwohl er sie, als man Wesley abgeführt hatte, an sich ziehen konnte und sie ihren Kopf kurz an seine Brust gelehnt hatte, war die Situation eine andere. June war ihm fremd. Sie hatte sich schnell wieder von ihm gelöst und ihr Blick hatte mehr gesagt als tausend Worte. Es war ihr unangenehm gewesen, ihm so nah zu sein. Es war eine absolute Ausnahme gewesen, die einzig auf der Situation beruhte, in der sie sich befunden hatten.

»Wollen wir was zu essen bestellen? June hat bestimmt Hunger.« Lyndsay kam langsam auf ihn zu. Ihre Finger umschlossen die Kaffeetasse und in ihren Augen konnte er viele Fragen sehen.

»Du nicht?« Vorsichtig legte er eine Hand an ihr Gesicht und wollte sie so dazu bewegen, ihn anzusehen, doch sie leistete Widerstand. Er könnte sie zwingen, tat es aber nicht. Er nahm die Hand zurück, obwohl er sie bei ihr lassen wollte. Es schmerzte, dass sie seine Berührungen in diesem Moment nicht duldete.

»Kommen die wieder?« Sie mied immer noch seinen Blick. Es war, als würde sie mit der Kaffeetasse sprechen, als sollte die ihr die Frage beantworten. Rod wollte ihr sagen, dass sie hier im Haus sicher sei, aber er tat es nicht. Er war sich nicht schlüssig, ob er nicht in der kommenden Zeit mit weiteren Einbruchsversuchen rechnen musste. Das war einer der Gründe, warum er die nächsten Tage hier verbringen würde.

»Ich weiß es nicht.« Er gab Lyndsay einen zaghaften Kuss auf den Scheitel. »Aber ich pass auf.« Innerlich rollte er mit den Augen. Er klang wie einer seiner Kollegen, der der Adoptivtochter eines ehemaligen Kollegen versprach, dass sie keine Albträume haben würde. Lyndsay war kein Kind und wusste sicher, dass es Situationen gab, in denen auch er Schwierigkeiten bekommen könnte. Ein oder zwei Gegner waren kein Problem, bei mehr kam es darauf an, wie gut ausgebildet diese waren.

Lyndsay nickte knapp und sah an ihm vorbei, als die Badezimmertür klapperte. Er drehte sich um und entdeckte June, die in einem grauen Jogginganzug unschlüssig im Flur stand. Aus ihren nassen Haaren tropfte noch das Wasser und hinterließ dunkle Flecken im Stoff. Sie konnte ihm nicht länger als wenige Sekunden in die Augen sehen. Auch Lyndsays Blick wich sie aus.

»Ich hab gerade vorgeschlagen, dass wir uns Pizza bestellen«, erklärte Lyndsay. Rod versuchte, im Gesichtsausdruck der brünetten Frau zu erkennen, was sie von diesem Vorschlag hielt, aber mehr als ein ganz knappes Nicken passierte nicht. Selbst dabei sah sie weder ihn noch Lyndsay an. Sie hatte sich vollständig zurückgezogen, was Rod große Sorgen bereitete.

»Ich kümmere mich darum. Lyn, mach doch eine Flasche Wein auf, ich glaube, den könnt ihr beide brauchen.« Rod deutete auf das Weinregal in der Küche. Er benötigte ein paar Minuten für sich, da kam ein Anruf beim Lieferservice gelegen. Durchatmend und sich zwingend, den Druck zu ignorieren, der gerade auf ihm lag, ging er mit dem Handy in der Hand ins Wohnzimmer. Einen kurzen Moment war er in der Lage, klare Gedanken zu fassen. Die nächsten Stunden und Tage würden für ihn zwar ruhig werden, aber trotzdem viel von ihm verlangen. Lyndsay und June mussten das verarbeiten, was passiert war und er wusste nicht, ob er dafür der richtige Ansprechpartner war.

Als er wenige Minuten später zu Lyndsay und June in die Küche zurückkehrte, versuchte seine Freundin gerade, Junes Wunden an den Handgelenken zu verarzten. Auch wenn ein Sanitäter sie vor Ort versorgt hatte, mussten sie neu verbunden werden, da das Wasser den Verband und die Wunde durchnässt hatte. Dass June vor Schmerzen die Zähne zusammenbiss, war nicht zu übersehen. Und dass Lyndsay sich nicht traute, das rohe Fleisch an den Handgelenken zu berühren, entging ihm ebenfalls nicht. Die Kunststofffesseln hatten sich tief in die Haut geschnitten und würden wohl Narben zurücklassen.

»Ich mach das.« Rod setzte sich June gegenüber an den Küchentisch, als Lyndsay zur Seite gerückt war. Es war eine Arbeit, die ihm leicht von der Hand ging und er sah, wie erleichtert Lyndsay war, dass er ihr diese unangenehme Aufgabe abnahm. Vielleicht sollte er June vorschlagen, doch einen Arzt aufzusuchen. Eventuell konnte man noch verhindern, dass Narben blieben, die sie ewig an das Geschehene erinnerten. Aber wo sollte er ansetzen? Mit welchen Worten konnte er sie erreichen?

»Rod?«

Er sah von dem Fixierpflaster auf, mit dem er das Ende der Mullbinde befestigt hatte, als June ihn ansprach.

»Was passiert nun mit Wes?«

Dass June schwer schluckte, entging ihm nicht. Und auch nicht, dass sie mit den Tränen kämpfte und sich womöglich die Schuld daran gab, dass sein Kollege in Untersuchungshaft saß.

»Ich denke, er ist spätestens in ein paar Tagen wieder draußen.« Er nickte, um seinen Worten Glaubwürdigkeit zu verleihen. Sollte er mehr sagen oder würde ihr diese Information reichen? Sollte er sagen, dass Roberts sie wahrscheinlich umgebracht hätte, wenn Wesley nicht abgedrückt hätte? Das Messer, das Lyndsays Vater bei sich gehabt hatte, war zu diesem Zeitpunkt der einzige Grund, warum Wesley wieder auf freien Fuß kommen würde. Weder er noch Wesley hatten es im ersten Moment gesehen und er war sich auch nicht sicher, ob Roberts das Messer überhaupt in der Hand gehalten hatte. Da man es aber am Boden dicht neben ihm gefunden hatte, ging Rod davon aus und hatte aufgrund dieser Tatsache ausgesagt, dass er gesehen hatte, wie Lyndsays Vater June bedroht hatte. Sollten die Ermittlungen etwas anderes ergeben, würde er sich wohl damit rausreden, dass er sich in Anbetracht der brenzligen Situation vielleicht auch geirrt hatte.

Hätte Lyndsays Vater es benutzt, wäre June vielleicht vor ihren Augen verblutet.

Junes langsames Nicken reichte Rod, um das Thema nicht weiter auszuführen. Was sie vor ihrer erneuten Entführung erlebt haben musste, war sicher mindestens so schlimm wie das, was Lyndsay hatte mit ansehen müssen. Zu sehen, wie der eigene Vater von einer Kugel in den Kopf getroffen wurde, musste die Hölle sein. June, die das Blut zusätzlich ins Gesicht bekommen hatte, würde sicher lange mit diesem Erlebnis zu tun haben. Er hatte allerdings keine Ahnung, wie er ihr helfen könnte. Selbst die passenden Worte, um mit Lyndsay zu reden, fehlten ihm. Was sollte man da auch sagen? Dass es ihm leidtat, wäre eine Lüge, denn ihr Vater hatte den Tod verdient. Das hatte Lyndsay sogar selbst mehrfach gesagt, seit er sie kannte. Sie hatte ihn nie wieder sehen wollen. Nun hatte sie ihn gesehen, sie hatte gesehen, wie er umgekommen war. Und sie musste sich jetzt außerdem um die Beisetzung kümmern. Das war eine Tatsache, mit der er sie noch nicht konfrontiert hatte. Allerdings würde er es nicht mehr lange aufschieben können. Die Befürchtung, dass Lyndsay all die nötigen Arbeiten dann auf ihn schieben würde, wuchs mit jeder Stunde, in der er das Thema nicht anschnitt.

Den gesamten Abend verbrachte er mehr oder weniger schweigend mit June und Lyndsay in der Küche, wo sie sich eine Familienpizza teilten. Wobei Lyndsay nichts aß und June nach einem halben Stück resignierend mitteilte, dass sie keinen Appetit habe. Ihm war der Hunger nach einigen Stücken ebenfalls vergangen, was nur selten vorkam. Die Stimmung war über Stunden gedrückt, so dass er froh war, als er endlich ins Bett gehen konnte. An Schlaf war aber nicht zu denken. Lyndsay hatte sich an ihn geschmiegt und war erstaunlich schnell eingeschlafen, obwohl sie zuvor immer gesagt hatte, sie könne nicht einschlafen. Allerdings war ihr Schlaf so unruhig, dass er selbst keine Ruhe fand. Er streichelte ihren Rücken und ihre Seite. Warum konnte das Leben nicht einfach friedlich verlaufen und wieso zog Lyndsay die Probleme einfach magisch an? Er stellte fest, dass er sie trotz aller Fehler und ihrem Hang, in jedes Fettnäpfchen zu treten, liebte. Ob June und Wesley ebenfalls einen gemeinsamen Weg finden würden, oder ob die Vergangenheit von Wesley so schwer wog, dass er nicht mehr in der Lage war eine feste Bindung einzugehen? Konnte jemand, der nie Liebe erfahren hatte, überhaupt richtig lieben?

»Was denkst du?« Lyndsays Zeigefinger strich über seine Brust und sie hatte den Kopf leicht angehoben.

»Ich überlege, ob Wes überhaupt der Typ für eine feste Beziehung ist. Der hat es im Leben bisher nicht leicht gehabt«, antwortete er flüsternd, Lyndsays Streicheleinheit genießend. »Er ist halt kein einfacher Typ.«

»Als ob du das währst.« Lyndsay lachte leise auf.

»Biest.« Er zog sie zögernd auf sich. »Ich bin total einfach«, flüsterte er ihr zu, als sie ihn küsste.

Ein Geräusch weckte ihn Stunden später. Er war mit Lyndsay im Arm eingeschlafen und stellte verwundert fest, dass sie weg war und dass ihr Verschwinden nicht der Grund war, warum er aufgewacht war. Es war doch wohl niemand ins Haus eingebrochen und er hatte es verschlafen? In die Stille lauschend hielt er einen Moment den Atem an.

»June ist weg.« Lyndsay tauchte mit panischem Blick in der Schlafzimmertür auf. Er schwang sich aus dem Bett und starrte sie an.

»Wie, weg?« Die Worte hatten seinen Mund verlassen, ohne dass er sich überhaupt darüber im Klaren gewesen war, wie blöd diese Frage geklungen hatte.

»Nicht da.« Lyndsay kam auf ihn zu.

»Kann hier nicht einmal was normal laufen?« Er zog sich ein Shirt über und schob Lyndsay zur Seite. Vom Flur aus machte er sich auf den Weg zur Haustür, diese war allerdings noch verschlossen wie am Abend zuvor. »Komisch.« Er drehte sich wieder um und musterte Lyndsay, die resignierend den Kopf schüttelte, was dafür sorgte, dass er nicht begann, nach June zu suchen.

»Die Terrassentür steht offen.« Sie deutete auf das Wohnzimmer. »Ich glaube aber nicht, dass jemand hier war«, brachte sie schließlich heiser hervor.

»Wie kommst du darauf?« Noch sprechend hatte er das Wohnzimmer erreicht und blieb verwundert nach nur einem Schritt mit dem Blick auf die Couch im Raum stehen. Bettdecke und Kopfkissen waren abgezogen und lagen ordentlich zusammengelegt in der Ecke der nun zusammengeschobenen Couch. Der Tisch, auf dem am Abend noch Gläser gestanden hatten, war leergeräumt und als er Lyndsay ansah, deutete sie knapp mit dem Kopf in die Küche. Dass sie mit ihren Emotionen rang, war nicht zu übersehen. Rod wusste nicht, mit was er rechnen sollte, als er in die Küche trat. Es war aufgeräumt. Der leere Pizzakarton war ebenso verschwunden wie die Bierflasche. Die Gläser, die im Wohnzimmer gestanden hatten, standen sauber auf dem Küchentisch und auf der Tafel, an die Lyndsay neben dem wöchentlichen Einkauf auch Termine mit Kreide notierte stand in schönster Handschrift ein simples:

»Danke für alles.«

»Scheiße.« Der Fluch verließ seinen Mund, als er sich zu Lyndsay umdrehte. Er hatte mit allem gerechnet, aber nicht damit, dass sie einfach abhauen würde. »Wie soll ich Wes das erklären?« Er schüttelte ungläubig den Kopf und ging vom Wohnzimmer auf die Terrasse. Von hier hatte June ohne Probleme das Grundstück verlassen können. »Das kann doch nicht wahr sein.« Einen Augenblick starrte er fassungslos auf seinen Garten, dann drehte er sich um und eilte ins Schlafzimmer.

»Was hast du vor?« Lyndsay, die nur eine Shorts und, wie er, ein T-Shirt trug, musterte ihn fragend, als er nach seinem Handy griff.

»Ich ruf John an.«

»Glaubst du, der weiß, wo sie ist?« Lyndsay schüttelte schon beinahe belustigt wirkend den Kopf.

»Nein, aber …« Das Aber konnte er sich in diesem Augenblick selbst nicht zusammenreimen.

»Was gibts?« John meldete sich, ohne seinen Namen zu nennen. »Wie war die Nacht? Habt ihr den Schock verdaut?«

»Sie ist weg.« Rod wandte sich von Lyndsay ab und starrte aus dem Fenster. Es war acht Uhr am Morgen und seine Kollegen waren sicher bereits wieder beim Training. Er hatte viel zu lange im Bett gelegen. Wäre er früher aufgestanden, so wie immer, wenn er zur Base fuhr, wäre June womöglich noch da. Aber nein, er dachte ja, alles langsam angehen zu lassen.

»Wer ist weg?« Der Lärm in Johns Hintergrund wurde leiser.

»June. Sie hat aufgeräumt und eine Nachricht hinterlassen, in der sie sich für alles bedankt«, erklärte er mit wenigen Worten.

»Scheiße.« Johns Fluch war lauter, als er erwartet hatte. »Wollt ihr euch da umbringen? Wie oft haben wir das nun schon gemacht? Tausendmal oder öfter! Ihr tut heut Morgen so, als wäre es das erste Mal.« John atmete hörbar durch. »Entschuldige. Was willst du nun machen?« Die Frage, die John stellte, war genau die, die er seinem Captain hatte stellen wollen. Er hatte sich tatsächlich einen Rat oder gar Hilfe erhofft.

»Keine Ahnung, sie suchen?«

»Schon wieder? Also bei allem Verständnis Rod, ich hab keine Ahnung, was mit dieser Frau los ist und auch nicht, was zwischen ihr und Wes ist, aber ich glaube, ihr solltet sie ziehen lassen. Ich habe echt keine Zeit für noch mehr unnötigen Stress. Ich bin froh, wenn Wes wieder hier ist und endlich alles so läuft, wie es soll.« Johns Worte erreichten ihn zwar, sorgten aber dafür, dass er seine freie Hand zu einer Faust ballte. Was sollte dieses abwertende Reden über June nun? John sollte bewusst sein, dass Wesley sich wahrscheinlich nirgends hinbewegen würde, wenn er nicht wusste, wo June war.

»Ist das nun dein Ernst? Dir ist klar, dass Wes sicher nicht einfach zum Alltag übergeht, oder?« Er zwang sich, nicht mit den Zähnen zu knirschen.

»Er wird ohnehin erst wieder zum Alltag übergehen, wenn alles geklärt ist. Und das kann noch etwas dauern. Er kann sie ja suchen, aber dich brauch ich hier im Team. Und er bewegt sich auch wieder her, wenn alles geregelt ist. Du bist freigestellt, bis sie die anderen Typen gefasst haben, aber dann bist du wieder hier. Rod, ich hab Verständnis, aber ich muss das Team hier am Laufen halten. Die Zeiten, in denen die IATF aus privaten Gründen ihre Aufträge an andere Teams abgeben haben, sind vorbei.« Johns Laune wurde hörbar schlechter. So kannte Rod seinen Vorgesetzten nicht. Vor allem kannte er seinen Freund, der John ihm über Jahre geworden war, so nicht. Rod wollte zu einer Antwort ansetzen. Er wollte John sagen, dass er Wes weiterhin beistehen würde und dass es ihm egal war, was das Team tat, machte es dann aber doch nicht. Denn es war ihm nicht einerlei. Der Gedanke, dass ein Teil des Teams vielleicht schon in den nächsten Stunden zu einem Einsatz aufbrechen musste, hinderte ihn. Was, wenn John ihn als Sprengstoffexperten benötigte? Wenn er der Typ war, der den Auftrag erledigen sollte. Sollte er dann sagen, er würde nicht mitkommen? Zum einen würde ihm dann Ärger wegen einer Befehlsverweigerung ins Haus stehen, zum anderen müsste dann jemand anders seinen Platz einnehmen. Würde dieser jemand ihn dann ersetzen können? Was, wenn etwas schief lief, dann würde er sich ewig Vorwürfe machen, da mit ihm im Team vielleicht alles glatt gelaufen wäre.

»Ich meld mich wieder.« Rod hatte keine Worte und in diesem Moment auch keine Lust mehr, mit John zu sprechen. Er war hin- und hergerissen zwischen dem Wunsch, Freunden zu helfen, und seiner Arbeit. Es war nicht nur Arbeit. Er hatte geschworen, das Land zu verteidigen. Dazu gehörte, dass er seine Freunde und Kollegen, die den gleichen Schwur geleistet hatten, unterstützte und beschützte.

»Was?« Lyndsays verwirrter Blick forderte Antworten, als er die Verbindung getrennt hatte und das Handy ratlos in der Hand hielt.

»Keine Ahnung.« Es war selten, dass er diese zwei Worte so aneinanderreihte, aber in diesem Augenblick wollte ihm keine Lösung einfallen. »Ich kann hier nicht weg.«

»Wie? Natürlich kannst du. June ist weg. Du musst sie suchen. Sie kann doch nicht so weit weg sein. Wenn Wes sie erst in ein paar Tagen suchen kann, ist sie unter Umständen schon spurlos verschwunden. Was, wenn er sie nicht wieder findet?« Lyndsay schüttelte immer wieder den Kopf und kam auf ihn zu.

»Ich kann sie nicht suchen. Vielleicht will sie auch gar nicht gesucht und gefunden werden.« Er wollte seine Freundin in die Arme ziehen, aber sie machte einen Schritt nach hinten. Das Entsetzen über seine Worte stand ihr ins Gesicht geschrieben. Er wusste, dass er ihr irgendwie erklären musste, warum es so war wie es war. Dass er in diesem Augenblick seinen Job vor das stellte, was ihm privat wichtig war. Ihm wurde bewusst, dass ihr diese Worte nicht gefallen würden.

»Lyn, ich kann dich hier nicht alleine lassen und ich kann das Team nicht im Stich lassen. Wir müssen wahrscheinlich ohnehin auf Wes verzichten. Ich will die Jungs nicht hängen lassen. Außerdem …« Wie sollte er nun sagen, dass er Angst um seinen Job hatte?

»Spinnst du? Was, wenn die sie finden?« Lyndsay ging noch weiter zurück, immer wieder schüttelte sie den Kopf. »Sie braucht doch Hilfe. Ich kann auch mitkommen. Dann bin ich nicht alleine.« Es war nicht zu übersehen, dass ihr seine Begründung, warum er June nicht suchen konnte, nicht gefiel. Dass sie die Erklärung sogar albern fand.

»Lyn, vielleicht will sie keine Hilfe, vielleicht ist das der Grund, warum sie abgehauen ist. Lyn, bitte.« Er ging auf sie zu und zog sie an sich, obwohl sie ihm fassungslos ausweichen wollte.

»Du bist herzlos.« Ihre Stimme brach, als sie zu ihm aufsah. »Dann suche ich sie halt alleine.«

»Das tust du nicht! Und herzlos bin ich auch nicht. Wo soll ich sie suchen? Was, wenn mein Team mich braucht? Was, wenn die Typen hier auftauchen und dir was antun? Oder wenn sie dich irgendwo abfangen. Lyn, ich kann dich nicht schützen, wenn ich nicht hier bin und ich kann hier nicht weg, weil mein Team mich auch braucht. Ich bin schon einmal über die Befehle hinweggegangen. Ich brauche meinen Job. Und ich glaube, June weiß, wie sie sich vor diesen Kerlen verstecken kann. Die sind doch eh auf der Flucht. Die wollen sich bestimmt gerade selbst verstecken und werden keine Jagd auf sie machen.« Er redete sich in Rage. Der Wunsch, sich zu erklären, war riesig. Lyndsay sollte nicht glauben, dass er kein Mitgefühl hatte, oder dass er June nicht helfen wollte. Irgendwie wollte er ihr klarmachen, warum er so handelte. Aber, und das wurde ihm klar während er Lyndsay über den Rücken strich, mit seiner Erklärung versuchte er auch, sich selbst zu beruhigen. Er redete sich selbst ins Gewissen. Lyndsay seufzte und löste sich trotz seines Protestes von ihm.

»Das ist nicht fair.« In ihren braun-grünen Augen konnte er Mitleid erkennen. »Sie sollte nicht ständig weglaufen.«

»Sie ist aber auch kein kleines Kind mehr. Wenn sie nicht hierbleiben will, müssen wir das akzeptieren. Und ich denke wirklich, dass sie sich nicht mehr in Gefahr befindet.« Rod hatte nach Lyndsays Handgelenken gegriffen und hinderte sie so daran, noch weiter zurückzutreten.

»Was willst du Wes sagen?« In ihrem Gesichtsausdruck konnte er die Unsicherheit sehen, die er bei dieser Frage spürte. Was sollte er seinem Kollegen sagen, dem er versprochen hatte, auf June aufzupassen. Schluckend brachte er schließlich ein leises: »Die Wahrheit«, hervor. Es würde nichts bringen Wesley anzulügen. Vor allem, was sollte er sich für eine Lüge einfallen lassen, die das Verschwinden erklärte? Da gab es nichts. June war aus freien Stücken gegangen. Sonst hätte es Einbruchspuren gegeben, es wäre nicht aufgeräumt und auch der Zettel wäre nicht da gewesen.

»Er wird enttäuscht sein.« Lyndsay kam wieder näher und legte ihre warmen Hände in seinen Nacken. Bei dieser Berührung bekam er eine angenehme Gänsehaut. »Versprichst du mir was?« Sie sah ihm direkt in die Augen, als er erwidern wollte, dass Wesley in seinem Leben schon viele Frauen enttäuscht hatte.

»Was denn?« Es gab nur eines, was er und seine Kollegen nie versprachen. Aber diesen Punkt kannte Lyndsay.

»Das du nie einfach verschwindest und nur einen Zettel da lässt.« Sie küsste ihn sanft, ehe er antworten konnte. Erst als sie sich von ihm löste, war es ihm möglich, sich zu äußern.

»Ich habe nicht vor, einfach zu verschwinden.« Mit dem Daumen strich er über Lyndsays Wange.

»Versprich es.« Sie griff nach seiner Hand und hielt sie so dort, wo sie war. Ihre weiche Haut lag warm an seiner Handinnenfläche.

»Versprochen.«

32.

Junes Atem sorgte dafür, dass die Scheibe des Busses beschlug, in dem sie saß. Es würde noch Stunden dauern, ehe sie ihr Ziel erreicht hatte. In dieser Zeit wollte sie es schaffen und ihre Gedanken von dem lösen, was passiert war. Auch wenn sie sich in Wesleys Nähe wohlgefühlt hatte und froh war, dass Rod und Lyndsay ihr ein Heim auf Zeit angeboten hatten, wollte sie ihnen nicht weiter zur Last fallen. Schon den ganzen Abend hatte sie sich Vorwürfe gemacht, die noch schlimmer geworden waren, als Lyn und Rod sich zurückgezogen hatten. Sie war nicht in der Lage gewesen, sich hinzulegen. Deshalb hatte sie das Wohnzimmer aufgeräumt und schließlich gegen Mitternacht ihre Sachen genommen und das Haus verlassen.

Sie war schuld am Tod von Lyndsays Vater, der sonst vielleicht nur im Gefängnis gelandet wäre. Auch wenn sie diesen Mann nicht leiden konnte, war der Tod nicht unbedingt das, was sie ihm gewünscht hatte. Schon gar nicht, nachdem sie nun wusste, dass er eine Tochter hatte. Eine Tochter, die so ganz anders war als er. Nett und immer bereit zu helfen, bedingungslos. Das hatte Lyndsay nicht verdient. Vielleicht hätte es ohne sie irgendwann doch noch eine Versöhnung zwischen Vater und Tochter gegeben, auch wenn sie sich nur schwer vorstellen konnte, dass Lyndsay ihrem Vater vergab. Es gab Dinge, die man nicht vergeben konnte.

Vor ihren Augen zogen Autos vorbei, die den Bus auf dem Highway überholten. Der Platz neben ihr war frei. Vor ihr saß ein älteres Ehepaar und sie hatte beim Einsteigen einen jungen Mann gesehen, der zwei Reihen hinter ihr saß. Ob diese Menschen, wie sie, ohne Plan aufgebrochen waren? Oder wussten sie genau, wo sie hinwollten und was sie dort erwartete? Sie wusste zwar, wo sie hinwollte, wusste aber nicht, was auf sie zukam. Vor allem stellte sie sich die Frage, wie es weitergehen sollte. Sie würde bei null anfangen müssen. Ein neuer Job, ein neues Leben. Vielleicht fand sie schnell eine Wohnung, aber würde es ihr gelingen, ihren Lebensunterhalt sofort zu verdienen? Wie lange würde es dauern, bis sie einen Job finden würde?

Ihr Kopf sank gegen die Scheibe, dann blickte sie nach oben. Der Bus war alt, besaß keine Klimaanlage und die Lüftung würde bald nur noch warme Luft in den Bus bringen. Sie saß in einem rollenden Gefängnis, in dem sie nicht einmal die Fenster öffnen konnte, wenn es zu warm wurde. Aber sie hatte es sich so ausgesucht, Wesley nicht. An Wesleys Situation war auch sie schuld. Sie hätte ihn auf Abstand halten müssen. Sie hätte nie mit ihm sprechen dürfen. Der ganze Kontakt hätte in dem Moment, in dem er sie nach dem Krankenhausaufenthalt gefunden hatte, abgebrochen werden müssen. Sie hätte nie zu ihm ins Auto steigen dürfen. Nun saß er wegen ihr im Gefängnis. Weil er sie hatte schützen wollen. Nun bestand die Möglichkeit, dass er seinen Job verlor. Ihretwegen. Mit dieser Schuld konnte sie nicht leben. So konnte sie ihm nicht wieder unter die Augen treten. Da mochte das warme Gefühl in ihr noch so schön sein, wenn sie ihn sah und an ihn dachte. Wenn er sie streichelte und sie einfach nur neben ihm liegen konnte, ohne Angst haben zu müssen. Warum gab ausgerechnet er ihr dieses Gefühl von Geborgenheit?

Sie wischte sich eine Träne aus dem Auge. Irgendwann würde sie ihn vergessen. Das hatte sie sich vorgenommen. Und er würde irgendwann die Frau finden, mit der er glücklich werden würde. Wenn Lyndsay recht hatte, würde er sich wahrscheinlich schnell mit einer anderen Frau über sie hinwegtrösten. Sie wünschte ihm, dass er die vergangenen Tage vergaß.

33.

Wesley schnaubte. Seine Zelle wurde langsam, aber sicher gefühlt immer enger. Außerdem war nachts ein Mann in die Nachbarzelle gebracht worden, der seit seiner Einlieferung randalierte. Seitdem konnte Wesley nicht mehr schlafen, denn die Beamten wiesen den Randalierer ständig zurecht. Es herrschte immer nur wenige Minuten Ruhe, dann fing er erneut an zu brüllen, schlug gegen die Wände und beschimpfte die Beamten, was bei Wesley stetig wieder dafür sorgte, dass er den Beamten am liebsten helfen würde. Nur er konnte es nicht. Er durfte hier sitzen, auf dem schmalen Bett mit Blick auf sein WC und sein Waschbecken und darauf warten, dass er vielleicht irgendwann gehen konnte.

Er hatte keinen Plan, wie spät es inzwischen war. Nur dass er mal wieder viel zu lange nicht geschlafen hatte, war ihm klar. Sollten die kommenden Tage auch so werden? Wie sollte er dann nicht den Verstand verlieren? Er durfte nicht, wie der Mann nebenan, seiner Wut und seinem Frust freien Lauf lassen, dann würde er hier nie rauskommen. Und doch zweifelte er daran, dass er wieder gehen konnte. Die Liste der Dinge, die in den Jahren vor seiner Zeit in der Navy passiert waren, war lang. Navy oder Gefängnis war damals seine Auflage gewesen. Die Navy hätte ihn schon bei der ersten Befehlsverweigerung und bei den ersten Verstößen rauswerfen müssen, aber irgendwie war er immer an Vorgesetzte geraten, die alles dafür getan hatten, dass er bleiben konnte.

Mord war aber nun doch etwas, was auch John und Sean nicht schönreden könnten. In den letzten Stunden hatte er sich viele Gedanken gemacht. Vielleicht würde man ihn zwingen, einen Psychologen aufzusuchen. Was, wenn dieser ihm PTBS bescheinigen würde? Etwas anderes war seine Wahnvorstellung, die er gehabt hatte, als Roberts June festgehalten hatte, doch nicht gewesen. Es war Einbildung gewesen, die einzig und alleine auf seiner Kindheit und Jugend beruhte.

Mit irgendwelchen Belastungsstörungen durfte er sicher nie wieder eine Waffe anfassen. Was, wenn er irgendwann einen völlig unbeteiligten und harmlosen Bürger erschoss, weil diese Wahnvorstellung ihn heimsuchte? Der Gedanke, dass er eine Gefahr für die Allgemeinheit war, wurde immer präsenter und drohender. Eine Bedrohung für die Gesellschaft, eine tickende Zeitbombe, die man wegsperren oder der man sich entledigen musste.

Ein Klacken an der Zellentür ließ ihn aufsehen. Die Tür wurde geöffnet und ein Beamter trat in die Zelle.

»Petty Officer Stone, Sie können gehen.« Der Mann trat zur Seite und hinter ihm tauchte Rafael auf.

»Ich dachte, ich hole dich persönlich ab. Hast ja tolle Nachbarn hier.« Rafael deutete mit dem Kopf zur Seite. Der andere Gefangene hämmerte erneut gegen die Wand.

»Verdammte Scheiße, nun lass den Mist doch endlich«, brüllte der Unifomierte, und sah dann über die Schulter zu Rafael. »Wenn ich könnte, wie ich wollte …«

»Hättet ihr ihn hier reingebracht, würde er schon lange nichts mehr sagen«, platzte es aus Wesley heraus.

Der Beamte trat zur Seite und deutete auf die Tür. »Bitteschön.«

»Danke.« Wesley nickte dem Beamten kurz zu.

Als er das Revier verließ, war er sich sicher, dass er vor Jahren nicht einfach so ruhig gegangen wäre. Er hätte die Beamten beschimpft und wäre wohl schnell wieder hinter Gittern gelandet.

»Nimmst du deinen Wagen oder soll ich dich fahren und wir holen ihn in den nächsten Tagen?« Rafael war knapp hinter der Tür stehengeblieben, so dass er sich zu ihm umdrehen musste.

»Ich fahr selbst.« Mit diesen Worten wurde ihm jedoch klar, dass er keine Ahnung hatte, wo sein Wagen eigentlich war. Den Schlüssel hatte man ihm zwar gerade zusammen mit seinem Portemonnaie und seinen Papieren zurückgegeben, aber ob sein Auto noch an der Hütte stand, hatte ihm niemand gesagt. Selbst wenn es noch dort wäre, müsste Rafael ihn dorthin bringen.

»Steht der noch an der Hütte?« Fragend hob er den Schlüssel.

»Nein, man hat ihn in die Verwahrstelle gebracht«, erklärte Rafael schulterzuckend und deutete auf einen eingezäunten Bereich neben der Wache.

»Heißt das, dass ich auch noch zahlen darf?« Wesley kniff die Augen fragend zusammen und musste sich daran hindern, mit den Zähnen zu knirschen. Es war doch völlig ausreichend, dass er eine Nacht in Untersuchungshaft verbracht hatte und nun suspendiert war, da musste er doch nicht noch sein Auto auslösen.

»Ich befürchte, genau das heißt es.« Rafael lächelte gequält.

»Kannst du da nicht was machen? Du bist NCIS-Agent.«

»Ich war … und nein, ich kann da nichts machen. Eigentlich hätte ich überhaupt nichts zu melden gehabt. Ich bin ja kein Anwalt. Also, soll ich dich mitnehmen?« Rafael deutete auf einen dunklen SUV.

»Es wird jeden Tag teurer, wenn er da stehenbleibt, oder?« Insgeheim wünschte er sich, dass sich an seinen Informationen etwas geändert hatte.

»Du hast es erfasst, Casanova.« Rafaels Grinsen wurde immer breiter. »Also heute zahlen oder erst morgen oder in ´ner Woche …«

»Oder in einem Monat gleich ´nen Neuen kaufen. Ich fahr selbst.« Er machte sich auf den Weg zu der eingezäunten Fläche. »Wir sehen uns später. Und danke.« Er nickte Rafael kurz zu.

»Alles klar. Ras nicht so, sonst ist hinterher ein Blitzer schuld, wenn wir dich nicht wieder aus dem Bau bekommen.« Rafael erwiderte seine Geste, während er sprach. Wesley wurde bewusst, was Rafael mit seinen Worten hatte ausdrücken wollen. Er war an einem Punkt, an dem ihn ein einziger Strafzettel für lange Zeit hinter Gitter bringen könnte.

Eine Dreiviertelstunde später war er endlich auf dem Weg nach San Diego. Die Beamten hatten seinen Shelby zwar unbeschadet abtransportiert, das Abschleppunternehmen, welches für die Polizei arbeitete, hatte aber einen anderen Wagen vor seinem abgestellt, so dass erst ein verlorener Schlüssel gesucht werden musste, ehe er seinen Wagen hatte mitnehmen können.

Seine Gedanken hingen an den Stunden, die er in der kleinen Zelle hatte verbringen müssen. Dieser Raum hatte ihm Angst gemacht. Der Gedanke, dass er vielleicht Tage dort hätte zubringen müssen, trieb ihm selbst jetzt noch den Schweiß auf die Stirn. Viel zu eng, die Luft zu schlecht, das künstliche Licht…. Wieder zog er Vergleiche zu dem Wesley, der er einmal gewesen war. Dieser Wesley hätte randaliert. Er hätte die karge Einrichtung zerlegt und dafür gesorgt, dass er noch weit mehr Zeit auf den wenigen Quadratmetern hätte verbringen müssen. In der Ausbildung, die er durchlaufen hatte, hatte er gelernt, vieles zu ertragen. Und doch war er bereits nach einem Tag hier in der Zelle an seine Grenze gekommen. Zumindest hatte es sich so angefühlt.

Ein Mercedes zog an ihm vorbei und Wesley warf einen verwunderten Blick auf den Tacho. Hundertsechzig kopfschüttelnd tat er nicht das, was er vor einiger Zeit noch getan hätte. Die Verfolgung aufnehmen. Nur für den Kick, für das Adrenalin. Schnell war der Wagen so weit entfernt, dass er ihn nicht mehr erkennen konnte. Nein, er spürte etwas, das ihn bremste, das beruhigend auf ihn einwirkte. Er war sich sicher, dass dieses etwas die Gedanken an eine Person waren. Es war die Vorfreude darauf, June zu sehen. Nur einen kurzen Moment hatte er mit der Überlegung gespielt, Rod Bescheid zu geben, dann hatte er sich dagegen entschieden. Er wollte wissen, wie June reagierte, wenn sie ihn sah. Vor seinem inneren Auge stellte er sich vor, wie sie ihm um den Hals fiel. Wenn er bei June war, könnte Rod wieder am Training teilnehmen und er selbst könnte das Nützliche mit dem Angenehmen verbinden. Er könnte ein Auge auf die beiden Frauen haben und June wäre automatisch in seiner Nähe. So könnte er wenigstens etwas für das Team tun. Rod könnte mit auf die Mission gehen und müsste sich keine Sorgen machen.

Froh, endlich in San Diego und am Haus von Rod angekommen zu sein, parkte er seinen Shelby an der Straße und nicht in der Einfahrt, da er davon ausging, dass Rod noch in den kommenden Stunden zum Team aufbrechen würde, wenn er ihn hier ablöste. Das Kribbeln in seiner Magenregion war ihm nicht mehr völlig unbekannt, und dass er lächelte, wurde ihm bewusst, als er sein Spielbild in der Scheibe der Tür sah. Er drückte die Klingel und versuchte etwas zu hören, doch es war erschreckend still im Inneren. Die Hoffnung, June zu sehen und zu spüren platzte, als Lyndsay die Tür aufzog, sich umdrehte und Rod rief, ohne ihn begrüßt zu haben. Ein ungutes Gefühl griff nach ihm.

»Wesley ist da.« Sie ging einfach wieder weg und ließ ihn skeptisch in der Tür stehen. Erst nach einigen Sekunden trat er ein und schloss die Tür hinter sich.

»Mit dir hab ich jetzt noch nicht gerechnet.« Rod kam aus dem Wohnzimmer, in das Wesley gerade gehen wollte. Er konnte nur eine Ecke des Sofas sehen. Dass Rod sich ihm in den Weg stellte, ließ seine Alarmglocken schrillen. Wollte Rod ihn nun wieder hinausgeleiten?

»Danke, ich freue mich auch, dich zu sehen.« Er wollte einen Blick an Rod vorbei werfen, hatte aber das Gefühl, sein Kollege würde sich mit voller Absicht in sein Sichtfeld schieben.

»Was ist hier los?« Wesley zwang sich, Rod in die Augen zu sehen und nicht wieder das erkennen zu wollen, was im Zimmer hinter Rod war.

»Ich … Alter ich weiß nicht, wie ich dir das nun erklären soll.« Rod schaute Wesley bekümmert an.

»Was?« Tief brummend stellte er fest, dass Lyndsay in der Küche war, sie aber genau im Auge hatte.

»Wes, sie ist weg.« Lyndsay kam mit mitleidigem Gesichtsausdruck aus der Küche.

»Was?« Wesley schnappte nach Luft. »Wie, sie ist weg?« Sein Blick wanderte von Lyndsay, die er im ersten Moment angestarrt hatte, zu Rod. »Du Arsch hast mir versprochen, dass du auf sie aufpasst.« Er konnte seinen steigenden Blutdruck spüren. »Du hast gesagt, du passt auf.« Er gab Rod einen Stoß. »Ich habe dir vertraut.«

»Wes, sie ist heute Nacht abgehauen.« Rod hob nicht mal die Hände, er blieb einfach vor ihm stehen, als wäre nichts passiert.

»Und warum hast du sie nicht aufgehalten?«, schnauzte Wesley weiter. Dass sein Kollege so ruhig vor ihm stand, regte ihn auf. Wie konnte er einfach die Ruhe bewahren?

»Weil wir geschlafen haben«, mischte sich nun Lyndsay ein.

»Und du hast ihr sicher vorher wieder erzählt, dass ich ein Weiberheld bin, oder?« Nun machte er einen Schritt auf Lyndsay zu. Sein Puls jagte, er musste sich zwingen, nicht weiter zu gehen.

»Ich habe ihr gar nichts gesagt«, fauchte Lyndsay ihn wütend an.

»Ne, schon klar. Du hast ihr doch schon am ersten Tag klargemacht, dass ich ständig alle Weiber nur flachlege«, brachte er zähneknirschend hervor.

»Und du weißt, dass das nicht gelogen ist.« Lyndsays Worte waren nur noch ein leises Raunen, das bei ihm einen Schalter umlegte. Er konnte sie nicht mehr hören, diese Vorwürfe. Einen weiteren Schritt auf Lyndsay zumachend, wollte er sie an den Schultern packen und ihr sagen, dass sie den Mund halten sollte, doch plötzlich schob Rod sich vor ihn.

»Wag es nicht!« Drohend baute Rod sich vor ihm auf und drängte ihn, ohne ihn zu berühren, ein Stück im Flur zurück. »Fass sie nicht an.« Rods Stimme war nur noch ein tiefes Grollen.

»Halt einfach die Schnauze. Du hast doch echt keine Ahnung.« Er schaute Lyndsay mit wutblitzenden Augen an. Lyndsay wirkte jedoch nicht so, als hätte sie Angst vor ihm. Mehr so, als würde sie ihm im nächsten Augenblick nochmals die Meinung sagen.

»Und du, du bist das größte Kollegenschwein überhaupt. Dass dir überhaupt wer sein Leben anvertraut, wundert mich.« Wesley rang mit seiner aufkochenden Wut als er Rod anfuhr. Er musste sich zwingen, Rod nicht einfach niederzuschlagen. Auch wenn er sich sicher war, dass er diesen Kampf gewinnen würde, wollte er diesen Konflikt nicht mit den Fäusten lösen. Etwas in ihm hielt ihn zurück. Rods wütender Blick fraß sich förmlich in ihn hinein. Wesley entging nicht, dass Rod bis aufs Blut gereizt war. Die in der Luft liegende Spannung war greifbar. Wesley drehte sich, den Atem anhaltend, um und verließ das Haus, ohne Rod nochmals anzusehen. Eine Sekunde länger in diesem Raum und er würde explodieren. Er hatte damit gerechnet, dass sein Kollege etwas zu dem Vorwurf sagen würde, dass man ihm nicht vertrauen konnte. Dass Rod nichts gesagt hatte, wunderte ihn jedoch nur noch am Rande, als er seinen Wagen erreicht hatte. Das Zittern seiner Hände bemerkte er erst, als er seinen Wagenschlüssel aus der Hosentasche zog.

»Wo willst du hin?« Rods Rufen nahm er kaum wahr. Er würde nicht antworten. Wenn sein Kollege vorhatte, tatenlos herumzusitzen, sollte er es tun. Er würde nicht darauf warten, dass June sich meldete oder dass jemand sie fand. In seinen Wagen steigend zog er sein Handy aus seiner Hemdtasche und wählte Junes Nummer. Bereits nach dem ersten Freizeichen meldete sich die Mailbox. Fluchend beendete er die Verbindung und startete den Motor. Die Fahrertür wurde aufgerissen und Rods Pranken legten sich an seinen Kragen. Den Wagen abwürgend hustete er, als Rod ihn aus dem Sitz riss.

»Wo willst du hin?« Rod betonte jedes einzelne Wort, als er ihn mit dem Rücken an den Wagen presste. »Sag mir nie wieder, dass man mir nicht vertrauen kann, Alter. Nie wieder, hast du das gehört? Sonst landet echt irgendwann eine Kugel in deinem beschissenen Rücken.«

Wesley rang nach Luft und wollte blinzelnd die Sterne vor seinen Augen vertreiben, als Rod endlich seinen Griff löste.

»Warum hast du sie nicht aufgehalten?« Keuchend sog Wesley die Luft ein.

»Alter, hörst du nicht zu? Sie ist heute Nacht abgehauen. Ich habe es nicht mitbekommen. Vielleicht ist sie direkt verschwunden, nachdem wir ins Bett gegangen sind. Und glaub ja nicht, dass ich mir keine Vorwürfe mache. Aber vielleicht will sie auch einfach nicht hierbleiben oder nicht gefunden werden«, schnauzte Rod weiter, hatte aber einen Schritt nach hinten gemacht.

»Das glaubst du doch selbst nicht!«, fuhr Wesley seinen Kollegen an.

»Ich hab keine Ahnung, was ich glauben soll.« Nun wurde Rod ruhiger und atmete sichtbar durch. In Wesley tobte hingegen immer noch eine unglaubliche Wut auf seinen Kollegen, der keine erneuten Anstalten machte, ihn zu attackieren. »Also, wo willst du hin?« Rod deutete mit dem Kopf die Straße entlang.

Wesley wurde nicht nur bewusst, dass Rod diese Frage nun zum dritten Mal stellte, sondern auch, dass er selbst keine Antwort darauf hatte. Er wusste nicht, wo er hinwollte. Er hatte nicht mal den Funken einer Ahnung, wo er June nun suchen sollte.

»Es gibt die Straße runter eine Bushaltestelle. Dort hält ein Bus, mit dem du quer durchs Land kommst. Ist nicht so teuer, als wenn du den Flieger nimmst, dauert aber ewig, da sie an jeder Milchkanne anhalten«, erklärte Rod. »Vielleicht hat sie den Bus genommen, ansonsten keine Ahnung, Flughafen, Bahn … Wes, sie kann überall sein, das sollte dir klar sein. Und wenn sie nicht mit dir reden will, wirst du sie nicht finden.« Sein Kollege sah ihn beinahe mitleidig an.

»Ich weiß.« Er lehnte sich gegen seinen Wagen. »Aber ich glaube, ich weiß wo sie hin will.« Wesley war eingefallen, dass June etwas für sie vielleicht sehr Wichtiges nicht getan hatte, als sie in Tucson gewesen waren. Rod hob fragend die Augenbrauen.

»Sie ist nach Hause.« Er stieg wieder in seinen Wagen.

»Willst du nun echt nach Tucson fahren? Fahr zum Flughafen und flieg hin.« Rod schüttelte verständnislos den Kopf. Wesley war klar, dass er mit dem Flieger schneller in Arizona sein würde, aber er hatte die Strecke schon einmal mit dem Wagen zurückgelegt. Und wenn er Pech hatte, würde er erst in einigen Tagen einen Platz im Flieger bekommen können.

»Ja. Sag den anderen, wo ich bin. Ich lass mein Handy an.« Er zog die Tür seines Wagens bereits zu, als Rod nickte. Wesley war froh, dass Rod ihn nicht aufhielt. Seine Nerven würden keinem weiteren verbalen Angriff standhalten. Er war sich sicher, dass er dann die Kontrolle verlieren würde. Mit einem Blick in den Rückspiegel lenkte er den Wagen auf die Straße. Nach nur wenigen Metern warf er einen erneuten Blick in den Rückspiegel und sah, wie Lyndsay auf Rod zuging. Endlich löste er den Blick. Er wollte nicht sehen, wie sein Kollege nun von seiner Lebensgefährtin in den Arm genommen wurde.

34.

»Fährt er sie suchen?« Lyndsays Worte strichen warm an Rods Hals entlang. Sie hatte ihre Arme von hinten um ihn geschlungen und ihren Kopf an seinen Nacken gelehnt. Nickend sah er Wesley nach.

»Das ist gut«, murmelte Lyndsay, immer noch hinter ihm stehend.

»Vielleicht auch nicht.« Flüsternd drehte er sich in ihrem Arm um und zog sie eng an sich.

»Warum nicht?« Sie hob ihre Augenbrauen, als sie zu ihm aufsah.

»Ich glaube, sie will nicht gefunden werden. Warum sollte sie sonst ständig abhauen?« Er schüttelte knapp den Kopf.

»Sie ist nicht immer wieder abgehauen.« Lyndsay löste sich von ihm und sah ihn mit strafendem Blick an, was ihn verwunderte.

»Nicht?«

»Sie ist vor diesen Typen geflüchtet, dann aus dem Krankenhaus, weil sie es da nicht ausgehalten hat … ich kenne da im Übrigen noch einen, der aus Krankenhäusern abhaut.« Sie grinste, ehe sie weitersprach. »Aber sie ist nicht immer wieder geflüchtet. Erst recht nicht vor Wes. Vielleicht ist sie jetzt auch nur abgehauen, weil sie sich unsicher ist?« Kleine Fältchen entstanden auf Lyndsays Stirn und Rod war einen Augenblick sprachlos. »Was denkst du?« Lyndsay kniff die Augen zu schmalen Schlitzen zusammen, als könnte sie so in seinen Kopf hineinsehen.

»Ich wundere mich gerade über dich.« Er musste grinsen, als er bemerkte, wie sich Lyndsays Gesichtsausdruck veränderte.

»Rod, du bist unmöglich. Ich kann auch mal was ganz Schlaues sagen.« Sie boxte ihn zaghaft.

»Ach komm, mein kleines Tonscherbennaivchen.« Er zog sie wieder an sich, ehe sie ihm entwischen konnte.

Am Mittag, als er bereits kurz davor war, einen Lagerkoller zu bekommen, weil er den ganzen Tag auf dem Sofa verbracht hatte, klingelte sein Handy. Es war Johns Nummer. Lyndsay, die mit dem Kopf auf seinem Schoss lag, drehte sich so, dass sie ihn ansehen konnte. Nur widerwillig nahm er das Gespräch an.

»Komm bitte zur Base, bring von mir aus Lyn mit, damit nicht noch was passiert. Wir haben einen Einsatzbefehl und ich brauch dich hier.« John klang abgehetzt.

»Ich bin unterwegs.« Er wollte so viele Fragen stellen, wusste aber, dass sein Captain diese nicht am Telefon beantworten würde. Lyndsay musterte ihn mit größer werdenden Augen. »Pack dir ein paar Sachen ein, wir fahren zur Base. Ich lass dich hier nicht alleine und ich weiß nicht, ob wir heute Abend zurückfahren, oder ob ich ein paar Tage wegmuss.« Es fühlte sich seltsam an, Lyndsay mitzunehmen. Sonst war er es, der in Momenten wie diesen seine Sachen in den ohnehin schon fast vollständig gepackten Rucksack steckte und das Haus verließ. Dass sie dann womöglich weinend hinter der geschlossenen Tür stand, war ihm bewusst, aber das konnte er ausblenden. Jetzt sah er die wachsende Unsicherheit in ihren Augen, als er aufstand.

Er benötigte nur wenige Minuten, um einige Kleidungsstücke vom Wäscheständer zu nehmen und in seinen Rucksack zu stecken und auch Lyndsay tauchte nach knapp fünf Minuten mit einer gepackten Tasche im Flur auf.

»Können wir?«, fragend blickte er sie an. Normalerweise wäre er schon im Wagen und unterwegs, heute würde er etwas länger brauchen.

»Ich denke ja.« Sie kam auf ihn zu. Er konnte ihr ansehen, dass ihr die Situation nicht geheuer war. Die Angst in ihren Augen war nicht zu übersehen. Das Gefühl, das ihn beschlich, als er von Lyndsay gefolgt das Haus verließ, legte sich unangenehm auf ihn. Auch an der Base angekommen, wo er auf Syrell stieß, der von Yvonne begleitet wurde, änderte sich dieser Druck nicht. Yvonnes Bauch war in den letzten zwei Wochen, die er sie nicht gesehen hatte, enorm gewachsen und die Art, wie sie ging, erinnerte ihn an einen Pinguin. Dabei waren es noch einige Monate bis zur Geburt. Aber es war einfach ungewohnt, die sonst durchtrainierte Frau nun in ihrem doch freudigen Zustand zu sehen.

»Wieso ist Yvonne hier?« Lyndsay holte ihn nach nur wenigen Metern ein, nachdem sie aus dem Wagen gestiegen waren.

Diese Frage hatte auch er sich bereits gestellt. Am Training nahm sie schon eine Weile nicht mehr teil und selbst die Trainingseinheiten am Schießplatz gab sie nicht mehr. Dass sie nun hier war, war ein Zeichen dafür, dass der Einsatz kurz bevorstand. Wer von ihnen ihn bestreiten würde, würden sie sicher gleich erfahren. Bis vor einiger Zeit wären sie alle dabei gewesen. Es war nie jemand hiergeblieben, aber genau das sollte sich ändern. Es würden nur einige von ihnen gehen, die anderen würden zurückbleiben, um für andere Einsätze zur Verfügung zu stehen. Rod tauchte aus seinen Gedanken auf, als er sah, wie Lyndsay Yvonne zur Begrüßung kurz umarmte und anschließend Syrell ebenfalls mit einer Umarmung begrüßte. Diese Gesten gab es nur außerhalb des Teams. Untereinander reichte ein *Hi* oder auch ein schweigendes Nicken. Während Yvonne Lyndsay mit sich in die Base zog, blieb Syrell einige Meter von der Tür entfernt stehen und wartete auf ihn.

»Er ist sie suchen, oder?« Syrell atmete in einer Art aus, die klar machte, dass er nicht begeistert von Rods Antwort sein würde.

»Jap.« Ohne stehen zu bleiben, ging Rod weiter.

»Scheiße.« Fluchend schloss Syrell zu ihm auf.

»Er kann doch eh nichts machen. Er ist suspendiert, bis der Mist geklärt ist.« Rod redete, den Flur betretend, weiter.

»Wir können aber auch nichts für ihn tun, wenn er nun Probleme bekommt. Es wäre besser, wenn er die Füße stillhalten würde.« Syrell ging direkt neben ihm ins Konferenzzimmer, wo Yvonne an einem der Tische stand.

»Lyn ist in der Küche«, erklärte sie knapp und ließ sich auf einem der Stühle nieder.

Die lockere Stimmung war wenig später verflogen. Der Einsatzbefehl stand. In spätestens achtundvierzig Stunden würde ein Teil des Bravo Teams nach Dschalalabad aufbrechen, um von dort nach Tirah vorzustoßen. Zu diesem Teil gehörte auch er. Da Wesley ausfiel und sie einen zweiten Scharfschützen neben Nuyen Sato benötigten, würde Lexi sie begleiten. Und weil Tom als Doc zusätzlich ausfiel, da er sich eine Verletzung zugezogen hatte, die ihn in seiner Bewegung mehr einschränkte, als es ihm lieb war, hatte Nick Black sich bereiterklärt, mitzufliegen. Darrel und John würden sie als CO und Captain leiten, außerdem hatte Ryan ebenfalls den Befehl erhalten, seine Sachen zu packen. Ob er tatsächlich mit ihnen nach Tirah gehen würde, sollte sich jedoch erst vor Ort entscheiden. Der Rest des Bravo Teams würde sie bis nach Dschalalabad begleiten und dann von dort aus mit Drohnen die Mission überwachen. Es ärgerte ihn, dass nicht das Alpha Team aufbrechen würde. Dieser Ärger war auch anderen im Team anzusehen. Ihr letzter Einsatz lag nicht lange zurück und das Alpha Team hatte seit der Splittung der IATF in die beiden Unterteams noch keinen großen Einsatz bestritten. Die nächsten Stunden würden sie nochmals ins Killhouse gehen und anschließend mussten sie ihre Ausrüstung packen. Die Zeit, um sich Gedanken um Lyn oder Wesley zu machen, war vorbei. Er musste sich auf seinen Auftrag und seine Kollegen konzentrieren.

Als er das Konferenzzimmer verließ, konnte er nicht umhin, ein Gespräch von Liv und Rafael zu belauschen, die sich darüber unterhielten, dass das CIA angeblich ebenfalls eine Operation in dem Gebiet plante. Die beiden rechneten damit, dass die Mission des Bravo Teams im letzten Moment abgesagt werden würde. Aber das war etwas, was Rod jetzt nicht interessierte. Auch wenn er nicht versessen darauf war, in den Einsatz zu gehen, mussten sie alle erst einmal damit rechnen, dass sie aufbrechen mussten.

Als er die Küche erreichte, sah Lyndsay von einer Tasse auf. Schweigend ging er auf sie zu, setzte sich neben sie und richtete seinen Blick auf den Tisch, während er nach passenden Worten suchte. Warum war es so viel einfacher, sich zu verabschieden, wenn er bei sich zu Hause war?

»Wir müssen in zwei Tagen los.« Er zwang sich zu einem Lächeln, als er den Blick hob. Lyndsay nickte stumm, dass sich Tränen in ihren Augenwinkeln sammelten, entging ihm jedoch nicht. Auch wenn seine Gedanken nun dem Einsatz gelten sollten, beschäftigte ihn etwas weit mehr als das unwegsame Gelände, die kalten Nächte und das Ungewisse, was sie in Afghanistan und Pakistan erwarten würde. Es war Lyndsays Sicherheit, die ihn beunruhigte, weswegen er kurz davor war John zu bitten, jemand anderes zu schicken. Das unangenehme Schweigen zwischen ihnen machte die Situation von Minute zu Minute schwerer zu ertragen.

»Vielleicht solltest du ein paar Tage zu Harper gehen oder so.« Er beobachtete Lyndsay und war gespannt auf ihre Reaktion. Der Gedanke, dass sie alleine in ihrem Haus saß, während die Mitläufer ihres Vaters noch auf freiem Fuß waren, beunruhigte ihn. Als sie den Kopf schüttelte, konnte er sich ein Aufstöhnen nur knapp verkneifen.

»Ich bleib so lange hier. Oben habt ihr ja noch Zimmer.« Ihr entschlossener Gesichtsausdruck machte klar, dass sie nicht mit sich reden lassen würde. Obwohl sie hier in Sicherheit war, würde es die nächsten Tage ständig laut und hektisch zugehen. Morgens wären spätestens um fünf alle wach und ehe man hier Ruhe fand, konnte es weit nach Mitternacht werden. Auch wenn er es ihr ausreden wollte, versprach er, sich um passende Papiere zu kümmern, damit Lyndsay ohne ihn einige Tage die Base betreten könnte. Sie könnte von hier einige ihrer Arbeiten erledigen. Auch wenn sie sicher lieber Scherben nummerierte und Schlachten rekonstruierte, die weit vor ihrer Zeit stattgefunden hatten.

»Ey, kommst du? Wir wollen noch eine Runde Türen eintreten.« Ryan stand in der großen Küchentür.

»Klar.« Er stand auf.

»Sehen wir uns noch?« Auch Lyndsay war auf gestanden. Ihre Augen waren voller Sehnsucht.

»Wahrscheinlich nur kurz.« Auch wenn sie geplant hatten, nach dem Training hierher zurückzukommen wusste er, dass dieser Plan sich schnell in Wohlgefallen auflösen könnte. Alles was kurz vor Einsätzen geplant war, konnte innerhalb eines Wimpernschlags über den Haufen geworfen werden. Es könnte gut sein, dass sie die kommende Nacht woanders und mit etwas anderem als schlafen verbringen würden. Wieder war Lyndsays Antwort nur ein stummes Nicken, ehe sie ihm in die Arme fiel.

»Pass auf dich auf.« Ihre heiseren Worte brannten sich tief in ihn und wenn sie ihre Umarmung nicht von sich aus gelöst hätte, wäre er wohl bei ihr stehengeblieben. »Und nun tritt diesen Arschlöchern in den Allerwertesten.« Ihr Lächeln war gekünstelt. Es war nicht zu übersehen, dass sie in diesem Moment alles tat, um stark zu wirken.

»Und du pass auf, dass du den Katastrophen aus dem Weg gehst, bis ich wieder da bin.« Er zwinkerte ihr zu.

35.

Kurz nach sechs Uhr abends erreichte Wesley Tucson. Beim letzten Mal war ihm das Schild, welches auf den riesigen Flugzeugfriedhof hier hinwies, entgangen. Heute hatte er es bemerkt und sich vorgenommen, dort vorbeizuschauen. Er hatte bisher nur Bilder gesehen. Dort reihten sich Flugzeug an Flugzeug, sortiert nach Transportmaschinen und Kampfjets. Die Maschinen waren zwar nicht mehr einsatzfähig, aber als Teilelager heiß begehrt. In der hier herrschenden Hitze und der dazu gehörigen trockenen Luft rosteten die Maschinen kaum und so standen viele schon seit Jahrzehnten hier. Es gab sogar Führungen über das Gelände. Vielleicht hatte er irgendwann mal die Ruhe, hier alles zu besichtigen, eventuell sogar gemeinsam mit June.

Als er auf die Einfahrt von Junes Elternhaus kam, wirkte alles wie bei seinem letzten Besuch. Es war kein Auto zu sehen und auch sonst war das Grundstück verlassen. Ihm fiel jedoch auf, dass die Gartenhandschuhe und der Spaten verschwunden waren. Ob man noch etwas über die Drogen herausgefunden hatte? Gab es eine wichtige Verbindung zwischen Junes Vater und dem von Lyndsay?

Er parkte seinen Wagen vor der Garage. Würde sie ihm die Tür öffnen? Was, wenn sie nicht da war oder nicht mit ihm reden wollte? War er in der Lage, sie zu vergessen? Alleine der Gedanke daran schmerzte. Er wollte sie nicht vergessen. Sie war so komplett anders als all die anderen Frauen, dass er sie weder vergessen wollte noch konnte. Aus dem Wagen steigend ließ er seinen Blick erneut über das Gelände schweifen. Der restliche grüne Rasen war in den letzten Tagen nun ebenfalls verbrannt und machte einen traurigen Eindruck. Es hatte sich niemand mehr darum gekümmert, dass das Grundstück bewässert wurde. Wahrscheinlich war Junes Bruder nicht einmal hier gewesen in den letzten Tagen. Er organisierte sicher alles von Tampa aus. An der Haustür stehend klingelte er und wartete darauf, dass sich die Tür öffnete, allerdings blieb sie auch beim dritten

Klingeln verschlossen. War June womöglich gar nicht hier? Wie hoch war die Wahrscheinlichkeit, dass sie zu ihrem alten Arbeitgeber gefahren war? Nein, das würde sie nicht machen. Er drehte sich um und blickte über die Einfahrt zur Straße. Aber wo könnte sie sein? Wie viele Orte gab es, an die sie flüchten würde und was hatte sie ihm alles verschwiegen?

Wesley entschied sich dafür, mit Samuel Reeves zu sprechen. Vielleicht konnte der Nachbar ihm helfen, schließlich kannte er June schon sehr lange. Mit etwas Glück konnte Samuel ihm ja auch von Freundinnen erzählen, bei denen June Unterschlupf hätte finden können. Er verließ das Grundstück und stand nach wenigen Metern in der sandigen Einfahrt des Nachbarn. Das Haus am Ende des Weges war das totale Gegenteil zu dem Prunkbau nebenan. Ein einfaches Heim aus Holzelementen, die Fläche vor dem Haus bestand aus verdorrtem Rasen und das gesamte Grundstück wirkte wenig gepflegt. Vor der eigentlichen Haustür war ein Rahmen befestigt, der mit einem feinen Gitter bespannt war, um Ungeziefer draußen zu halten. Eine Klingel entdeckte Wesley nicht. Er zog die Fliegentür auf und klopfte gegen die Glasscheibe der Haustür. Er konnte hören, wie im Inneren des Hauses ein Stuhl zurückgeschoben wurde. Nach nur wenigen Sekunden öffnete Samuel die Tür und blickte ihn erstaunt an.

»Du hier?« Ein leichtes Kopfschütteln verlieh den Worten noch mehr Unglauben als der Blick alleine.

»Ja. Ich suche June … mal wieder«, erklärte Wesley und fühlte sich plötzlich wie ein kleines Kind. Als wäre er auf der Suche nach seinem Haustier. Als müsse er von Tür zu Tür gehen, um den Verbleib zu klären. »Ich hatte gehofft, dass sie nebenan ist«, erklärte er nun sein Auftauchen.

»Sie war hier und hat den Schlüssel geholt.« Samuel biss sich kurz auf die Lippen, als müsste er ihm nun etwas äußerst Unangenehmes mitteilen. In Wesley kam der Gedanke auf, dass es einen anderen Mann in Junes Leben gab oder dass sie vielleicht schon wieder gefahren war. »Als ich sie das letzte Mal gesehen habe, ist sie in die Richtung gegangen. Es sind von hier aus ungefähr drei Kilometer zum Friedhof, ich denke, sie ist dort.« Samuel klang bei seiner Erklärung bedrückt, und zeigte mit dem Kopf in die Richtung, in die June gegangen war.

»Okay. Danke.« Wesley nickte dem Rentner zu und wandte sich ab.

»Wenn du auf den Friedhof kommst, gehst du an dem großen Gedenkstein rechts, dann den dritten Weg, dort findest du dann das Grab ihrer Eltern«, erklärte Samuel noch, hatte jedoch die Haustür bereits geschlossen, als Wesley sich bedanken wollte, der nach wenigen Schritten stehengeblieben war und die Wegbeschreibung mit dem Rücken zum Haus gehört hatte. Er könnte genauso gut vor dem Haus auf June warten. Trotzdem ging er nur wenig später an der Einfahrt vorbei. Er hatte Angst, dass June vielleicht nicht zurückkommen würde, dass sie ein weiteres Mal verschwinden würde. Auf diesem Weg würde sie ihm sehr wahrscheinlich entgegenkommen, wenn sie nach Hause ging. Oder er würde sie tatsächlich am Grab ihrer Eltern finden.

Er hasste Friedhöfe.

36.

Es fühlte sich absolut falsch an, hier zu stehen. June musterte die beiden Grabsteine, auf denen die Namen ihrer Eltern standen. Es waren schlichte graue Steine mit silberner Schrift. Namen, Geburtsdaten und der Tag ihres Todes waren darauf zu lesen. Mehr nicht. Kein liebevoller Spruch, kein Symbol. Auf vielen anderen hatte sie sie gesehen. Verse, die den Verlust beschrieben, Trost spendeten oder kleine Zeichen, die sicher etwas mit den Verstorbenen zu tun hatten. Rosen, Ähren, Blätter, Bücher. Etwas, dass jedes Grab persönlicher machte. Das ihrer Eltern wirkte erschreckend steril, auch wenn kleine Rosensträucher verzweifelt gegen das trockene Klima hier kämpften.

»Es tut mir so leid.« Flüsternd senkte sie den Kopf. »Ich hab mein Studium geschmissen und mich nicht getraut, es euch zu sagen. Und nun?« Ihre Stimme erstickte. Sie hätte diese Nachrichten ihren Eltern gern persönlich mitgeteilt, aber das Einzige, was sie tun konnte, war hier zu stehen und es bereuen, dass sie sich nie gemeldet hatte.

Immer noch stellte sie sich die Frage, warum ihr Bruder sie nicht gesucht hatte. Sie würde mit ihm reden. Sie wollte das Grab anders gestalten, sie wollte das Haus nicht verkaufen. Sie wollte dieses Stück heile Welt, das sie umfing, wenn sie es betrat, nicht verlieren, obwohl sie die Menschen, die es zu dieser heilen Welt gemacht hatten, bereits verloren hatte. Auch wenn sie nicht immer einer Meinung mit ihren Eltern gewesen war, wurde ihr nun schmerzlich bewusst, welche Lücke sie hinterließen. Sie würde hier neu beginnen. Irgendwie. Sie würde einen Job suchen, mit dem sie das Haus halten könnte und mit dem es ihr möglich sein würde, ihren Bruder auszuzahlen. Ja, der Verkauf hatte ihr im ersten Moment zugesagt, jetzt hatte sie ihre Meinung jedoch geändert.

Als sie vorhin angekommen war, sich den Schlüssel bei Samuel abgeholt und alleine von Zimmer zu Zimmer gegangen war, hatte sie sich zu Hause gefühlt. Hier waren ihre Wurzeln.

Ihre Eltern hatten viele Jahre dafür gearbeitet, damit sie und ihr Bruder eine glückliche Kindheit in diesem großen Haus, das sich so von den anderen der Nachbarschaft abhob, verleben konnten. Sie konnte und wollte sich nicht mit dem Gedanken anfreunden, dass jemand anderes in ihrem Elternhaus wohnte. Und immer wieder stellte sie sich die Frage, wie ihr Bruder damit klarkam und wie es sein konnte, dass er einzig und alleine an den Profit dachte. Mit dem Haus waren so viele unbezahlbare Erinnerungen verbunden, die sie nicht ohne weiteres wieder hergeben wollte und von denen sie befürchtete, sie würden für immer verloren gehen, wenn das Haus den Besitzer wechselte.

June hob den Kopf, als sie Schritte vernahm, die näher kamen. Ein kalter Schauer lief ihr über den Rücken und sie traute sich nicht, sich zu bewegen. Hatten sie sie nun gefunden?

»Hey, nicht weglaufen bitte.«

June hielt die Luft an, als sie sich umdrehte und direkt in Wesleys braune Augen sah. Dass er so nah war, hatte sie nicht gedacht. Sein Bart war völlig ungepflegt, er hatte tiefe Ringe unter den Augen und lächelte sie müde an.

»Wie … wie hast du mich gefunden?« Sie musste sich zwingen, ihm nicht um den Hals zu fallen. Sie wollte sich nicht freuen, dass sie ihn sah und doch machte ihr Herz einen Sprung und schlug schneller. Aber das sollte er nicht sehen, er sollte ihretwegen nicht noch mehr Probleme bekommen,

»Ich war bei dir zu Hause. Als ich dich dort nicht getroffen habe, habe ich Samuel gefragt wo …« Er deutete mit dem Kopf an ihr vorbei auf die beiden Grabsteine.

Sie schluckte schwer, wollte etwas sagen, konnte aber nicht, plötzlich hatte sie keine Worte mehr.

»Bitte nicht wieder weglaufen. Es ist so anstrengend, dich immer wieder zu suchen. Aber ich werde dich immer wieder suchen, egal wo und wie lange.«

Er griff nach ihren Handgelenken.

»Aber …«

»Kein aber June.«

Sie ließ sich von ihm an sich ziehen und ließ es zu, dass er sie sanft küsste.

»Ich hab vielleicht ein bisschen lange gebraucht, um es zu begreifen, aber ich habe schon ganz lange nach dir gesucht, weit länger als mir klar war. Lauf mir bitte nicht wieder weg.« Er hatte sich von ihr gelöst und das Glänzen in seinen Augen zog sie kurz in seinen Bann.

»Ich bin doch nur das Mädchen aus dem Straßengraben. Ich bin doch überhaupt nicht so wie die, mit denen du sonst so …« Sie wollte es nicht aussprechen. Es tat so gut, in seiner Nähe zu sein. Trotzdem hatte sie Angst, dass er nun gehen würde. Sie hatte ihn nicht verdient. Sie hatte nicht einmal sein Mitleid verdient.

»Vielleicht wollte ich all die anderen nie? Schon mal drüber nachgedacht? Das sind alles Trophäenjägerinnen, deren Trophäe ich war. Und ja auch ich war ein Jäger. Ich war auf der Jagd nach dem perfekten Moment, nach der perfekten Frau für mich.« Er machte eine Pause und schien die passenden Worte zu suchen. »Kennst du das Gefühl, wenn man etwas hat und sich im nächsten Augenblick die Frage stellt, ob vielleicht gleich etwas Besseres passiert und man dieses etwas verpasst, weil man das, was man hat, festhält? Man liebt was man hat, aber man ist immer auf der Jagd nach was Besserem?« Er sah ihr tief in die Augen. June gelang ein knappes Nicken.

»Ich will nicht weitersuchen, denn ich werde nie etwas Besseres als dich finden. Du bist das Beste, was mir passieren konnte. Vielleicht habe ich viele Ecken und Kanten und ja, da ist vieles, worüber ich nicht gerne rede, aber …« Er hob die Schulter ein Stück an und wirkte dabei schrecklich hilflos. »Nicht wieder weglaufen, versprich mir das. Wenn du mich nicht willst, dann schick mich jetzt weg. Aber lauf nicht weg, denn ich kann dich nicht beschützen, wenn du wegläufst. Ich bin niemand, der gut mit ungewissen Dingen umgehen kann.« Seine Stimme wurde heiser.

June war überwältig von dem, was er gesagt hatte. Noch nie hatte er so viel auf einmal gesagt und erst recht nicht hatte er über seine Gefühle gesprochen. Sie war in den letzten Tagen der Meinung gewesen, dass sie nur eine seiner Trophäen war. Eine, über die er irgendwann sagen würde, er hatte mal eine, die er im

Straßengraben gefunden hatte und die nur Ärger gebracht hatte, wegen der er sogar im Gefängnis gesessen hatte.

»Und?« Wesley sah sie flehend an.

»Ich lauf nicht wieder weg.« Die Worte fielen ihr leicht. Aber es gab etwas, was schwer auf ihr lag und was sie nun aussprechen musste. »Aber ich hab weder einen Job noch ein Dach über dem Kopf, wenn man vom Haus meiner Eltern absieht. Ich bin kein Partygirl. Ich hab keine Millionen. Ich …« Nun fehlten ihr die Worte.

»Du kannst ja erstmal mit zu mir in die Base kommen. Das Zimmer ist nicht groß, aber es wird schon passen.« Seine Hände lagen auf ihren Hüften.

»Darf ich da überhaupt hin? Ich meine, das ist doch sicher Militärgelände. Außerdem will ich das Haus behalten.« Sie konnte sich nicht vorstellen, dass es Wesley erlaubt war sie mitzunehmen.

»Sie steht etwas außerhalb und selbst wenn sie auf dem Gelände stehen würde, würde ich dafür sorgen, dass du mitdarfst. Oder du bleibst hier und ich bin in meiner Freizeit hier.« Nun näherten sich seine Lippen langsam ihren. Zaghaft und zärtlich legten sie sich auf ihre. Er kam einen Schritt näher, so dass sie die Wärme seines Körpers spüren konnte.

»Ich muss hier aber noch einiges erledigen.« Ihr fiel ihr Bruder ein. Dass er vorbeikommen wollte, um von ihr eine Unterschrift zu bekommen. Und dass sie Samuel versprochen hatte, ihm das Geld zurückzugeben. Sie konnte hier nicht sofort weg. Alleine der Teil ihrer Gedanken, der ihren Bruder betraf, machte ihr das Atmen schwer. Sie musste ihn irgendwie davon abbringen, das Haus zu verkaufen. Es musste einen Weg geben, auf dem sie das Haus behalten könnte und wie sie ihn davon überzeugen könnte, dass sie sehr bald in der Lage war, ihm seinen Pflichtteil zu zahlen.

»Dann bleibe ich, bis du alles erledigt hast.«

»Geht das?«

37.

Ihre Frage fühlte sich an wie ein Dolchstoß. Klar ging das, aber beim Gedanken an seine Suspendierung machte sich ein fader Beigeschmack breit. Er würde noch eine ganze Weile nicht zum Team stoßen können. Selbst das Training würde er nicht bestreiten können. Er war zum Zuschauen und Herumsitzen verdammt.

»Natürlich, sonst hätte ich es dir nicht angeboten.«

Junes warmes Lächeln jagte ihm einen angenehmen Schauer über den Rücken. Ihre Nähe sorgte dafür, dass er sogar den Frust, an den er gerade noch gedacht hatte, verdrängen konnte. Er betrachtete die Grabsteine. Das hier war eigentlich der völlig falsche Ort, um über eine Beziehung zu sprechen.

Es dauerte eine Weile, ehe June sich schweigend von ihm abwandte. Sie ging zurück zum Grab und hielt dort einen Moment inne. Wesley blieb hinter ihr auf dem schmalen Pfad stehen.

Auf dem Weg zur letzten Ruhestätte von Junes Eltern hatte er im Vorbeigehen die Namen und Daten der Verstorbenen gelesen. Die meisten von ihnen waren mindestens fünfzig oder weit älter geworden. Nur wenige junge Menschen waren hier begraben. Deren Grabstätten waren anders dekoriert als die der Älteren. Ein Grab eines Kindes hatte er gesehen. Spielzeug und Kerzen machten klar, wie sehr dieser Verlust immer noch schmerzte. Die Friedhöfe, die er in Uniform besuchte, waren anders. Neutraler. Nur wenigen Gräbern konnte man auf den ersten Blick den Schmerz des Verlustes ansehen. Was sie jedoch fast alle gemeinsam hatten, war, dass die Toten oft viel zu jung umgekommen waren. Junge Männer und Frauen, die ihr Leben für das anderer riskiert hatten. Bei seiner Arbeit hatten er und seine Kollegen stets alles getan, um die zu retten, die Hilfe benötigten. Nicht immer hatten sie es geschafft. Manchmal war ihr Auftrag auch nur der gewesen, Gefallene zu bergen.

Die Augen schließend, um die dunklen Gedanken zu verdrängen, atmete er mehrfach tief durch. Wo der Druck genau herkam, der sich gerade auf seine Brust legte, wusste er nicht.

»Alles okay?« Junes leise Frage ließ ihn die Augen wieder öffnen.

»Ja.« Ein knappes Nicken gelang ihm, ehe er über sie hinweg sah. Der Druck auf seiner Brust war hingegen nicht verschwunden.

»Wollen wir gehen?«

»Wenn du möchtest.« Er wollte ihr seinen Wunsch nicht aufzwingen. Wenn sie noch Zeit hier am Grab ihrer Eltern verbringen wollte, würde er auf sie warten, auch wenn dieser Ort Dämonen in ihm weckte, von deren Existenz er nichts geahnt hatte. Sie sollte nicht wegen ihm gehen müssen.

June antwortete nicht. Sie griff nach seiner Hand und trat neben ihn. Ihre Finger schoben sich warm neben seine und legten sich schließlich auf seinen Handrücken. Ohne zu sprechen, verließen sie den Friedhof. Auf dem Weg begegneten ihnen andere Besucher. Einigen konnte man den Schmerz ansehen, den dieser Ort innehatte, andere lächelten sie an. Erst vor dem Tor blieb June plötzlich stehen. Fragend sah er sie an.

»Danke.« Ihr rechter Mundwinkel hob sich und kleine Falten entstanden.

»Wofür?« Er war sich nicht sicher, was der Grund für ihren Dank war. Er hatte doch nichts Besonderes getan.

»Dass du mich gefunden hast.« Sie griff nach seiner freien Hand und trat vor ihn. Die in ihrem rechten Auge glitzernde Träne ignorierte er, als sie sich näherte. Voll und ganz von ihrem Blick gefesselt, legte er wenige Sekunden nach ihren Worten und ohne ihr zu sagen, dass er sie gerne gesucht und gefunden hatte, seine Lippen auf ihre. Das Gefühl, das ihn ergriff, war überwältigend und doch so anders als noch vor einigen Minuten auf dem Friedhof und vor Tagen in San Diego. Es hatte etwas Vertrautes, er hatte das Gefühl, angekommen zu sein. Der Wunsch, diese Lippen immer wieder auf seinen zu spüren, kam auf. Es war, als gehörten sie zusammen. Sonst empfand er bei Küssen wenig. Aufregung und Spannung auf das, was kommen konnte vielleicht, oder ein eindeutiges Verlangen. Aber das, und das hatte er bereits festgestellt, spürte er bei June in dieser Form nicht. Es war ihm nicht möglich, seine Emotionen zuzuordnen. So etwas hatte er einfach noch nie gespürt und auf keinen Fall sollte es enden. June beendete schließlich den Kuss und er konnte sich nur knapp daran hindern, mehr zu verlangen. Aber der Ort erschien ihm nicht unbedingt als geeignet. Auch wenn er besser war als mitten auf dem Friedhof.

Erst eine Stunde später wiederholte sich der Kuss. Mitten im Wohnzimmer des riesigen Hauses. Und wieder war es da, dieses Gefühl, für das er keine Worte finden konnte. Das ein wohliges Kribbeln herauf beschwor und den Wunsch, dieses nie wieder missen zu wollen. Nicht das aufgeregte Flattern von tausenden Schmetterlingen, die wild durcheinander flogen. Mehr ein warmer Sommerwind, der eine tiefe Zufriedenheit auslöste.

»Weißt du was?« June löste sich von ihm. Ihr Gesicht war immer noch von Blutergüssen gezeichnet und die Verbände an ihren Händen sorgten dafür, dass er bei seinen Berührungen vorsichtiger war, als er es sonst sein würde.

»Nein.« Seine Hände lagen an ihrem Gesicht und er genoss es, ihre weiche Haut an seinen Fingern zu spüren. Während er auf ihre Antwort wartete, entstanden kleine Fältchen an ihren Augen und sie blinzelte ihn frech an.

»Ich hab Hunger und der Kühlschrank ist leer.« June lachte leise auf.

»Dann lade ich dich zum Essen ein.« Ohne nachzudenken hatte er das gesagt. Er war sonst nicht der, der eine Frau zum Essen ausführte. Normalerweise war ein Drink an der Bar das Äußerste, aber dann war sein Ziel das Bett. In diesem Moment wollte er jedoch einen unvergesslichen Abend mit June verbringen. Irgendwo mit ihr an einem Tisch sitzen, Wein trinken, in ihrer Nähe sein, und das möglichst lange.

»So?« Ihre Mimik veränderte sich und sie hob ihre Hände, um ihm die verbundenen Handgelenke zu zeigen, was ihn einen Augenblick sprachlos machte. Dass sie in ihrem jetzigen Zustand nicht essen gehen wollte, war ihm nicht in den Sinn gekommen.

»Dann bestellen wir uns was und essen hier.« Mit den Fingern über die kleinen Fältchen streichend machte er ihr das Angebot und konnte sehen, wie die leichte Anspannung, die er zuvor gesehen hatte, verschwand. »Aber nächstes Mal darf ich dich ausführen.« Er wollte mit ihr ausgehen. Er wollte aller Welt zeigen, dass er mit dieser Frau glücklich war.

Erst weit nach Mitternacht fiel er neben June, die sich lachend zur Seite rollte, ins Bett. Sie hatten in den letzten Stunden viel geredet. Er hatte immer wieder nach ihrer Hand gegriffen, da er den Wunsch hatte, sie in seiner Nähe zu spüren und nicht nur einfach ihr gegenüber am Tisch zu sitzen. Es hatte lustige Gesprächsthemen gegeben aber auch ernste. June hatte ihm die Wahrheit darüber erzählt, wie sie an den Sierra Trail gekommen war und ihm gesagt, dass sie es bereute, gelogen zu haben.

Warum sie ihm erzählt hatte, dass man sie hatte loswerden wollen, und nicht, dass sie geflüchtet war, konnte sie ihm jedoch nicht mehr sagen. Vielleicht hatte es nie einen wirklichen Grund gegeben. Zudem hatte sie ihm erklärt, dass sie ihr Elternhaus nicht verkaufen wollte, dass sie alles dafür tun würde, damit ihr Bruder es nicht veräußerte. Wesley war es schwergefallen sich vorzustellen, wie man mit einem Haus ein glückliches Leben verbinden konnte. Sein Zuhause verband er mit Schmerz, Tränen, Wut und Schlägen. Selbst wenn es abbrennen würde, würde es keine Gefühle in ihm auslösen, nicht einmal Genugtuung würde er dann erwarten. Aber er hatte June versprochen, bei ihr zu sein, wenn sie morgen mit ihrem Bruder sprach. Es war ohnehin unwahrscheinlich, dass Bradley hierher kam. Er würde das Haus sicher von Tampa aus verkaufen wollen.

Während des Gesprächs hatte June auch ihn ausgefragt. Sie hatte vieles von seiner Arbeit wissen wollen. Er erzählte vieles, erklärte ihr aber auch, dass es Dinge in seinem Job gab, die er nicht erzählen durfte. Fragen nach seiner Vergangenheit war er immer wieder aus dem Weg gegangen. Wovon er ihr hingegen gerne erzählt hatte, war, dass er sich im Team der IATF wohlfühlte. Dass er der Meinung war, dass es ihn, was die Arbeit anging, nicht besser hätte treffen können nach dem Ausscheiden von Lutrell und seiner Rückkehr nach San Diego. Auch wenn er sich nicht sicher war, wie sich die nächsten Wochen und Monate entwickeln würden, war er davon überzeugt, dass er die richtige Entscheidung getroffen hatte, als es darum gegangen war, hierher zurückzukehren.

»Willst du es wirklich überarbeiten lassen?« June riss ihn aus seinen Gedanken. Sie zeichnete mit ihren Fingern an der Narbe seines rechten Oberarms entlang und malte die feinen Konturen der Tätowierung nach, die durch tiefe Narben entstellt war.

»Ich weiß nicht …« Er warf einen Blick auf seinen Arm und genoss die Streicheleinheiten.

»Wie war er?« Junes Frage ließ ihn irritiert zur Seite sehen. »Na, dein Kollege.«

Er hatte ihr von dem Tag erzählt, an dem die Kugel ihn getroffen hatte und davon, dass er einen Kollegen verloren hatte. Sie hatte aber keine weiteren Fragen gestellt und irgendwie hatte er gehofft, dass sie es auch nie machen würde, er sprach nicht gerne über Freunde, die er verloren hatte.

»DJ, oder?« Ihre Finger waren von seinem Arm verschwunden. Er war erstaunt, dass sie den Namen noch wusste. Tief einatmend ließ er seinen Blick auf ihren Fingern ruhen. Wissend, dass sie ihn abwartend ansah, rief er sich Bilder von DJ in Erinnerung.

»Er war ein cooler Typ. Der hat immer für Stimmung gesorgt. In den Einsätzen hat er Gitarre gespielt, hat gesungen. Das waren die Momente, in denen wir vergessen konnten, wo wir eigentlich waren. Eigentlich herrscht nämlich dann immer eine gewisse Anspannung. Man weiß, dass jeden Augenblick ein Angriff kommen kann. Da kann man nicht abschalten. DJ hat es geschafft, dass wir es wenigstens kurz vergessen konnten.« Wesley machte eine Pause. Einen Augenblick sah er seinen Kollegen wieder vor sich. Er schluckte schwer. »Egal wie viel Gepäck wir mitschleppen mussten, der hat seine Gitarre immer irgendwie mitbekommen. Er war immer ein bisschen der Aufpasser für Pippa. Den ziehen wir heute noch oft auf. Er ist der Jüngste und irgendwie …« Die passenden Worte wollten ihm nicht einfallen. Wie sollte er erklären, dass sie immer jemanden benötigten, den sie aufziehen konnten?

»Ich verstehe schon. Ihr braucht einen, den ihr hin und wieder ärgern könnt, der aber dann auch mitlachen kann.« Ihr Blick lag durchgehend interessiert auf ihm.

»Ich glaube, Pippa hat DJs Tod am meisten zugesetzt. Er hat viel von seiner alten Art verloren.«

»Vielleicht hast du dich aber auch verändert. Ich glaube, selbst merkt man sowas nicht unbedingt.« June schüttelte so plötzlich, wie sie ihm ins Wort gefallen war den Kopf. »Entschuldige, ich wollte dich nicht unterbrechen.«

»Ich hätte das verhindern können. Es war einfach eine blöde Idee, Harry zu begleiten. Die Gegend, in der wir waren, ist dafür bekannt, dass es ungemütlich werden kann. Aber wir sind ja immer die gewesen, die dahin sind, wo sonst keiner hinwollte. Wir haben die Gefallenen geborgen, Verletzte ausgeflogen, haben anderen den Arsch gerettet. Ich glaube, wir haben beide nicht damit gerechnet, dass es so laufen wird.« Wesley machte eine Pause, sah dann auf seinen Oberarm. »Ich glaube, das bleibt so. Als Erinnerung an DJ.« Er nickte für sich selbst. Vielleicht war das der Grund, warum er immer noch nicht begonnen hatte, einen Tätowierer zu suchen. Wahrscheinlich war es wirklich das Klügste, die Narbe so zu lassen wie sie war. Als Mahnmal. Damit er nie vergaß, welche Fehler er gemacht hatte. Als Erinnerung daran, dass er nicht unsterblich war. Er war kein Superheld, auch wenn in Einsätzen hin und wieder genau dieser Gedanke nach ihm griff.

»Welche Konsequenzen das eigene Handeln hat, sieht man zum Glück immer erst hinterher. Ich bin froh, dass in meinem Leben alles so gekommen ist, wie es gekommen ist. Sonst wäre ich nun nicht hier.« June legte ihren Kopf auf seine Brust. In Gedanken nickte er. Ohne DJs Tod wäre er wohl wirklich nicht hier.

Der folgende Morgen verlief alles andere als friedlich. Er begann mit einem Anruf von Junes Bruder, während sie beide noch geschlafen hatten. June hatte ihn dann vom Haustelefon ihrer Eltern angerufen, was bei ihm für ersten Unmut gesorgt hatte. Bradley war davon ausgegangen, dass sie in San Diego war und als June ihm dann eröffnet hatte, dass sie dem Verkauf des Hauses nicht zustimmen würde, war die Stimmung vollends gekippt. Nun saß er wahrscheinlich schon in irgendeinem Privatjet und war auf dem Weg nach Tucson, was bei June dafür sorgte, dass sie seit Stunden keine fünf Minuten auf einer Stelle stehen, geschweige denn sitzen konnte. Sie tigerte nervös umher, räumte Dinge von links nach rechts, hatte die Küche bereits einige Male abgewischt und die Zeitung im Wohnzimmer Dutzende Male zusammengelegt.

Wesley hatte ihr vorgeschlagen einzukaufen, damit sie wenigstens einige Lebensmittel im Kühlschrank hatten, aber sie war so unruhig, dass dieser Vorschlag bisher nicht umgesetzt worden war. Ihr Frühstück hatte aus Kaffee und einigen Keksen bestanden, die June in einem Schrank gefunden hatte.

»Ich kann das Haus nicht bezahlen, ich kann nicht mal einen Bruchteil von dem Geld aufbringen. Ich hab doch nichts.« Verzweifelt tauchte sie in der Tür des Wohnzimmers auf, wo er auf einem Sessel saß.

»Warte es doch erst mal ab. Vielleicht findet sich ein Weg. Eventuell lässt er dich zur Miete hier wohnen.« Wesley stand auf und ging auf sie zu. Er konnte sehen, wie sie schwer durchatmete.

»Ich brauch einen Kaffee.« Sie wollte sich umdrehen, doch er griff nach ihrem Arm und hielt sie zurück.

»Nein, du setzt dich jetzt hier hin. Wenn du noch einen Kaffee trinkst, fängst du an zu fliegen. Es wird alles irgendwie werden. Aber wenn du noch lange wie ein eingepferchter Löwe auf und abläufst, sehe ich mich gezwungen, dich anzuketten.« Vorsichtig dirigierte er sie zum Sofa. In der Nacht hatte er festgestellt, dass es Stellen gab an denen er sie besser nicht berührte, da sie dann panisch zusammenzuckte. »Hinsetzen, ich koch dir einen Tee.« Er hatte irgendwo in den Küchenschränken Tee gesehen. Vielleicht half der ihr dabei, sich zu beruhigen.

»Tee? Willst du mich umbringen?« Sie lachte auf. »Dann lieber gar nichts. Ich verspreche, dass ich fünf Minuten hier sitzen bleibe.«

Die Türklingel sorgte dafür, dass die von ihr versprochenen fünf Minuten nach nicht einmal zwei vorbei waren und sie aufsprang, ehe er ihr anbieten konnte, zur Tür zu gehen. Zudem war er davon überzeugt, dass auch ein Privatjet nicht so schnell sein konnte. Vielleicht war es Samuel, der nach dem Rechten sehen wollte. Die Stimme an der Tür war ihm fremd, er konnte nicht einmal verstehen, was sie sagte. Junes näherkommende Schritte sorgten dafür, dass sich seine Nackenhaare aufstellten. Irgendetwas war nicht in Ordnung.

»Die Polizei. Sie wollen mit mir und dir reden«, erklärte June, als sie ins Wohnzimmer kam. Ihr folgte ein Mann in einem dunklen Anzug und eine junge Frau, die ebenfalls in zivil gekleidet war. Wesley musterte die beiden skeptisch.

»Petty Officer Stone, ich bin Detective Bagins und das ist meine Kollegin Detective Tiezzi.«

Ehe er die Beamten bitten konnte, ihm ihre Ausweise zu zeigen, holten sie die Dokumente hervor. Sie ließen ihm Zeit, so dass er sich sicher war, dass sie wirklich von der Polizei waren.

»Was können wir für Sie tun?« Das ungute Gefühl blieb, da er aber freundlich bleiben wollte, bot er den Beamten einen Sitzplatz auf der Couch an. Das Schlimmste, was ihm nun passieren könnte, war, dass man ihn abführte, weil er den Staat verlassen hatte, in dem man ihn auf freien Fuß gelassen hatte. Aber Rafael hatte doch nichts von Einschränkungen gesagt, oder?

»Wir ermitteln im Fall Adam Roberts und Ihres Vaters.« Der Beamte richtete seine Aufmerksamkeit auf June, der schlagartig die Farbe aus dem Gesicht wich. Wesley schob sie zu dem Sessel, auf dem er gerade noch gesessen hatte.

»In beiden Fällen?« Wesley blieb neben June stehen, die sich kraftlos gesetzt hatte.

»Wann haben Sie Adam Roberts kennengelernt? Wir haben in unseren Akten stehen, dass Sie ihn mit dem Nachnamen Robins kennengelernt haben. Sie kannten ihn nicht schon vor Ihrer Arbeit in dem Café?« Der Beamte ging nicht auf seine Frage ein, sondern sprach wieder direkt mit June.

»Nein, ich kannte ihn vorher nicht.« Sie schüttelte den Kopf. »Er war eine Weile Gast bei uns, aber ich habe seinen Namen erst nach einigen Besuchen im Café erfahren. Wir kennen da nicht alle Gäste beim Namen.«

»Es gibt eine Verbindung zwischen Ihrem Vater und Mister Roberts, der im Übrigen noch mit einigen anderen Fällen in

Verbindung gebracht wird, in denen junge Frauen, vorzugsweise Angestellte von Cafés und Bars, in denen das Vasquez Kartell Schutzgeld erpresst hat, verschwunden sind. Einige sind nie wieder aufgetaucht, von dreien haben wir in den letzten sechs Monaten die Leichen gefunden und weitere drei haben Anzeige erstattet.« Die Beamtin sah Wesley bei ihrer Erklärung an und Wesley versuchte, gleichzeitig der Polizistin in die Augen zu sehen und June zu beobachten, die sich nach hinten gelehnt hatte. »Ihr Vater und Roberts kannten sich bereits ein gutes Jahr. Das Kokain, das Sie hier gefunden haben, können wir dem Vasquez Kartell zuordnen. Nach Prüfung von Kontobewegungen und einiger anderer Informationen, die wir haben, wurde er dafür bezahlt, dass er hier Drogen zwischengelagert hat. Wir gehen davon aus, dass Ihr Vater irgendwann beiläufig von Ihnen erzählt hat und Roberts deswegen bei Ihnen aufgetaucht ist. In anderen Fällen ist es ähnlich gewesen. Roberts hat die Frauen als Druckmittel bei den Familien genutzt, bei denen er seine Hehlerware gelagert hatte.« Die Beamtin beendete ihre Erzählung und sah zu June, die immer wieder den Kopf schüttelte.

»Wusste mein Vater, was der mir antut?«, brachte sie schließlich heiser hervor.

»Das wissen wir nicht, aber wir gehen davon aus, da Ihr Vater Anzeige erstatten wollte. Nur … na ja, dazu ist es nie gekommen.« Die Beamtin war mit ihren letzten Worten leiser geworden.

»Woher wissen Sie das mit der Anzeige?« Wesley griff nach Junes Hand.

»Ihre Eltern wollten sich an dem Tag, an dem sie verunglückt sind, mit einem Beamten treffen.«

»Aber es heißt doch, dass es ein Unfall war. Es wurde doch gar nicht weiter ermittelt.« Wesley versuchte, sich nicht anmerken zu lassen, dass er bereits wusste, dass die Polizei Informationen zurückgehalten hatte.

»Es war kein Unfall, der Wagen wurde von der Straße abgedrängt. Nur haben wir aufgrund der Ermittlungen, die vorher liefen, nach außen alles so stehenlassen, als wäre es ein Unfall gewesen. Wir wollten nicht die Falschen verschrecken.

Die Folgen konnten wir leider nicht absehen.« Der Beamte richtete seinen Blick auf Wesley.

»Also haben Sie das Ganze vertuscht«, schlussfolgerte Wesley, der sich nicht sicher war, was er fühlen sollte.

»Wir wollten die Hintermänner von Roberts haben. Das wird nun schwer.«

»Wollen Sie mir nun einen Vorwurf machen, weil ich …« Wesley brach mitten im Satz ab, da ihm Rods Worte durch den Kopf schossen. Er sollte nichts ohne ein Teammitglied an seiner Seite sagen. Aber das war doch schon erledigt, oder? Die Ermittlungen gegen ihn waren doch soweit abgeschlossen. Auch wenn er sich sicher war, dass nicht mehr gegen ihn ermittelt wurde, sprach er nicht weiter. Vor Monaten noch undenkbar, da wären die Pferde nun mit ihm durchgegangen. Dann hätte er den ermittelnden Beamten vorgeworfen, dass sie Junes und Lyndsays Leben bewusst gefährdet hatten.

»Nein, wir machen Ihnen keinen Vorwurf. Sie haben richtig gehandelt und das Leben von Miss Richmond und Miss Roberts gerettet.« Die Beamtin sah ihn wieder an. »Es tut uns leid, dass es zu dieser Verkettung gekommen ist.«

Ein erneutes Klingeln an der Tür sorgte dafür, dass June aufstand, ehe er reagieren konnte. Sie verließ das Wohnzimmer und kam wenige Minuten später mit einem jungen Mann im Anzug zurück. Sie flüsterte Wesley zu: »Er hat sich wohl doch hergebeamt.« Und setzte sich wieder auf den Sessel.

»Was ist hier los?« Junes Bruder blieb in der Tür stehen und musterte die Polizisten, die sich erhoben hatten und sich jetzt vorstellten.

»Gut, dass Sie hier sind. Dann müssen wir unsere Kollegen in Tampa nicht bemühen. Kennen Sie einen Adam Roberts oder Robins?« Die Beamtin zog ein Foto aus der Tasche und reichte es an Junes Bruder weiter.

»Nein, sollte ich?« Sowohl das Kopfschütteln, als er das Bild musterte als auch die Art, wie er verneinte, ließen Wesley davon ausgehen, dass er Lyndsays Vater wirklich noch nie gesehen hatte.

Die Ermittler erklärten Bradley das, was sie Wesley und June schon erzählt hatten. Junes Bruder hingegen reagierte nicht geschockt oder entsetzt. Es sah aus, als würde er die Infos einfach so hinnehmen. Es ärgerte ihn weder, dass sein Vater Drogen im Haus gehabt hatte, noch, dass er irgendwelche Geschäfte mit Roberts gemacht hatte.

»Was mein Vater gemacht hat, interessiert mich wirklich nicht. Ich bin hier, weil ich mit meiner Schwester über den Verkauf des Hauses reden wollte«, erklärte er professionell, als die Beamten geendet hatten.

»Nun gut, ich denke, wir sind hier fertig. Mister und Miss Richmond, Petty Officer Stone.« Die Beamtin nickte Wesley zu und ihr Kollege verabschiedete sich mit einem Händeschütteln von ihm.

Dass innerhalb der nächsten Dreiviertelstunde ein hitziges Gespräch über das Haus entstanden war, lag Wesley noch Stunden später schwer im Magen, da half auch das Bier nicht, das er für sich und Bradley besorgt hatte. Junes Bruder könnte das Haus für eine halbe Million verkaufen. Eine Summe, die kaum einer von ihnen je verdienen würde. Selbst die Viertelmillion, die June ihrem Bruder zahlen müsste, würde sie in den nächsten zehn bis zwanzig Jahren nur schwer zusammenbekommen. Dazu kamen Nebenkosten, die Wesley zum Staunen brachten. Damit, dass Strom und Wasser solche Summen verschlingen konnten, hatte er nicht gerechnet. Auch June, die anfangs bei jedem Satz gegen ihren Bruder gewettert hatte, war irgendwann ruhiger geworden. Trotz allem konnte ihr Bruder sie nicht vom Verkauf überzeugen. Dabei waren die Argumente, die Bradley hatte, nicht nur schlüssig, sondern auch über viele Jahre zu belegen.

»Meine Eltern haben sich schon schwergetan, das Haus zu halten. Bauen war damals billig, der Rest …« Bradley zuckte mit den Schultern. »Selbst wenn ich auf meinen Anteil verzichten würde, habe ich die Befürchtung, dass sie die Schulden nie wieder loswird. Mit einem Einkommen ist das Haus nicht zu halten. Es sei denn, man hat zufällig zehntausend Dollar im Monat zur Hand. Unsere Eltern hätten nie gewollt, dass sich einer von uns verschuldet«, erklärte Bradley, ohne June anzusehen, die mit am Terrassentisch saß. »Und schau dir das hier an. Was, wenn das Wässern irgendwann verboten wird?

Dann ist das hier nur noch Wüste und kaum was wert. Aber die Schulden bleiben und selbst ein Verkauf würde dann schwer werden. Wer will schon ein Haus mit Wüste als Garten.« Er deutete auf den riesigen Garten mit seiner braunen Rasenfläche und richtete sich dann wieder an June. »Ich weiß, dass du mich nicht leiden kannst, aber vergiss nicht, dass da drinnen auch Fotoalben stehen, in denen meine Kindheit ist. Ich bin hier auch groß geworden und hatte tolle Zeiten. Weißt du noch, wie oft wir hier draußen Verstecken gespielt haben? Und wie oft wir beide hier am Tisch Hausaufgaben gemacht haben? June, ich will nicht die Erinnerungen verkaufen. Ich will verhindern, dass du in den finanziellen Ruin rennst.«

Auch wenn Wesley sich fehl am Platz fühlte, hörte er zu und versuchte, June zu verstehen. Er dachte bereits darüber nach, wie er ihr helfen konnte oder welche Argumente er finden könnte, um ihrem Bruder beizupflichten.

»Ich könnte mich nach einem Haus in San Diego umsehen. Etwas für dich, oder auch für euch.« Nun wanderte Bradleys Blick fragend zwischen ihnen hin und her.

»Für ein Haus ist es vielleicht noch etwas früh.« June sah ihn mit verunsichertem Blick an und ihm fehlten die Worte. Daran, mit ihr zusammen zu leben, hatte er bisher keinen Gedanken verschwendet und empfand es wie sie als zu früh, auch wenn er sich nichts mehr wünschte, als mehr Zeit mit ihr zu verbringen.

»Es würde nichts wegkommen. Ich lasse das Haus von einer Firma ausräumen. Du kannst dabei sein und alles, was dir wichtig ist, lasse ich dir bringen oder du nimmst es direkt mit. June bitte. Ich wollte dich nicht bei der Beerdigung übergehen. Ich hatte keine Ahnung, wo du warst, niemand wusste es. Ich wollte Mom und Dad nicht einfach da im Kühlhaus liegenlassen. Das geht doch nicht.« Bradley starrte sein Bier an. Der knallharte Makler hatte in den letzten Stunden die Maske fallen lassen. Auch wenn June nicht viel Gutes über ihn gesagt hatte und auch Wesley ein schlechtes Bild von ihm gehabt hatte, begann er, den Achtundzwanzigjährigen zu verstehen.

»Wie lange kannst du den Verkauf aufschieben, ohne dass der Käufer abspringt?« Wesley war klar, dass der Verkauf bereits jetzt aufgeschoben wurde, und dass ihm diese Frage nicht zustand.

»Vielleicht noch zwei Wochen.«

Wesley nickte und griff dann nach Junes Hand. »Und wie lange brauchst du, um in San Diego was zu finden?« Einen Moment hatte er die Befürchtung gehegt, dass ihm diese Worte Bauchschmerzen verursachen würden, aber die blieben aus. Dafür griff eine positive Aufregung nach ihm, was durch Junes verblüfften Gesichtsausdruck noch verstärkt wurde. Selbst wenn sie nicht auf Dauer zusammenbleiben würden. Er könnte zurück in die Base oder dortbleiben, wenn sie nicht mit ihm zusammen sein wollte.

»Ein paar Telefonate, vielleicht eine Woche.« Bradley hatte beim Reden den Kopf nachdenklich zur Seite gelegt.

»Ich habe vor, noch ein paar Jahre in meinem Job zu bleiben und ich hab nur wenig freie Zeit. Die will ich nicht so gerne im Auto verbringen, um dann kurz einen Kaffee mit dir zu trinken. Magst du nicht doch nach San Diego ziehen? Da gibt es auch schöne Ecken und ich traue deinem Bruder durchaus zu, etwas zu finden, wo du dich wohlfühlen wirst. Wenn du dichter bei mir bist, muss ich keine Angst haben, dass du einfach abhaust. Außerdem finde ich den Gedanken gut, dass du der Grund bist, warum ich gerne nach Hause kommen möchte.« Er ließ June nicht die Möglichkeit, etwas zu sagen, er zog sie an sich und küsste sie. »Bitte.« Er löste sich nur kurz von ihr und hauchte ihr das Wort auf die Lippen. »Ich muss auch nicht bei dir einziehen, aber etwas weniger als ein paar hundert Kilometer Distanz wären schon toll.«

38.

Die Pasta auf Junes Teller roch fantastisch und doch war sie nicht in der Lage, sie zu genießen, geschweige denn, überhaupt zu essen. Dabei war es ihre Idee gewesen, nach dem Gespräch mit der Polizei und ihrem Bruder etwas zu kochen. Sie saß mit Wesley und ihrem Bruder am Tisch in der Küche und in ihrem Kopf tobte ein Unwetter. Nicht nur Kopfschmerzen machten ihr zu schaffen, die vielen Informationen ihres Bruders, der Vorschlag von Wesley nach San Diego zu ziehen, und die Fakten, die mit dem Hauskauf und Verkauf verbunden waren, sorgten für zusätzliche Kopfschmerzen.

Es wollte ihr einfach nicht gelingen, auch nur einen der vielen Gedanken zu Ende zu denken. Eines wurde ihr jedoch langsam klar, obwohl sie all das, was ihr Bruder vorgerechnet hatte, noch nicht überprüft hatte. Es würde wohl wirklich unmöglich werden, dieses Haus alleine zu halten und ihren Bruder auszuzahlen. Dafür fehlte ihr der passende Job. Und selbst wenn sie einen fand oder eine Ausbildung machte, um eine gute Arbeit zu finden, würde es einfach schwer werden und sie müsste auf vieles verzichten. Dazu kam Wesley, der gerade seine Pasta förmlich in sich hineinschaufelte, als hätte er seit Wochen nichts bekommen. Das penetrante Klingeln seines Handys ignorierte er nun schon seit zehn Minuten und sie stellte sich die Frage, wie lange ihm das noch gelingen würde. Ihr Bruder hingegen genoss das Essen und sie überlegte, ob das Bild, welches sie von ihm gehabt hatte, so falsch war. Sie hatten sich in den letzten Jahren nur selten gesehen und in dieser Zeit hatten sie sich nicht nur entfremdet, sondern Bradley hatte sich nach ihrem Gefühl zu einem eiskalten Geschäftsmann entwickelt. Dieser Eindruck schien jedoch zu täuschen. Auch er vermisste ihre Eltern und war seinen Aussagen nach mit all dem überfordert gewesen, was passiert war. Vom Tod ihrer Eltern über die Beisetzung, die er alleine hatte planen müssen, bis hin zu den Drogengeschäften ihres Vaters.

»Verflucht nochmal«, murrend erhob Wesley sich und zog sein Handy aus der Hemdtasche. Sein Gesichtsausdruck veränderte sich jedoch schlagartig, als er auf das Display gesehen hatte. Von Wut, dass er mit solcher Ausdauer gestört wurde, hin zu leichter Sorge.

»Rod, was gibt es?«

Seine Worte sorgten dafür, dass Junes Magen sich zusammenzog. Während Wesley seinem Kollegen zuhörte, wurde seine Miene härter und June konnte sehen, wie seine Muskeln sich anspannten. Einen Augenblick blieb er nur wenige Schritte neben dem Tisch, mit dem Rücken zu ihr, stehen, ohne etwas zu sagen, dann verließ er den Raum. Bradley legte seine Gabel auf den Teller.

»Was ist los?«

»Ich weiß nicht.« June starrte auf die offene Tür zum Flur. Ein ungutes Gefühl griff nach ihr, während sie Wesleys Stimme immer wieder hörte, aber nicht verstehen konnte, was er sagte. Es dauerte einige Minuten, in denen sie schweigend mit ihrem Bruder am Tisch saß, ehe Wesley zurückkam. Seine Gesichtszüge waren versteinert und er trat hinter den Stuhl, auf dem er gerade gesessen hatte. Seine Hände auf die Lehne legend, sah er sie an und zwang sich unübersehbar zu einem Lächeln.

»Ich muss zurück.«

Sie konnte sehen, wie er schluckte und wie schwer ihm diese Worte gefallen waren.

»Wann?« Sie hatte einige Sekunden benötigt, um zu verstehen, was er gerade gesagt hatte. Zurück, das hieß, dass sie in wenigen Tagen alleine sein würde.

»Jetzt.« Er beugte sich zu ihr hinunter, als sie zu ihm aufsah. »Das Team muss weg und Rod hat mich gebeten, Lyndsay zu unterstützen. Sie muss noch die Beerdigung ihres Vaters organisieren und … na ja, er will sie nicht alleine lassen. Und die anderen sind alle so eingebunden, dass niemand Zeit hat. Sowas organisiert man ja nicht mal eben bei einem Bier am Abend.«

June rang mit ihren Gefühlen. Die Tränen ließen sich nur schwer zurückhalten. Sie hatte wirklich damit gerechnet, dass Wesley einige Tage hier bei ihr bleiben würde.

»Ein Kollege springt für mich im Team ein, und na ja. Das ist alles ein bisschen …« Er brach durchatmend ab.

Junes Herz zog sich schmerzhaft zusammen. Auch wenn sie vor wenigen Tagen noch der Meinung gewesen war, dass sie Wesley irgendwann vergessen könnte, hatte sich diese Einstellung komplett geändert. Sie konnte ihn nicht vergessen und sie wollte es nicht. Sie wollte bei ihm sein.

»Ich komm mit.« Sie nickte ihm entschlossen zu.

»Wir müssen aber jetzt gleich los. Die letzten vierundzwanzig Stunden vor den Einsätzen sind immer stressig, und ich möchte noch in Ruhe mit Rod sprechen. Außerdem weiß Lyndsay noch nichts davon.« Wesley sah sie skeptisch an. »Du kannst auch hier alles erledigen und kommst dann nach. Oder ich komme dann wieder zu dir. Ich kann Lyndsay notfalls mitbringen, dann kommt sie auf andere Gedanken«, schlug er vor.

»Nein, ich komme mit.« Sie schob seine Hand zur Seite, die er auf ihre gelegt hatte, was ihn die Augenbrauen hochziehen ließ. »Ich packe nur schnell ein paar Sachen zum Anziehen ein, fünf Minuten dann können wir los, ja?« Hatte sie diese Minuten? Wenn er ablehnte, würde sie so mit ihm gehen. Einkaufen war auch in San Diego möglich. Auf keinen Fall würde sie ihn alleine gehen lassen.

»Ich kümmer mich hier um alles.« Ihr Bruder deutete auf den gedeckten Tisch und die halbleeren Bierflaschen.

»Und ich fahre.« Nun richtete sie sich direkt an Wesley.

»Aber …«

»Kein aber! Entweder du lässt mich fahren oder du gehst zu Fuß. Das Letzte, was du brauchen kannst, ist ein Strafzettel wegen Alkohol am Steuer.« Sie gab ihm einen kurzen Kuss, ehe sie das Wohnzimmer verließ.

In ihrem alten Zimmer griff sie planlos nach einigen Shirts und Hosen, die sie erst auf das Bett warf und schließlich, nachdem sie einen Berg Unterwäsche dazugelegt hatte, feststellte, dass sie weder einen Rucksack noch einen Koffer hier hatte. Ihre Koffer und Rucksäcke hatte sie alle mitgenommen, als sie ausgezogen war. Da sie befürchtete, dass Wesley ohne sie fahren würde, schlang sie die Arme um den Wäscheberg und verließ den Raum wieder. Im Flur traf sie auf Wesley, der sie irritiert ansah.

»Also Zeit, um eine Tasche zu packen, hast du schon. Ich warte auf dich.«

»Ich müsste erst eine suchen.« Sie hegte die Befürchtung, dass sie diese Suche Stunden kosten könnte.

»In meinem Zimmer sollte noch meine alte Baseballtasche sein.« Bradley stand in der Wohnzimmertür und deutete in Richtung seines alten Zimmers. »Mom hat in unseren Zimmern nie was geändert, seit wir weg sind.«

Wenig später hatte June die schwarze Tasche ihres Bruders gefunden und ihre Sachen hineingestopft. Dass alles faltig werden würde, war ihr egal. Sie wollte nicht, dass Wesley auf sie warten musste. Sie hatte tatsächlich Angst, dass er bereits verschwunden war, wenn sie wieder aus dem Raum kommen würde. Aber das war er nicht. Er reichte gerade ihrem Bruder die Hand, als sie mit der Tasche zurückkehrte.

»Schlüssel.« Sie hielt Wesley die offene Hand entgegen. Sein Seufzen und der missfallende Blick ließen sie schmunzeln. »Du hast getrunken und ich bin die Einzige, die nüchtern ist.« Lächelnd nahm sie den Schlüssel seines GT500 an.

39.

Eine Woche, nachdem Wesley sich von June hatte nach San Diego fahren lassen und sie unterwegs wegen eines defekten Rücklichts in einer Polizeikontrolle gelandet waren, ließ er sich auf einen dunklen Rattanstuhl fallen und starrte auf die Skyline von San Diego. Der Garten, in dem er saß, gehörte Syrell und Yvonne. Seine Kollegin hatte ihn, June und Lyndsay eingeladen, nach der Beisetzung von Lyndsays Vater vorbeizukommen.

Wesley fühlte sich seit Tagen gerädert und war völlig übermüdet, obwohl er in den Nächten schlief. Seit fast zwei Wochen hatte er weder trainiert noch Zeit im Fitnessraum der Base verbracht. Er hatte sich mit Dingen herumgeschlagen, von denen er absolut keine Ahnung hatte und stündlich die Nachrichten geschaut, da das Wissen, dass seine Kollegen irgendwo im Hindukusch unterwegs waren, ihm keine Ruhe ließ. Das gesamte Bravo Team war abgereist, und das Alpha Team bereitete sich ebenfalls auf die mögliche Abreise vor und er wusste nicht einmal genau warum. Nur, dass sie das Bravo Team, sollte Milazim gefunden werden, unterstützen sollten. Dabei war es so geplant gewesen, dass das kleine Team den Terroristen alleine festsetzen sollte. Deswegen hatten sie sich doch tagelang durchgehend den Arsch aufgerissen.

Und statt seine Ausrüstung zu packen, saß er hier und hatte in den letzten Tagen nichts anderes gemacht, als immer dann zu nicken, wenn Lyndsay ihn fragend angesehen hatte. Hin und wieder hatte er vorher noch zu June geschaut, die oft neben ihm gestanden oder gesessen hatte in diesen Momenten. Sie hatten einen günstigen Bestatter gesucht und nicht gefunden. Stattdessen hatte Lyndsay sich für eine Feuerbestattung entschieden und auf einem kleinen Friedhof mitten in San Diego ein Urnengrab gekauft, auf dem in wenigen Tagen nur eine Steinplatte mit seinem Namen an ihren Vater erinnern sollte. Wesley war sich nicht sicher, ob Rod diese Entscheidung unterstützt hätte. Er hatte Angst, dass sein Kollege ihm bei seiner Rückkehr Vorwürfe machen würde, oder dass Lyndsay irgendwann sagen würde, er hätte sie aufhalten müssen. Bestattungen waren etwas, mit dem er sich nicht auskannte und womit er sich nicht auskennen wollte. Auch mit all dem anderen Papierkram stand er nicht nur einfach auf Kriegsfuß. Er wusste nicht, wo welche Papiere abgeholt und eingereicht werden mussten und was es alles für andere Dinge zu erledigen gab. Vieles hatte Lyndsay selbst herausgefunden und er hatte sie einfach nur begleitet, damit sie nicht über den Tisch gezogen wurde, da Rod genau diese Befürchtung geäußert hatte. Er war tagelang Lyndsays Schatten gewesen, ohne die Nähe von June genießen zu können.

Seine Gedanken wanderten erneut zu dem Moment, an dem sie hier in San Diego an der Base angekommen waren. Gerade noch rechtzeitig. Seine Kollegen waren dabei gewesen, ihre Rucksäcke in die Jeeps zu packen, mit denen sie zum Flughafen aufbrechen wollten. Lyndsay hatte schweigend neben einem der Wagen gestanden und Rod beobachtet, der sie irgendwann an sich gezogen hatte. Es war eine kurze, aber innige Umarmung gewesen, mit einem kurzen Kuss, ehe Rod sich ihm gewidmet hatte. Rod hatte ihm die wenigen Instruktionen bezüglich der Beerdigung gegeben und ihm mitgeteilt, dass man Vasquez´ Handlanger, die für das Kidnapping verantwortlich gewesen waren, nur wenige Stunden vor seiner Ankunft gefasst hatte. Die Art, wie er sich von seinen Kollegen verabschiedet hatte, war anschließend kurz und knapp ausgefallen. Ein Schulterklopfen, ein Nicken. Er hatte ihnen viel Glück gewünscht und gesagt, dass sie den Gegnern von ihm in den Allerwertesten treten sollten. In diesem Moment war alles wie immer gewesen und doch hatte es sich fremd angefühlt, da er zurückbleiben musste.

»Das werden sie machen.« Yvonne ließ sich neben ihm auf einem Stuhl nieder und legte ihre Hände auf ihren Bauch.

Wesley stieß ein leises Murren aus. Er wollte nicht reden. Nicht jetzt und nicht mit seiner Kollegin. Er wollte nur ein paar Minuten für sich. Einen Moment nicht in Lyndsays Gesicht sehen müssen und auch kurz von June getrennt sein, die mit Lyndsay irgendwo im Haus war. Zur Beisetzung hatte Lyndsay niemanden eingeladen. Sie war alleine mit einem Mitarbeiter des Bestattungsunternehmens zum Grab gegangen und war bereits eine halbe Stunde später wieder zurückgekehrt. Diese Bestattung war so kalt gewesen, dass selbst in Anbetracht der Tatsache, dass Lyndsays Vater ein Verbrecher gewesen war, Wesley ein unangenehmer Schauer über den Rücken lief, als er darüber nachdachte.

»Sie hat schon vor Jahren mit ihm abgeschlossen. Ich glaube, sie hat ihn schon damals beerdigt.«

Dass Yvonne ihn ansah, registrierte er zwar, wagte es aber nicht, den Blick zu erwidern. Er hatte Angst vor dem, was sie dann sagen würde. Davor, dass sie ihm die Zukunft voraussagen würde, dass June nicht zu ihm passte oder gar, dass er kein Typ für feste Beziehungen war.

»Casanova, ich kann dir die Zukunft nicht voraussagen. Was ich aber machen kann, ist dir und June viel Glück zu wünschen, weil ihr ein wundervolles Paar seid.« Sie erhob sich und er warf einen Blick über die Schulter zur Tür, wo June aufgetaucht war. Im nächsten Moment legten sich Junes Arme von hinten auf seine Brust und sie legte ihr Kinn auf seine Schulter.

»Mein Bruder hat sich gemeldet.« Sie hauchte ihm einen Kuss auf den Hals, was dafür sorgte, dass seine Antwort nur ein leises Brummen war, da er ein Verlangen verspürte, das nur kurz Aufschub dulden würde.

»Wenn wir wollen, können wir uns in einer Stunde mit einem Makler treffen. Er hat ein kleines Haus am Meer. Am Ocean Boulevard«

»Eine Stunde? Dann hätten wir noch Zeit für uns.« Er schlang seine Arme sitzend um ihren Nacken und hinderte sie so daran, zu verschwinden.

»Wir sind hier nur zu Besuch.« June biss zaghaft in sein Ohrläppchen.

»Du bist grausam. Wie schnell kannst du das Haus kaufen? Dann könnten wir gleich da …« Obwohl sie immer noch darauf bestand, dass sie zusammen ein Haus bewohnen könnten, hatte er Skrupel vor dem *Wir*. Auch wenn sie inzwischen sogar Sex hatten, was er bis vor einigen Tagen für lange Zeit, aufgrund ihres Traumas aus den Entführungen, für ausgeschlossen gehalten hatte, war da immer noch etwas Seltsames bei dem Gedanken, mit ihr zusammen zu wohnen. Es war der Umstand, dass sie sich erst kurz kannten. Und doch konnte er sich nicht vorstellen, je wieder ohne sie zu sein.

»Wes!« June löste sich lachend von ihm. »Du kannst auch warten.«

»Wenn ich aber nicht warten will?« Er stand auf und wollte nach June greifen, die ihm geschickt auswich.

»Dann musst du mich suchen.«

Als sie im Haus verschwinden wollte, gelang es ihm, sie aufzuhalten.

»Ich will dich nie wieder suchen.« Er zog sie eng an sich und gab ihr einen innigen Kuss.

»Hey!« Lyndsays amüsiertes Lachen ließ sie aufsehen. »Ich fahr mit Yvonne einkaufen, dann könnt ihr ein Haus kaufen. Und heute Abend bringt uns unser Frauenschwarm ins Bett.« Lyndsay lachte auf.

»Meiner!« Wesley versank in Junes bernsteinfarbenen Augen.

»Das ist ganz alleine meiner«, erklärte June mit Nachdruck.

Eine Stunde später stand er mit June im Arm am Pazifik und sah auf den Ozean hinaus. Unheilvolle Wolken in der Ferne zeugten von einem tobenden Unwetter weit von ihnen entfernt, und die durchgehend durch das Dunkel zuckenden Blitze malten immer neue Muster an den Himmel.

»Ich schließe ab. Sie können an der Seite vorbei zu Ihrem Wagen. Ich erwarte dann Ihren Anruf.« Ein fülliger Mann war von hinten an sie herangetreten und wandte sich bereits beim Reden wieder ab. Wesley musste sich nicht umdrehen, um ihn anzusehen. Der Makler hatte ihnen das kleine Haus gezeigt, das nur knapp hundert Meter hinter ihnen stand. Das ehemalige Ferienhaus wurde vom Besitzer verkauft und konnte bei Bedarf sofort inklusive der vorhandenen Möbel bezogen werden. Sie könnten es aber auch vermieten. Bradley hatte weitergedacht als Wesley. Junes Bruder hatte bei einem kurzen Telefonat vorgeschlagen, dass sie vorerst in das kleine Haus ziehen könnten, und sollten sie später doch einmal mehr Platz benötigen, stand es ihnen offen, es wieder als Ferienwohnung zu vermieten. Die Lage war nicht nur als Ferienunterkunft perfekt. Der Strandabschnitt besaß keine gefährlichen Strömungen und nur wenig weiter gab es einen öffentlichen Strand, so dass Hilfe in Form von Rettungsschwimmern nie weit entfernt war. Das Haus selbst war zwar klein, hatte aber aufgrund der Strandlage ein besonderes Flair. Er hatte gespürt, dass June sich schon beim Betreten in das Gebäude verliebt hatte. Zudem würde es nicht die gesamten finanziellen Mittel aufbrauchen, die durch den Verkauf von Junes Elternhaus entstehen würden. Nun stand sie neben ihm und hatte noch irgendetwas zu dem Makler gesagt, was Wesley nicht verstanden hatte, da er auf das Gewitter konzentriert war, das mit urtümlicher Kraft über dem Wasser tobte. Einen kleinen Nachteil hatte das Haus hinter ihnen jedoch. Es lag in der direkten Einflugschneise der Naval Air Station.

»Würdest du zu mir ziehen oder musst du in der Base bleiben und darfst nur zu Besuch kommen?« June holte ihn aus seinen Überlegungen.

»Ich muss nicht da bleiben.« Er machte eine Pause und drehte sich zu June um. Der Gedanke, nach so kurzer Zeit schon zusammenzuziehen, blieb fremd.

»Notfalls schmeiß ich dich wieder raus.« Sie schien seine Gedanken zu lesen.

»Damit du wieder flüchtest? Nein … Wenn du es möchtest, zieh ich zu dir.« Er zog sie an sich. Vielleicht war es an der Zeit, einen neuen Lebensabschnitt zu beginnen. Einen mit mehr Struktur, einen, der Regeln beinhaltete und in dem er Verantwortung trug. Einen, für den es sich lohnte zu kämpfen und zu leben.

PERSONENVERZEICHNIS

- Wesley Stone (Funkname Casanova), macht seinem Namen alle Ehre.
- Terence Blatter (Funkname Sticks).
- Nathan Harrison Ehemaliger Navy SEAL.
- Harper Lamas. Nathans bessere Hälfte.
- Tom Roalstad (Funkname Doc) Sergeant und Corpseman des Teams.
- Joyce Dearing ehemalige CIA Agentin und bessere Hälfte von Tom.
- Igor Tarassow (Funk- und Rufname Bear).
- Sean Harrison Senior Chief/Captain.
- Syrell Navajo (Funkname Indy) Petty Officer Second Class.
- Yvonne Banz (Funkname Poison), ehemalige deutsche Polizistin.
- Darrel White (Funkname Banjo) Special Air Service Regiment.
- Harry Flynt (Funkname Crack) Royal Navy Warranat Officer Class 1.
- Roderick Rodriguez (Funkname Rod) Chief Petty Officer,
- John Thomsen (Funkname Eagle) Comanding Officer/ Captain des Teams.

- Karen Baker. Bears bessere Hälfte und immer um das Wohl ihrer Freunde besorgt.
- Nuyen Sato (Funkname LittleOne) Spaßvogel und Sniper.
- Rafael Bishop NCIS Agent.
- Liv Andrews ehemalige CIA Agentin und bessere Hälfte von Jamain.
- Jamain Swayer (Funkname McFly) First Lieutenant
- Lyndsay Archäologie Studentin und Freundin von Roderick.
- Trisha Lancaster. Privat und Kommunikationsoffizierin.
- Joe Burnett (Funkname Gambit) Inoffizieller CO des Rescue Teams.
- Steve Ribar (Funkname Sheep).
- Randall Brinker (Funkname Ferret).
- Lexi Walker (Funkname Bitch), trägt ihren Funknamen nicht ohne Grund.
- Patrik Blood (Funkname Pippa).
- Aidan McGregor (Funkname Skotti)
- Werner Snyder (Funkname Snake)
- Will Tenner (Funkname Maverik)
- Willie Knox (Funkname Skipper)
- Dennis Falk Freund und alter Kollege von Yvonne

DANKSAGUNG

Wieder sind wir am Ende eines Buches angelangt. Deshalb möchte ich mich bei all den Menschen bedanken, die im Hintergrund so fleißig sind. Vorne weg natürlich Bianca, Claudia und Gudrun, die drei sorgen für das passende Bild auf dem Cover und dafür, dass alle Worte und Satzzeichen genau da sind, wo sie hingehören. Ein besonderer Dank geht an J.T. Connor aka Torsten, der bei diesem Buch das Covermodel ist und der außerdem den Titel gefunden und June einen Namen geschenkt hat. Danke sagen möchte ich außerdem meinen megafleißigen Testlesern Petra, Marie, Regina, Gerlinde, Petra, Bianca und Tanja, die mir zum Teil schon Monate vor der Veröffentlichung Rückmeldungen geben oder ganz knapp vorher letzte flüchtige Buchstaben einfangen. Auf keinen Fall will ich vergessen, „meinen Männern für alle Fälle“ Danke zu sagen: Stefan und Stefan, ohne euch wäre vieles irgendwie doof. Auch der Sonntagmorgen, wenn die Homepage mal nicht geht und abends, wenn die Katze nicht heimkommt. Last but not least kommen die wichtigsten Menschen in meinem Autorenleben: Ihr Leser.

Danke für eure Treue.

Danke, dass ihr das Team immer wieder begleitet, und danke für eure Rückmeldungen, denen ich immer entgegenfiebere. Ohne euch wäre alles doof.

Bereits erschienen:

Team I.A.T.F Band 1
Poison Liebe neben dem Fadenkreuz

Team I.A.T.F Band 2
Jagd auf alte Freunde und neue Feinde

Nathan Schatten der Vergangenheit

Team I.A.T.F Band 3
Gebrochene Seele

Team I.A.T.F
Weihnachten wider Willen

Team I.A.T.F Band 4
Mission Hoffnung

Team I.A.T.F Band 5
Verlorenes Leben

Darrel – Nie vergessene Liebe

Team I.A.T.F
Brandheiße Weihnachten

Team I.A.T.F Band 6
Operation zweite Chance

Taylor Helden sterben einsam.

Team I.A.T.F Band 7
Codename Irbis
Eine Ära geht zu Ende

Team I.A.T.F Band 8
Hochzeit auf Umwegen

Team I.A.T.F Band 9
Zehntausend Meilen zur Liebe

Team I.A.T.F. Band 10
Codename Phoenix
Verschollen um Nirgendwo

Team I.A.T.F Band 11
Nur eine Nacht

Team I.A.T.F Band 12
Codename Leviathan – Das Erbe

Don´t touch my Money
(Ein Roman ganz ohne SEALs aber mit einem heißen Kopfgeldjäger)

Vengeance Trilogie
(Drei Kurzgeschichten)

Team I.A.T.F Band 13
Operation Broken Heart – Abschied für immer

First Source Security Band 1
Versprechen zwischen Ruinen

Team I.A.T.F Band 14
Operation Marriage – Machtlos

Team I.A.T.F Band 15
Gefangen in der Wüste

First Source Security 2
Zwischen Zukunft und Vergangenheit

Team I.A.T.F Band 16
Operation Protected

Demnächst auch erhältlich:

Team I.A.T.F Band 17
Operation Judicantes – Unter Beschuss

First Source Security Band 3
Zwischen den Fronten – A new Chapter

Team I.A.T.F 18
Vanished – Dunkle Schatten

Team I.A.T.F 19
(noch ohne Titel)

Hier möchte ich Euch nun noch kurz die Models der künftigen Cover vorstellen.
Das Delta Team Wuppertal S O R T
Von links nach rechts:
Carlos Sanches (Jhesus), J.T.Connor, James Logan, John Rock (Bull)

Die Autorin ist im Niedersachsen geboren und aufgewachsen. Nachdem sie die Schule abgeschlossen hat, begann sie ihre Ausbildung als Maler und Lackiererin, die sie 2000 abgeschlossen hat. Heute lebt sie in der beschaulichen Samtgemeinde Siedenburg und genießt das Leben mit ihren Kindern. Schreiben ist für sie die Möglichkeit den Leser in fremde Welten eintauchen zu lassen und die eigenen Gedanken zu teilen.

Printed in Germany
by Amazon Distribution
GmbH, Leipzig

20542749R00164